ハヤカワ・ミステリ

ROBERTO AMPUERO

ネルーダ事件

EL CASO NERUDA

ロベルト・アンプエロ

宮崎真紀訳

TOKYO HAYAKAWA BOOKS

A HAYAKAWA
POCKET MYSTERY BOOK

EL CASO NERUDA (THE NERUDA CASE)
by
ROBERTO AMPUERO

Translated by
MAKI MIYAZAKI
First published 2014 in Japan by
HAYAKAWA PUBLISHING, INC.
This book is published in Japan by
arrangement with
LEVINE GREENBERG LITERARY AGENCY, INC.
through THE ENGLISH AGENCY (JAPAN) LTD.

装幀／水戸部 功

わが両親へ。
六十五年におよぶ長い愛の歴史に捧ぐ。

私はおまえに尋ねる、私の子供はどこだ?

――「多産の女」パブロ・ネルーダ(『船長の歌』より)

目次

ジョシー 11
マリア・アントニエタ 103
デリア 177
マティルデ 247
トリニダード 283
著者あとがき 361
訳者あとがき 371

ネルーダ事件

おもな登場人物

カジェタノ・ブルレ……………………………私立探偵
アンヘラ…………………………………………カジェタノの妻
パブロ・ネルーダ………………………………詩人。外交官。チリ社会主義革命の指導者
アンヘル・ブラカモンテ………………………医師
ベアトリス………………………………………アンヘルの妻
ティナ……………………………………………ベアトリスの娘
ペテ・カスティージョ…………………………労働組合の指導者
カミロ・プレンデス……………………………労働組合の組合長
ラウラ・アレステギ……………………………カミロのいとこ
セルヒオ…………………………………………ネルーダの運転手
モニカ・サルバット……………………………メキシコシティ医師会の秘書
エベルト…………………………………………ハバナの詩人
パキート・デリベラ……………………………クラリネット奏者
レミヒオ…………………………………………キューバ国家公安局員
エラディオ・チャコン(メルルーサ)………東ドイツ駐在チリ大使館員
マルガレッチェン………………………………通訳
カール・フォン・ヴェストファーレン………脚本家
マルクス…………………………………………東ドイツの工作員
エミル・ラスカノ………………………………ボリビア共産党員
シモン・アデルマン……………………………弁護士
ロドルフォ・サチェル…………………………ボリビアの諜報組織の長官
ダンテ……………………………………………チリ軍の将校
ジョシー・ブリス………………………………ネルーダの恋人
マリア・アントニエタ(マルカ)……………ネルーダの最初の妻
マルバ・マリーナ………………………………マリアとネルーダの娘
デリア・デル・カリル…………………………ネルーダの二人目の妻
マティルデ・ウルティア………………………ネルーダの三人目の妻
サルバドール・アジェンデ……………………チリ大統領

ジョシー

1

ア《A》ルマグロ・ル《R》ヒエロ&《&》ア《A》ソシアードス社の経営陣が大至急オフィスに来てほしいと連絡してきた理由は、彼らを動揺させるような事態とは、いったいなんだろう？　二月のとある暑い朝、カジェタノ・ブルレは、バルパライソのダウンタウンの金融街にあるトゥリ・ビルの屋根裏に構えた事務所を後にし、アセンソール（坂の多いバルパライソ特有のケーブルカーとエレベーターの中間のような乗り物）でプラー通りに出るあいだ、そう独りごちた。AR&Aは、再民主化後のチリで最大の国際経営コンサルティング会社となり、彼らがうんと言わなければ重要な契約や公開入札はまず通らないというもっぱらの噂だ。その影響力は大統領府から大手企業のネオゴシック様式の本社ビル、国会から会計検査院、各省庁、政党、大使館、裁判所までくまなく広がっている。所属する弁護士たちの手にかかれば、法律も行政命令も補助金も赦免《しゃめん》も免税も恩赦も思いのままだし、名誉失墜した人々の汚名をすすぎ、威信回復までしてしまう。つねに廊下や舞台裏で暗躍し、首都で開催されるレセプションや晩餐《ばんさん》会《かい》に幹部がときどき顔を見せることはあるものの、共同経営者たちは基本的に表に出ず、会合に出席したり、新聞記者のインタビューに応じたりすることはほとんどない。しかし、政治的にも経済的にも重要な大舞台にいざ姿を見せるとなれば、イタリア製のスーツとシルクのネクタイ、勝ち誇った笑みと国際人らしい物腰で周囲を圧倒し、デルフォイの神託さながらに難解な言いまわしで、どんな物事にも意見を述べた。カジェタノがプラー通りに建ち並ぶビルを見上げたとき、トゥリ・ビルの時計が十一時四十五分を指し、物憂い鐘が鳴った。澄んだ青空を鷗《かもめ》が啼《な》きながら低く滑空している。マウリ劇場の日曜のマチネで観たアルフレッド・ヒッチコックの『鳥』をふと思い出す。だが気を取り直すと、彼は口笛を吹きながら、いつもの雑踏のなかへと歩きだした。

アニバル・ピント広場にさしかかったとき、お腹が鳴りだして、〈カフェ・デル・ポエタ〉のテーブルにふらふらと引き寄せられた。そこで少しぐらい道草を食ったとしても問題はないはずだ。多少遅刻してもAR&Aの経営者たちは文句など言わないだろうし、むしろ、藁《わら》にもすがる思いの彼らなら、カジェタノがパンチョ・ビリャ（メキシコ革命の立役者のひとり。長く垂れ下がった口髭で有名）風の口髭《くちひげ》から焙煎《ばいせん》したてのコーヒーの香りを漂わせて現われれば、ぎりぎりまでよそのクライアントにつかまっていたほど引っぱりだこなのだと感心するだろう。カジェタノはこのカフェが気に入っていた。コルタード（ミルク入りのエスプレッソ）とサンドイッチはもとより、磨きこまれた板張りの床、イギリス製の陶器のティーカップセットが並ぶウィンドウ、バルパライソの風景画、ブロンズ製のランプが放つやさしい灯りなど、どれもすばらしく、じつに居心地がいい。とくに入口近くのテーブルが好きだった。そこからなら、広場に何本もそびえる樹齢百年のシュロや、色とりどりの魚が泳ぐ噴水の岩に座るネプチューン像、それにカルセルの丘の高みにある墓地まで見える。この気まぐれな墓地は、大地震のたびに霊廟《れいびょう》の煉瓦《れんが》やら木製の十字架やら亡骸《なきがら》がはいったままの壊れた棺《ひつぎ》やらを市の中心部に向けてどっと吐き出した。その席からはほかにも、チューリッヒから輸入した中古の路面電車が行き交うのも見える。車体にはいまだにドイツ語の標示が堂々と残っていて、いまもスイスの閑静な街区の汚れひとつない家々のあいだを走り、穴ぼこや野良犬や紙くずや行商人だらけのバルパライソの通りに乗客を降ろしたことなど一度もないかのような澄ましたそぶりだ。

　まあ、かの名高きアルマグロとルヒエロにも辛抱というものを覚えてもらわねばなるまい。カジェタノは、緑色の小さなグアナコ（南米高地に生息する、アルパカやリャマに似たラクダ科の動物）が点々と描かれた派手な紫のネクタイの結び目を直しながら、店員が注文を取りに来る気になるのを辛抱強く待った。店員は、長い髪を真っ黒に染めた、黒ずくめのいでたちの色白の〝ゴス〟で、アメリカの有名ラッパー、カニエ・ウェストっぽいヘッドセットで厨房と連絡を取るらしい。カジェタノは地方紙を広げ、第一面を見ただけで、このところ負けが込んでいるサッカー・チーム、サンティアゴ・ワンデレルスがまたしても敗北を喫したこと、ビニャ・デル・マルのカジノの庭でモデルが首を切断されて殺害されたこと、この地域の失業率がなぜか上昇していることを知った。バルパライソの景気低迷はだれもが知るところだ。十九世紀には、太平洋岸で最も重要かつ最も栄えた港町だった。劇場ではオペラ歌手エンリコ・カルーソーや女優のサラ・ベルナールの公演がおこなわれ、通りにはガティチャベス百貨店やヨーロッパの有名店が並び、人口の四分の一はスペイン語を話さない外国人だった。しかし、一九〇六年八月十六日の夜に町を襲った大地震により、三千人以上の住人がものの数秒でビルや家屋の瓦礫《がれき》の下敷きになった。その夜のうちに数千人規模の人々が町を離れ、残った者たちは町の過去の栄光と失われた美を思い起こしては、遠くない未来に奇跡が起きて、またあの栄華を取り戻すはずだと自分を納得させた。だが、それからちょうど八年後、その幻想はもろくも打ち砕かれた。一九一四年八月十五日にパナマ運河が開通し、バルパライソに壊滅的な打撃を与えたのだ。あっというまに港は寂れ、倉庫は空《から》になり、桟橋《さんばし》のクレーンは動きを止め、酒場や店舗、レストランでは閑古鳥《かんこどり》が鳴き、労働者も娼婦もポン引きも仕事をなくした。

カジェタノは、一九七一年にチリにやってきたとき、単なる不運というより神罰のようにさえ見える、バルパライソのこのひたすら転がり落ちるばかりの悲しい凋落《ちょうらく》の歴史についてはなにも知らないまま、支離滅裂な建築物群と地形、寡黙で親切な人々に魅せられて、当時の妻マリーア・パス・アンヘラ・ウンドゥラーガ・コックスとともにこの地に住むことにしたのだ。それはサルバドール・アジェンデと人民連合の時代であり、社会がとめどなく沸騰《ふっとう》していた時節だった。しかしその沸騰は結局、人々が夢見た理想郷ではなく、アウグスト・ピノチェト将軍による独裁へと至るのだが。あれから何年経ったのだろう？　多くの人が忘れたがっている暗黒の時代が始まった、あの日から。三十数年？　いずれにせよ、つねに誇り高きバルパライソ人《ポルテーニョス》——いまでは彼もそのひとりだと自任している——は、いつだって幸運や不運はその角を曲がったところに、あるいはその石段をおりた向こうに、うずくまって待ちかまえていると信じ、だからこの世のすべては相対的で、はかないものだと考えている。坂をのぼりおりすることに慣れているポルテーニョスに言わせれば、物の存在とはこの町そのものだ。波を信じて波頭に乗り、意気揚々と進むこともあれば、へとへとになりしょげ返って、谷底でひたすらおとなしくしていることもある。いつ上がるか落ちるかわからないのだ。諸行無常。どんな状況も永遠には続かない。存在は不安定をもたらし、変わらないのは死だけだ。だからこそ、そして救いがたい楽観主義者であるがゆえに——まあ、コーヒーとパン、それにときおりの冷たいビールとある程度のラム酒は欠かせないし、この地の果てのような場所では私立探偵に仕事が舞いこむチャンスはめったにないとはいえ（その地の果てがじつは最近、果物やワイン、鮭の輸出で世界の注目を浴びて、二台めの車を持ち、ハバナやマイアミでのバカンスを楽しむ者や際限なく借金を重ねる者が増加中なのだが）——カジェタノはAR&Aの共同経営者たちを待たせても、そう気がとがめないのである。

いまから十六年前の一九九〇年に、抗議運動のすえ平和裏に民主制を奪還したチリだが、つい最近まで離婚が法的に認められていなかった、中道保守とされるこの国の現在の指揮を執るのは、バツいちのシングルマザーにして、社会主義者で無神論者の女性である。このことはまさに、まるで針のように細長いこの国が、ひどく移ろいやすく、ほかに類を見ない唯一無二の場所だということとの証左だろう。地球上で最も不毛で最も人を寄せつけない土地アタカマ砂漠から南極まで続き、太平洋の荒波とアンデス山脈の万年雪のあいだでバランスを取り、住人とその家財道具もろとも崩壊していつ海の底に消えても不思議ではない地震大国。幸福の絶頂と絶望の奈落、団結と個人主義、両極端のあいだをめまぐるしく揺れ動き、その全容と実態が解き明かされたことは一度としてない、考古学者ハインリッヒ・シュリーマンの難解なヒエログリフさながらに謎めいたこの国は、環境や政治傾向の変化、季節のいろどりに応じて愛されたり忌み嫌われたりする。

「ここでは死者でさえのんびりしてはいられない」カジェタノは、その席からカルセルの丘の頂上に目をやり、アタカマの塩湖のように光り輝いている墓地の白っぽい壁龕《へきがん》を見てつぶやいた。「いざ地震が起きたら、大挙していきなり生者の国に押し寄せるんだから」

「ご注文はいかがします?」ゴスが尋ねてきた。

カジェタノはコルタードのダブルとサンドイッチのメニューを頼み、髭の先を撫《な》でながらいまかいまかと待った。

いまはっきり思い出した。三十五年前にバルパライソにやってきたときのことを。ラン航空のボーイング機で、アンヘラとサンティアゴに到着したあとの話だ。アンヘラは半分貴族の血を引くチリ人女性で、熱烈な革命論者であり、アメリカのお嬢様向け大学の学生だった。ある晩、カジョ・ウエソのまだ温もりが残る砂浜のココヤシの下で愛を交わしながら、コノ・スル(チリ、アルゼンチン、ウルグアイにわたる地域)でサルバドール・アジェンデが推進する社会主義社会の建設にぜひ携わるべきだと、彼女に説得されたのだ。しかし、どちらの出来事――アジェンデの革命と恋――も、一九七三年九月十一日のピノチェト将軍によるクーデターによって、突然悲劇的な形で終焉《しゆうえん》を迎えた。アンヘラは民族音楽バンドのチャランゴ(アルマジロの甲羅を共鳴胴にした五複弦の弦楽器)奏者とともにパリに亡命したが、カジェタノはぼろ船のようにチリで座礁した。彼をマイアミの〝反体制派《グサーノ》〟と蔑《さげす》む左派からも、カストロ信者のスパイとして敵視する右派からも、身を隠さなければならなかった。独裁体制のあいだはずっと職を転々とした。書店員、保険外交員、エイヴォン化粧品の美容クリームの営業員、バルパライソの険しく危険な丘の斜面を徒歩で行き来し、こそ泥や故買屋や密輸業者といった連中に通達を渡す、裁判所事務官の助手。しかしそのうち、マイアミの胡散《うさん》臭い通信教育で私立探偵の資格を取得したおかげで、あちこちからちょっとした調査――浮気が疑われる妻やら、ソーダファウンテンのその日の売り上げのちょろまかしやら、やかまし屋のご近所さんからの殺すぞという脅迫状やら――の依頼が集まりだし、なんとか糊口《ここう》をしのげるようになった。それで多少は自尊心を持って暮らせたし、彼のようなスリルを好む夢見がちな一匹狼にはもってこいの仕事がときには飛びこんでくる。

「はいどうぞ」ゴスがそう言って、近視気味のカジェタノの目の前で、サンドイッチやケーキの色とりどりの写真が並ぶメニューを広げた。

　そのメニューは客の食欲をそそることを目的とするだけでなく、いまもしぶとく生き残りつづけるバルパライソの華麗なる歴史をも物語ろうとしていた。かつては〝太平洋の宝石〟と呼ばれたものだが、正確に言うと、すでにかなり摩滅した宝石だ。町の起源には、聖俗いずれの権力者も関わっていない。我慢強い五十万人ほどの住人と、無秩序に建物が群がる五十を数える丘。美しいすり鉢の形をした馬蹄《ばてい》形の湾。戦前のおんぼろ路面電車とがたごとと文句をこぼしながら丘をのぼりおりするアセンソールで職場と家を往復する住人たちは、それらに乗るたびに命を危険にさらす。出窓やバルコニー、傾斜のある庭を備えた家々は、丘の頂《いただき》に颯爽《さっそう》とそびえているものもあれば、山腹にかろうじてしがみついているものもある。町のたぐいまれな地形と建造物群がユネスコの世界遺産に登録され、いまバルパライソはふたたび復活の兆しを見せている。若作りのリタイアしたアメリカ人やカナダ人、ヨーロッパ人たちがポケットをドルやユーロでぱんぱんにふくらませ、夏のあいだ毎日港に到着する大型客船に乗って、わんさか押しかけてくるおかげだ。

バルパライソの暮らしは悪くない、とカジェタノは満足げに思う。彼は、コンセプシオンの丘のヘルバソーニ通りにあるネオヴィクトリア様式の黄色い家を借りて住んでいる。太平洋が眺望でき、暖かくすがすがしい夏の朝など、堤防を背に湾から吹いてくる潮風を楽しんでいると、ハバナにいるような気にさえなる。私立探偵として調査をするときは、日系人のスズキに助手として手伝ってもらう。スズキは、夜になると質素な自宅で小さな揚げ物屋〈カミカゼ〉を営業している。港湾地区のアドゥアナ広場とマトリス広場を結ぶ、バルが軒を並べる石畳の路地にあり、スリや強盗と同様、人のいい観光客につけこんで、ちかごろまたうまい商売ができるようになった娼婦やポン引きたちの噂話を聞きこむには格好の場所だった。カジェタノは五十の坂を越えたいまも、運命の女と出会い、息子か娘——健康ならどちらでもかまわない——の親になる夢を捨てていなかった。できれば頭が完全に禿《は》げあがり、隠居して関節炎にぼやく気難し屋になるまえに。初めこそ、チリ人のいかめしさと山がちな土地の厳しい気候になかなか慣れなかったが、いまや祖国キューバの人も天候も色褪《いろあ》せた遠い記憶でしかない。光も影も濃いこの新たな故郷が、ついに彼を完全に虜《とりこ》にしてしまったのだ。緑にあふれているわけでも、島国ですらないが、おそらくは、それとは違う方法で。

「ご注文お決まりですか？」ゴスがコルタードをテーブルに置きながら尋ねた。腕の透けるように白い肌に太い静脈が青々と浮いている。

「バロス・ルコ（焼いた薄切り牛肉と溶けたチーズを挟んだチリ独特のサンドイッチ。ラモン・バロス・ルコ元大統領が国会のレストランでよく注文した）ひとつ、アボカド多めで」カジェタノは注文し、彼女の体の奥に隠れた芳《かぐわ》しい水源にたどりつくまで、その青い畝《うね》を指先でなぞったらどんなだろうと、想像しようとした。

飲み物に砂糖を入れて口に運んだそのとき、メニューの裏表紙にあった、バルパライソの自宅で椅子に深々と座ってくつろぐパブロ・ネルーダの写真に目が留まった。一瞬心臓が止まりそうになり、ゆっくり飲み物をすする。眼鏡《めがね》のレンズが湯気で曇り、カジェタノはふっと笑みをこぼした。ふいにココヤシや霊廟の頂《いただき》に並ぶ十字架、噴水のネプチューン像までが、砂漠の蜃気《しんき》楼《ろう》のように揺らぎはじめたような気がした。

そして、一九七三年の冬のあの朝の記憶が、〝探偵として手がけた初めての事件〟に出会ったあのときのことが、甦ってきた。だれにも話したことがない人生最大の秘密。あの丘の上の墓地に、自分の遺体が脚を先にして運ばれるとき、その秘密もいっしょに持っていくつもりだった。夏の暖かい夜、そこでは死者たちがタンゴやクンビアやボレロのリズムに乗って楽しげに練り歩きながら、バルパライソのひどく入り組んだ美しい通りにまた解き放たれる、次の地震を待ち焦がれるのだ。

目を閉じると、たちまち車の騒音も、アコーディオンや自動ピアノを伴奏にする盲人の歌声も、マテ茶やアボカドやはずれなしの宝くじを商う売り子の呼び声も消え、いきなり目の前に、まるで手品かなにかのように、コジャード通りにあったあのざらざらした田舎《いなか》風の木のドアが驚くほど鮮明に浮かびあがった……。

2

そのドアは、節のある硬い木板でできていた。だがだれも開けてはくれなかった。古いブロンズのノッカーをそっと撫《な》でてみたが、結局、ムートンのジャケットのポケットに両手をつっこみ、いまは待つしかないと自分に言い聞かせた。バルパライソの冬特有の朝霧に白い息を吐き、心のなかで苦笑した。まるで煙草《たばこ》の煙みたいだ。もはやこの町にはマッチも煙草も見当たらないのに。

さっきすでに、その角を曲がった、アレマニア通りのマウリ劇場の斜向《はす》かいにあるソーダファウンテン〈アリ・ババ〉で時間を一時間つぶしたところだった。カジェタノはそこで《エル・ポプラル》紙のオマル・

サーベドラ・サンティスのコラムと《プロ・チレ》紙のエンリケ・リラ・マッシのコラムを読み、そのあいだにトルコ人のアダッドがコーヒーとギリシャ風サンドイッチを用意しながら、品不足や買い物の行列、街の混乱ぶりについて文句をこぼすのを聞いていた。彼は、このまま政治的対立が続けば国は分裂して、自分のような外国人はお払い箱になるのではないかと怯《おび》えていた。あらためて時計を見ると、もう十時をまわっていた。たぶん彼はまだ首都から戻ってきていないのだ。カジェタノは、霧の切れ間からのぞいた湾に目をやって思った。

これから会おうとしている人物とは、数日前にバルパライソ市長宅で開かれたクラント・ア・ラ・オジャ（チリ南部チロエ島名物の海鮮を鍋で煮こんだ料理）・パーティで初めて会った。地元の有名な政治家や知識人と知り合いになったほうがいいと、妻のアンヘラに引きずっていかれたのだ。グスタビーノ議員にアンドラーデ議員、歌手のパジョ・グロンドーナとガト・アルキンタ、画家のカルロス・エルモシージャ、サリータ・ビアルやエンニオ・モルテードといったバルパライソ在住のボヘミアン詩人たち。革新的で独創的で、社会主義体制推進派の人々だ。顔が広いアンヘラは、夫の売りこみに余念がなかった。彼のようなチリに来てまだ二年にもならないカリブ人にとって、こういう変革の時代に仕事にありつくのはそう簡単なことではなかった。だが、実の母親もかくやというほどの彼女の奮闘ぶりを見るにつけ、カジェタノの胸に別の懸念が生まれた。彼の失業という未解決問題のせいで後まわしにされてきた別件に一刻も早くとりかかりたい――だから彼女はこんなに必死なのでは？　アンヘラの関心は家庭より政治活動に向かっており、政治信条もなく、彼女にくっついてやってきたこの国で左右どちらの側に賛同するかすらはっきりしない自分は、どこにもあてはまらないパズルのピースだった。居場所のない部外者。そう、そのパーティでも、彼はまさにそう感じていた。アンヘラがいなければだれも彼を招待したりしなかっただろうし、彼自身——募る鬱憤《うっぷん》をこらえながら思った——招待してくれと頼んだわけではなかった。紹介されたVIPたちと交流する気にもなれず、まして、その場でいちばんの有名人、あらゆる賞賛とあらゆる伝説にいろどられた人物——実際に会ってみるとなんとなく幻滅した——の取り巻きに加わるなどごめんだったので、カジェタノは今世紀初頭に建てられたその屋敷——いまは黄色のトタンで外壁を張り替えられ、湾を見下ろす金貨さながらに光り輝いている——の図書室に避難することにした。板張りの床、むきだしのオークの梁《はり》、立派な革装の本がずらりと並ぶ本棚。薄暗いその部屋は格好の避難場所だったし、期待どおり人気《ひとけ》がなかった。カジェタノは、大勢の招待客が寒さをものともせずに煙草を吸って談笑する庭に面した窓際の安楽椅子に座り、太平洋の強い潮の香りを楽しみながら、別の海を、別のアンヘラを思い返した。

そうしてぼんやりするうちに、時間の感覚も失った。どうやら、彼がいないことにだれも気づきもしないらしい。パーティのことが遠い別の時代のことのように、いや、むしろすべてが茫漠とした夢の出来事のように思えはじめたそのとき、背後で足音が聞こえ、ささやかな白昼夢に浸っていたカジェタノははっとわれに返った。だれかが部屋にはいってきた。幸い、その人物も灯りをつけなかった。侵入者も暗がりが好みらしい。たぶん孤独が恋しくなったのだろう。カジェタノはじっとして、音をたてないようにした。侵入者は部屋を間違えたのかもしれないし、だれもいないとわかればそのまま立ち去るかもしれない。ところが足音は、踏み出す先を確かめるかのようにそろそろとこちらに近づいてきて、ついにカジェタノのそばにたどりついた。

「調子はどうだね？」

友人と冗談を交わすかのような、皮肉めかしてはいるが親しげな口調は、彼に対する挨拶《あいさつ》としてはあまりに親密で、最初は面くらって言葉が返せなかった。沈黙が続くうちに、ぽつんと宙に浮かんだその挨拶がさらに現実から遠ざかっていくような気がして、カジェタノはあわてて返事をした。

「ここは居心地がいいですよ。もし喧騒《けんそう》に疲れたのでしたら」そのとき、その人物のゆっくりした歩き方が頭に甦り、もしかすると高齢者かもしれないと思い至った。「休むにはうってつけの場所です」なぜそんなことを言ったんだ？　すぐにでも立ち去ってほしいのに、これではゆっくりしていけと誘っているも同然だ。少なくとも彼は男のほうを振り返らず、窓枠に切り取られた水平線から視線をはずさなかった。ところが、背後にいるらしきその男もいっしょに窓の外をながめはじめた。

「若いころにいたビルマを思い出すよ」男が言った。この南半球の端の寒い国と、ジャングルの熱気に包まれているはずのアジアの遠国に、どんな関係が？　「兵士の夜。波立つ海に遠く放り出された男」物思わしげな話し方だが、自分のことを語っているように思える。どこの出身なのだろう？　そよ風がカーテンを揺らし、いまカジェタノの目に映るのは打ち寄せる波だった。背後にいる男もおなじものを見ているような気がする。「ひとり海を前にたたずむ男は、海のさなかにいるもおなじだ」

そろそろ限界だった。

「だれの話ですか？」

「きみ、異国人だろ？」いきなりくだけた口調になったことに一瞬たじろいだが、いやな気はしなかった。ひとりになりたかったのは事実だが、男の声が醸《かも》し出す気安さはカジェタノをくつろがせた。「故郷から遠く離れた者は、拠点が見つからず、進む方向がわからなくなるものだ。あのころは私もこういう隠れた片隅のような場所が好きだった」

「そしていまも好きなんですね」今度は相手のほうが彼の言葉に面くらったようだ。男は笑い、さらに近づいてきた。

「そのとおり。いまも好きだ」空気がやわらいだ。それでも、いまの距離感を縮めたくなくて、カジェタノは男の顔を見るのをあえて避け、太平洋を見つめつづけた。「いまでは方々《ほうぼう》に隠れ家があるし、あらゆる場所に友人もいるが、それでもときどきこういう片隅が必要になることがある。きみ、キューバ人だろう？」

訛《なま》りでわかったのだろう。カジェタノはもう少し正確に答えた。

「ハバナ出身です」

「ということは、アンヘラ・ウンドゥラーガの連れ合いか」カジェタノは急に丸裸にされたような気がした。男は友人として、急いで彼に覆《おお》いをかけてくれた。「そう驚くことじゃない。彼女はこのあたりでは有名人だからな。彼女がフロリダ住まいのキューバ人と結婚したことはだれもが知っている」

〝だれも〟ってだれだ？　初めて相手の顔を見てみたい衝動に駆られたが、思い留まった。熱に浮かされたように妻の後を追いかけて地球の南端までやってきて、結局二年を棒に振ったいま、何事も早まってはいけないと学んだ。

「ハバナ郊外の出です」彼は慎重に言った。

背後で男が笑った。

「美人妻だよな。知的で進歩的だ。さぞ鼻が高いだろう」

そんなふうには思っていなかった。相手にもそれはわかったはずだ。カジェタノは遠くの波に目をそらして逃げを打ち、自分を繕《つくろ》った。

「ええ、みんなにうらやまれます。ここのなにが気に入らなくて、彼女はわざわざ北半球まで男を探しに行ったんだ、とだれもが疑問に思っているでしょう」

今度は男も笑わなかった。

「愛の罪というのはいずこでもおなじだ」声が急に翳《かげ》りを帯び、口調もぶっきらぼうになった。カジェタノには見当もつかないほど昔から続く太古の悲しみが、ついさっきまでは笑って鷹揚《おうよう》に冗談まで飛ばしていた、教養あふれる親しげな声に忍びこむ。男はほとんど間を置かずに先を続けたが、口を開いたとき、重い荷物を背負いこんだような声になっていた。「なれなれしく話しかけて申し訳なかった。だが、そうやって仮面をかぶりつづけることがどんなにつらいか、私にはよくわかる。本当なら妻と腕を組んで愛嬌《あいきょう》を振りまかなければならない庭から遠く離れ、この窓辺にきみがたたずんでいるのを見たときから、私にはぴんと来た。〝無言〟に気づかれないようにするためにその場を離れようとする者を、大勢見てきたから」

　いまやカジェタノ自身がその無言の場所だった。無言が多くを物語っていた。正体も知らないその男には、語りたいことがまだまだたくさんあるらしい。

「私ぐらいの歳になるとなんでもお見通しで、だまされても傷つかないし、裏切られても驚かないと思うかもしれない……だが逆だよ。ひと押しで充分なんだ。毎日行き来する通りでうっかりつまずけば、自信満々だったはずのバランスがあっというまに崩れる。そのうえ反射神経もなくなり、残り時間も少なくなって……」不安を口にしたとたん、声が低くしおれていった。でもまた元気を取り戻す。「燃えていたものはそれでも燃えつづけ、消そうにも消せず、かといって無視することもできず……」彼は口ごもった。「その情熱を追い求めようにも力がない」だが別の締めくくり方をしようとする。「若いときはすぐに絶望して、デートをすっぽかされたりすると、恋人など二度とできないと思ったりする。だが世界は何度だってめぐるものだ……」

　曖昧《あいまい》なほのめかし方だったが、男は自分のことを話しているのだとカジェタノにはわかった。だがなぜだか、男の言葉は結局カジェタノにもあてはまるのだという気がした。それは直感だった。

「作家かなにかですか？」カジェタノは尋ねた。

「きみには探偵の才能があるぞ、坊や」正体不明の男は冗談半分に言った。「いまの仕事に嫌気がさしたら、散らかった小さな事務所の戸口に看板を出して、調査の依頼を待つといい」

カジェタノは、自分がからかわれているのか、それとも未来を占ってもらっているのか、わからなかったが、いずれにせよ逆らわないことにした。

「覚えておきますよ、ミスター……」

「……レジェス。リカルド・レジェスだ」背後の男がほほえんだような気がした。「カジェタノだね？　どんな仕事をしているんだい？」

「ちかごろは与えられればなんでも。いい話はないかと待っているのですが、こうして二年も経つと、アンヘラのコネもこれまでかと思いはじめています」

レジェスはなにも言わなかった。と、突然咳《せき》をしはじめた。カジェタノは、妻への愚痴《ぐち》をついこぼしていたことが恥ずかしくてしばらくじっとしていたものの、急に気遣いに欠けていたことに思い至った。

「窓を閉めましょうか？」

「大丈夫だ。これは窓とは関係ない」レジェスは答え、咳をこらえるため咳払いをした。「では仕事を探しているんだな？」と彼は続けた。そのとき女性のヒールの音が部屋に響いた。

「みんなあなたはどこだと騒いでいるのに、こんなところに牡蠣《かき》みたいに閉じこもって」エネルギッシュな感じの暗褐色の髪をした女性だった。「さあ、行きましょう。穴子《あなご》のスープの用意ができたし、市長があなたに敬意を表して挨拶をしたいそうよ。さあ、早く早く」

それでやっとカジェタノも振り返った。そして、すでに男は背後ではなく、ほとんど彼と並ぶようにして立っていることがわかった。カジェタノはその顔を見て驚いた。パーティのあいだずっと近づこうにも近づけなかった相手だ。彼を囲むファンたちに阻まれたせいもあったが、畏《おそ》れ多かったせいもある。ゆっくりした動きのでっぷりした体、蜥蜴《とかげ》のように大きな物憂い目。会話のあいだ海を見ていたそのまなざしが、つかのまカジェタノに向けられたというのに、彼はそちらを見ようともしなかったのだ。いま、偉大な詩人であり、サルバドール・アジェンデ大統領のもとで駐仏大使をみごとに務めたその男は、先ほどの女性に連れられて部屋から出ていこうとしている。ノーベル賞受賞者とふたりきりになるなんて、生まれて初めてだった。感激のあまり体が震えだし、頭に血がのぼった。

「ボスの言うことは絶対だ」パブロ・ネルーダはウィンクした。頬に大きな染みが浮いた詩人は、ざっくりした毛織のチロエ風ポンチョをはおり、いつものようにジョッキーキャップをかぶった姿で歩きだす。「とにかく、時間が空いたときにでも、わがラ・セバスティアーナ邸を訪ねてきたまえ。きみの故郷の町の古い絵葉書があるんだ。来るまえに電話をくれればそれでいい」

　とても電話をする勇気など出なかった。ところが、先に行動を起こしたのは詩人のほうだった。カジェタノに電話をかけてきて、自宅に来てほしいという。だからこうしてこのコジャード通りに彼はいた。そしてついに、錆《さ》びた蝶番《ちょうつがい》をきしませて、節くれだった木製のドアが開こうとしていた。

3

ドアを開けたのは詩人本人だった。

「悪かったな。本を読むうちにうとうとしてしまって。そのうえ、運転手のセルヒオが食料の買い出しに出かけていてね。私は階段をおりるのに難儀するんだ。だから、見てわかるように、ここでの暮らしは一事が万事、苦労が耐えない。さあ、いっしょに来てくれ」

詩人は、マウリ劇場の隣にある建物の小さな庭をつっきっていった。灌木《かんぼく》越しに、街と、入江の防波堤に接岸する艦隊と、その向こうにアンデスの山々が見える。詩人は重い足取りで階段をのぼりはじめ、カジェタノはそれに続いた。二階に着くと廊下を渡って、さらに上階へとのぼっていく。今度は狭い螺旋《らせん》階段だ。

丸窓の向こうに見えるのはきらきら輝く甍《いらか》の波と、日陰になった路地で、これからこの家がバルパライソ上空を滑空しようとしているような錯覚を覚えた。

息を切らしながら、詩人は三階にたどりついた。数日前とおなじキャップをかぶり、肩にはコーヒー色のラシャのポンチョをはおっている。なぜぼくに？　わざわざ屋敷に招待してまで、なんの相談だろう？　しかも、外国人で無愛想で、生まれて初めて話をするあいだ彼をずっと立たせ、背を向けて顔を見ようともしなかった礼儀知らずなこのぼくに？　あのときは相手の年齢はおろか、ぼく以外のだれもが彼に送る賞賛や、敬意についてさえ、まるで考慮しなかった。詩人はカジェタノをリビングに通した。壁は濃紺で、町の全貌を見渡せる大窓がある。そして、革製の黒い椅子の正面にある、花柄の肘掛け椅子に座るよう促《うなが》した。広くて明るい部屋で、中央に緑色の回転木馬の馬が置かれ、横手からやはり大窓のある食堂に続いている。奥にはバーカウンターがあり、酒瓶やグラス、ベル、〈ここ《シシ》に《・》パブロあり《パブロ》〉というブロンズの看板が並んでいる。

カジェタノは、詩人の温かな歓迎ぶりと、初対面のときの自分の無作法をあらためて引き比べずにはいられなかった。きのう何度か電話でやりとりするあいだに、少しは挽回《ばんかい》したとはいえ。

「来てくれてありがとう」詩人は言った。いまの彼は町の鐘楼《しょうろう》の上を空中浮遊しているようにさえ見える。「まわりくどい言い方をするつもりはないんだ、カジェタノ。なぜ自分が呼ばれたのか、自問自答していることだろう。答えはしごく簡単だ。きみなら私を助けてくれると思ったからだ。いやむしろ、この世で私を助けられるのはきみしかいないだろう」

カジェタノは友好的にふるまおうと決めていたのだが、警戒を解かないことにした。

「ドン・パブロ、畏《おそ》れ多いことです。重責に押しつぶされそうですよ」崇拝にすら近い尊敬の念をこめて答えたが、詩人の言葉にうっすらと皮肉を感じて、さらにへりくだろうとした。「ぼくみたいな人間に、どうしてあなたを助けられると？」

「じつは、きみのことを多少は知っているんだ。だが、もっとよく知っているのはきみの細君のほうだ。彼女は人民連合政府のシンパだから、きみもそうなのだろうと考えた。このごろではだれも信用できないからね……」

カジェタノは、詩人のむくんだ手や大きな鼻、やつれた顔をながめた。体はがっしりしているが、この数カ月で急に痩《や》せたのか、シャツの襟元がぶかぶかだった。ふと、あの図書室で彼の口調が急に暗くなり、時間があまりないと沈んだ様子でほのめかしたことを思い出した。だがこうして窓からさしこむ明るい日差しのなか、自宅のなじみ深い調度に囲まれていると、俄《が》然《ぜん》エネルギーにあふれ、決然として見える。それでもカジェタノには、この会話がどこに向かおうとしているのか見当もつかなかった。

「ぼくはキューバ人ですが、じつはキューバからではなく、フロリダからここに来たんですよ」多少ユーモアを交えて、詩人の緊張感をやわらげようとした。

「でもまだわからないですね……」

「まさにキューバ人のきみだからこそ、力になってもらえると思うんだ」ドン・パブロがさえぎるようにして言った。

カジェタノは眼鏡の位置を直し、不安をごまかすように髭を撫《な》でた。

「キューバ人だから？」

「順を追って話そう」詩人は口調を変えて言った。「見たところ、この家のことがずいぶん気になるようだ。まず、ここは、元家主のスペイン人セバスティアン・コジャードにちなんでラ・セバスティアーナと呼ばれている。一九五九年に私が彼から買い取った。彼は屋上に大きな鳥小屋と、ヘリポートを設計したんだ」

いまやカジェタノは、ひょっとして自分は馬鹿にされているのではないかと思いはじめていた。

「真面目な話ですか、ドン・パブロ？」

「もちろん」詩人は大きなまぶたをゆるゆると閉じた。「いつかここに宇宙の英雄オデュッセウス王が降り立つのさ。私は全部で四軒の家を持っているが、ここほど浮遊感を楽しめる場所はない。サンティアゴの家はサン・クリストバル山の山裾《やますそ》に隠れるようにして建つ。イスラ・ネグラの家は出航せんとする美しいゴンドラのようだ。ノーベル賞の賞金で買った、石と煉瓦《れんが》造りの馬小屋マンケル邸は、フランスのノルマンディの人里離れた森の奥にある。だがラ・セバスティアーナは、まるで空と大地と海をつなぎあわせた腕輪だ。だからここがいちばん気に入っている。とはいえ、私は建築家としてではなく、詩人としてきみをここに呼んだ」

カジェタノは啞然《あぜん》としたままだった。自分と詩にどんな関係が？ パブロみたいに有名な詩人のために役に立てることがあるのだろうか？ 大窓の向こうを鷗《かもめ》が横切った。

「だが、そんなに怖がるようなことじゃない」ドン・パブロが続けた。「本人を目の前にすると、新聞やテレビの颯爽《さっそう》としたイメージと違ってがっかりするものだ。それに歳には勝てない。私ももう七十だ。そうは言っても、ものを書く意欲と女に対する欲望はいまだ健在なのだがね」

カジェタノはさっさと本題にはいりたかった。

「ぼくがどんな力になれるとおっしゃるんですか？」

詩人はお腹の上で手を組みあわせ、しばらく黙りこんだ。詩人を浸すどこか金属的な午前の日光は、家々や丘の輪郭《りんかく》をくっきりと鋭角に浮かびあがらせている。

「見つけたい人がいるんだ」目を伏せ、一瞬口をつぐんだあとで言った。「目立たないように。これは個人的なことでね。かかった費用は全部私が持つし、もちろん報酬も払う。きみの請求に応じて」不安げな表情でこちらを見ながら、彼ははっきり言った。

「人を捜してほしい、と？」

「そのとおり」

「ぼくを雇いたいってことですか？」初めて会ったときに詩人に言われたことを思い出した。「私立探偵として？」

「まさに」

「でもぼくは探偵じゃありませんよ、ドン・パブロ。少なくともいまはまだ」カジェタノはむなしく曖昧《あいまい》な笑みを浮かべた。「そればかりじゃない。ぼくには探偵ってものがなにをするのか見当もつきません」

詩人が小テーブルから赤いビニールのカバーつきの本を何冊か手に取った。

「ジョルジュ・シムノンを読んだことがあるかね？」

彼がなにか企むように目を細めると、頬がぴんと張り、額に皺《しわ》が寄った。「ベルギーの有名なミステリ作家なんだ」

「いいえ、ありません」文学の素養がない自分が急に恥ずかしくなった。自分の無知に詩人が腹を立てるのではないか、そんなふうに思えてつい詫《わ》びた。「すみません。ぼくが知っているのはせいぜいアガサ・クリスティーとかレイモンド・チャンドラーとか、それにもちろんシャーロック・ホームズも……」

「ではそろそろこのベルギー人作家の作品を読まねばなるまい」詩人が押しつけがましく言った。「詩が人を天にいざなうとすれば、ミステリは人にありのままの現実を見せつけ、手を汚させ、南方を走る機関車の機関助手さながらに顔を煤《すす》で汚す。何冊か貸すから、メグレ警部からなにがしか学びたまえ。探偵小説の生みの親と言われる偉大な詩人ポーや、シャーロック・ホームズの父コナン・ドイルを読むのはお勧めしない。理由がわかるかい？　そこに出てくる探偵たちはあまりにも変人で頭脳的すぎるからだ。南米のような混沌《こんとん》とした場所では、簡単に解決できる事件などない。たとえばバルパライソでは、路面電車でスリが財布を盗み、丘の子供たちは人に石を投げ、犬は通りで人を追いかけて嚙《か》みつく」

尋常じゃない。探偵役を押しつけられたばかりか、ミステリを読んで仕事を覚えろだって？　人に言ったら、頭がおかしいと思われるだろう。詩人だけでなく、ぼくも。

「だからこの本を持っていって読みたまえ」有無を言わせぬ口調でドン・パブロは言い、ぎこちない手つきで数冊の本を網袋に入れた。

ノーベル賞作家にいやとは言えない。カジェタノは袋を受け取りながら思った。六冊はいっていたが、小型本なので重くはなかった。赤いビニールの表紙で、中身は手ざわりのいい薄紙だ。ここから本当になにか学ぶことができたとすれば、それはそれでけっこう。少なくともこの網袋は、配給価格統制委員会《JAP》で肉の配給を受け取るのに使えそうだ。といっても、まあ、配給があればの話だが。もう何週間も前から牛肉も鶏肉《とりにく》も、バターや油や砂糖とともに姿を消した。闇市の価格は狂気の沙汰だった。

「見つけなければならないのはだれですか？」無意識にそう尋ねていた。なんだか自分の声ではないみたいだ。

「きみなら引き受けてくれると思ってたよ、カジェタノ」詩人は大きく安堵《あんど》の息をついた。そして、スリッパを引きずるようにしてリビングの戸口に近づき、聞き耳を立てている者はいないか確かめた。「よし、できるだけ手短に事情を説明しよう。よく聞いてほしい……」

4

「きみの同国人なんだ。友人だったんだが、ずいぶん前に音信不通になってしまった」鼻にかかるゆったりした声でドン・パブロが言った。ふいに彼の目に、期待に満ちた、だがやけに子供っぽい光が宿った。

「キューバにはもう何年も帰っていません」カジェタノは応じた。「島を後にしたのは子供のころなんです」

「私だって、きみが島じゅうの人を知っていると思うほどおめでたくはないさ。だがキューバ人なら仕事がやりやすいのは事実だろう。そのうち身をもって理解するだろうさ。このことについてはもう何カ月も悶々《もんもん》と考えてきたんだ。とくに、パリで健康を害してからは。党員のだれかに頼むか、ハバナの大使館にいる親友に頼ろうかとさえ思ったが、やめにした。いまなにか情報が洩《も》れるとまずいことになる。こういう政治情勢で……」

カジェタノは言葉をなくし、詩人をただながめていた。

「なぜきみのような見ず知らずの人間を信用するのか、ずっと疑問だっただろうな」詩人が続けた。「単なる直感なんだ。つい最近この家で同志の会合があったとき、きみのことが話題になってね。私は思ったよ。彼こそ私の求めていた人間だ、と。チリにひとりも知り合いがいないきみは、必然的に目立たない存在となった。それにキューバ人だから、帰郷しても怪しまれないだろう。失業中となれば、この仕事はきみにとっても願ったりかなったりでは？」

「だからあの日曜日、みんながクラント料理を楽しんでいる最中に、図書室にいたぼくに会いに来たんですね？」

「そのとおり！　すべて計画のうちだった」

カジェタノは苦笑いした。手が汗ばんでいる。詩人は、毛織りの靴下を履《は》いた足を白い革製のスツールにのせた。とても役に立てない、とカジェタノは思った。でも最初から投げ出せば詩人をがっかりさせるだろうし、二度と声をかけてはもらえないだろう。まだ始まったばかりとはいえ、こんな大物との親交を軽々しく反故《ほご》にするのは愚の骨頂だ。物憂いまなざしや長いもみあげが、どこか父を思い出させた。ラテン音楽楽団でトランペットを吹いていた父は、ボヘミアンたちと親しくつきあい、家族の人気者で、五〇年代に雪の夜のブロンクスでおこなわれたコンサートのあと急死した。父は長年ブロンクスで〝ルンバの王様〟ザビア・クガートのもとで演奏し、かの〝ぶっ飛びリズム《バルバロ・デル・リトウモ》〟ベニー・モレとも共演したことがある。モレは、ヒット曲『オイ・コモ・アジェール』を歌い、乳を飲むかわりにコンガやボレロで育ったかのように踊った、キューバが誇る大歌手だ。キャナル・ストリートで起きた夜間の事故で父が亡くなったときの状況はいまもはっきりしないのだが、その後、ユニオンシティでお針子として働いていた母には、キューバに帰る経済的余裕などなくなってしまった。

「そのキューバ人ですが、名前はなんていうんですか、ドン・パブロ？」

「詳細が知りたいなら、まず、仕事を引き受けること、そして秘密を口外しないことを約束してもらいたい」

「信用してください、ドン・パブロ。なりますよ……あなただけのメグレに」

「そう来なくては」詩人はぱっと顔を輝かせ、それからバラ色の壁を背にしたバーカウンターに目を向けた。カウンター上部にはブロンズ製のベルが吊り下がっている。「ウィスキーをオンザロックでどうだい？ 少なくとも十八年は寝かせた一級品だぞ。こう見えて、チリでも指折りのバーテンダーなんだ。ダブルかね？ それともトリプル？」

彼は答えも待たずにバーに近づいた。カウンターの後ろにまわってグラスを出し、角氷をいくつか入れると、シーヴァスリーガルをたっぷり注いだ。一日のスタートとしてはちょっとまずいな、とカジェタノは思った。なにしろ、今日はまだサン・フアン・デ・ディオスの丘にあるJAPにランチョンミートの配給をもらいにいっていないのだ。だが、ノーベル賞作家が一介の若造にこんなにいい酒を用意してくれることも、私立探偵として雇ってくれることも、そう毎日あることじゃない。

「きみと乾杯することはできない。バン・ブーレン病院で治療を受けているものでね」詩人はウィスキーの香りをうっとりした顔で深々と吸いこむと、カジェタノに手渡した。「とはいえ、夜元気があるときは、マティルデに気づかれないようにポートワインを一、二杯飲む。見つかったら大目玉をくらうが、ポートワインほどいい薬はほかにないよ。ポートワインが体の毒になるはずがない。そうは思わんかね？」

カジェタノはグラスのなかの氷をカランコロンと鳴らしながら、やっぱりむげに断ることなどできないと思った。ふいに仲間意識が生まれ、とにかく彼の信頼に応えたいという衝動に駆られた。

「度を超しさえしなければ、悪さはしないと思いますが……」

「心配するな、坊や。この期におよんで酔っぱらったりはしない」詩人は、酒を口にするカジェタノの顔をじっと見つめた。また一羽、鷗《かもめ》が大窓の向こうを横切った。羽を伸ばし、足を縮めて、首を左右に振りながら高らかに啼《な》き声をあげる。近くの家々の屋根の上を滑空したのち、道案内をするように湾のほうへ引き返した。

カジェタノは、最初のひと口がひと筋の花火のように体のなかをおりていくのを感じた。朝から酒を飲むことには慣れていない。

「どうだい？」詩人が尋ねた。

「すばらしいです、ドン・パブロ」それ以上言葉がなかった。

「私の目に狂いはないんだ。うまい酒も食事も知らない詩人は詩人じゃない」

カジェタノは、カウンターの上、ブロンズのアームから下がるベルの下あたりにグラスを置いた。

「それで、なんて名前なんですか？」

「シーヴァス。シーヴァスリーガルだ。十八年ものさ」

「違いますよ、ドン・パブロ。捜さなければならないキューバ人の名前です」

「アンヘル。ドクトル・アンヘル・ブラカモンテだ」

パブロは、カウンターに並ぶグラスの上方あたりに下がるブロンズのベルを撫でた。

「聞いたことのない名前ですね」カジェタノは、自分がそう言ったとたん、詩人の顔に一瞬がっかりしたような渋面が浮かんだのに気づいた。

しかし詩人は話を続けた。

「彼と知りあったのは、一九四〇年、メキシコシティでのことだ。当時私は駐メキシコ領事をしていた。彼は腫瘍《しゅよう》学者でね。チアパスの先住民が癌《がん》患者に対して使っていた薬草の特性を研究していた。私と同年代か、もう少し上だと思う。一九四三年に当時の妻デリア・デル・カリルとともにチリに戻って以来、消息がわからないんだ。たぶんいまもメキシコに住んでいると思う」

やはり噂は本当だったのだ。詩人は癌を患《わずら》っている。やっとパズルが解けた。癌患者であるドン・パブロは、キューバ人腫瘍学者の捜索をカジェタノに託し、治療してもらうつもりなのだ。カジェタノは勇気を奮い起こすために一気にグラスを空《から》にした。病身だというような目の下の濃い隈《くま》も、ら、彼の消耗ぶりも、荒い呼吸も、目の下の濃い隈《くま》も、蠟《ろう》のような顔色も説明がつく。パリでの駐仏大使の職に戻ることはおそらくかなわず、ずっと戦いつづけてついに勝ち取った、アジェンデ大統領の改革が進むこの故郷の地で永久の眠りに就くことになるのだろう。

カジェタノは窓越しに、自宅のあるマリーナ・メルカンテ居住区のほうをながめながら思った。冬の色褪《いろあ》せた空の下、黄色い壁に囲まれた自分の家が正面の丘にそそり立っているのが見えた。

「申し訳ありませんが、ドン・パブロ、《エクセルシオル》紙に尋ね人の広告を出しさえすれば、翌日にはブラカモンテと電話で話ができると思いますよ? 健康問題を一か八かの賭けにするのは考えものです」

「だれが健康問題だと言った?」ドン・パブロはごまかそうとしたが、顔にいらだちが浮かんだ。

「でも、相手は医者ですし……」ふいに、詩人は自尊心から、捜索の理由を教えたくないのだとカジェタノは気づいた。彼は若いとはいえ、世間知らずではない。キューバに世間知らずはいない。まぬけや恥知らずや日和見主義者はごまんといても、世間知らずはひとりも。ドン・パブロが癌を治すためにその腫瘍学者と薬草が必要なことは明らかだった。

「健康問題が理由で彼を捜すわけじゃない。きっとメキシコにいると思う。居場所を見つけて知らせてほしい。だがひとつ言っておく」詩人はぴんと伸ばした人さし指をカジェタノにつきつけながら、真面目な顔で言った。「このことはだれにも、ひと言たりとも洩らさないでほしい。ブラカモンテ本人にさえ、だ。所在をつきとめたら私だけに知らせること。そのあと、それからどうするか指示する。いいね？」

「了解しました」

「詩人をだますのはそう簡単なことじゃないぞ。病身の詩人ならなおさらだ」

「では手始めに、メキシコ大使館に問いあわせますか、ドン・パブロ？」

「図書館司書みたいに大使館など嗅《か》ぎまわってなんになる、カジェタノ！　いまきみがしなければならないのは、空路メキシコシティに飛び、現地調査を始めることだ。できるだけ早くアンヘル・ブラカモンテを見つけてくれたまえ！」

5

　飛行機に空席がなかったため、すぐにはメキシコに飛べなかった。だからカジェタノはシムノンの小説を読んで時間をつぶすことにした。たちまち、パリの路地やビストロ、市場を歩きまわる登場人物たちに夢中になった。さらには、ネルーダについて教えてくれそうな人、彼がどこを旅し、どんな女を愛したか、だれもが知っていることを耳打ちしてくれる人を捜すことにした。情報をできるだけ集めれば、それだけ安心できる。ネルーダはあまりにも謎多き人物だった。春の濃霧がバルパライソの階段やアセンソールを隠すように、過去を隠している。そうだとも、クライアントのことはしっかり調べておいたほうが賢明だ。彼がカジェタノに託した任務のことは、だれも想像さえできないはずだ。こんなふうに詩人を疑ってかかるのは気がとがめたが、熱意あふれるメグレのやり方を踏襲して、客観的な視点から彼を知る必要がある。相手が信頼できる情報提供者でも身近な友人でも、罪悪感など捨ててこっそり探るのだ。

　二日後、港湾地区のカルドナル市場にあるレストラン〈ロス・ポルテーニョス〉でパイラ・マリーナ（チリの伝統的な海鮮シチュー）を昼食に食べていると、たまたま店にはいってきて、マテ貝のパセリ添えを食べはじめたペテ・カスティージョから役に立つ情報を手に入れた。ちょうど漁師が柳の籠に入れて〝貧乏人の牡蠣《かき》〟と呼ばれる小ぶりのポルトガルガキを運んできたところだった。長細い貝殻がよく晴れた朝の砂浜のように輝いていた。ペテは労働組合の指導者で、カジェタノの家に近いモンハスの丘の渓谷にある木造の水上家屋に住んでいる。大学で教育学を学んでいたが、サルバドール

・アジェンデが大統領選で勝利した三年生のときにそれを中断し、地区の政治活動に専念した。それでもラテンアメリカ文学熱は冷めず、フリオ・コルタサル、ファン・カルロス・オネッティ、エルネスト・サバト、それにホルヘ・ルイス・ボルヘスの熱心なファンだ。ただしボルヘスについては、筆は達者だが、くだらない復古主義者だと考えている。

「ぼくの崇《あが》める聖人たちのなかにネルーダははいってない」ペレは低い声できっぱり言い、黒い無骨な手で大きく口を開けたマテ貝にレモンを絞った。貝が赤い舌を驚いたように縮めた。「詩集『葡萄《ぶどう》と風』でのスターリン讃歌や、社会主義政権建設をめざす武装闘争を拒絶したことに、すっかり幻滅したんだ。やつはぼくらをあまりにブルジョワ化しちまった」

「批判ばかり並べるのはよせよ。彼の情報をくれるとしたら、だれかな？　情報といっても、知りたいのは彼の私生活についてだが」

「カミロ・プレンデス組合長が手を貸してくれるかもしれない」ペテはしばらく考えてから答えた。彼は貝の舌をすすりあげ、すべすべした貝殻の中身を完璧に空《から》にしてから、白のグラスワインをひと口飲んで口のなかをさっぱりさせた。「彼はいま、チリ大学建築学科の過激な学生ばかりが集まった班を率いているんだが、ぼくの記憶違いでなければ、詩を専門に研究しているいとこがいたはずだ。二本の美脚を持つ百科事典だ、なんて噂も聞く。彼女ならネルーダのことを知っているだろうし、知り合いになっておいて損はない。きっとなにかしら、おまけがもらえる」

「彼とどこで会える？」

「ウッケ・クッキー工場で」

「この時代に、アフタヌーン・ティー用のクッキーを焼いてるって？」カジェタノは魚介スープから白身魚をすくい上げた。グリム童話に登場するお姫様のほっぺのように白く、ぷりんとした歯ごたえだ。

「組合長を馬鹿にするなよ、カジェタノ。プレンデスは先をめざしてる。ウッケはいまや労働者たちのものだ。占拠を求めた彼らを指揮したのがプレンデスなんだ。彼の指導によって、政府の反対をものともせず、多くの工場や五十ヘクタール以下の大農園《フンド》の占拠に成功した。プレンデスは六八年のパリ五月革命に参加し、そこでダニエル・コーン＝ベンディット（フランス生まれのドイツ系ユダヤ人政治家。五月革命の指導者のひとり）と知りあって、ハバナで社会運動に関するあらゆる法律を学んだ。大統領府にはびこる改革派を震えあがらせてるよ。ブルジョワっぽいところもあるが、鋼《はがね》の男だ」

その夜のうちに、カジェタノはウッケの工場に出向いた。窓という窓に灯りがともり、機械が轟音を響かせている工場は、静寂が支配する濃密な大海を進む大型客船のようだ。少なくとも、工業地区にたちこめる霧のなかを歩いていくカジェタノにはそんなふうに見えた。外壁には、人民統一行動連合《MAPU》や左翼革命運動《MIR》といった、アジェンデをただの体制改革者だと糾弾し、みずからを真の革命家と宣言する左翼政党の旗や、国の経済力を拡大して資本主義にピリオドをと訴える垂れ幕が下がっている。占拠後も工場は稼動を続けているが、ペテによれば、原料不足でそれも難しくなりつつあるという。カジェタノは大門に近づいた。ヘルメットをかぶり、夜警棒を持った警備係が数名、無言で煙草を吸っている。

「同志ペテ・カスティージョの名代《みょうだい》でうかがいました」カジェタノは、〈ロス・ポルテーニョス〉の紙ナプキンにペテが走り書きした通行許可証を彼らに見せた。「カミロ・プレンデスにお会いしたいのですが」

警備係のひとりがメモを確認し、カジェタノの住所氏名をノートに書きこんで、電話で上司に確認を取ったあと、カジェタノをなかに通した。すでに労働者たちに掌握《しょうあく》されたその工場のがらんとした中庭を歩くうちに、戦争孤児にでもなったような気がした。事務所に近づくと、そこには別の警備係がいて、よくしなる長い竿竹《さおだけ》をカジェタノに渡した。

「北の入口からグループに加わってくれ。それともヌンチャクのほうにするかい？」

「そんなもの、手にしたこともない」

「じゃあ竿竹のほうがいいだろう。槍《やり》のように構えるんだ」無表情でこちらを見る。「左に向かってくれ。廊下のつきあたりで詳しく説明する」

進むと、金属製のドアの横に、ヘルメットをかぶりヌンチャクを持った男が数人座っており、なにか怪しい動きを見たら床にある金槌《かなづち》でドアをたたいてくれと言った。

「非常事態になったときにどうするかは、みんな心得ている。プレンデス組合長のことは心配するな。毎晩、哨所《しょうしょ》をまわって同志に声をかけてくれる。幸運を祈る」

彼らはお手製の武器を手に立ち去り、カジェタノは積まれた箱の上に座って、ラッキー・ストライクに火をつけた。不安な夜のただなかでたたずむ彼を、煙草の香りが元気づける。港湾地区で商売をするセルヒオ・プラティックから煙草を買えたのは運がよかった。市場にはもうほとんど出まわっていないし、闇市では目玉が飛び出るような値段で売られている。ゆっくり煙を吸いこむにつれて体がしだいに温まり、カジェタノは詩人について、彼からゆだねられた奇妙な仕事について、メグレ警部の物語について考えた。世界がだんだん現実から遠ざかっていく。おかしな秘密を背負わされたせいか、まわりから切り離されたような感じがする。ひょっとして夢を見ているのか？　手に竿竹を持ち、内戦の亡霊に怯《おび》える国で革命を志す男を待っている、いまの自分。ぼくはいまバルパライソで暮らしている夢を見ているだけで、本当はここから千キロ離れたマイアミに近いハイアリアの古い家で、いやもしかするとかのハバナで、すやすや眠っているのだろうか？　上着のポケットにあるシムノンの本が手に触れた。この数日のうちにすでに何冊か読んでしまった。探偵業について学びたかったからではなく、シムノンは読者を楽しませるテクニックの持ち主であり、メグレ警部が誠実で、言動に説得力のある人物だと感じたからだ。ビニールの表紙に薄紙のページ、ところどころ端の折れたこの本だけが、自分が現実にネルーダと言葉を交わし、これはけっして夢ではないという証拠だった。

入口に車が近づいてきた。カジェタノは煙草の火を踏み消し、柱の陰に隠れた。見つかるとまずい。愛国と自由運動やロランド・マトゥス奇襲部隊の連中は至近距離から発砲すると聞いたことがある。カジェタノは息をひそめた。ゆっくり接近してくる車のヘッドライトで、通りの石畳が輝く。ついに姿が目にはいった。兵士を乗せたジープだ。つい最近も、占拠された工場の労働者たちに軍が発砲し、その後、軍が犯人を当局に引き渡すのを拒むという事件があったばかりだ。カジェタノには気づかずに、ジープはゆっくりと角を曲がって走り去った。

「なにを読んでいるんですか？」ふいに背後から声がした。

振り返ると、青白い顔をした若者がそこにいた。髪を伸ばし、口髭をたくわえ、ベレー帽と短コートにブーツといういでたちだ。少し離れたところに、カーキ色の上着を着た男をふたり従えている。

「シムノンです」カジェタノは表紙を見せた。

「推理小説がお好きですか？」

「おもしろいと思います」彼は通りに目をやった。ジープはすでに見えなくなっていた。

「初めて読んだのは、パリに留学していたときです」若者は言い、フォークリフトのつめに腰かけた。すらりと背が高く、端整な顔立ちをしている。間違いなく、チェ・ゲバラを意識しているように見えた。男はヒルトンの小箱を取り出し、カジェタノに一本勧めた。ふたりは工場の機械の音を聞きながら煙草を吸った。

「多作な人気作家で、フランスの現状維持支持者だ。遅ればせながら、私がプレンデスです。あなたはカジェタノ・ブルレで、同志たちの話によれば私をお捜しとか？」

「ええ」

「そして、推理小説が好きだと……」

「でも詩のほうが好きです」

「ほう？　たとえばだれの詩が？」

「ネルーダとか」カジェタノは本題にはいるために嘘をついた。

　プレンデスはくつろいだ様子で髭を撫《な》でながら目を伏せた。そして尋ねた。

「出身はどちらです？」

「キューバです」

「カストロはネルーダを好まない」

　カジェタノは口髭を撫でつけ、眼鏡を掛け直して時間稼ぎをした。そういえば、ネルーダが武装闘争を放棄したこと、アメリカの大学を訪問したことを、キューバ人作家たちが激しく糾弾していたっけ。

「キューバにはニコラス・ギジェンがいる。詩集『ソンゴロ・コソンゴ』なんかが有名です」プレンデスが続けた。

「ギジェンが好きなんですか？」カジェタノは尋ねた。まったく未知の領域にはいってしまった。

「私が好きなのはキューバの体制のほうです。労働者の政党、革命軍、だれもがおなじものを食べ、おなじ学校に通い、上下関係のない職場で仕事をする。この国もそんなふうになるべきです。ところで、ネルーダに話を戻しますが……」彼はそこで煙草を吸い、煙を吐き出したあと続けた。「好きなのは愛の詩ですか、それとも政治的な詩ですか？」

「愛の詩です」

プレンデスはからかうように口ずさんだ。

「〝今宵、私は世にも悲しい歌が書ける／たとえば〈夜空は満天の星、はるか遠き天体は青く瞬《また》き〉／夜風が空に舞い、歌う……〟」

そのとき、宇宙が鞭《むち》を打ったような銃声が響いて、遠くでこだまがしばらく反響したかと思うと、パンパンとさらに何発か発砲音が続いた。

「モーゼル銃だ！　マイポ連隊のやつらか」プレンデスは髭面をしかめて言った。「第二次世界大戦のときの錆《さ》びた銃弾で市民を脅かしてやがる……」

ふたりはじっとしたまま、夜の白く霞《かすみ》がかかった空気を呼吸し、丘から聞こえる犬の吠え声や湾から届く鎖の音を聞いていた。突然工場の音が止まった。

「くそ、また部品のせいだ。見に行かないと」プレンデスが言い、立ち上がった。吸殻《すいがら》を床に捨て、ロングブーツでつぶす。「ブルガリアの同志が約束の部品をすぐにでも送ってくれないと、クッキーも終わりだ……」

「パンがないならケーキがある、と言いますよ」

「格言としてはおもしろいですが、市民はクッキーのほうが好きなんです」プレンデスは手をこねながら言った。

「ネルーダに詳しい人をあなたがご存じだと、ペテ・カスティージョから聞きました」プレンデスが行ってしまうまえに、カジェタノは急いで言った。

「いとこのことでしょう。ラウラといいます」彼はふと笑みを洩らした。一瞬とはいえ、工場のいざこざから気持ちをそらすことができたようだ。「モスクワのパトリス・ルムンバ大学で学んでいたんです。長いことネルーダの伝記を書いていたんですが、いまは配給価格統制委員会の食料配給所で働いています。電話番号を教えましょう……」

6

棺《ひつぎ》のなかにいるような暗い夜だった。夜空の下、セラーノ通りのすでに閉店した商店街の前を、乗客がひとりもいないベルデマル社のバスがのろのろと通りすぎる。バル〈ラ・ナベ〉からトロピカルなリズムが流れ、入江の防波堤では闇に揉《も》まれて戦艦が静かに揺れている。暗闇のなか、足音が聞こえた。カジェタノは振り返り、短コートとマフラーという姿でポケットに両手をつっこんで、コクラン卿博物館の横の舗道を近づいてくる女性の姿を認めた。

ゆうべカジェタノは、カミロ・プレンデスにもらった電話番号に連絡してみた。ラウラ・アレステギは、こんな動乱の時代に自分の論文に興味を示す者がいたことに驚いていた。韻文のことなどだれも口にせず、話題になるのはだれが権力を掌握するかとか、無産階級による独裁政治だとか、チリが社会主義政権に進む道だとかばかりで、レーニン、トロツキー、アルチュセール、マルタ・ハーネッカーの歴史的弁証法的唯物論入門について、だれもが一家言あるめまぐるしい時代だ。彼女が出席しなければならない党の会合が終わったあと、夜八時に博物館で会おうとふたりは約束した。だがもう八時二十分だった。

「遅れてごめんなさい。いつもぎりぎりになって発言する同志がいるの」ラウラが言った。

魅力的な女性だった。共産党青年部から共産党本体に移籍したばかりだという。口元にほくろがあり、不眠症に悩まされているのか、目の下に隈《くま》ができている。仕事のしすぎかセックスのしすぎか、理由はわからないけれど、とカジェタノは思った。なぜか、いまラウラには愛する人がいて、目の下の隈は激しく情熱を交わした結果だという気がした。ホテル・ルドルフの前の階段をおり、人気《ひとけ》のない街区に出ると、アニバル・ピント広場まで歩き、そこにある昔ながらのレストラン〈チンザーノ〉で食事をすることにした。

「ハバナ出身の人がネルーダに興味をねえ」レストランで席につくと、ラウラがおもしろそうに言った。すでに死に魅入られているかのような、痩《や》せこけた青白い顔のバンドネオン奏者を従えて、紺の三つ揃いを隙なく着こなした銀色の鬢《びん》の男がタンゴを歌っている。会食者であふれるテーブルのあいだを縫《ぬ》うようにして、二組のカップルが踊っている。

「すでにお話ししたように、メキシコ時代のネルーダについてルポを書こうと思っています」カジェタノは言った。「当時のことはあまり世に知られていません。数日中にメキシコシティに向かう予定なんです」

「掲載するのは《グランマ》誌？　それとも《ボエミア》誌？」ラウラが尋ねた。ロミー・シュナイダーのような細いアーチ形の眉をしている。ただし、コノ・スル地域のロミー・シュナイダーだが、とカジェタノは心のなかでにやりとした。

「先に記事を書いてから掲載先を探します」説得力のない言い逃れだろうか？

赤ワインと鳥鍋、そして独立以来チリのどのレストランでも前菜に欠かせないパルタ・レイナ（アボカドに海老や肉などの詰め物をした料理）を注文した。〈チンザーノ〉は食材の供給をある程度は保証されているが、価格はうなぎのぼりだとカジェタノは思った。あたりに漂う憂鬱な空気を、夜を支配する終末感をこっそり見渡す。この店は、バルパライソの伝説的な改革派ボヘミアンが好んで集う場所として有名だ。盲目的な信念と驚くほどの執念で自費出版を続ける詩人や作家、まともな給料はもらえなくても情熱と自尊心は忘れない文学部や歴史学部の教授、理想郷を夢見る文学部の聡明《そうめい》な学生たち、そして、マテ貝やアサリや穴子の並ぶ大皿の向こう、バーカウンターの背後にかかる大鏡に映る自分たちの姿をながめながら、せめて今夜だけは、太平洋にいまにも沈みそうなタイタニック号と化したこの国について忘れようとしている地元の政治家たち。

いずれにしても、今日は生産的な一日だった、と、カジェタノは思った。午前中にシムノンの小説をまた一冊読み、これがたまたま短篇集で、すこぶるおもしろかったうえ、航空券が取れたし、リーズナブルなメキシコシティのホテル・リストも手に入れた。調査費用で金に糸目はつけないとネルーダは言っていたが、浪費はしたくなかった。そのあと昼食のときにアンヘラから電話がかかってきて、サンティアゴ滞在が長引きそうだと告げられた。彼女はそこで、労働者が占拠する織物工場の監査役の仕事に応募したのだ。いまふたりが直面している夫婦の危機を乗り越えるには距離を置いたほうがいい、と考えているらしい。彼女がそう思うなら、まあそうなのだろう。カジェタノとしては疑問だったが、とりあえずその問題は棚上げして、できた時間を使って詩人についてもっと調べようと心に決めた。

ラウラが洗面所に行くために席を立ったとき、ラウラが「ネルーダは一九四〇年から四三年まで、チリ領事としてメキシコシティに滞在していたの」しばらくして、オリーブをつついて赤ワインを飲みながら、ラウラが説明した。「ラングーン、バタヴィア、シンガポールに領事として赴任した、彼にとっては人生最悪の日々から脱け出そうとしてたのね。彼にはアジアが理解できなかったし、知人もいなかった。ただ次から次へと女だけはつくった。多くは娼婦だったけれど、ジョシー・ブリスというイギリス人とジャワ人の混血の女性とつきあって、彼女にナイフで刺されそうになるという事件まで起きたわ。その後、オランダ人女性と結婚し、娘マルバ・マリーナ・トリニダードが生まれた」

「へえ、きみはネルーダの人生も奇跡も、すべて知り尽くしているみたいだな」

「そのあと、ふたりめの妻デリア・デル・カリルといっしょにメキシコに赴任したわけ。彼を変えたのは、その教養ある裕福なアルゼンチン人女性デリアだった」ラウラは続けた。少なくともこの数時間は、バルパライソの食糧不足という頭の痛い問題を忘れていられることにすっかりご満悦の様子だ。「ヨーロッパ滞在中に、彼女がネルーダを左派知識人たちに紹介し、スペイン内戦の共和国軍を助ける必要があると諭《さと》したの。彼女がネルーダを共産主義者にしたのよ。デリアがいなかったら、その後も『地上の住処《すみか》』のような難解な詩を書きつづけ、左翼にも、いまのような人気詩人にも、なっていなかったはずだわ」

「たしか、姉さん女房なんだよね？」

「知りあったとき、彼は三十歳、彼女は五十歳だった」

「小学校の校門前に置いたケーキよりも早く消えそうな関係だって、どう考えても明らかなのに……」

「そんなことも知らないでネルーダについて書くつもりだったの？」ラウラは怪訝《けげん》そうに訊いた。「彼はデリアを利用したのよ。彼女の顔の広さ、経済力、イデオロギー、伴侶が欲しいという切実な願いを。一九五五年に、当時キャバレーの歌手だったいまの妻マティルデ・ウルティアとできちゃって、彼女とは別れた。目の前にしたらとても抗《あらが》えないグラマー美人だけど、知性という点ではデリアの足元にもおよばない女性なのにね」

　タンゴの名曲『ボルベール』に乗ってテーブルのあいだで踊るカップルたちの姿が、壁の面取り鏡に映り、数が倍に見える。ボヘミアンたちはワイングラスや煮こんだプリエタ（チリ名物のブラッド・ソーセージ）やフライドポテトを囲んで熱心に議論している。革命と反革命について、アジェンデと社会党書記長アルタミラノと国民党上院議員ハルパについて、共産党と社会党とMIRについて、キューバのマエストラ山脈でのゲリラ戦やベトナム解放民族戦線、十一月革命について。窓に掛かるカーテン越しに、軍用ジープがエスメラルダ通りを通過するのが見えた。目を伏せてワインをもうひと口飲む。言い知れぬ不安がふいに背筋を這《は》い上がってくる。

「ネルーダについてあれこれ調べてみて、それがいまの私の率直な感想」ラウラが言った。

「崇《あが》め奉るような聖人じゃない、ってことか」ドル札がたんまり詰まった封筒を手に、こちらを無言で見下ろしながらラ・セバスティアーナ邸の階段をおりてきた詩人の姿が頭に浮かんだ。

「詩人としての彼に文句はないわ。ノーベル賞に値する才能だと思う。私が気に入らないのは、詩における女性の表現方法や、彼の女性の扱い方なの。『黙っていれば愛《いと》しい。いないも同然だから』、そう言われている感じ。男性優位主義《マチスモ》そのものよ。男どもの夢よね、女はおとなしく従順であれかし、って」

カジェタノは反論しなかった。自分はネルーダの肩を持つ立場にはない。そしてオリーブをひとつ口に放りこんで言った。

「それはそれとして、メキシコでは彼がよく通《かよ》った場所や、親しくしていた人を訪ねたいんだ。そのへんの事情に詳しい、ぼくに力を貸してくれそうなメキシコ人を知らないか？」

7

カジェタノはコジャード通り二三七番地のドアをノックし、両手を短コートのポケットにつっこんで待った。冷気が太平洋から丘を伝って這《は》い上がってくる。早朝のこの時間、太平洋を埋め尽くす朝霧を、プンタ・デ・アンヘレス灯台の断末魔の牛のうめき声のごとき霧笛が切り裂く。結局、カジェタノは来た道を引き返した。カーネーションの鉢植えが並ぶバルコニーから、鶸《ひわ》の弱々しい歌声が聞こえてくる。〈アリ・ババ〉でトルコ人のアダッドに、アジュージャ（チリでよく食べられている丸く平たい堅めのパン）に肉や野菜を挟んだサンドイッチとコルタードを注文し、新聞を読む。マリオ・ゴメス・ロペスのコラムに、右派がアメリカ大使館の支援を受けてサルバドール・アジェンデ大統領に対しクーデターを計画しているとあるが、そんな無謀な企ては市民の抵抗に遭うにちがいないと記事は述べていた。カジェタノはマリオ・ゴメス・ロペスの論調が気に入り、コラムを二度読んだ。ラジオがロス・ハイバスの曲『みんないっしょに』を流し、正面の食料品店には油を求める人々が列をつくっている。

ネルーダはたぶんバン・ブーレン病院に行っているのだろうとカジェタノは思った。メキシコ行きについて、最終的な意見を聞く必要があった。あたえられた任務に失敗するのではないか、そんな気がして不安でしかたがなかった。メグレの小説を読んだだけではとても間に合わない。ネルーダはあまりに楽観的すぎる。一度も行ったことがない、人口数百万人という大都市で、ブラカモンテという苗字しかわからない老医師を捜すなんて、いったいどうやって？　カジェタノは自分を励ました。大丈夫、メキシコ医師会とラウラ・アレステギ（結局メキシコシティに彼女の知り合いはだれもいなかった）のガイダンスでなんとかなるさ。極秘の仕事をまかされたので留守にすると妻に告げると、彼女は大喜びだった。政治や革命がらみの陰謀だの謀議だのが大好きなのだ。だが、この一件は偉大なる詩人と自分のあいだだけの秘密であり、ほかのだれにも教えるわけにはいかない。カジェタノはふと、ネルーダが書いたラ・セバスティアーナ邸を讃える詩を思い出した。

　私は家を建てた
　まず宙にそれを建て
　それから旗を掲げて
　そのまま垂らした
　大空に、星に、
　光のなかに、闇のなかに

「独り言かい？」なみなみとコーヒーがはいったカップを持って、アダッドが横に立っていた。黒い目がからかうように輝き、仏陀のように剃《そ》りあげた頭に、まるで幽霊のように店の裸電球が映りこんでいる。「いまごろ党に文句を言いはじめても、いつまでも終わらんぞ。おれのコーヒーでも飲んで、のんびり構えることだ。バルパライソでコーヒーを淹《い》れさせたら、おれの右に出る者はいない」

　カップのなかで渦を巻く泡の筋をながめながら、カジェタノはラッキー・ストライクに火をつけ、コーヒーが体の奥をゆっくりと温めるのを感じた。まあ、味はそこまでじゃないけどな。だがアダッドにわざわざ指摘するのはよしておこう。いま彼はカウンターの向こうで、鋭利な大包丁で肉をせっせと切っている。窓の向こうに見えるマウリ劇場のロビーに貼ってある『バルパライソ、ミ・アモール』のポスターの横で、犬が丸くなって眠っている。ときどき、自分も南の大陸で迷子になった野良犬なんじゃないかと思うことがある。そばに女もなく、いや、もっと正確に言えば、まるで理解しあえない女がそばにいるが、むしろそのほうがもっときつい。メグレの状況とは全然違う。逆に彼は妻といつまでも、なにがあっても変わらず蜜月を楽しみ、その妻は夫好みの料理を天使の手でこしらえ、政治に関心を持ったりせず、もちろんスリルあふれるキューバでのゲリラ戦に恋焦がれたりするようなこともない。しかもメグレはかのパリに自分のアパートを持ち、警察の正規職員でもある。それに引き換え、自分はアレマニア通り六二〇四番地の借家に住み、失業中で、恥ずかしくてとても人には言えないが、推理小説を読んで探偵になろうとする始末だ。それもこれも、文学に過剰な期待をかけるネルーダが、ミステリを読みさえすればカジェタノだって私立探偵になれると信じたせいだ。

「ジョルジュ・シムノンの小説を何冊か読んで、探偵講座かなにかに申しこめば、もう立派にやっていけるさ！」ラ・セバスティアーナ邸のバーカウンターで、詩人はウィスキーに角氷を入れながら言ったものだった。

カジェタノはまたコーヒーをすすりながら、ネルーダは数十年前、二十歳も年上の女性と結婚したとラウラが話していたことを思い出した。当時のデリア・デル・カリルはさぞかし魅力的な女性だったのだろうと、湯気の立つ脂《あぶら》っこいサンドイッチを運んできたアダッドを見ながらカジェタノは思った。だが詩人は、自分が五十歳になるときベッドのなかでなにが起きるか、考えなかったのだろうか？　まったく想像しなかったのか、あるいはしたとしても、単純に都合がいいから彼女を選んだのだろうか？　五十歳の女と寝るのはどんな感じだろう？　肌の感触は？　唇の味は？〈バル・イングレス〉でドミノの名プレーヤーから、ぱっと見では体の引き締まった若い娘のほうにそそられるとしても、いざベッドにはいれば、経験豊富な熟女のほうがはるかにいい思いをさせてくれると言われたことがある。悪魔は、悪魔だからというより経験によって、その魔力を発揮するものなんだ。ドミノの名手はそう言って目配せし、ビクトリア広場で五十女をものにしてみろよとカジェタノに勧めた。春や夏の朝なら、暑さや青い空や小鳥のさえずりが味方して、簡単に引っかけられるぞ、と彼はドミノの牌《ぱい》をまぜながら言った。本当かどうかビクトリア広場に確かめに行く日がいつか来るかもしれないが、いまはその気になれない。どうしたって、娘のすべすべした顔やなめらかな腹部や硬いふくらはぎのほうに魅力を感じる。鼻にかかった平板な声、でっぷりと太った体、物憂げなまなざしのあの詩人、友情さえ感じはじめていたあの詩人が、若いころ、本当にそんなジゴロまがいのことをしていたのだろうか？　成熟した大人の女をたぶらかして、ヨーロッパの知識人や編集者、政治家の集うサロンに出入りする切符を手に入れようとしたと？　そうこうするうちに、三十歳も若い歌手のために彼女を捨てたというのか？

カジェタノはサンドイッチにかぶりつき、カウンターの背後で両手を腰にあてがってなごやかなまなざしでこちらを見ながら評価を待っているアダッドに、会釈をしてうまいと伝えた。ネルーダのために仕事をするなら、彼について徹底的に知ることが大事だ。わざわざメキシコまで行くのだから、せめて依頼主がどういう人間なのかぐらいは知っておかなければ。ノーベル文学賞を受賞したことは、彼が偉大な作家だという証《あかし》ではあっても、必ずしも善人である証左にはならない。二十歳も年上の女性を人は愛せるものだろうか、とまた考える。そんなに歳が離れた者同士、相手に情熱を感じるのか？　それに、いまデリア・デル・カリルはどうしているのだろう？　ラウラによれば、年老いた彼女は首都サンティアゴでひとり、財産も使い果たしてつましく暮らしているそうだ。絵に専念し、もっぱら、御しがたい元気いっぱいの駿馬《しゅんめ》を描いている。そしていまもネルーダを愛しているという。

そのとき、コジャード通りをお抱え運転手とともにやってくる詩人の姿が目にはいった。背中を丸め、とぼとぼと歩いてくる。カジェタノはサンドイッチをたいらげ、カップに残ったコーヒーを飲み干すと、皺《しわ》くちゃのお札をテーブルに置き、小さく、でも満足げに小さくげっぷをして〈アリ・ババ〉を出た。

8

「さあ、座って!」ネルーダはお気に入りの椅子〝雲《ラ・ヌーベ》〟にゆったりと座り、手に持った拡大鏡で巨大な貝殻の内側の真珠層を調べている。そのあいだ、セルヒオは暖炉の銅のフードの下にサンザシの薪《まき》を置いた。「出発はいつだい?」

「エクスプリンテル銀行の名前でこの額の小切手を切ってもらったら、来週にも出かけられます」カジェタノは彼の前に請求書を置いた。

詩人はそれをちらりと見て、椅子の足元に置かれた《エル・シグロ》紙の一面の上に放り投げた。運転手が部屋を出ていくのを待って、言った。

「いくら必要か口頭で言ってくれれば、いますぐいっぺんに小切手をつくるよ。私は数字に弱いんだ。マティルデはイスラ・ネグラに行っている。私は病院から戻ったばかりで疲れてはいるが、きみがメキシコで失敗することはないと信じている」

「お捜しの医者はきっと見つけますよ、ドン・パブロ。心配ご無用です」探偵としての第一歩を踏み出したことで、少しは自信がついた気がした。

「信頼しているよ。きみは若く聡明で、これまで三つの国で暮らしてきた。同郷のキューバ人を捜すなら、だれも怪しみはしないさ」ネルーダはため息をつき、バルパライソの曇天をしばらくながめた。「やはり、きみと知りあえて運がよかった」

カジェタノはそう言われて誇らしい気持ちになった。新しい役目に満足して、思いきって尋ねた。

「その貝殻はなんですか?」

いい質問だったようだ。ドン・パブロの顔に軽い笑みを引き出した。

「ビルマのラングーンで半世紀ほど前に買ったものだ。外務省とつながる友人が何人かいたおかげで、外交官として初めて赴任した土地さ」彼は顔をぐいっと持ち上げ、威厳たっぷりに言った。「行って初めてだれもその仕事を引き受けたがらない理由がわかったよ。給料がお粗末でね。結局、サンティアゴの新聞に記事を書いて糊口《ここう》をしのいだ。ラングーンではとくになにをしたわけでもないが、詩だけはたんまり書いた。たしかに、意味のわからない、ヘルメス主義的なものばかりで、自分でもいまだになにが言いたかったのかわからない始末だ。ところがヨーロッパや北米の学者たちは大喜びした。ベッドのなかの裸の女を愛《め》でるみたいに。いや、裸の男かもしれない。蓼《たで》食う虫も好き好きと言うからな」

カジェタノはまたふたりが初めて会ったときのことを、プラジャ・アンチャの海辺でのパーティに参加したときのことを思い出した。相変わらず、この詩人はときどき謎めいたことを言いだすな、と彼は思った。しかし自分の意見は胸にしまってネルーダの回想に集中することにした。

「ラングーンの気候はハバナに似ているのでは？」

「たしかにラングーンはきみの故郷のように蒸し暑くてエキゾティックな場所だよ、カジェタノ。空気が濃密で、喉《のど》が詰まりそうになった。植生はきみの島とおなじだし、果物もいっしょだ。昼はハンモックで昼寝をすること以外、なにもできない。海沿いの砂浜でココヤシに囲まれて住んでいた。小麦粉みたいに白くて目の細かい砂だったっけ……いまじゃその小麦粉もなくなって、ソパイピージャ（カボチャを練りこんでつくるチリ独特の揚げパン）さえつくれないありさまだがね。質素な木造の家だったよ。切妻屋根でね。最後まで言葉は覚えられなかった。彼らは台風の親戚なんだよ、カジェタノ。夜は、女を求めて川沿いにあるグランド・ホテルのバーにくりだした」

「美しかった？」

「それはもう」その笑顔からすると、いまも忘れられないのだろう。「だが、なにを考えているのかわかったためしがなかった。愛しあうときも、イグアナみたいに黙りこくっていた」そして声をひそめた。「強靭《きょうじん》な太腿《ふともも》、小娘みたいな腰、両手で包めるほどの尻、軽くて慎《つつ》ましい乳房。蚊帳《かや》の暗がりのなかで、ちょっとした体操をしているみたいな感じだったよ。カジェタノ、このあたりの女とはまるで違うんだ」

ネルーダは最上階にある書斎にカジェタノを案内した。コンクリートの階段を数段のぼったかと思うと、もう到着した。壁は板張りで、本がぎっしり詰まった棚と鏡つきの衣装簞笥《だんす》がある。街と湾が窓から室内に滑りこもうとしのぎを削っている。二つの壁に挟まれた隅にある、古い書き物机に置かれた使い古しの黒いアンダーウッドのタイプライターに、カジェタノは目を引かれた。

「詩をタイプライターで書くんですか？」

「馬鹿な！　キーをたたいていい詩が書ける人間などこの世にいるものか。詩はペンで手書きにするものだ、友よ。詩は、チロエ島の海岸に打ち寄せる潮のように脳みそから降りてきて、体から手へと流れ、紙の上にあふれ出す」詩人が語るあいだ、カジェタノは、セピア色の大きな写真の陰に隠れたドアに目をやった。写真には、長い白鬚《しらひげ》をたくわえた、すらりと背の高い男が写っている。

「あのドアは？」彼は尋ねた。

「セバスティアン・コジャードが設計したヘリポートに出る。この部屋はもともと、街に向かって開かれた大きな鳥小屋だったんだが、ご覧のように私は書斎にしている」

「ちょっと待ってください。あそこが例のヘリポート？」カジェタノは驚いてくり返した。

「そのとおり」詩人はのんびりと目を半分閉じた。

「セバスティアンは宇宙船の発着場にしようと考えた。彼は偉大なる夢想家、幻視者だったんだ」

宇宙船だのヘリコプターだの、まったく詩人という生き物はなんでもありだな。こちらも臆さず徹底的に訊いておこう。

「その写真はお父さんですか？」

「ある意味では」ドン・パブロはほくそ笑んだ。「詩作の父と言えるだろうね。私の偉大な師匠のひとりだよ。ほら、彼の扮装《ふんそう》をするための衣装までここにそろっている」彼はそう言って、ドアの横にある衣装簞笥を開けた。「ウォルト・ホイットマンさ。北米のすぐれた詩人だよ」

「いまも存命なんですか？」

「そう言ってもいいだろう。偉大な詩人はけっして死なないものだからね、カジェタノ」

ネルーダが衣装簞笥から取り出したハンガーには、白いつけ鬚、マント、つば広の麦藁《むぎわら》帽子が掛かっていた。彼はつけ鬚の紐《ひも》を首にまわして結び、麦藁帽子をかぶり、最後にマントをはおった。そしてポケットから銀縁の眼鏡と長くまっすぐに伸びたパイプを出した。

「どうだい、似てるかな?」

カジェタノはホイットマンの写真とネルーダを見比べた。

「むしろ彼があなたに似ているって感じですね」

「うまいことを言うな。だが、彼がいなかったらいまの私はいない」詩人は物思わしげに言い、また簞笥のなかを物色しはじめた。「この服を着てみたまえ」

「ぼくがですか?」

「ほかにだれがいる?」

「でも……」

「でも、なんだ?」

カジェタノは不本意ながら偏見をさらけ出さなければならなくなった。

「すみません、でもこんなふうに仮装するのは、どうしてもおかまっぽい気がするんです、ドン・パブロ。本音を言うと……」

「だからなんだ? どうせここには私ときみしかいない」彼はいたずらっぽく言った。「それにウォルト・ホイットマンは同性愛者だった」

「ほらね? やっぱりやめておきます。ぼくはぼくのままで充分です」

「くだらんことを! 人生は仮装パレードだぞ、カジェタノ。きみだって、いままでいろいろなものになってきた。ハバナ人、移民、北米の兵士、夫、そしていまや私立探偵だ。もうひとつ仮装が増えたからといってなにも変わらないし、習慣が人を修道士にするわけでもない。友人を集めて仮装パーティをするのが、私は大好きなんだ。人を知るのにこれほどいい方法はない。どの仮装を選ぶかで、人間性が全部さらされる。それも、本人の知らないうちに。さあ坊や、恥ずかしがらずに着てみなさい」

もはや従うしかなかった。

「コーカサス地方の民族衣装なんだ。似合うぞ」着替えたカジェタノを見て、詩人は鬚を撫《な》でながら言った。「そのマントはバシュリクといって、冬に最適だ。帽子はカラクールという品種の羊の毛でできている。言っておくが、どれもものすごく高価なものだぞ。スターリン時代のソビエト作家協会から贈呈された。まあ、そんなことはどうでもいい……」

「コサック兵みたいですね」

「これも見てごらん」彼は簞笥から、緑のグアナコ模様が散るライラック色のネクタイを引っぱり出した。「先住民の織物でできている。前妻のデリアのプレゼントだが、つけるとマティルデがいやがるんだ。知ってのとおり、女ってやつはコロンブスみたいなものでね。自分が到着したところから歴史を始めたがる。これは幸運のネクタイだから、きみにやろう。さもないと、どうせいつかはゴミ箱行きだ」

「本気ですか?」織り目は粗《あら》いが、さわり心地はよかった。ライラック色の地の上で、グアナコたちが楽しそうに跳ねたり、一心に草を食《は》んだり、地平線をながめたりしている。

「いつだって、これが幸運を運んできてくれた。もう四十年になるよ。マドリードのアルゲリェス地区に住んでいたとき、これを締めてヨーロッパの有名な知識人に大勢出会った。ストックホルムでのノーベル賞授賞式のときもつけていきたかったんだが、マティルデとスウェーデン王室儀礼の定めによって、高級レストランのボーイみたいに蝶ネクタイをつけさせられた。あとはお盆さえあれば完璧だったんだがね。じつに滑稽《こっけい》さ。それで、私がどうしたと思う?」

「さあ、わかりません、ドン・パブロ」

詩人が簞笥の扉を閉めると、目の前にいきなりふたりの鏡像——ウォルト・ホイットマンとコーカサス地方の男——が現われた。それぞれじっと動かず、自分で自分に驚いているように見える。だれがだれのふりをしているんだ、とカジェタノは心のなかで尋ねた。ホイットマンがネルーダに？　それともネルーダがホイットマンに？　そしてこのぼくはだれなんだ？　ネルーダによれば、終わりのないカーニバルのようなものだという、この人生において？

「変装のしかたを知らない探偵は、酒も美食も女も知らない詩人みたいなものだ」ホイットマンがコーカサス人の首にネクタイを巻きながら言った。

「それで、ストックホルムでこのネクタイをどうしたのか、まだうかがっていませんが」

「たたんで燕尾《えんび》服《ふく》の内ポケットに入れておいた」ホイットマンは眼鏡越しにほほえみながら、ネクタイの結び目を整えた。「こうして、結局はこのネクタイとともにノーベル賞を受け取ったのさ。お守りとして、きみにあげよう。ノーベル賞を授かる役には立たないかもしれないが、少なくとも探偵としてのきみの評判を守ってくれるだろう。さあ、下におりよう」

居間では暖炉で赤々と燃える薪《まき》がはぜ、外の霧にも切れ間が見えはじめて、青空がところどころにのぞいている。

「さっきラングーンの女性について話していましたよね」カジェタノはネルーダに話を振った。妙に自信が出てきたのは、仮装していることが急に気にならなくなったからにちがいない。ラングーンという名には官能的な響きがある。そう遠くないいつか、このバルパライソの寒さから脱け出して、訪れてみたい。熱帯のねっとりとした強烈な空気が懐かしい。

「神秘的だったよ」詩人は〝ラ・ヌーベ〟にゆったりと座って言った。顎鬚《あごひげ》がお腹まで覆《おお》っている。「愛人としては、正直、不満が残った。ベッドのなかの彼女たちは、相手が私だから歓《よろこ》んでいるのか、それとも、だれが相手でもいっしょなのか、最後までわからなかった。私でなくても歓びはおなじなのか、私でなきゃだめなのか。いまでも自問自答するんだ。ほかの男相手でもおなじように恍惚《こうこつ》の声をあげていたのか、と」詩人は最後にそう言って、ふいに口をつぐんだ。

カジェタノは、せっかくふたりのあいだに生まれた信頼感と楽しい気分をなくしたくなくて、思いきって言った。

「相手をどう扱うかによるでしょう、ドン・パブロ。女はフルートに似ていると父はよく言っていました。やさしく丁寧《ていねい》に手入れをしてやれば、いい音が出る」

「少々精彩に欠けるメタファーだが、きみの父君の言うことは一理ある」詩人は鷹揚《おうよう》に認めた。「だとすれば、やはりおなじではないんだな」

「どういうことですか、ドン・パブロ?」

「おなじ女からだれもがおなじ音を出せるなら、愛ひとつひとつが特別で、ほかとは換えがたいという仮説が消えてしまう。さっききみに言ったようにね」ネルーダは疲れた目をきらりと光らせて続けた。「ラングーンでは、人種や習慣の異なるいろいろな女性と出会った。ときどき、一度に三人の女を家に呼び、蒸し暑い真夜中の闇のなかで波打つ蚊帳《かや》に揉《も》まれ、汗にまみれながら、快楽のかぎりを貪ったものだった。もはやだれの陰部を吸っているのか、だれの唇に口づけしているのか、だれの壺を探っているのか、わからなくなるほど」

「でもそれはパラダイスじゃないですか、ドン・パブロ」カジェタノはうっとりほほえみ、帽子を膝に置いた。信じられないような話に、すっかり興奮していた。

「聞くとわくわくするかもしれないが、じつはそうでもないんだ、結局のところ。私がはいったのは女たちの体のなかだけで、心には一度もはいりこめなかった。わかるかい? 謎めいた優美な女たちが張りめぐらせる難攻不落の高い壁の前で、私は疲れきった遭難者のようにいつも屈服するしかなかったんだ」

「じゃあ、ぼくがそこまで泳いでいって助けてあげたかったな、ドン・パブロ」

「しょせん、なにも残らないんだよ」憔悴《しょうすい》した様子で、ネルーダは締めくくった。「愛や嫉妬、絶望や妬《ねた》みのために人を殺そうとする者がいるが、どんなに体を情熱で熱く燃やしても、最後にはすべてが消える。声の響きも、鏡に映る像さえも」

詩人は、初めて会った日とおなじ憂鬱にふたたび囚われ、扮装を別にしても、やけに芝居がかって見えた。ホイットマンのみならず、自分自身をも演じているかのように。初めて会ったときに、暗闇でそんなことを言っていた。ドン・パブロ・ネルーダ——本名をネフタリ・リカルド・レジェス・バソアルトという——がまるでひとり芝居のように情熱や悲しみについて語り、聞いているこちらは、いったいどういうつもりだろうと首をひねらずにいられなかった、あの日。若かりしころの詩人を想像しようとしてみた。額にふさふさと垂れる暗褐色の髪、魅力的なまなざし、さわやかな声、細く尖《とが》った顎。この黄味がかった頬の老人が、かつて遠い東洋の夜に海辺で乱交パーティにいそしんでいたなんて、そう簡単には受け入れられない。あの汗ばんだ女の体をまた愛撫し組み敷きたいという欲望に駆られながら、詩人はいまも肉の叫びを思い出すのだろうか？　それとももはや情熱は失われ、漠然とした記憶が穏やかに甦るだけなのか？　カジェタノは《エル・シグロ》紙の横に置かれた貝殻を手に取った。新聞の一面には、右派によるアジェンデ打倒のもくろみのもとでおこなわれた運輸業者の全国ストライキを非難する記事が載っている。ラングーンの海の底をこの貝が這《は》いまわっていたころ、ネルーダは自分とおなじ二十代だったんだ、とカジェタノは思った。否応なく戦慄《せんりつ》が背筋を走る。いましもバルパライソの海底の砂の上をずるずると移動している貝の貝殻を、五十年後、どこかの若者が拾い上げている図が頭に浮かんだのだ。そのとき自分はもう七十を越えている。カジェタノは貝殻の乾いたなめらかな表面に指先で触れ、ふつうは老人しか考えないようなことを考えて、なぜか急につらくなった――人生は脆《もろ》く、はかない。

「凧《たこ》に張る紙みたいに薄い貝殻ですね」唐突に彼は言った。「わずかな南風で、バルパライソの空に舞い上がってしまいそうだ」

「きみも詩人になりつつあるようだな」ネルーダは、どこか哲学者を思わせる面持ちでつけ鬚《ひげ》を撫《な》でながら、満足げに言った。「ときどき、自分も詩人になったような気がすると友人たちが言うことがある。まるで私の詩情に感染したみたいに。きみも詩人になるなら、まずウォルト・ホイットマンを知っておくべきだ。いやいや、私はなにを提案しているんだ？　われわれが取り組もうとしている仕事を考えれば、シムノンだけにしておいたほうがいいだろう。作品は山ほどあるし」

「処女作の序章には、数百作はあると書かれていました」カジェタノはマントを脱ぎ、丁寧にたたんで花模様の肘掛け椅子の背にかけた。

「彼が書いた小説の数は三百以上だ。正直言って、シムノンがいつ小便をし、糞《くそ》をひり、女を抱くのか見当もつかない」

詩人が立ち上がり、スリッパを履《は》いてリビングの奥へと歩きだしたとき、カジェタノはふいに、なぜ詩人が彼を信用するのか、ドルが天井知らずの高騰を続けているいま、それこそひと財産を託してまで、なぜ彼ならブラカモンテを捜し出せると考えているのか、自分を納得させるためにも尋ねずにはいられなくなった。考えてみれば、その医者のことも詩人のこともすべて放り出して、メキシコシティで姿をくらますことだってできるのだ。蠟燭《ろうそく》を手に街の隅々まで捜したって、だれにも見つけられないだろう。

「言っただろう、単なる詩人の勘だと」バーカウンターの後ろに移動した、いまだにホイットマンに変身したまのネルーダは、大真面目に答えた。「コケテロンはいかがかね？」

「なんですって？」コサック兵が尋ねる。

「コケテロンだよ。何年か前に私が創作したカクテルだ」彼は数本の酒瓶とグラスを二つ出し、酒を混ぜはじめた。「フランス産コニャック一にアンジェのコアントローを一、それにオレンジジュースを二、加える。髭をしゃぶりたくなるうまさだぞ。きみの場合はきっとそのとおりになる。さあ、われわれの成功を願って乾杯しよう、カリブ海のメグレよ！」

9

ああ　性悪女《マリグナ》　もう手紙を見つけて
怒りに泣きわめいただろう
そして、おれの母の思い出まで辱《はずかし》めただろう
腐った雌犬だの、犬畜生の母親だのと呼んで

——『男やもめのタンゴ』より

いまジョシー・ブリスはいったいどこにいるのだろう？　邪悪と怒りに満ち満ちたビルマの女豹《めひょう》。サンティアゴの寒い冬の夜に冷たく湿ったシーツのなかで後ろめたさを感じながら上品ぶってしていた学生時代のセックスから私を解放し、ラングーンでの組んずほぐ

れつの熱い肉弾戦に導いた彼女。あんなに好色で博識で自由奔放な女をこの腕に抱いたのは初めてだった。ジョシー・ブリスは単なる肉体ではなく、稲妻だった。青い髪と、すらりと長い脚と、暗褐色の乳首と、細い腰の女神。人を見透かす神秘の瞳の持ち主。彼女と知りあったのは、ラングーンを洪水が襲い、海を目前に見るプロボリンゴ通りにある私の借家が水浸しになったあとのことだった。顔を見ればアジア系の血が混じっているとわかる美女で、生粋のビルマ娘で充分通用した――魅惑の衣装や香りに包まれた混血の人々が通りにひしめくこの国で、生粋のビルマ人というものが存在すればの話だが。通りには、針のように細い現地人たちが店を出し、櫛《くし》や絹や香辛料、竹の籠《かご》で生贄《いけにえ》になるのを待つ鵞鳥《がちょう》、神話の世界からやってきたような魚(と、そこにたかる蝿《はえ》たち)を並べている。

ジョシー・ブリスが私の家に現われたとき、屋根の樋《とい》からはまだ雨水がぽたぽたと滴《したた》っていた。彼女は兄に言われてやってきたのだ。その兄というのが青二才の医者で、私がラングーンに到着してからずっと苦しんできた胃の痛みも発熱もとうとう治せなかった。ジョシーが影のごとく静かに家にはいってきたとき、蚊帳《かや》のなかで横になっていた私は、いつ死の足音が聞こえてもおかしくないとあきらめていた。

「してほしいことがあったら、なんでも言ってください」単調な英語で彼女は言ったが、声は幼子のようで、耳にやさしかった。汗ばみ、ほてった私の額に手をのせたあと、彼女は面妖な薬を用意しはじめたが、それのおかげで私は命拾いしたのだ。

当初はイギリス人女性のような服装をしていたが、ヨーロッパ様式はすぐに、透けそうに薄い白い絹のサロンに取って代わられ、それを着た彼女はふわふわと宙を舞う妖精のように見えた。その下になにも身につけていないことがわかったのは、彼女をベッドに連れこんだときだった。芥子《からし》色の体が他人のものであるかのように、行為を劇場のバルコニー席からながめているかのように、彼女は笑いつづけた。ジョシー・ブリスは、はるか南の雨がちなサンティアゴのがらんとした通りからやってきた憂鬱症の若者には、およそ想像もつかないような歓びをもたらした。ほほえみを浮かべながら、熟れて割れたイチジクのように芳《かぐわ》しくみずみずしい秘部を私にあたえ、私の渇いた口の上でブドウの房のごとき乳房を揺すった。なのにけっしてキスだけは許さなかった。彼女の唇に唇を重ねることも、歯に舌を這《は》わせることも、口の奥の宝物を探すことも。ある晩、彼女がこんなことを言ったのを覚えている。

体ならいくらでも好きにしていいわ。そのそそり立つ長いもので何度占領しても、そうしたければ私の口のなかで発散してもかまわない。だけどキスするのだけはやめて。

やがてジョシー・ブリスは、家のなかを裸で歩きまわるようになった。全裸で私のベッドに朝食を運び、シャツとネクタイにアイロンをかけ、床を掃除し、一日の終わりにお茶を出した。そして、いつどこででも愛を交わした。コンロで昼食の用意をしているとき、床から私の靴下を拾い上げたとき、私の白いブーツを磨いているとき。夜も昼も、毎日毎週、私に体を抱かせた。彼女にはひとつこだわりがあったのだ。つねに私を満足させ、消耗させて、不実を働く気さえ起こさせないようにすること。炎をかきたてるのは彼女の脚のあいだでだけで、そこでのみ炎を消し、けっしてほかではない。こうして彼女は領事館に予告もなく現われては私の手紙を調べ、愛の言葉が隠されていそうなものはことごとく破り、スーツの匂いを嗅《か》ぎ、ほかの愛人が残した引っかき傷はないかと背中をくまなく探るようになった。夜になると窓辺で石のようにじっと動かず、私の帰りを待った。待ちかまえたように私にぎゅっと抱きつき、服を脱がせて、香りのいい生温かい乳液で頭から爪先までマッサージする。そのあと私にまたがり、私がほかのだれかといっしょにいなかったかどうか確かめた。それでも唇だけは難攻不落の砦《とりで》のままだった。

ある晩、床板がきしむ音がしてふと目覚めた私は、彼女が蚊帳《かや》のまわりを裸で歩いているのを見た。全身に塗ったココナツオイルがてらてらと輝き、まるでタントラ教の神のようだった。手には長く鋭利なナイフを握っている。いまでもありありと思い出せる——冷たく光る刃、ジョシーの荒い息、自分の激しい鼓動、手足が麻痺《まひ》するほどの恐怖、アタカマ砂漠を歩いているかのようなロの渇き。

「あなたが起きていることはわかってる」闇に紛れて寝たふりをする私に、彼女がささやいた。鋼《はがね》の刃が彼女の手のなかで震えていた。恐ろしさのあまり、体に汗が噴き出す。部屋を満たす闇夜のなかで、彼女の目が嫉妬と狂気に輝いた。「眠っているあいだに殺してやる。死ねば二度と裏切れない」

翌日朝いちばんで、私はセイロンに逃げた。外務省にいる友人にひそかに相談して、そこの領事として異動する手筈《てはず》を整えてあったのだ。ところが、邪悪に冒された女は、私が逃げる際に置き去りにしたレコードと服を携えて、すぐに追いかけてきた。彼女はわが家の目の前に居座った。そこで相変わらずナイフを手に、玄関に近づこうとするどんな女性をも脅して追い払った。私はまた逃げなければならなかった。もっと遠くへ。彼女の手の届かない場所へ。

最後に彼女の姿を見たときのことを、いまも鮮明に覚えている。むせかえるような朝、港でのことだった。水面から靄《もや》がのぼり、木材と腐敗した遺体とガソリンと残飯の臭いがたちこめるなか、ときおり香辛料の香りが鼻を突いた。私が、ジョシー・ブリスから私を救ってくれる船に乗りこもうとしたそのとき、タラップの真ん中でセカンドバッグを手に彼女が待ちかまえているのに気づき、肝が冷えた。乗客の列に押されるようにして否応なく進むうちに、ついに怒り狂ったジョシーが私の前に立ちはだかった。私は恐怖に駆られ、汗がどっと噴き出すのを感じながら立ち止まった。彼女のバッグの縁から、ナイフの切っ先がじれったそうに顔を出しているのが見えた。口から心臓が飛び出しそうになり、あたりの風景がぼやけて揺らぎだしたかと思うと、ジョシー・ブリスが全身の怒りをこめていきなり私の胸にナイフを突きたて、突かれるたびにそれは熱い熾火《おきび》のごとく私の肉に食いこみ、ねっとりした黒い血がほとばしって、私のシャツを、白いスーツを、タラップの古い板を濡らし、私はバランスを崩して川に落ちる。私の奔放な想像力と水の悪臭がつくりあげたその地獄絵図のまぼろしが消えるまで、永遠とも思える時間が過ぎた。そう、実際には、ジョシー・ブリスは微動だにしなかったのだ。言葉もなく泣きながら、私の前で石化したかのように立ちつくし、ほかの乗客の邪魔になっているだけだった。と、ふいに私の額にそっとキスし、やがてキスは鼻、顎、胸へと下り、完璧にアイロンのかかったスーツの表面を体に沿って下へ下へと滑っていき、最後に磨いたばかりの白いブーツにたどりついた。彼女はそのまま私の前でひざまずき、天から降臨した神を崇《あが》めるかのように、私の足を抱いていた。上空で鷗《かもめ》が輪を描き、船の汽笛が空を切り裂いた。ジョシー・ブリスがその美しい顔を地面から上げたとき、二度と忘れられない、痛ましくも腹立たしい姿となっていた。頬も額も鼻も、私のブーツについていた靴クリームで無残に汚れていたのだ。取り乱し、震えながら、さめざめと泣く彼女は、病を患《わずら》う幽霊のように青ざめていた。

「お願い、行かないで」揺れるタラップで、彼女はひざまずいたまま訴えた。

「私だって残りたいさ」自分がそう言ったのを覚えている。私の背後で、人の列が無言で待っていた。

「じゃあ、どうして行くの、パブロ？　残りたいなら」

「残りたい気持ちはあるんだよ、ジョシー。だがもし残れば、いつかなりたいと私が夢見る詩人にはけっしてなれない」私はそう答え、やさしい、しかしきっぱりとしたしぐさで彼女を脇に押しやって、木製のスーツケースを手に、乗客と動物で混みあう船へと歩きだした。

ジョシー・ブリスを見たのはそれが最後だ。

10

その晩、カジェタノがサン・フアン・デ・ディオスの丘のマリーナ・メルカンテ居住区に借りている家に戻ると、妻が寝室でスーツケースに荷物を詰めていた。

「どうしたんだよ、アンヘラ？　もう何日かサンティアゴに滞在するんじゃなかったのか？」すでに十時に近く、霧が街を包みこんでいる。詩人と話をしたあと、カジェタノは航空券とメキシコシティのホテルの予約を再確認し、その後〈アンティグオ・バル・イングレス〉のカウンターでピスコ・サワーで景気をつけつつ、ドミノ・プレーヤーたちが牌《ぱい》でテーブルを傷めつけるさまをしばらくながめて過ごした。だが、妻が帰宅しているとは思わなかったし、まして荷造りしているなんて思いもよらなかった。

「ハバナに行くわ」妻が言った。

「ハバナへ？」

「聞こえたでしょう？　たぶん三カ月ぐらい」

カジェタノは妻の答えに驚き、妬《ねた》ましさを覚えた。オールド・ハバナをそぞろ歩く自分が目に浮かぶ。アパートから夜明けまで吐き出される騒々しい声や音楽を聞きながら、闇に沈む家のなかを開け放たれた窓からのぞくと、人々は生暖かい夜に抱かれ、汗とラムの香りを漂わせて、戸口でぼんやり座っている。妻がラディカルな政治志向を持ち、アジェンデ政権を支持していることは周知の事実なのに、カミロ・プレンデス組合長に言わせれば〝とても複雑な〟状況にある、こんな重大な時機に国を出るとは、いったいどういうことなのか。それも三カ月間も。カジェタノは裏切られた気分だった。失望し、怯《おび》えていた。自分だってこれから旅に出ようとしているくせに。

「なんのために？　チリが崩壊の瀬戸際にあるというのに、カリブ海に向かうなんて……」

アンヘラは、なかなか閉じようとしないスーツケースに全体重をかけた。

「政治的任務よ」

「政治的？」

「そのとおり」彼女はカジェタノを憤然とにらんだ。

「任務って、なにをするんだよ？」

「来《きた》る事態に先立って準備をするの。プント・セロに行くのよ」

プント・セロはキューバの軍事基地で、政府が世界じゅうのゲリラを集めて訓練する施設だ。遠くで銃声が響いた。

「どうかしてるぞ。工場の管理人に飽きて、ゲリラになろうっていうのか？」カジェタノは食ってかかった。「ぼくらの状態がそこまで悪いとは思えない。いまのチリ軍も、バティスタ政権のときとおなじく、お遊戯みたいなものだと？　いや、銃とライフルで武装した三百人の髭もじゃの男どもで打ち倒せるような軍と同一視すべきじゃない。無責任だよ」

「好きに呼べばいいわ。でも私は行くから。武装して守らなきゃ、この政府は転覆する。右派はニクソンや軍部と共謀してるのよ」

「きみの党がそこらじゅうでふれまわっている〝内戦にノーを〟というスローガンはどうなったんだよ？」

「勝つために私たちが準備を始めたってことが相手に伝われば、内戦は起きない。党のご老体たちは、そこのところがわかってないのよ」

たしかに、そんなふうに考えているのは彼女だけではなかった。社会党、MAPU、MIR、最近まで穏健派とされていたキリスト教左翼や青年急進革命まで、いまや党員たちがこぞってハバナに渡り、短期集中コースで軍事訓練を受けているという噂がある。AK‐47の撃ち方を習い、障害物を乗り越え、ロープをよじのぼり、モロトフ火炎手榴弾を携え、さまざまな攻撃と退却の方法を覚えたあと、ホセ・マルティ空港からメキシコシティかプラハ行きの飛行機に乗り、大きく遠まわりをして帰国するのだ。首都ハバナ近郊にあるプント・セロがすぐれた軍事訓練施設として有名なのは、花形教官として、伝説のベニグノがその名を連ねているからだった。彼はボリビア山中でチェ・ゲバラとともに戦い、ボリビアおよびアメリカ合衆国のレンジャー部隊による包囲攻撃を奇跡的に生き延びた指揮官だ。つまり、アジェンデ大統領が推し進めてきた社会主義への平和的移行をつい最近まで支持していた人々が、いまやハバナへ続々と押しかけ、数カ月後には、カリブ海訛《なま》りでしゃべり、身ぶりが派手になり、口に葉巻をくわえ、ベレー帽、カーキ色のジャケット、ロングブーツといういでたちで、そう、かの司令官そのものになりきって戻ってくるのだろうか？　まるで、革命をめざす者はフィデル・カストロの物真似をすることが必須条件だとでもいうように。帰ってきた若者たちは武器と革命理論にすっかりかぶれ、AK-47の有能さと反乱軍の歴史に夢中になり、チリ政治の伝統などぽいと捨てて、〝愛国か死か〟と叫びながら社会主義革命を強行しようとする。そしていま、自分の妻がその渦中に身を投じようとしている……。

「そんな重大な決断をするまえに、ぼくに相談してくれてもよかったんじゃないか?」声の震えを隠しもせず、カジェタノは髭を撫《な》でながら言った。

アンヘラは腰に手をあてて部屋の奥に歩きだし、窓の前で立ち止まった。彼女の背後に見える街がぼやけだし、現実味を失っていく。

「私たちのあいだにはいった亀裂を修復する方法はないわ」アンヘラがにべもなく言った。「距離を置いたほうがふたりのためよ。たぶんあなたもチリを離れたほうがいいと思う。あなたはここにとうとうなじめなかった。そしてマイアミではなくキューバに戻って革命運動に参加するべきよ。ここでも合衆国でも、あなたはつねに異邦人にしかなれない。祖国を持たないこと以上の不幸はないわ」

「心外な言葉だな。なにが自分たちのためになるかはもとより、なにがぼくのためになるか、そしてなにがこの世界のためになるか、きみにわかるはずがない」

カジェタノはむっとして言い返した。妻の辛辣《しんらつ》な物言いと物事を決める性急さに腹が立ったのだ。

「外国でおもしろおかしく過ごすより、自国で平々凡々と暮らすほうがいいものよ」

「アンヘラ、きみにぼくの人生のレールを敷いてもらうつもりはないぞ」

「少なくとも、私は正直な気持ちを伝えているだけ」

「きみはふだんから、他人の人生についてあれやこれや決断をくだすことに慣れているんだ。で、今回はそれがぼくの人生ってわけだ」

「私たちはうまくいかないわ、カジェタノ。自分に嘘をつかないで。これ以上なにが言えるというの？　私が正直すぎるのが癪《しゃく》に障る？」

「率直に言ってもらって感謝してるよ。それに、ぼくらがうまくいかないことは先刻承知しているさ、わざわざ指摘されなくても。だからこそ、きみが何日家を留守にしても、ぼくは文句を言わないんだ。きみはきみの道を行き、ぼくはぼくの道を行く」

「言っておくけど、これは政治的任務であって、恋のアバンチュールではない。そこははっきりさせましょう」アンヘラはまくしたてた。

「きみがなにをしようと勝手だが、ぼくをハバナに送り返すだなんて金輪際《こんりんざい》考えないでくれ。ぼくらの結婚が破綻《はたん》したときには、自分がなにをし、どこに行くべきかは自分で決める」

かつてカジェタノは彼女のおいしい言葉に乗った。そして流れ着いたのがバルパライソのこの家だ。それまでは穏やかにマイアミのハイアリアに住んでいた。たしかにハバナではないが、少なくとも気候や植生はキューバに似ていて、彼の心につねに島への郷愁をかきたてた。おかしなものだ。キューバ人は故郷の島を愛しているが、距離を置こうとする。でもチリ人は、自国で苦しい生活を送っていても、頑としてそこを離れないし、なにも変えようとしない。カジェタノは合衆国でアンヘラと恋に落ち、アジェンデの革命運動に加わるべきだと説得されて、一九七一年三月に彼女に従ってチリにやってきた。当時革命は順調に進み、チリ市民は希望にあふれ、世界も政府の努力を賞賛し、カジェタノ自身、国じゅうを席捲《せっけん》していた熱狂を享受し、新たな出発を宣言した。彼は故郷の社会主義革命についてはあまり知らなかったし、フロリダでは亡命者たちの新聞やラジオを通じて〝キューバ流《クバネオ》〟に親しみ、キューバ人として欠落した部分を、本当はないはずの記憶によって補っていた。アンヘラが離れた場所から熱心に支持していた自国の革命のことも知らず、いまはこうして、愛と政治が絡みあったすえにたどりついた、この祖国でもない国で暮らしている。チリは彼の生まれた島とは正反対の国だった。ここでは、冬になると唇がひび割れ、世界の終わりを予感させる。人々は生真面目でいかめしく、カリブ人の明るさやどこか無責任な調子のよさとはまるで無縁だし、のべつまくなしにお祭り騒ぎをしているキューバでは聞いたこともない、犠牲の精神と職業倫理観を持つ。残念ながら、ここコノ・スルでは、人々は人生をフリードリヒ大王のプロイセンのごとく厳しいものととらえている。いや、もう妻のアドバイスに従うのはやめよう。たしかに妻は上品で洗練されていて、世界の不当さや不公平を強く意識し、サンティアゴの名門私立校ラ・メソネッテと北米の大学《カレッジ》を卒業し、スキーと乗馬が得意で、コルチャグア県に土地を持ち、大企業の株主でもある名家の娘だが、それでも彼女にはもう従わない。子羊のように従順な自分とはもうお別れだ。資本家の父親からもらう月々の小遣いで生活しながら、資本家の所有地を占拠する労働者を支持することに気後れひとつ感じない女の言いなりになるのはもうやめよう。そうだ、もう彼女の勧めには応じない。いままでそうしてきて、いいことなどひとつもなかった。これからは自分の心の赴くままに生きるのだ。

「キューバに戻ってそこで暮らし、革命にどっぷり浸《つ》かるべきよ」アンヘラは言い張った。床板が彼女のモカシンに踏まれてきしむ。まだ閉まりきらないスーツケースの横にはシャネルの五番の香水瓶が置かれ、脇からはエルメスの絹のスカーフがはみだしている。

「いまの言葉で、きみがどれだけぼくをわかってないかがわかる。ハイアリアやカジョ・ウエソにいたときの独立独歩の暮らしが懐かしい、いま思うのはそれだけさ。ここじゃ、仕事ひとつ見つからない」

「言ってるでしょ、いつかひょんなところから声がかかるって……」

「煙草の歴史より古い話だよ。いまは一九七三年の六月、なのにいまだに仕事の口を待ちつづけ、きみのパパから贈られた車に乗り、パパが家賃を払う部屋に住み、食費もパパの財布から支払ってもらってる。こういう依存がぼくらの愛を殺したんだ」

「殺した、そう言ったわね?」

「そう、殺したんだ」

「あなた、私たちの関係を棒に振ろうとしてるのよ」

「先に棒に振ったのはきみのほうだ」

「くだらないことで言い争うつもりはないわ」アンヘラは答え、もう一度スーツケースにエルメスをつっこもうとして徒労に終わった。「私は今夜のうちにキューバに向かう。それでおしまい。話は帰ってからにしましょう。いまはそんなつまらないブルジョワめいた議論をしている場合じゃない。いよいよ決戦の時《ラ・オラ・デ・ロス・マメジェス》なんだから!」

11

〈アリ・ババ〉にいた彼の耳に、ラジオ・マガジャーネスのニュース速報が飛びこんできた。BGMは銃声だ。首都サンティアゴ中心部からレポーターが伝えるところによると、タクナ連隊がサルバドール・アジェンデ政府に対してついに蜂起し、大統領府モネダ宮殿に向かって進軍中だという。ラジオから生中継で流れてくるクーデターの様子はさながらアメリカ映画のようで、国じゅうが受け身の観客と化してしまう。いま起きつつあることを認めまいとするように、カジェタノは店の窓際に座り、湯気の立つコーヒーを前にして、帰宅するネルーダがコジャード通りをやってくるのを待っていた。渡航の挨拶《あいさつ》をするためだ。

「首謀者はソウペル大佐とかいうやつらしい」アダッドがエプロンで手を拭きながら言った。「なにもかもめちゃくちゃになりそうだ」

レポーターたちは、チリの主要連隊の戦車が移動する様子をがなりたてている。別のレポーターが聴取者に、工場、地方の町村、港、会社、大学など、いまいる場所に落ち着いて留まってくださいと呼びかけている。アルト地区の移動中継車からまた別のレポーターが、アジェンデ大統領はトマス・モーロ通りの自宅を出て、警護隊とともに数台の青のフィアット125で全速力でモネダ宮殿に向かっていると伝えている。そこでクーデターを阻止するつもりなのだ。

「アジェンデ支持派の軍人たちはどうしたんだろう?」カジェタノは、物思わしげな様子で向かいのマウリ劇場のほうを窓越しにながめているアダッドに尋ねた。劇場の前では野良犬たちがだらりと寝そべっている。コジャード通りは人気《ひとけ》がなく、ひどく汚れている。「反乱軍を食い止めるために出張っていくのが大統領本人しかいないとしたら、この国はおしまいだぞ」

「まあ、軍部すべてがソウペルを支持しているわけじゃなさそうだ」アダッドが言った。

「へえ、どうしてわかる?」カジェタノは煙草に火をつけた。

外では何事もなかったかのように世界は動いている、とカジェタノは不安に思った。煙草の味をたっぷり楽しんだあと煙を吐き出し、それは渦を巻いて宙をのぼっていった。つまり世界は、銃声のこだまも金切り声もなく、サンティアゴで起きていることに抗議する興奮した人々もいない、消音状態のままなのだ。厚い霧が街を覆《おお》いはじめ、カジェタノにはそれが暗鬱な凶兆のように思えた。魂からネジが抜け落ちたような気がする。いま妻はどこに? サンティアゴのどこか隠れ家で、武器を手に政府を守る準備をしているのか?

それとも、すでに蒸し暑いハバナに降り立ち、カーキ色の戦闘服を着て、カラシニコフをかついで泥のなかを這《は》いまわっているのか？

人民連合の党委員会は公式声明を発表し、政府はクーデター対策についてまもなく発表するので、市民はしばらくのあいだ学校や職場などそれぞれの持ち場で、戦闘に対する準備を整えておいてほしいと呼びかけた。レポーターたちによれば、アジェンデは現在も、終わりのない迷路さながらの朝の渋滞のなか、市中心部に向かっており、そのあと政府としての方針を指示する予定だという。冷静を呼びかけるこんな発表が、自分のように失業中の異邦人にとって、どんな意味があるんだろう、とカジェタノは思った。何日か前の夜に警備係を務めたウッケ・クッキー工場に走っていき、なにか力になりたいとカミロ・プレンデス組合長に訴えるべきか？　それでどうなる？　武装した兵士や戦車や装甲車、アジェンデが大統領になってからずっと民主主義を打倒する策略を練ってきた官僚たちを前にして、妻が言うように戦うのか？　なにを武器に？　工場で渡された竿竹？　あるいはパチンコや石やヌンチャク？

人民連合政府支持を表す、赤と緑の旗を振る労働者たちを乗せたトラックが二台、アレマニア通りを走っていく。どこかに急いで駆けつけようとしているようだ。しかし、コジャード通りでは、劇場の庇《ひさし》の下で相変わらず犬たちが丸くなって眠り、詩人の姿はどこにも見えない。まだ病院にいるのだろうか？　けさは医師の処置を受けているのか、それとも反乱軍に引き止められているのか？　カジェタノは無力感に襲われた。目の前の状況に身がすくむ思いだった。首都で武装蜂起した軍人、キューバに出発しようとしているアンヘラ、暗礁に乗り上げた結婚生活、病を患《わずら》う詩人、彼を救えるただひとりの医師を捜すという任務を帯びた自分。反乱が詩人の体内の癌《がん》細胞のごとく国じゅうに広がっていくような気がして怖かった。

〈アリ・ババ〉にいるしかなかった。自分は出来事をただながめているだけの傍観者なのだ。そう思うと気が滅入った。妻は正しかった。異邦人であることそのものが最悪なのだ。外国でそこその人生を送るより、母国で不幸を背負うほうがましだ。カジェタノはアダッドにもう一杯コーヒーを頼み、彼がカウンターの背後でぶつぶつ言いながらコーヒーメーカーに粉を注ぐあいだ、ラジオから流れてきた新しいニュースに耳を傾けた。今回レポーターは、午後二時のラジオ劇場のときのようなかすれた好戦的な声で、軍総司令官のカルロス・プラッツ将軍が反乱を鎮めるため、銃を手に首都中心部に姿を現わしたと報じた。残りの軍部がはたしてどちらにつくでしょうか、とクラクションやどなり声に負けじと、レポーターは興奮気味に声を張りあげた。三杯めのコーヒーを飲み終わるころには、緊張が解けはじめた。ソウペルは投降しました、とラジオは報じた。同時に市中に秩序と静けさが戻り、親政府派のラジオ局はプラッツを英雄と呼び、アジェンデはふたたびモネダ宮殿の執務室にはいって、北はアリカから南はマガジャネス、さらにイースター島やロビンソン・クルーソー島に至るまで、チリ全土をその手中に取り戻したと告げた。その日の午後、左派諸党はただちに大統領府前で決起集会を催し、ギラパジュンというバンドの楽しい一曲『ラ・バテア』を歌って、カリブのリズムでその日の勝利を祝った。アレマニア通りにも人出が戻り、車やバスが走りだし、〈アリ・ババ〉は明るい表情の常連客でにぎわい、街は活気であふれた。

アダッドが毎晩水で薄めている、いやな臭いのワインを飲みながら、ソーダファウンテンのカウンターに座った人々が話すことには、クーデターを阻止して民主政治を守ってほしいと軍に頼んだのはアジェンデ本人だったそうだ。もし願いが聞き入れられなかったら、警護隊と部下たちの援護のもとみずから銃を取ると、フィアット125内の無線できっぱり告げたのだという。そこで起きることの責任は間違いなくきみたち軍人にあると、歴史が証明するだろう、と。この脅し文句で、クーデターを企てた将軍たちさえ彼の支持にまわり、街中心部にたどりついた忠誠心あふれるプラッツも、力強いバックアップのもと、反乱分子の武装解除に成功した。この出来事はあっというまに伝説となった。総司令官は、歩道から彼の名を連呼する人々の声のなか、たったひとりで銃を構え、轟音をたてて近づいてくる反乱軍の戦車に立ちはだかった。ソウペルは、巣穴からおずおずと外をのぞく鼠《ねずみ》のように戦車のてっぺんから顔を出し、群衆は民主主義の勝利に熱狂して歓声をあげた。

その晩、チリじゅうの広場という広場で、中央統一労働組合や人民連合が組織した集会が開かれた。サンティアゴでは、何万人という人々がモネダ宮殿前で勝利を祝い、宮殿のバルコニーに出てきたサルバドール・アジェンデが、国体を守ったプラッツや軍部、そして市民たちに感謝を捧げた。バルパライソでもプエブロ広場でお祭り騒ぎが始まり、カジェタノはそこで若い娘とクンビアやボレロを踊った。黒い巻き毛、オリーブ色の瞳、カフェオレ色の肌をしたその娘は、アマランサスの花のような赤紫のブラウスを着て、笑うときれいにそろった大きな歯が見えた。〈ホタ・クルス〉とかいう名前の店で、その娘とピスコ・サワーを飲み、明け方に帰宅した。店は客であふれ返っており、みんなフライドポテトを添えたチョリジャーナ（肉やソーセージとタマネギなどを炒め、目玉焼きをのせて食べるチリ料理）を頬張り、ワインやビールを飲み、大声で『バンデラ・ロッサ』や『インターナショナル』を歌っていた。

寝室でひとりでメグレを読んでいたとき、電話が鳴った。

「どこから電話しているかは訊かないで」冥界から聞

こえてくるような声で、妻が言った。「あれはクーデターの予行演習にすぎない。これで、人々は身を守る武器さえ持っていないと彼らは確認したわ。もう逃げ場はない。まさかあなたも、ファシストのクーデター演習を浮かれてお祝いしたおめでたい連中のひとりだったなんて言わないでよね？」

12

メキシコシティの空に垂れこめる鉛のような雲は、バルパライソの港に停泊する戦艦に似ている、とカジエタノ・ブルレは思った。彼はいま、空港からロサ地区にあるホテルへと彼を運ぶ〝鰐《ココドリロ》タクシー〟の後部座席にいる。クライスラーは、渋滞する幹線道路をこじ開けるようにして走る。バス、トラック、タクシー、乗用車、針だの櫛《くし》だの飲み物だの新聞だのを売る呼び売りの声で、あたりはあふれ返っている。柱やバルコニーや庭のある屋敷がガラスとコンクリートの真新しいビルに次々に建て替えられ、街並みが変化していた。巨大な広告の看板が貧相なバラックの並ぶ未開発区画を隠す。クロームめっきの後部飾りと制服姿の運転手つきのキャデラックが増殖しているのは、メキシコが豊かになりつつあるしるしだ。この街の天候が穏やかなおかげもあって、歩道にテーブルを並べるオープンエアーのレストランが無数にあり、そこに集う陽気でにぎやかな客が、発展につながるルートを見つけたという自信から生じる楽天的な空気を街に広めていた。

カジェタノはサンティアゴを思い、悲しくなった。寒く暗いその街は、いまごろ混沌《こんとん》のなかで飛び交う叫び声と催涙弾の煙に包まれているはずだ。

それにしても、自分の命を救ってくれる男を捜すことをネルーダが秘密にしたがる理由がわからない。死に直面している人間の行動としては、どうにも説明がつかない。本当に、反アジェンデ運動を続ける右派に好材料をあたえないためなのか？ 答えの出ない疑問が多すぎる。カジェタノはそう思いながらウィンドウを下げ、通りのガソリンとタールの臭いを吸いこみ、モーターのうなりと、マッチと蠟燭《ろうそく》を買ってくれとタクシーに併走しながら訴える女たちの声を聞いた。実際、ネルーダは有名な作家として、共産主義の活動家として、アジェンデの友人として、左翼の世界的なイコンである。ブラカモンテは彼の最後の希望だというのに、その名をおおやけにして捜索を呼びかけないのは、そのせいなのか？

カジェタノは、置き去りにしたものに思いを馳せた。食糧難にあえぎ、不安に支配され、政治によって分断された、悲しみのチリ。毎朝そこを覆《おお》う冷たく分厚い霧のせいで輪郭《りんかく》を失い、響きがぼやけ、人々を悲嘆で浸すバルパライソ。ソウペル大佐のクーデターは未遂に終わったものの、政府にとっては最悪の結果をもたらした。数日前、将軍の妻たちが公式行事の場でプラッツ総司令官に対しトウモロコシを投げ、共産主義に立ち向かわなかったおかま野郎と非難したのだ。反政府運動と圧力に抗《あらが》えなくなり、プラッツはアジェンデに辞任を申し出た。頼りになる有能な軍人を失った大統領がかわりに任命した司令官は、弁舌のふるわない無能な男で、下品であつかましいが、〈バル・イングレス〉の常連客たちの話では、少なくともひとつだけ長所があるという――軍紀にはいっさい逆らわない。それがアウグスト・ピノチェト・ウガルテだった。

いまごろネルーダはなにをしているだろう？　カジェタノはサボイ・ホテルの前でタクシーを降りながら思った。二階建ての家並みと並木道が美しい地域で、バルやカフェ、書店や画廊が並んでいる。この時間だと、回想録を書いているか、新しい詩をしたためているか、貝殻のコレクションを手に取っているか、あるいは爬虫類《はちゆうるい》のようにのんびりしているか。バン・ブーレン病院で治療を受けると、そのあとはいつも何時間もベッドで横になった。目に光もなく、黙りこくったままうとうとし、カジェタノがブラカモンテ医師を見つけるものと信じて疑わない。いまもきっとマティルデが、次々にフランスから送り返されてくる本や変装用の衣装、家具、置物などをせっせと整理しているのだろう。しかし、そういうものを熱心に分類する妻の様子は、かえってネルーダに疑念を植えつけた。

「チリに帰国して荷物整理をするというより、私が死んだら開設するつもりでいる博物館の展示用にやっているように思えるよ」カジェタノが出発する直前、ラ・セバスティアーナ邸のリビングで会ったとき、詩人がぼそりと打ち明けた。

「セニョール・ブルレ、お部屋の用意ができました。四階です」フロントの受付係が彼に言い、ベルボーイがスーツケースを持ち上げた。

腰をおろすと、ベッドがうめき声を洩らした。電話帳でアンヘル・ブラカモンテを捜してみたが、思ったとおり、おなじ苗字はずらりと並んでいるというのにアンヘルという名前はひとつも見当たらない。でもその程度ではひるまなかった。メグレになったつもりで行動するのだ。明日は、調査のための情報が手にはいりそうな場所を訪ねよう。医師会とエクセルシオル新聞社だ。

すぐに両方と電話でアポイントが取れた。ひとつは医師会の広報担当者、もうひとつは新聞社の編集部長。フリーのジャーナリストと自己紹介し、チリの左派系新聞《オイ》のために記事を書いていると話したところ、取材は大歓迎だという答えが両方から返ってきた。メキシコの人々は、サルバドール・アジェンデとその政府に共感を持っていた。政治的腐敗が横行する中南米において、彼は希望の星なのだ。

そのあとバルパライソのラウラ・アレステギに電話して、頼まれた本は必ず探すよと請けあい、メキシコシティは活気にあふれ、楽天的な空気に包まれているとと告げた。

「当時の彼の足跡をたどるのはそう難しくないと思うわ」ラウラは言った。彼女は職場にいて、パン、肉、油を丘ごとにできるだけ効率的に配るにはどうすればいいか、考えていた。いまや鶏肉《とりにく》はおろか、野菜や卵まで姿を消しつつあった。「ネルーダはメキシコで壁画家のダビド・アルファロ・シケイロスとディエゴ・リベラと仲良くなり、一九四〇年代にはキューバに渡った」

「キューバへ？　革命が起きるずっと前ってこと？」

「革命どころか、一九五六年にカストロやゲバラら八十二人の同志たちを乗せたグランマ号がメキシコからキューバに向けて出航するよりも前よ」

「なるほど、ネルーダは政治のこととなるといつもすごく鼻がきくんだな」

「たしかに。じつは、いまではだれも思い出したがらない裏話があってね」

「どういうこと？」

「四〇年代、彼はバティスタを崇拝してたのよ。ハバナに行って、〝キューバの優秀な息子〟と彼を呼び、絶賛した。当時バティスタは、キューバの共産主義者やソ連の支援を受けて国を統治していたから」

「ちょっと待って。きみが言うバティスタって、あの独裁者フルヘンシオ・バティスタのこと？」

「そのとおり。だからこそ、カストロとネルーダは、たとえ体に鱈油《たらゆ》をたっぷり塗ってもたがいを呑みこめないの」

13

カジェタノはホテルの部屋で新聞を読みながら、コーヒー、トルティージャ、スクランブルエッグ、インゲン豆の朝食をとり、そのあと九時ごろにタクシーを拾って、メキシコシティに行ったらあれだけは見逃せないぞというネルーダの勧めに従って、国立人類学博物館に向かった。昨日の午後に医師会の広報担当者と話したとき、ドクトル・アンヘル・ブラカモンテという名前には聞き覚えがないが、調査のお手伝いは喜んでしたいので、昼過ぎにオフィスに来てくれたら、記録を調べてなにかしら情報をお渡しできると思うと言われた。チャプルテペックの森に向かう途中、カジェタノは記憶をたどってみたが、メグレが博物館に行ったという記述はたしかどこにもなかった。あのルーヴル美術館にさえ。ふつう探偵は、調査中に博物館で道草を食ったりしないものなのだ。

ところが、高い壁に囲まれた、先コロンブス期文明を証言する品々を前にしたとき、カジェタノは言葉を失い、自分がひどくちっぽけな存在になったような気分になった。驚異に触れて体が麻痺《まひ》し、自分の卑小さに恥じ入るしかなかった。おびただしい数の神殿、彫像、陶磁器、金銀細工を見ていたたまれなくなったのは、その美しさ、種類の豊富さ、完璧さ、そこから推察できる社会の複雑さのせいだけでなく、キューバ人としていままで考えようともしてこなかったことを見せつけられたからだ。たしかに、キューバ島の先住民族の文化レベルがあまり高くなかったせいもある。そう、コロンブスがやってくる何百年も前から〝新大陸〟は存在し、アステカの首都テノチティトランは、コルテス侵略当時のヨーロッパのどの大都市より発展していたのだ。カジェタノはいま初めて、白人がアメリカ先住民を蹂躙《じゅうりん》し支配したことがどれだけ重大な災厄だったのか思い知った。展示室のガラスに映る自分の顔を見れば、その白人の血がたっぷりとおのれの体に流れていることは否定しようがなかった。

カジェタノは、巨大なアステカの太陽の円盤の中央に彫刻された神が手に持つ、二つの人間の心臓を見ていたとき、すでに正午を過ぎていることにふいに気づいた。館内をまわるうちに時間の感覚がまるでなくなっていた。全速力でレフォルマ通りに出たが、それ以上走れなくなってタクシーでソカロ広場に向かった。これからは時間に余裕を持たなければ、と肩で息をしながら思う。メキシコシティが標高二千メートル以上の場所にあるということを甘く見ていた。タクシーの後部座席で呼吸を整え、頭を整理する。あの博物館を訪問したいま、これまでとおなじラテンアメリカ人にはもはや戻れない。想像せずにはいられなかった——

先コロンブス期のこの都市の栄光を、そして先祖代々語り継がれてきた神話が予言したとおりの姿をした、白い肌と金色の髪を持つエルナン・コルテスという名の男が、皇帝モクテスマ二世の前に姿を現わしたとき、驚いたアステカの人々のあいだに広がった暗鬱な終末感を。伝説的な過去を持つハバナと起源の曖昧《あいまい》な混沌《こんとん》の街バルパライソ、その両方で暮らしたことを誇らしく思っていたカジェタノだが、いまようやく理解した。メキシコ人というのは、たかだか五百年程度の歴史しかない島出身の彼のような人間には想像もつかない、何千年という長い時間のくくりのなかで暮らしているのだ。彼は煙草に火をつけ、街とその住民をこれまでとは違う目でながめた。彼らの祖先たちが時を、神殿を、華々しい戦《いくさ》を越えて、テノチティトランの澄んだ空気のなかを歩いている姿が見えるような気がした。自分が取るに足らない存在に思えて、ふと詩人に電話していまの気持ちをすべて伝え、ここに住んでいたとき彼はどうだったのか、どんなふうにメキシコを理解しようとしたのか、尋ねたい衝動に駆られた。こういう感傷を抱くような時間が彼にもあったのだろうか？それとも、領事の仕事や詩作、情事や深い後悔の念で忙殺されていたのか？

まさにその日の明け方、ホテルの部屋の窓から吹きこむそよ風を感じながら、メグレものをまた一冊、読み終えたところだった。これがめっぽうおもしろくて、作品のなかでメグレがシムノンについての思い出を語っているのだ。現実の著者についてフィクションの登場人物が描写するという愉快で独創的な手法によって、カジェタノは映画でしか知らないパリ――いつもあちこちにちょっとした危険が潜み、ときに部下たちが裏切る――の住人であるメグレに共感が持てるようになった。それにメグレの妻ルイーズのことも好ましく思えた。彼女は夫の好物――フィレンツェ風ホタテガイのソテー、家鴨《あひる》の白ワインソース煮、ラムのすね肉のレンズ豆添え――を心をこめて料理し、家のなかをつねに整理整頓し、掃除を欠かさない主婦の鑑《かがみ》だ。さらには、次々に登場する悪人たちも、シムノンの手にかかれば、なんとなく憎めない連中に思えてくるし、メグレがよくペルノを飲んで時間をつぶすビストロやバルも居心地がよさそうだった。家に帰ることや容疑者の取り調べに戻ることをそのあいだ先延ばしにして、生みの父たるシムノンに、ちょっとばかり深遠な心理学的考察をする時間をあたえるのが目的なのだとしか思えないのだが。いま、かのベルギー人の小説を読み、実際に探偵仕事を始めてみて、カジェタノは、ミステリ作家が自分の作品をより重厚にするために使う技をつかみつつあるような気がした。そして、シムノンの小説を読むにつけ、メグレの穏やかな暮らしぶりがうらやましくなってきた。時間に追われるでもなく朝起きると、風に吹かれて窓に打ちつける秋雨の音を聞きながら、壁に古い絵の掛かる、板張りの床のアパルトマンで妻と朝食をとる。それればかりか、メグレがゆるゆると歩きまわる舗道の向こうには、そこがパリだというこことをそこはかとなくつねに読者に喚起するためか、たいていエッフェル塔が姿をのぞかせている。たぶんネルーダの言うとおりなのだろう。この手の小説を読めば探偵の仕事に親しみ、情報提供者の信頼を勝ち取るテクニックや、事件の顚末《てんまつ》を再構築する方法を身につけることができる。その日の午後、カジェタノは昼食を食べ、テキーラを一杯飲んだあと、シムノンの別の小説を読みはじめた。今度は、自分のようなひよっ子探偵のための上級講座に参加するつもりで読んでみよう。少なくとも、読書はただ楽しむだけのものじゃない、とカジェタノはにっこりした。

モニカ・サルバットは、傾きかけたビルの五階にある、医師会が借りているオフィスで彼を待っていた。髪も目も黒く、歌うような声を持つ、美人と言っては少し言いすぎに思える若い女性だ。でもずいぶん前に

アンヘラがなくしてしまったものをたっぷり持ってい
た――やさしさだ。フロリダで妻と会ったばかりのこ
ろ、カジェタノが恋をしたのは、けだるく流し目を送
ることもあれば、決意に満ちたまなざしで見つめるこ
ともある、彼女のいきいきした瞳であり、ハスキーだ
が熱のこもった声であり、つやつやした長い髪だった
けれど、とりわけ彼女のやさしさに心を惹《ひ》かれた。だ
からこそ、ためらうことなく合衆国を離れ、彼女が点
火しいきなり燃えあがった恋の炎に導かれて、世界の
南の果てまでやってきたのだ。アンヘラがやさしさを
なくしたのは、いったいいつのことだろう？　ぼくの
犯したどんな過ちが、彼女からそれを剝《は》ぎ取ってしま
ったのか？　そして、ぼくの心のどの隙間から、アン
ヘラへの情熱がこぼれ落ちてしまったのだろう？
「ファイルをずっと調べていたんですけど、ドクトル
・ブラカモンテという名前はどこにも見つかりません
でした」モニカ・サルバットの声で、カジェタノは突
然現実に引き戻された。「コーヒーでもいかがです
か？」
コーヒーを用意するためにモニカが席をはずすと、
カジェタノはその時間を利用して、黄ばんだ壁紙や埃《ほこり》
だらけのブラインド、彼女が使っている古いオリヴェ
ッティのタイプライターをながめた。活気のないみす
ぼらしいオフィスだ。自分の存在そのものに飽き飽き
した役人の墓場。階下に見えるインスルヘンテス通り
では車の流れが滞《とどこお》り、バスの行き先を示す看板を見
ても彼にはちんぷんかんぷんだった。モニカがお盆に
二つのカップとアルミの砂糖壺をのせて戻ってきた。
キューバ娘を髣髴《ほうふつ》とさせる腰の揺れを見て胸が躍る。
それに、このコーヒーの香りからして、チリ人たちが
日常的に飲む、とうてい受け入れがたいコーヒーもど
きよりはるかにうまそうだ。
「最悪なのは、ファイルの順番がてんでばらばらだっ
たことです」モニカはお盆を彼にさしだしながら言っ

た。「あそこでなにか探そうとしても見つかりっこない」

「では、ぼくにどんな話が？」カジェタノはカップを取り、砂糖を小さじ三杯分入れてかきまぜ、なんとなく水っぽいコーヒーを怪訝《けげん》そうに見た。「ドクトル・ブラカモンテにどうしても会う必要があるんです。そのためにわざわざメキシコまで来たんですから」

「どうお話ししていいかわからないんですけど」彼女は砂糖を入れずにコーヒーを飲んだ。それも凶兆のひとつだった。「でも、あなたはチリの方ではないですよね？　チリ人とは話し方が違うもの」

「チリに住んでいますが、キューバ人です」

それからふたりは、チリがどれだけ遠いか、そしてキューバとメキシコの違いについて話しはじめた。アジェンデや人民連合、チリ革命、チリに対するニクソンの強硬姿勢についても話した。でも、いわゆるチリの社会主義化がこれからどうなるのかと訊かれると、カジェタノは黙りこんだ。キューバ式の社会主義政権の方向か、あるいは別のモデルか？　わからないとカジェタノは答えた。それは事実だった。だれにわかる？　アジェンデ本人さえ明言していない。でもだからといって過剰に不安がる必要はない。人はみな自分がどこに向かっているのか知ったかぶりして生きているけれど、結局のところ行き先などだれにもわからないのだ。人生は仮装パレードですが、それだけじゃありません、とカジェタノは詩人の言葉を真似て続け、この譬《たと》えにモニカは感心した。毎朝新しいカードを配る宝くじ店でもあるんです。実際のところ、人生はバルパライソに似ている。頂上にいるときもあればどん底にいることもあり、いずれにしても一瞬ですべてが逆転する。思いがけず階段を見つけてもっと高いところに行けたと思ったら、たった一度石につまずいただけで斜面を転がり落ちてしまう。ちょうど、大地震で崩れた墓地から港になだれ落ちる人骨のように。人生において永遠に変わらないものなどありません、ええ、なにひとつ。カジェタノはそう断言したが、いや、死だけは別だとすぐに訂正し、コーヒーの味見をするとあいにくひどい代物《しろもの》だった。

「とにかくドクトル・ブラカモンテを捜さなくては。人の生死がかかっているんです」彼は深刻な顔で言い、カップをお盆に戻した。「彼はチアパス産のハーブを使った癌《がん》治療を研究しているらしいんです」彼はさらに続けた。「ぼくにはあなたしか頼れる人がいない」

「じゃあ、発想の転換をするべきだわ」

「どういう意味ですか？」

「記録を調べるだけでなく、当時診療をおこなっていた医師を捜してはどうでしょう？　ブラカモンテを覚えている人がいるかもしれません。何日か時間をいただければ、心当たりに電話をしてみますけど」

「何日か？　モニカ、申し訳ないけど、そんな時間はないんです。つまり、病人が……おわかりですよね？」

「ええ」彼女はうなずいて目を伏せた。「四年前、私の母もおなじ病を患《わずら》いました。どんどん衰えて、最後に残ったのは骨と皮と痛みだけ。聖女のような人だったのに、あんなに苦しんで本当にかわいそうだった」

「それはお気の毒に」カジェタノは言葉を切って髭を撫《な》で、モニカが落ち着くのを待った。「できるだけ早く結果をもらえないでしょうか？」

「明日なら、あなたが自分で記録に当たれるかも。上司がいないので、自由に記録庫に出入りできます」彼女は声を低めて言った。目がまだ潤んでいる。

「では、あなたは引退した医師たちに連絡を取ってくれますか？」

「もちろん」

「そして、ぼくが自分で記録を見ていいんですね？」

モニカはため息をついた。見ず知らずの男に急に協力する気になっている自分に驚いている様子だ。

「でもあまり期待はしないでくださいね」彼女は言い添えた。「記録庫のなかは本当にしっちゃかめっちゃかだし、医師会に登録していない医師もいるので。でも母が――安らかに眠りたまえ――よく言っていたように、なにもしないよりましだわ」

14

この窓もない薄暗い部屋でブラカモンテについてなにがしかの情報を見つけるのは、そう簡単なことではないとカジェタノが気づくまでに、たいして時間はかからなかった。埃《ほこり》だらけのファイルだけでなく、テレタイプの紙テープ、帳簿類、使われなくなった家具まで積まれていたからだ。乾燥した空気で喉がいがらっぽくなり、戦場からモニカのオフィスに退却を余儀なくされた。

「一九四〇年代に四十代だったとしたら、いま七十代ですよね？」彼女は計算した。「この町にそんなに長いあいだ住む人はいないわ。なにか見つかりました？」

「なにも」カジェタノは不満げに鼻を鳴らし、秘書の前に腰をおろした。「当時現役だった医師たちにもう連絡してみました？」

「午後にするつもりです、セニョール・ブルレ。急ぎの仕事を終わらせたらすぐに。ウーゴ・ベルトロットという弁護士に急《せ》かされていて。その人、スペイン王立文書館の記録までアップデートしようとする勢いなんです。でも、あなたの一件に話を戻すと、ちょっと心配なことがあって」

「なんです？」

「あなたが捜しているのは名の知れているはずの医者で、それなのに私を含め、この医師会にいるだれも名前を聞いたことがないとしたら、それはつまり……」

「……その医師はすでに故人？」

「あるいは、単に医師として医師会に一度も登録していないか」

「あるいは？」

「彼の研究は結局実を結ばず、だからだれも知らないのかも」

「もぐりの医者？」カジェタノはがっかりした。だとしたら、ネルーダにはもう治療の手はないということになり、えせ探偵の調査は時間の無駄でしかない。

「かもしれない。癌《がん》の治療法と言ってましたよね？」

「ええ、そう聞かされてきました」

「まあ、もし彼が医師で、研究テーマがそれだとしたら、だれも彼を覚えていないというのはおかしい、そう思いませんか？」

カジェタノがメキシコで進めている調査に希望を託しつつ、書斎で本や新聞に囲まれて〝ラ・ヌーベ〟に座り、記憶を書き起こしているネルーダの姿を想像する。彼は自分が老いさらばえ、弱々しい病人になることに、友人であるアジェンデの政府を反動派が追いつめるところや病がおのれの体を蝕《むしば》んでいく様子を、ただ無力にながめるだけの目撃者と化すことに、苦しんでいた。最初はフランス人医師たちによる治療に失敗し、次にソビエトの専門家でもうまくいかず、そしていま彼の知らないところで、かのキューバ人医師にかけた最後の希望ももろくも潰《つい》えようとしている。数十年前にその医師がネルーダに語ったとおりなら、薬草を使った癌治療に成功したはずだったのに。

「でも、もしかしたらブラカモンテはずっと前にメキシコシティを離れていて、だからだれも覚えていないのかも」カジェタノはつぶやいた。「ユカタン地方のどこかとか、ひょっとすると、大多数の医師がそうするように合衆国に行ったとか」

「結論に飛びつくのは早すぎるわ」モニカが言った。

「彼がキューバ人だというのは確かですか?」

カジェタノは、秘書の電話番号をポケットに携え、さらには明日の夜ダウンタウンのレストランでいっしょに夕食を食べるという約束を取りつけて、医師会のオフィスを出た。彼女には好感を持っていた。しぐさや視線から、内面の自然なやさしさが滲《にじ》み出ている。それにしても探偵仕事は楽じゃない。メグレだって捜査に取りかかるのに何日もかかることがある。だが、彼に全面的に頼るわけにはいかない。たしかにメグレは裏社会を知り尽くし、金を使って情報屋から情報を引き出すずる賢さも持っているとはいえ、ラテンアメリカという、その場その場で変化する、先の読めない混乱した場所で捜査をしたことはない。デュパンやシャーロック・ホームズ同様メグレも、合衆国やフランスのような秩序だった安定した国でこそ、思う存分力を発揮できる。そこでは人々は合理的に物事を考え、明確な法律や規範が行き届き、論理が日常を形作り、一流の社会制度が整い、法を尊重する有能な警察が社会を監視している。ところが、専横政治や組織の腐敗、収賄《しゅうわい》が横行する、流動的かつ突発的なラテンアメリカでは、なにが起きても不思議ではない。たとえば、社会主義国のなかに、近代的な資本主義都市や、奴隷制とまでは行かないまでも封建的な搾取《さくしゅ》が横行する農園や、石器時代で歴史が止まっているジャングルが並存するのだ。そんな場所では、とても西欧の探偵は役に立たない。乱暴だが、そういう単純な話なのだ。アマゾンやアンデス山脈やカリブ諸島の国々では、デュパンやホームズやポアロの輝かしい推理力をもってしても問題は解明できない。ラテンアメリカの問題に北半球のロジックは通用しない。それはミス・マープルでもマーロウでもサム・スペードでもおなじこと。

探偵はワインみたいなものだ、とカジェタノは思う。ワインやラムやテキーラやビールのように、その土地や天候から生まれた産物であり、そのことを忘れた者は必然的に失敗する。ハバナの大聖堂の前にたたずむフィリップ・マーロウの姿を、だれが想像できるだろう？　午後二時の日差しが彼の肌を焦がし、無意識のうちに帽子とレインコートを脱いでしまうだろう。あるいは、リマのダウンタウンを、老婦人特有のゆっくりした上品な足取りで歩くミス・マープルの姿を？　味見した最初のセビーチェ（ラテンアメリカでよく食べられている魚介類のマリネ料理）でお腹をこわし、空港に向かうはずだったタクシーの悪徳運転手はいつのまにか道をそれて、悪党たちが待ちかまえるあばら家に彼女を送り届ける。そうなったら最後、丁寧《ていねい》に作られた入れ歯ひとつ出てこないだろう。あるいは、バルパライソのカルドナル市場をぴんと腰を伸ばし、白い手袋をはめてそぞろ歩く、気取り屋のエルキュール・ポアロの姿を？　杖も、金の鎖つきの懐中時計も、山高帽さえ、あっというまに盗まれてしまうだろう。人々は面と向かって彼らをからかい、野良犬は歯をむきだして追いかけ、ストリート・チルドレンは容赦なく石を投げつけるにちがいない。いまではカジェタノも、シムノンの小説はたしかに読んでいて楽しいが、リオ・グランデ川以南の世界で探偵をするにはあまり役に立たないと考えはじめていた。ネルーダは間違っていた。メグレでは、ラテンアメリカのはなはだしく過剰で奔放な世界を懐柔《かいじゅう》するには力不足だ。ニカラグアのマナグアやホンジュラスのテグシガルパのバルで、キューバの名歌手ビエンベニード・グランダに、ボレロのかわりにシューベルトのリートを歌えと求めること、あるいはマイアミのカジェ・オチョでのセッションで、サルサの女王セリア・クルースにマリア・カラスを真似しろと命じること、それに近い。メキシコ医師会の無秩序な記録庫の調査ひとつ取っても、ホームズやメグレやマーロウの体系化された頭脳にとってはとても耐えがたい、狂気の沙汰とも思える仕事だろう。なにしろ彼らは、堂々たるビルのなかにある、寄木張りの床やシャンデリア、たっぷりしたカーテンを備えた優雅な施設の広々とした静かな部屋で、几帳面《きちょうめん》に整理された記録をぱらぱらめくることに慣れ親しんでいるのだから。

カジェタノは〝鰐タクシー〟を拾ってエクセルシオル社の方向に向かった。少なくとも、このあとはモニカ・サルバットとのディナーだ、と自分を慰める。チャプルテペック公園、十九世紀の屋敷群、建設中の建物の足場の前を通過しながら、新聞社でベテラン記者と機能的な資料室に出会えますように、と祈る。メキシコシティは沸騰《ふっとう》していた。死と誕生が同時にそこにある。静寂と古い建物が消えていくのを嘆きながらも、近代化を寿《ことほ》ぎ、求めている、そんな感じだ。物売りでいっぱいのダウンタウンの通りには、流行のファッションに身を包んでいる者もいれば、先住民の民族衣装を着ている女や、メキシコの往年の名優ルイス・アギラルの映画のエキストラみたいなジーンズとソンブレロ姿の男もいる。クライスラーの窓から外をながめるうちに、街がパズルのようにばらばらに砕け散っていくような気がした。まるで一貫性のないそれぞれのピースは、あるものは現代的なシーン、あるものは伝統的な光景の一部分で、組み立てようにもたがいにちぐはぐではまらない。いましも、このメキシコシティの雑多な人ごみのなかを、ブラカモンテが奇跡の薬を手にぶらぶらとやってきそうだ。いや、むしろいまごろ、革命運動の功績を称《たた》える勲章を山ほど胸に張りつけて、ハバナの街を闊歩《かっぽ》しているのかもしれない。あるいは、ユカタン半島キンタナ・ローのターコイズ色の海を目の前にした海岸で、鬱蒼《うっそう》とした木々が影をつくるキャビンで暮らしているのか。そう、アンヘラとまだ愛しあっていたとき、ふたりで夢見たようなあのキャビンだ。結局のところ、ブラカモンテはどこにでもいそうでいて、どこにもいないようでもあり、ひょっとしたら死んでいるのかもしれない。カジェタノは、タクシーがソカロ広場とそこに翻《ひるがえ》る巨大なメキシコの国旗をぐるりとまわるあいだ、そんなふうに考えていた。

15

「腫瘍《しゅよう》学者のアンヘル・ブラカモンテ？」ルイス・セルバンテスは顔をしかめて訊き返した。

　その新聞記者は耳も口も分厚く、ゴム人形のように鼻と頬が赤らんでいた。壁に染みがあり、窓は汚れ、色褪《いろあ》せたカーテンの掛かったオフィスでタイプライターをたたいている六十歳のゴム人形。

「四〇年代のことです。当時はメキシコシティに住んでいた。チアパス産の薬草の薬効成分について研究していたそうです。名の知れた医師だったはずなんですが」カジェタノ・ブルレは記者の記憶を刺激しようとした。

「メキシコ人かい？」

「キューバ系メキシコ人です」

セルバンテスは困惑の表情を浮かべてタイプライターに手を滑らせた。彼の桁《けた》はずれの記憶を探っても、その名前に聞き覚えがないのだ。メキシコでは、よその土地のように、医者だからといって名士になれるわけではない。なかには、ソカロ広場の近くで不安定な暮らしを余儀なくされている者さえいる。とりわけ、ヒポクラテスの誓いに忠実に、生まれてこのかた胸にひんやりとした聴診器を一度も押しつけられた経験がないような、スラムに住む貧者を熱心に診察しているような医者たちは。

「申し訳ないが」セルバンテスが言った。「薬草に詳しいのだとしたら、その人物は医者ではないかもしれんぞ？　大学の実験室で何年も費やす研究者というより、シャーマンやまじない師に近い気がする。医者だというのは確かなのか？」

カジェタノは、じつはその可能性については調べてこなかった。あれこれ知恵を絞ったし、落とし穴はないかと用心したつもりだったが、三十年前に詩人がまじない師と医師を混同したとは思ってもみなかった。なるほど、記者の言うとおりだ。彼がアンヘル・ブラカモンテの姓さえ記憶にないのだとしたら。たしかにネルーダは、詩には関心があっても、実務的なことにはあまりこだわらない。まあ、それは別の話だが。たぶんこの新聞記者はカジェタノにあまり協力する気がないのだろう。モニカにも注意されたのだ。メキシコではしばしば〝イエス〟は〝ノー〟を、〝ノー〟は〝場合による〟を意味するのだと。親切な医師会秘書とは違って、セルバンテスはカジェタノのことが迷惑そうだった。

「はっきり言って」記者は続けた。「キューバ人はあまり虫が好かないいんだ。大学時代に彼女を寝盗られたことがあってね」

「じゃあ、おあいこですね。ぼくの生涯の伴侶といまマイアミで暮らしているのはメキシコ人なんです。まあ、生涯の伴侶だとぼくが思いこんでいた女性という意味ですけど」カジェタノは、子供のころに読んだ漫画の主人公ロイ・ロジャースみたいにすばやく反撃した。「でもだからといって、メキシコ人を恨んだりしていませんよ。むしろ彼に感謝すべきかもしれない、とさえ思うので」

記者は、いましも窓の向こうにかつての恋人が通るとでもいうのか、そわそわと通りに目を向けた。彼が言うとおり、アンヘル・ブラカモンテは、自分の能力は科学的なものだと主張していただけなのかもしれないとカジェタノは思った。医者より、教会の脇で買い手が来るのを待ちかまえている薬草売りに近いというか。病気のせいで、詩人が混乱している可能性もある。だが、生存本能の最後のあがきとも考えられる。パリやモスクワの癌専門医たちが図らずも証明したように、現代医学でもはや彼を救えないのなら、少しでも生き延びるためにシャーマンに望みを託したとしても不思議ではない。

「その人を見つける手立てはないでしょうか？」なんとか記者の気を引こうとする。「チリの新聞から、彼について記事を書くよう命じられているんです」

「社会があんな情勢なのに、哀れなチリ人たちににせ医者なんかにかかずらう暇があるのかね？」

「ひとつだけ言わせてください。ブラカモンテの薬草が、チリで死にかけている人を救うかもしれないんです」

「軽口をたたいて悪かったよ。つねに可能性はゼロではない。次の瞬間なにが起きるかだれにもわからない」セルバンテスはカジェタノの言葉に心を動かされたのか、考えこんだ様子で言った。「出来のいいアシスタントがひとりいるんだ。そいつなら手を貸せるかもしれない。なにかわかったら連絡するよ」

「ホテルに連絡をいただければありがたく思います。

あるいは医師会のモニカ・サルバットを通してもらってもかまいません。信じていいですね？」

「もちろん」

「本当ですか？　ここでは、うるさい相手をおとなしくさせるためだけに、イエスと答えることがある」

「どこの話だよ？」

「ここメキシコです。そう人から聞いたんです」

「まいったな。まあ、時と場合によるよ。いずれにしても、おれのことは信用してもらっていい」

「本当にありがとうございます。アンヘル・ブラカモンテが存命だと知ったら、喜ぶ読者が大勢いるはずです」

「心配するな、おれがついている。だが、その前に聞かせてくれ。おれの同郷人はどうやってあんたの女を奪ったんだ？」

マリア・アントニエタ

16

「これ、どう思う?」モニカ・サルバットが尋ねた。

ソナ・ロサ地区にあるタコス屋〈エル・エンカント〉の喧騒のなかで、彼らはやっと、インディオの羽根飾りのようなユカタン風ペナチョスというタコスとおのおの三種類ずつ飲み物を注文した。テキーラとサングリーア（赤ワインを甘いソーダやジュースで割り、カットフルーツを加えたスペインの飲み物）とレモネード。トリオの楽団がアロハシャツ姿の騒々しいアメリカ人のテーブルでボレロを演奏しており、泥酔したアメリカ人たちが大きな笑い声をあげた。カジェタノは、モニカがさしだした雑誌の切抜きを見た。社交欄によく掲載されるたぐいの典型的な大使館レセプションの写真だ。男性が四人、女性が三人、カメラに向かってほほえんでいる。

「きみの家族?」カジェタノは尋ねた。レストランに来る道すがら、モニカから生い立ちを聞かされたのだ。母はロシア移民で父はメキシコ人、コヨアカンで生まれ育ったの。すぐ近所で、ラモン・メルカデルがレオン・トロツキーをピッケルで殺したのよ。

「スーツとボウタイ姿の男の人がいるでしょう?」彼女が言った。

「きみのお父さん?」

「これがアンヘル・ブラカモンテよ。キューバ大使の自宅。日付は一九四一年十月十日」

カジェタノは驚いてもう一度切抜きを手に取った。グループの中央にいる男の顔を見る。眼鏡《めがね》をかけた目を近づけると、無数の点と化して消えた。こけた頬、疲れた大きな目、生え際がかなり後退した白髪、たっぷりした口髭。これがネルーダが捜していた男か。カジェタノは興奮を抑えながら思った。

「どこで見つけたんだい？」

「セルバンテスという新聞記者に渡されたのよ。でも記事にはブラカモンテが医師だとは書かれていないし、もちろん医師会の登録簿にも彼の名前はない。つまり一度も登録したことがないか、あるいは医者ではなかったか。でも、こうして見つかったことは確かよ。ブラカモンテは存在した。幽霊ではなかったのよ。セルバンテスはこれを当時の雑誌の社交欄で見つけたそうよ」

「お礼はどうしたらいい？」カジェタノはブラカモンテの顔から視線をはずさずに言った。

「チリのキマントゥ出版社の本を何冊かとチリ産の赤ワインを一本。それでいいみたい」

「全部送っておくから心配ご無用。彼はどうやってこの写真を見つけたんだろう？」

「キューバのナショナル・デーを祝うパーティをしらみつぶしにしたみたいよ」

「それで、ブラカモンテはいまどこに？」テキーラを飲み干したあと、胃が痛くならないようにサングリーアを飲む。お祝いをしたい気分だった。最高のメキシコの夜になりつつある。

「それは不明なの。でも、少なくとも捜す相手の顔はこれでわかった」トリオが『ノソトロス』を歌っている。「それに医者ではなかった可能性が高いってことも」

ふいに不安が押し寄せてきた。ブラカモンテが、ラテンアメリカの村々をまわって奇跡の治療をおこなっているやぶ医者のひとりにすぎないとわかったら、詩人がどれだけショックを受けることか。ボーイが近づいてきて、グラスにまたテキーラを注いだ。

「彼のまわりにいる人物がだれかわかるかい？」

女性たちはリタ・ヘイワース風の髪形をして、胸の大きくあいたドレスを着ている。自信たっぷりという感じだ。男性陣はダークスーツに身を包んでほほえみ、グラスかキューバ産の葉巻を右手に持っている。ブラカモンテの隣にいる娘を除けば、みな年配だ。

「彼の娘かな?」カジェタノが尋ねた。

「妻よ。当時二十歳ぐらいだと思う。孫みたいよね。いまは五十代のはず。名前はベアトリスだけど、旧姓がわからないから捜しようがなくて。あなたのお友だちは彼女のことを覚えてないの?」

「医師のほうは知り合いだが、奥さんのことは知らないと思う」

ベアトリスは明るい色の髪を後ろにひっつめており、物憂いまなざしをしている。どこかバレリーナを思わせた。グループのなかでいちばん若く美人で、控えめで、アクセサリーをいじっているその姿は純真そうに見えた。

「キャプションをよく読んでみた?」モニカが尋ねた。

「男性諸氏については姓と名前が書かれているが、女性はみんな名前だけだね。キューバのナショナル・デーの祝賀行事とある」

「それなら見逃してるわ。癌研究協会の設立を祝うディナーパーティの予定が書いてある……」

「じゃあやっぱり彼なんだな」カジェタノはキャプションを読み返して興奮の声をあげた。「ぼくが捜しているドクトル・アンヘル・ブラカモンテにちがいない! モニカ、きみはたいしたものだよ! ひょっとして、その協会の電話番号もわかってるとか?」

「見つけようとしたけど、もう存在しないの」

いきなりバケツで冷や水を浴びせられたようだった。真実の冷たさだ。カジェタノはまたテキーラを手にした。

「写真に写っているほかの人物については?」カジェタノは希望が甦るのを感じながら尋ねた。

「みんな故人なの。この端にいる女性を除いては」モニカの指が写真に置かれた。「セバスティアン・アレマンの未亡人よ。彼女の右側にいる禿《は》げ頭の男の人がそのアレマンで、この国のビール最大手メーカーの大株主だった。彼女は存命なの」

「じゃあ、さっさと彼女に会いに行こうじゃないか」

「それがそう簡単なことじゃないのよ。この国では、財界の大物はハリウッド・スターみたいなものなの、カジェタノ。高い塀《へい》の向こうで暮らし、スモークガラスの車で移動し、ボディガードに囲まれている。でも、とにかく当たって砕けろよね」

17

「ドン・パブロ？」

「私だ」

「こちら、メキシコシティです。いま大丈夫ですか？」カジェタノはベッドの上にラウラ・アレステギから借りたネルーダの詩集を置いた。開いたページはこんなふうに始まった。

いとしき娘よ、おまえが歳をとったとき（ロンサルドがすでにおまえに言ったように）
私がおまえに告げたあの詩句を思い出すだろう
子供に乳を飲ませる悲しき乳房を持つだろう
おまえの空《むな》しい人生から生まれた最後のみどりご

……


「私はいま〝ラ・ヌーベ〟に座っているよ、坊や。治療から戻ったところで、ボロ雑巾《ぞうきん》になった気分だ。この電話で目が覚めた。尋ね人が見つかったのかね？」

「あと一歩です、ドン・パブロ」

「あと一歩とは、どういう意味だ？」

「つまり、まだ見つかってはいませんが、彼の居場所を知っているかもしれない人物ともうすぐ話せそうなんです」

「ということは、まだどこにいるかわからないんだな？」

「彼を知っている人がだれもいなくて。医師として登録もされていません。すでに外国に居を移した可能性もあります。彼が医師だというのは確かですか？」

沈黙。咳払いをひとつ。そのあといつもの疲れた声で言った。

「私にとっては医師だった。だがいま考えると、実際に医師免許を持っていたかどうかはわからない。いい質問をするじゃないか、坊や……」

「キューバ人だとしたら、革命に誘われてハバナに向かったとは考えられないですか？」

また沈黙。

「革命に心惹《ひ》かれたことがない人間などいないさ」ネルーダの言葉はどこか曖昧《あいまい》だった。「だが彼は……どう言っていいかわからない。それと、彼には美しい妻がいた。それもかなり若い妻が。彼女についてはなにもわかってないのかい？」

「あなたがここにいた当時の雑誌に、ふたりが写っている写真がありました。ベアトリスという名前です。おっしゃるとおり、すごい美人ですよ、ドン・パブロ。彼女の苗字をご存じですか？」

「覚えてないな。彼女のことは、ブラカモンテの妻として知っているだけだ。顔しか覚えてない。そして無類の美人。長年女性をじっくり観察してきた男が言うんだから間違いない」

「観察にとどまらない」

「そう、観察にとどまらない」疲れた声で認め、声のトーンを変えた。「とにかく、もしその医師を見つけたら電話をくれ。どうすべきか具体的に伝える。くれぐれも言っておくが、私に連絡するまえに彼と話すようなことは絶対にやめてくれ。彼の自宅を訪問することも。必ず私の指示どおりに行動してほしい。彼は内気で気まぐれな男なんだ。彼に接近する方法はただひとつ。そのときが来たら、きみに伝えるつもりだ」

わざと謎めかせて、この調査に劇的な効果でもあたえようとしているのだろうか。カジェタノは彼を落ち着かせようとした。

「ご心配なく。指示どおりにしますよ」それから、ネルーダを現実に引き戻そうとした。「体調はいかがですか?」

返ってきた返事は思ったより厳しいものだった。

「本気で知りたいのかね?」

カジェタノは冷静さを装った。

「もちろんです、ドン・パブロ」

ドン・パブロはきっぱりと答えた。

「私はもう治らない」

「なんですって?」

「言葉どおりだよ。妻も含めてまわりの連中は、回復すると信じこませようとしている。私が自分の身になにが起きているかもわからない、おめでたい男だと思っているのさ。毎朝鏡を見ればお見通しだよ。鏡は嘘をつかない。骨の疾患だとマティルデは言うが、嘘だってことはわかっている。治療法はもうないんだ。私にもチリにも。サルバドールは二重に癌《がん》を患《わずら》っている。民主的に社会主義体制を築こうとする彼に抵抗する反体制派と、武装してでも社会主義化を推《お》し進めようとする同胞たちと。彼は市民に平和的に社会主義改革をおこなうと約束したが、連中がそれを反故《ほご》にしようとしているんだ。老いるのは悲しいが、老いて病に伏せるのはもっと悲しいことだよ、カジェタノ」

ドン・パブロの芝居がかった大げさな言動にはやはり理由があったのだ、とカジェタノは思った。彼はひとつの言葉ですべてを言い表わす。意味が何層にも重なっているのだ。彼のメタファーの力だった。あのホイットマンという、彼が好んで変装する長い鬚《ひげ》の男から学んだという技術。なにか返事をしなければと思い、カジェタノは政治の話題を選んだ。

「品不足はまだ続いていますか？」

「一朝一夕で解決する問題だと思うかね？」

馬鹿なことを訊いた自分が恥ずかしくなった。

「もちろん思いません」

「食糧難と闇市場の問題で政府に対する中産階級の信頼がどんどん薄れつつある。知ってのとおり、信頼なんて簡単に消えてしまうものさ。チリの銅の輸出をニクソンが外から封じこめ、右派がボイコットによって内側から経済を停滞させている。われわれは静かなるベトナムなんだよ、カジェタノ」

カジェタノが俄然《がぜん》戦意を回復したのは、ドン・パブロが戦争をほのめかしたせいかもしれない。この機を逃してはならない。

「じゃあ、せいぜい手こずらせてやりましょうよ、ドン・パブロ！　とにかくぼくは例の医師を見つけます。いまはゆっくり休んでください。すぐにいい知らせをお伝えできるはずです。まあ、まかせてください、ドン・パブロ」

18

「アンヘル・ブラカモンテはずいぶん前に他界しました」車椅子に力なく座ったその老婦人が言った。

カジェタノ・ブルレはがっかりした。この気品あふれる貴婦人ならキューバ人医師の居場所を教えてくれるのでは、と期待していたからだ。セバスティアン・アレマンの未亡人、大富豪サラ・ミドルトンの記憶をたとえ年月が蝕《むしば》んでいるとしても、ブラカモンテがとうに故人だということは間違いなさそうだった。肘掛け椅子に座ったカジェタノは思う——この未亡人もまもなく、写真や、居間に飾られた肖像画や、日曜日のミサのあとに彼女のもとを訪れる子供や孫たちの記憶に残るだけの存在となるのだろう。そして後に遺されるのは、分厚い壁とフランス瓦《がわら》、木柱が支える廊下が特徴的な、高級住宅街ポランコにあるネオコロニアル様式の屋敷だけ。あとはなにもなくなる。

「いまぼくがお尋ねしたのとは別のアンヘル・ブラカモンテということはないですよね？」カジェタノは念を押した。

老婦人は黒いドレスの膝の上で手を組みあわせ、むっとしたように彼を見て訊き返した。

「あなたがおっしゃっているのは、薬草を研究していた方のことでしょう？」

「そのとおりです。医師のアンヘル・ブラカモンテです」

「いいえ、彼は医師ではありませんでした」彼女は訂正した。義歯が、袋のなかで揺さぶられた骨のようにカタカタと音をたてる。「薬草の研究をしていましたが、医師ではありません」

「メキシコシティで亡くなったんですか？」

「どこで亡くなったのかは知りません。どこでもおなじことです。死んだ場所が重要でしょうか？　重要なのは、死んだあとどこに行くかです。いずれにしても、彼は善人でした。生物学者とか、そのたぐいだったと思います。どこかから給料をもらっていました。一時期、癌《がん》治療の研究に専念していましたが、やがてメキシコシティの社交界から姿を消しました」彼女の横にはキャップとエプロンをつけたメイドが彫像のように無表情で立っていた。「研究していた病で亡くなったんだと思います」

「ブラカモンテの親類もご存じありませんか？」

「ねえお若い方、厳密に言うと、私たち、友だちでもなんでもありませんの。なにかのレセプションかパーティで会ったことがあるだけで。彼がどこの出身かも存じません」彼女はダイヤモンドの指輪をはめた左手をひらりと振った。

ブラカモンテが故人なら、もはや袋小路だ。カジェタノは意気消沈した。ドン・パブロにどう話そう？いますぐ電話で？　それともバルパライソに戻ってから、会って伝える？　彼の近視気味の茶色い目がサラの青い瞳からそれて、暖炉の両側に下がる、狐狩りを描いたゴブラン織りのタペストリーへ、それからシャンデリアの下でつやつや輝いている修道院風の家具へとさまよった。詩人を失望させないようにこのことを知らせるにはどうしたらいいだろう？　チリ国内のあらゆるニュースが彼を沈ませているのに、ブラカモンテが死んで、薬草の秘密をすべて墓場に持っていってしまったと知ったら、ますます病気が悪化するかもしれない。

「では、彼の妻ベアトリスについては？　なにか覚えていませんか？」

そのとき突然サラが激しく咳をし、電気ショックでも受けたかのように体が大きく震えた。乾いた咳で、石膏《せっこう》像のような中空な感じだ。そばにいたメイドがグラスの水に鎮静剤を数滴垂らしてさしだした。

「メキシコシティでも指折りの美人でした」老婦人は水を訝《いぶか》しげに見ながら言った。ぶつぶつ文句を言いながらも、彼女は薬を飲んだ。「ブラカモンテもハンサムで知的で、個性にあふれていた。そんな魅力的な人だったからこそ、あの歳で妻を亡くしたあと、娘と言ってもおかしくないような女性と結婚したんです。でもブラカモンテが他界すると、彼女は姿を消してしまいました。いま彼女がどこにいるか、私には見当もつきません」

バルパライソに手ぶらで帰ることになりそうだ、とカジェタノは苦々しく思った。手ぶらというのはけっしてメタファーではない。はっきり言って、ほかにもう手はなかった。現実はネルーダにとってあまりにも過酷だった。カジェタノとしても、きっとよくなりますよ、たいした病気じゃありません、といい顔をするばかりの連中の仲間入りをするのは不本意だが、かといって、悪い知らせを平然と電話で伝えるわけにもいかない。アンヘル・ブラカモンテが死に、ベアトリスが行方をくらましたなら、すべては終わりだ。ああ、まったく！　任務は終わった。錨《いかり》を上げてバルパライソに戻り、お捜しの医師にはもう会えないのだとネルーダに告げなければならない。

「それで、ベアトリスはなにをしていたんでしょうか？」カジェタノは藁《わら》にもすがる気持ちで尋ねた。老婦人は椅子に座ったまま目をぱちくりさせた。薬の効果で眠気が出たのだろうか。ドーニャ・サラのグラスに鎮静剤以外にもなにかはいっていたのかもしれない。

「つまり、アンヘルの妻だったということ以外に、なにか仕事をしていなかったのかと思って」

「ずいぶん古い話だから……」彼女の指がポキポキと不穏な音を鳴らした。キューバの楽器クラベスみたいに。「でも、あなたにそう言われて思い出しました。未亡人になってから、一時期、若い淑女のための高校たしか、ドーニャ・サラ？」

「学校名を覚えていらっしゃいませんか、行儀作法とかそういうことを」

で教鞭《きょうべん》を執っていたと聞いたことがあります。

「〝フォアローゼズ〟。覚えていたのは、ウィスキーのブランドとおなじだったからです。でもずいぶん昔の話だし、アンヘルが亡くなってもうずいぶん経つわ。でも教えてくださる、パンチョ・ビリャさん？　だれも覚えていないような夫婦のことを、どうしてそこまで必死になってほじくるの？」

19

「ベアトリス・デ・ブラカモンテとおっしゃった？」

「ええ。一九四〇年代にここで働いていたと聞きました」

「マリーア、ブラカモンテという名前の教師を覚えてる？」

「なんて名前ですって？」

「ベアトリス・デ・ブラカモンテ」

フォアローゼズ学院の秘書室の窓を拭いていた老女は、アルミのバケツでまずスポンジをぎゅっと絞って汚れた水を滴《したた》らせたあと、机の前に座ったカジェタノ・ブルレの顔をじろじろ見た。彼女の目が、緑の小さなグアナコが点々とする派手な紫のネクタイに滑っていく。こんなにけばけばしい色の生地を見たのは初めてだけど、人生とはいつもそんなものだし、神の葡萄《ぶどう》園にはなんでもあるんだ、と彼女は思った。それに、ベアトリス・ブラカモンテのことを尋ねてきた者だって初めてだ。

「ミセス・デルミラのほうがお役に立てるのでは？」彼女はほのめかした。

「それならこの方をミセス・デルミラのところにご案内して」秘書はそう言うと眼鏡《めがね》をはずし、タイプライターに置かれた書類のほうに目を戻した。「電話して、話を通しておくから」

老女はカジェタノを連れて、石造りのアーチやヤシノキが並び、プールまであるパティオを進んでいった。案内されたのは、本がびっしり並んだ本棚と横木の渡された窓のある、ひんやりしたオフィスだった。小柄で華奢《きゃしゃ》なミセス・デルミラは、部屋の隅にある木製のデスクで書き物をしていた。銀縁越しに人好きのする笑みを浮かべた彼女は、どこかうわの空な様子に見えた。

「ブラカモンテ氏の未亡人ベアトリスをご存じですか？」挨拶《あいさつ》を交わしたあと、カジェタノは尋ねた。

「もちろんですとも。ずいぶん月日が経ってしまったけれど、彼女みたいな人のことはそう簡単には忘れられないわ」

カジェタノは彼女を近くのタコス屋に誘って話を聞いた。《エクセルシオル》紙をタクシーのなかで読んだあとでは、なにか温かいものを飲まずにいられなかった。チリ情勢はますます混迷の色を濃くしていた。革命派にトラックを収用されることを恐れたトラック運転手たちが近々無期限の全国ストをおこなうことで合意した。それが品不足をいっそう悪化させ、食料品店の前の行列を長くすることは間違いなかった。物資の公平な配分をめざしてきた地域組織であるＪＡＰももはや機能せず、闇市が繁盛していた。消防車や救急車のような緊急車両でさえガソリンが確保できず、貧困層の多くが燃料として使っている灯油の価格が高騰していた。そうとも、コーヒーがいる。マイアミのカジェ・オチョにあるキューバ料理の名店〈ヴェルサイユ〉や〈ラ・カレータ〉で出すような、甘くて濃いやつが。

「三十分ならお話しできます」デスクにいたミセス・デルミラはそう釘を刺した。この歳で、閑静なコンデサ地区にあるフォアローゼズ学院のような名門校で教えられるのだから、自分にはそれだけの特権があると言わんばかりだ。

　ふたりは壁にひびのはいった建物を後にして、街にどんよりと垂れこめる雲の天井の下をしばらく歩いた。すぐに、ジャカランダの木陰にある、オープンエアーのテーブルに空きがあるのを見つけた。ミセス・デルミラは、けさは朝食抜きだったから、と言って、豚肉とチーズとインゲン豆のタコスとコーヒーを注文した。カジェタノはコルタードだけに留め、通りを行き交う車やトラックをながめながら、飲み物の到着をもどかしげに待った。大都市メキシコシティでは珍しく、このあたりは地方の小村のようなのどかな静けさがあると、カジェタノは思った。

「どうしてベアトリスを捜しているの？」ウェイターがテーブルにコーンのトルティージャとワカモレ（アボカドにチリやタマネギ、トマトなどを加えたソース）を置くあいだ、ミセス・デルミラが尋ねた。

「じつは彼女の夫を捜しているんです」カジェタノはトルティージャを食べてみた。修道女の手のようにふんわりしている。

「ご主人はずいぶん前に亡くなったわ」

「確かですか？」

「もちろん。彼女は未亡人としてここで働いていたの。でもやがて姿を消した」

「どんなふうにいなくなったんですか？」カジェタノ

はもう一枚トルティージャを手に取り、今度はワカモレをつけた。メキシコ料理はなかなかいける、と思う。

「ひょっとして、亡くなったとか?」

「彼女はここでしばらくドイツ語と行儀作法を教えていたの。でも未亡人になって、そのうち姿を消した。ご主人が亡くなったのが一九五八年か一九五九年で、彼女がいなくなったのは一九六〇年だったと思うわ。娘がひとりいたのよ」

「娘? なんという名前でしたか?」

「ティナよ」

「学院で学んでいたんですか?」

「いいえ。どこの学校に通っていたか、私は知らない」

「ふたりはどこに行ったと思いますか?」

「それが謎なの。当時の彼女の同僚たちは全員引退してしまった。みんな年配だったから。フォアローゼズはベテランの先生ばかり雇うというのが特色でもあったの。ベアトリスは例外だった」

ウェイターが注文の品をテーブルに置き、静かに立ち去った。ミセス・デルミラはタコスに飛びつき、おいしそうに食べはじめた。通りに並ぶドアや窓はどれも閉じていて、日差しが舗道とそこに出ているテーブルに温もりをあたえている。

「では、ベアトリスがどこに行ったか想像もつかないと?」

「だれも知らないと思う。でも、どうしてもと言われれば、私ならハバナと答えるでしょうね」

「なぜ?」

「たぶん、キューバ人の男と会っていたから」彼女は口に物を頬張りながらにっこりした。カジェタノはコーヒーだけを飲みつづけた。

「事実ですか? それとも推測?」

「あくまで推測よ」

海から見える生まれ故郷が目に浮かんだ。マレコン通りの建物が青空をうがち、砦のような岸壁が湾を守り、コロニアル様式の家々の屋根瓦《がわら》で日光がきらめく。潮風を胸に吸いこむ。その風は、腰を振って歩く女たちの服を揺らし、玄関ホールにうずくまる熱帯の濁った午後の空気をかきまぜている。マエストラ山脈からおりてきたばかりの革命家に心奪われ、寝室の波打つレースのカーテンの陰で愛を交わすベアトリスの姿を想像する。六〇年代に四十代だったとしたら、いまは五十代だろう。なぜぼくはこの女性にこだわっているのか？　捜さなければならないのは夫のアンヘルのほうで、彼はすでにこの世にいないというのに？

コーヒーはそこそこうまかった。少なくともアダッドが淹《い》れたのと比べれば。カジェタノは口髭を撫《な》でた。それのおかげでメキシコではわが家にいるようなくつろぎを覚えるが、チリでは異邦人のしるしとなる。メキシコでは男はみな髭をたくわえるのに、チリでは、革命派は髭を生やすとはいえ、反アジェンデ派はきれいに髭をあたり、髪はヘアクリームで固めてオールバックにする。

「では、ベアトリスについてご存じなのはそれで全部ですか？」

「そう言ったでしょう？　行き先はたぶんハバナだと思う」彼女は豚肉のタコスをもうひとつつまんだ。くそったれタコスめ、いい匂いだ。カジェタノはそう思いながらまたコーヒーを飲んだ。

「そのキューバ人について、彼女からなにか聞いたことは？」彼は尋ねた。

「ないわ。でも、〈カフェ・タクバ〉で彼女がキューバ人と食事をしているところに行きあわせて、彼を紹介されたの。あとはだれだって想像がつくわ。彼女、それは美人だったもの」

「アンヘルが医師だったというのは本当でしょうか？」

「だと思うけど。先住民はスペイン人がやってくるまえから、ひそかに育てた薬草を使って癌治療をおこなっていたとご主人は信じていたそうよ。ベアトリスからそう聞いたことがあるの。彼女、不安そうだった」

「不安そう？」

「怖がってたのよ。薬草は危険だ、人の命を救うけれど殺すこともあるって」

「ブラカモンテはなにが原因で亡くなったんですか？」

「毒物による中毒死だったの」

「自分が研究していた薬で？」

「結局、最後までわからなかったみたい。でも、ブラカモンテが死んだのは、彼が悪魔と取引をしていた証拠よ」ミセス・デルミラはそう言って、口いっぱいに肉を詰めこんだまま胸で十字を切った。

20

詩人は〝ラ・ヌーベ〟で毛布にくるまって眠っていた。膝の上に原稿を置き、緑色のインクで汚れた白い革のスツールに足をのせている。暖炉ではサンザシの薪《まき》が燃え、下方に見える街は朝霧に霞《かす》んでいる。ネルーダは放射線治療から戻ったところだとセルヒオは言っていた。カジェタノはバーカウンターからネルーダをながめた。規則的な呼吸、お腹で組んだ手、額の上で傾《かし》いだひさし帽。

「見つかったのか？」目を開けるとすぐ、詩人は尋ねた。

「すでに亡くなっていたんです、ドン・パブロ」

「なんだって？」

「ドクトル・アンヘル・ブラカモンテは故人です」カジェタノははっきり答えた。死という概念が理解できない子供でも相手にするかのように、毎日やさしさでくるんだ嘘ばかり吹きこむ連中のひとりにはなりたくなかった。

「間違いないのか？」詩人は原稿をその日の新聞の上に置いた。ずっと疑っていたことがやっと確認できた、と言いたげに見えた。

カジェタノはゆっくりと彼に近づいた。「間違いありません」

詩人はまた手を組んで大きくため息をつき、リビングの白い天井に目を向けたまま口をつぐんでいた。階下から物悲しい、なんとなく気の滅入るアンデス音楽のメロディが聞こえてくる。いま人気のフォルクローレ・バンドがチャランゴ（南米独特の小型ギター）やトゥルトゥルカ（ホルンに似た民族楽器）で演奏する、政府系テレビのテーマ音楽だ。

「死んだのはいつだ？」ネルーダが目を伏せて尋ねた。

「十五年ほど前のことです」

ネルーダは唇を噛《か》み、手で顔をごしごしこすった。

ふたりは物思いに沈んだまま黙りこみ、薪がはぜる音や、屋敷のまわりを飛びまわる鷗《かもめ》の啼《な》き声を聞いていた。湾に向かって滑空する鳥たちは、蒼穹《そうきゅう》を滑る白い十字架のようだった。詩人は、探している答えを鷗が隠しているとでも言わんばかりに、長いことそれを目で追っていた。あるいは、遠くから漂ってくるユーカリの強い香りに気づいたのか。

「それをいちばん心配していた」彼はようやくそう口にした。

「残念です、ドン・パブロ。できるかぎりのことはしたのですが。詳しい話をお聞きになりたいですか？」

「そのためにきみを雇ったんじゃないか、カジェタノ。きみならなにか見つけて、全部報告してくれると思った」

「お話しできることはたいしてありません」まるで海のように広く見えるリビングの中央に立ち、眼鏡を直しながら言った。「彼をロマンティックな男として覚えている人もいれば、夢を実現するには至らなかった夢想家と考えている人もいます。せっかくの研究の証《あかし》をなにも書き残さず、人生を棒に振ったと考えたがる人もいる」

「弟子もいなかったのかい？」

「メモ一枚残ってないんです、ドン・パブロ」

詩人は何度も首を振り、なにかぶつぶつとつぶやいた。留守のあいだに顔がますます青ざめたような気がする。カジェタノは、詩人の正面にある花柄の肘掛け椅子に、床板さえきしませないように慎重に座った。

「できるだけのことはしたんです、ドン・パブロ」

「ブラカモンテは、死を先延ばしする方法を探していた、まさに天使《アンヘル》だったのかもしれんな。そして失敗した。だがそのほうがよかったのかもしれん」詩人はあきらめたようにつぶやいた。「永遠に死なないなんて悲惨だ。それほど退屈なことはないさ。しまいには生きることが苦痛になるだろう」哲学めいたその言葉の陰には恨みが滲《にじ》んでいる。永遠に生きる？ 詩人が話題を変えた。「少なくとも妻のほうは見つかったのでは？」

「ある意味では」

すると、話題ばかりかネルーダの姿勢も態度も変わった。まるで、いまの知らせによる失望を怒りで振り払おうとするように。

「ある意味では、とはいったいどういう意味だ？」彼はいらだたしげに、カジェタノの言い方を真似した。「きみまで医者やマティルデみたいな戯言《たわごと》を並べるつもりか？ 私が、なにを言われてもおとなしく信じこむまぬけ男だとでも？ 彼女に会ったのか、会わなかったのか？」

カジェタノは、ふいに窓の隙間からはいってきた冷たい風に気づき、ドン・パブロはこの寒風をどう感じただろう、と考えた。死の冷たさと風の冷たさは違うのだろうか。

「会うことはできませんでした」彼は言った。「名前はベアトリス。でもだれも旧姓を知らなかった」

ネルーダは自分の手を見た。

「私はブラカモンテの妻として彼女と知りあった。老人の記憶がどんなものかわかるだろう？　まさに霧のなかさ」

ドン・パブロはなにか隠しているのだろうか？　だが精神分析医を気取っても無料奉仕にしかならない。カジェタノは報告を続けることにした。

「彼女はどうやらキューバに住んでいるらしく……」

詩人は驚いて眉根を寄せた。

「キューバに？　いつから？」

「一九六〇年から。彼女の知人の話では、未亡人になったあとに国を出たようです」

「ドクトルとのあいだに子供がいたと聞いたが？」

「娘さんがひとり。ティナといいます」

詩人の大きな栗色の目が見開かれた。女性の話になるといつもそうだ。カジェタノはすでに気づいていた。若さを感じさせる光がつかのまそこにひらめく。

「ということは、もう成人しているな。歳はいくつだろう？」

「六〇年代初めにティーンエイジャーだったとしたら、いまは三十代でしょうね」

「興味深い」ネルーダはそう言って、頬のほくろを撫《な》でた。「私も一九六〇年にキューバにいたんだ。フィデルと話をした。革命は指導者ではなく民衆が起こすものだという私の詩が気に入らないらしくてね。最近になって共産思想に賛同した作家や詩人は、あの詩のことで私を責めたものだ。社会主義のために手を汚したことがないそういった連中は、長年共産主義を標榜《ひょうぼう》してきた私を、真の革命家とは言えないと非難する……

が、たしかドイツ系だったはずだ」

「でももしドイツ語を教えていたのだとすれば……」

「なんだ？」

「癌治療に使える薬草について知っているとは思えません」

「そうとは言いきれまい？　私はなんでも女たちから教わった。最初は、実の母が亡くなってから私を育ててくれた継母《けいぼ》の〝マードレ〟トリニダードだ。彼女がいなかったらいまの私はいないよ、カジェタノ」ふいに目をきらりと輝かせて彼は言った。「いま私を助けてくれる者がいるとしたら、それはブラカモンテの未亡人ベアトリスだ。彼女を見つけてほしい。理由はいまから話そう」


…。とにかく、ベアトリス・ブラカモンテの捜索をこれからも続けてもらいたい」

またしてもドン・パブロが演技をしているような、別の変装をしてなにかをごまかしているような感じがした。階下の衣装簞笥《だんす》のなかに下がっている服ではなく、自分の肌の下につねに備えているベールに身を隠して。カジェタノが思うより病が進行しているのだろうか？　それとも落胆を見せたくないのか？　いずれにしても、頑張って期待に応えなければならない、そうカジェタノは思った。

「たしかにベアトリスはキューバにいるかもしれませんが、あなたが望む知識を持っているかどうか。彼女はメキシコの女子校でドイツ語と行儀作法を教えていたんです」

「行儀作法を教えていたとは思えんね。いまどき行儀作法なんぞ、だれがかまうものか。ドイツ語なら可能性はある。旧姓が思い出せないのは自分でも歯がゆい

21

ネルーダは消耗していたが、それでもふたりはアレマニア通りを歩きだした。午後の冷たく澄んだ空気のなかを散歩し、バルパライソ湾を見ながら話がしたいと言いだしたのは、詩人のほうだった。〈アリ・ババ〉とマウリ劇場（看板には『三十九階段』が上演中とある）を通りすぎ、ジェルバス・ブエナス坂（プラタナスの並木にはまだ葉がない）とギジェルモ・リベラ坂（三つの角にそれぞれ食料品店がある）の前を通り、サン・ファン・デ・ディオスの丘にたどりついた。そこにはイギリス風建築様式の家々が建ち、そのひとつをカジェタノが借りている。港からクレーンや鎖の音が響き、潮の香りが漂ってきて、詩人をなごませた。

「やはりキューバに行ってもらうしかない」丘の上の家々に向かって延びる石段にふたりで座ると、ドン・パブロが言った。パンと飲み物を売る売店の横で野良犬が数匹眠っている。売店にはバター売り切れという貼り紙が出ている。そのさらに向こうでは、子供たちがチャンチャという板に小さな鉄の車輪をつけた荷車に乗って坂を滑り下りている。日光が舗道をほっこりと暖めている。

「ぼくがキューバに？」

「ただし、人に理由を知られないように」詩人は帽子のひさしを眉毛のほうに軽く下げ、素性を隠した。

「でも、ベアトリス・ブラカモンテが本当に治療の役に立つとお思いですか？」

「間違いない」

「ぼくとしては、ますますわからなくなってきました」

アレマニア通りを軍用ジープが近づいてくると、子供たちがすかさずチャンチャを自動車の下に隠したのを、ふたりは見ていた。

「ベアトリスを捜したいのは、薬草のためではない」詩人は、ジープの後部に銃剣を持って座っている兵士たちを見つめている。

「え？　ではなぜ？」やはりドン・パブロはなにか隠していたのだ。思いのままに言葉を操るだけでなく、その言葉の陰で人まで操っていたというわけか。ラウラ・アレステギの言うとおりだった。新米探偵の勘も捨てたものではない。

詩人はなにも言わず、茶色い靴の分厚い靴底を見ている。暖炉の燃える暖かな部屋で彼を待つ〝ラ・ヌーベ〟とはほど遠い、こんな石段で座っているネルーダは、寄る辺のないただの老人だった。プラスエラ・エクアドル社のバスがふたりの前で停車し、なかから落ち着いた感じのきれいな中年女性と、髭をたくわえたスーツとネクタイ姿のその夫、それにチリ共産党青年部の赤紫のシャツを着た長髪の野暮ったい若者がいっしょに降りてきた。

「こんにちは、ドン・ロベルト、ドーニャ・アンヘリカ」カジェタノが挨拶《あいさつ》した。

彼らはカジェタノのご近所さんで、物静かで感じのいい人たちだ。ご主人は、長い伝統を誇る船舶会社、パシフィック・スチーム・ナビゲーション・カンパニーに勤めてはいるが、親アジェンデ派だった。ときどきアンヘリカは近所の人々を招いて、汁がついた髭までしゃぶりたくなるようなホヤのエンパナーダ（具入りのパン）や忘れがたいおいしさの海藻《かいそう》のサラダをふるまい、土砂降りの雨の日の午後にはチリの恒例行事として、ペルーのパイタ産の糖蜜《チャンカカ》を添えたソパイピージャ（カボチャの揚げパン）をどっさりつくってくれた。これがまた絶品で、こんなにうまいソパイピージャを食べたのは生まれて初めてだとカジェタノは思ったものだった。そして春になると、奥さんはウェールズのバラとアムステルダムのチューリップを庭に植え、そこはさながらヨーロッパのようになる。一方ご主人は余暇に、ガラス瓶のなかにイギリス帆船のみごとな模型を注意深く組み立てた。

「このお天気みたいな気分ですよ。あなたと奥様はご機嫌いかがですか?」ドン・ロベルトが答え、詩人にもにっこりほほえんだ。

「いつもどおり奮闘中です。妻は出張に出かけています」

「では、もしよければ立ち寄って食事でもしていってください。ひとりでいると、どうしたって鬱々するものですからね」ドン・ロベルトが言った。それから詩人のほうを見てつけ加えた。「ところで、息子もあなたとおなじ道を歩いているんですよ。おなじ政党に所属し、作家になりたがっている」

「なにを書いているのかな、若い人」詩人が尋ねた。「詩かね?」

「短篇です、ドン・パブロ」青年が震える声で答えた。「いつか小説を書きたいと思っています」

「それはいい」詩人は威厳を装って言った。「この国では、どの石を引っくり返してもその下に詩人がいる。マッシュルームのようににょきにょき生えてくるんだ。いまは小説家になるのが得策だよ。小説を書くときには、いま私が言ったような表現を使うといい。だが忘れるなよ。約束してくれるかい?」

「約束します、ドン・パブロ」

一家はマリーナ・メルカンテの石段をそのままのぼっていき、一方バスもマフラーから排気ガスを吐いてアレマニア通りを遠ざかっていった。カジェタノと詩人はまたふたりきりになった。ふたりはしばらく黙りこくって、バルパライソの伝説的タグボート〝力持《エル・ポ》ち《デロソ》〟が湾を滑っていくのをながめていた。

「さて、よく聞いてほしい。いまから言うのはとても大事なことだ」ドン・パブロは膝に肘をついて続けた。

「なんとしても、ベアトリス・ブラカモンテを見つけてもらいたい。これからはその任務が最優先だ。人生も終わりにさしかかったいま、私がなにより望むのは、きみが彼女を見つけ、告げてもらうこと……」

ドン・パブロはそこで口をつぐんだ。

「なにを告げるんですか?」

詩人は靴に反射する光を見つめ、それからそわそわと眉毛を掻《か》くと、不安げに横目でカジェタノを見た。

「ぼくが彼女になにを告げるんですか、ドン・パブロ?」

「私は知りたいと……いや、知らなければならないと……」

「ねえ、ドン・パブロ、今日は栓抜きでコルクを抜くようにして、言葉を引っぱり出さなきゃならないみたいだ」

「一九四三年に生まれた女の子が私の娘かどうか……」

詩人は、いかにも秘密の告白らしく、小さな声でやっと言い終えた。カジェタノは空に浮かぶ雲から突き落とされた気分だった。

「なんですって?」

「きみが聞いたとおりだ」彼はきっぱり言った。「そんなに驚かないでほしいな。きみだっていつか似たような経験をするかもしれない。言っただろう、人生はカーニバルだと。仮装と驚きに満ちあふれている」

カジェタノは急いで情報をつなぎあわせた。ティナのことだろうか? それともほかにも女の子が? もしティナが一九六〇年にティーンエイジャーだったとしたら、計算がぴったり合う。間違いない、彼女がそうなのだ。彼はそろそろと探りを入れた。

「でも、ベアトリスはアンヘル・ブラカモンテと結婚していたと言いましたよね、ドン・パブロ?」

「きみはパリのコウノトリに運ばれてこの世に生まれてきたのかね?(スペイン語圏では赤ん坊はパリからコウノトリに運ばれてくるという言い伝えがある)そ

れともチリに来たとたん、頭のネジがはずれたのか?」

押すボタンを間違えたようだ。上手に知恵を働かせて、さらに探りを入れる。

「ちょっと待ってください。ええとつまり、あなたがアンヘル・ブラカモンテの妻が連れている娘の父親、ということですか?」

「私はそう疑っている。だからきみに確認してほしいんだ」詩人はむっつりした顔で答えた。

「そんな、いきなりじゃ驚きますよ、ドン・パブロ」

詩人は意に介さず、なにか意味のわからないことをつぶやいた。

「Nel mezzo del cammin di nostra vita / mi ritrovai per una selva oscura…」

「なんですって?」

「イタリア語だよ。〝われらの人生の道半ばにして/私は暗い森のなかにいるのを知った〟。ダンテ・アリギエリの『神曲』だ。歳をとれば、きみにもわかる。ダンテの詩歌はつねに人生の真実を語っている。だが残念ながら、気づいたときにはもう遅いんだ」

また講釈だ。この新しい任務の話が始まってからというもの、ドン・パブロはボスとしてカジェタノにあらゆる無理難題を押しつけようとしているが、カジェタノは抵抗した。

「では、アンヘル・ブラカモンテを捜す仕事は単なる口実だったんですか?」

「彼女に近づくひとつの手段であり、きみの力量を試す意味もあったんだ、友よ。これで、きみが少なくとも慎重な人間だということ、そして調査というピアノを弾く指を持っていることもわかった」

相変わらずメタファーやイメージ、美しい言葉を意のままに操っている。さすがに詩人だ。人が詩人という人種を信用しない理由がこれでわかった。カジェタノは一歩も引かない。

「どんな言いまわしを使おうとかまいませんが、ぼくをこの仕事に引きこんだのはあなただ。それだけははっきりしていますよ、ドン・パブロ」非難には変わりなかったが、口から出てきた言葉はさっきよりやわらかく、憤《いきどお》る自分をなだめようとしているようにさえ聞こえる。

「とにかく大事なことはただひとつ、ベアトリスを捜して、一九四三年に生まれた娘がアンヘルの子か、それとも私の子か、彼女に尋ねること。それだけだ」

会話終了。詩人は立ち上がり、入江に目を向けた。穏やかな海は、水銀を張った大きな皿のように見える。カジェタノは彼の横に立ち、おそるおそる会話を再開させた。

「では、あなたは医師の妻を愛人にしていたということですか？」

ドン・パブロはふたたびかつての親しみやすいドン・パブロに戻った。

「カジェタノ、私にはこれまで大勢の愛人がいた。彼女たちがいなければ、詩は書けなかった。それとも、空中から詩が湧いて出るとでも思うかね？」

「詩的インスピレーションから生まれるのだと思っていました」

「人生から生まれるんだよ、カジェタノ。憧れや計画、失敗や不眠症や不満から。でも、心の奥深くに隠れた部分で、自分でもいまだにどことはっきり言えない魂の領域で、それは創造され、そのあと、前にも話したように、紙の上にあふれ出す」

「あるいは、あなたの革の足置きの上に。こう言ってはなんですが、あのスツール、緑のインクの染みだらけだ、ドン・パブロ」

カジェタノは上着のポケットに手をつっこんで煙草を探したが、一本もなかった。売店から、そこにいないだれかのことと距離について歌うポール・アンカの曲が流れてきて、子供のころに過ごしたハバナの黄昏《たそがれ》時《どき》をぼんやりと思い出した。売店の店員がいましも、煙草と薪《まき》は品切れです、という別の手書きの看板を店先に掛けたところだった。品不足はもうひとつの癌《がん》だと思う。

「私には子供がひとりしかいないとだれもが思っている。かわいそうなマルバ・マリーナだ」詩人はぼそりと言った。ふたりは石段をおりはじめた。遠くで子供たちがチャンチャ乗りを続けている。「私はわくわくしながら辛抱強く子供の誕生を待っていたんだ、カジェタノ。だが、赤ん坊の小さな体にあの大きな頭がのっているのを初めて見たとき、私は恐ろしくなった。信じたくなかった。なぜ、よりによって私がこんな目に？　赤ん坊が欲しいと願っただけなのに。そう自問自答した。澄んだ瞳はやさしく、鼻はずんぐりしていて、どこかプラスティックを思わせる繊細な笑みを浮かべた娘だった。時が経てば体の大きさが頭に追いつくさと自分に言い聞かせ、自分をごまかしていることを認めまいとしたが、水頭症に治療法はないんだ、カジェタノ。私はそれ以上の苦悩に耐えられず、マルバ・マリーナとその母親を捨てた。そうしなければ、書きたい詩が、実際にいままで書いてきたような詩が、書けなかったからだ。わかるかね？」

どう答えていいかわからなかった。しとしとと雨が降りだした。トタン屋根は輝きを失い、街の音がくぐもる。太平洋は、遠く水平線に至るまで、濃密にうねっている。ぼくになにが言える？　カジェタノはネルーダの告白に動揺していた。彼の苦悩を思うと悲しかったし、彼を失望させたくなかった。だが同時に、詩作のために妻と娘を犠牲にしたという彼の言い分はくだらないし、不当だった。どのみち彼は詩を書きつづけたはずだし、娘が生まれたときも変わらずペンから言葉が勢いよくあふれ出していたのだから。だが、この数週間のうちに、すでにカジェタノは、詩人の疑り深い性格と隠しきれない弱さにじわじわと取りこまれていたのだろう。辛抱強いところを見せなきゃだめだ、と彼は自分に言い聞かせた。ドン・パブロが言うように、ぼくはまだ若すぎて、人生の機微を理解するにはまだ経験が足りないのだ。

「いろいろ説明のつかないことがあると、自分でもわかっている。たとえば、私は大勢の女を捨ててきた」詩人は続けた。「長い人生のあいだ、私は何度も逃げ出した。実際、私は自分を取り囲む状況から脱走する常習犯だ。ジョシー・ブリスから逃げ、そのあと幼いマルバ・マリーナとその母親をナチス占領下のオランダに置き去りにした。そのうえ、ふたりが同胞とともにチリに亡命するのを、領事の権力で阻むことまでした」

少なくとも、告白しがたいことを告白しなければならないときに詩人が使う自虐的な物言いに、耐えるテクニックは身につきはじめたような気がした。カジェタノはひと言だけ尋ねた。

「なぜ？」

「チリで暮らしづらくなるのが怖かった。ただそれだけさ……」

もうたくさんだった。いまのいままで日ごとに尊敬の念を深めていたこの男に、これほどの軽蔑を覚えるはめになるなんて、つらすぎる。評価の急降下に歯止めをかけるのだ。苦味が甘味を侵食し、ケーキを丸ごと食い荒らしてしまうまえに。

「そろそろ帰りましょう、ドン・パブロ」カジェタノは悲しげに促した。

「自分の幸福にともなう犠牲者の存在はむごいものだ、カジェタノ。だが、個人の幸せに続く道は他人の不幸が敷石となる」

そんな警句はだれの慰めにもならないとカジェタノは思ったが、口には出さなかった。このまま丸呑みするべきなのか？　だとしたら、にっこり笑って我慢するほかない。ふたりはバルパライソの高台の路地を縫《ぬ》うようにして戻った。このあたりの家々はテラスや窓が天然の見晴台になる。マウリ劇場のすぐ横にある、遠くから見るとカラフルなピラミッドのような詩人の屋敷が、町並みを背景に際立っている。ふいになにもかも投げ出したい衝動に駆られた。この任務も、新しい仕事も。でもすぐにそんなことはできないと知った。彼はすでに別人になっていた。パブロ・ネルーダが、探偵カジェタノを誕生させたのだ。

「それで、ベアトリスとはどういう形で終わったんですか、ドン・パブロ?」思いきって尋ねる。

「妊娠がわかって、手を切った」

この探偵という新しい仕事に就くなら、なにがあっても動じない覚悟をしなければならないとわかった。人は、どんな脅威に対しても攻撃し、身を守る。そして、どんなに受け入れがたく思える言葉も恐れてはいけない。矛盾するが、この受け入れがたさこそが調査の道を拓《ひら》くのだ。

「彼女を捨てたんですか?」事実をはっきりさせるために尋ねる。

「怖くなったんだ。きみだってあるだろう、いままでに恐怖を覚えたことが? 運命がまた私をからかい、罠を仕掛けたと思った。かっと燃えあがった、つかのまの情事だったんだよ。彼女は二十代、だが夫は四十代だった。私たちはソカロ広場近くの〈カフェ・タクバ〉の横にある小ホテルで密会した。アンヘルが仕事でいないときに彼女の自宅で会うこともあった」

「別れてから、一度も彼女と言葉も交わしていない?」

「もう会いたくなかった。お腹の子の父親はあなただと彼女に言われたとき、私には信じられなかったんだ。もう子供は欲しくなかった。マルバ・マリーナの悪夢がいまだに私につきまとっていた。当時の私は、裕福でコネもある年上の妻デリア・デル・カリルと幸せな日々を送っていた。詩が世界で認められ、名声も高まり、順風満帆だった。また病を抱えているかもしれない赤ん坊を宿した不実な妻に、私になにができる？　だから彼女から逃げた」

「最低ですよ、ドン・パブロ……」

「じゃあ、どうしろと？」

「わかりません、つまり……もっとなにか違うことを……」

「人間はいつまで経っても大人になれないらしいよ、カジェタノ。人生を前にしたとき、人はつねにくそったれな青二才だ。そして、やっと大人になれたときにはもう遅い。死の扉がもう目の前だ。四十代のとき、自分が父親になるかどうかなんてまるで関心がなかった。詩を書くには、時間すべてを、努力のすべてを注ぎこまなければならなかった。その後、ベアトリスが女の赤ん坊を産んだと聞いても、なんの感慨も湧かなかった。私の人生からその章をまるまる削除すると決めていたんだ。いままでは」

　世界じゅうですぐれた詩人と認められ、あらゆる方面から賞賛の光を浴びながら、いまや過去の罪が投げかける影が彼とその名声のあいだにどっかりと居座り、追い払おうにも追い払えないようだった。それとも、追い払えるのだろうか？　カジェタノは同情と責任を感じた。たしかに探偵カジェタノの最初の依頼人——そして生みの親——の行動は道徳的に判断してどうかとは思う。だが、もしその過ちを修復できるとすれば、それはカジェタノにかかっている。任務を果たさなければならないのだ。

　しかも、ドン・パブロが言うように、それにはタイムリミットがある。

「そういうことすべてが、私にはどうでもいいことだった。いま、こうして死の臭いを間近に嗅《か》ぐまでは」彼の声の調子が変わり、早口になった。「若いころにも死の臭いは嗅いでいたんだ。〝死はそこにいる　箇易ベッドのなかに／ねばつくシーツに　黒い毛布に／

身を横たえ　ふいに息を吹きかける／暗い音をたてて息を吹き　シーツをふくらませる／そして　港へと航海するベッドがある／その港で死が待っている　提督の軍服を着て〟」彼は諳《そら》んじた。「われわれだれもを待ちかまえている、提督の軍服を着た死、そう、私はたしかにその臭いを嗅いだ。だがそれは私の死ではなかったんだ、カジェタノ。本物ではない、お話のなかの死だ。軍服など着ていない裸の姿で、言葉もなくただ現われて私に体を重ねあわせるそれがやってくるのは、まだ先の話だった」ふたりは公立学校の前で立ち止まった。塀に囲まれた校庭から、休み時間に遊ぶ子供たちがきゃあきゃあわめく声が聞こえてくる。「その子が私の娘かアンヘルの娘か確かめたいんだよ、カジェタノ。ほかにもっと知りたいことはあるかね？」彼はそこで言葉を切り、カジェタノをせっぱ詰まった表情で真剣に見つめた。それはカジェタノの知らないネルーダだった。「私の娘であってもらわないと困るんだ！」

急に彼が大声を出したので、カジェタノは詩人がどうかしてしまったのではないかと思った。

「本気ですか？」確認が必要だった。

「愛した女たちはだれも私に子供をもたらさなかった。嫉妬の嵐のようなジョシー・ブリスも、異形の子を産んだひとつ目の巨人キュクロプスのようなマリア・アントニエタも、知りあったころにはすでに閉経していた都会的なデリア・デル・カリルも、何度も流産したマティルデも。私はこの世のすべてを手に入れた。友だちも、恋人も、名声も、金も、名誉も、ノーベル賞まで。だが子供だけは持てなかった。ベアトリスは最後の希望なんだ。遠い昔に葬り去ったはずの希望。その娘と引き換えに私の詩をすべて捧げてもいい」ふたりは小糠雨《こぬかあめ》のなか、また歩きだした。子供たちの声がしだいに遠ざかっていく。「人を不死にしてくれるのは、本ではなく子供であり、インクではなく血であり、本のページではなく肌なんだ、カジェタノ。だからベアトリスの娘が私の子かどうか調べなければならない。キューバに行ってベアトリスを捜し出し、死の鎌《かま》を携えた老婆が私をつかまえるまえにぜひ真実を知らせてほしいのだ、友よ」

22

マリア・アントニエタ・ハーヘナール・フォーヘルザングが私の人生に現われたのは、ジャワ島の英国カントリークラブでのことだった。それは、名前は思い出せない、曲がりくねった大きな川のすぐそばにあった。その朝は風も滞《とどこお》り、スポンジのような雲が空を埋めて、川から漂ってくる淀《よど》んだ水の匂いがたちこめていた。彼女の姿を見たのは偶然だった。テニス・コートを通りかかったときに、彼女が別の女性とプレーをしていたのである。イギリス人居住区にはクラブやレストラン、店や企業もあり、イギリス人や外交官、選ばれた現地人だけがはいることを許されていた。いかにも宗主国らしい尊大な態度が鼻につくので、私はめったに近づかなかったが、その日はひとりだったし、あるいは、もしかすると運命の導きか、いつしかそこに足を踏み入れていた。

私はすぐにマリア・アントニエタに目を惹《ひ》きつけられた。私より背が高く、体の動きはゆるやかだが優雅で、肌が白く、手足が長く、髪は黒く、その姿が波立つ川面に映りこんでいた。ビルマ娘の小柄で細い体にすっかりなじんでいたので、ギリシャ彫刻のような堂々たる体格とワルキューレさながらのエネルギーに魅了され、試合が終わるのを待って自己紹介することにした。

私は一度でも、彼女に本当に恋をしたのだろうか？いま〝ラ・ヌーベ〟に座り、くり返し起きる地震とパナマ運河の開通とサンティアゴへの中央集権化によって、寂れる一方のこのバルパライソの悲しき空気を呼吸しながら思う。マリア・アントニエタの太いふくらはぎが、そびえたつ乳房が、海岸の小石を思わせるバラ色の乳首が甦る。人を見透かす鋭い彼女の瞳は、時とともに輝きと深みを失い、かわりに不満げな無関心がそこに居座るようになった。愛しあうとき、いつも男のような低く響く声でうめくので、私は妙に心を乱され、異邦人としての孤独をかきたてられた。高貴で真面目で正直な、まさにオランダの農婦のような女だったといまは思う。彼女は私を信頼していた。あんなふうに信頼されるにふさわしい人間ではなかった私を。

朝、彼女の太腿《ふともも》は、私たちの寝室のレースのカーテン越しにはいってくる日光を集め、やがてその光は彼女のブロンドの恥毛を燃えたたせ、腹へとのぼり、臍《へそ》の影に沈み、そのあと、さっき私の貪欲な唇が憑《つ》かれたように吸った乳房のてっぺんへと滑っていく。私はその光のダンスを無言のままうっとりとながめた。彼女の名前ときたら！　マリア・アントニエタ・ハーヘナール・フォーヘルザング。何度もそれを舌の上で転がしたせいか、いまではラ・リグア市のアルファホーレス（南米独特のココナッツのクッキー）とアムステルダムの通りの名前の味がする。夫婦だったころは彼女をどう評価していいかわからず、かわいそうなことをした。ハーヘナール。クリアな音を伸ばす三つめの音節は、ボルドの木（葉は不安を抑える効果を持つ古来の生薬となる）の陰に隠れている岩の上をしぶきをあげて流れていく水のさざめきのようだ。フォーヘルザングVogelzang。Vは強くしっかりした〝f〟のように発音し、zについてはふんっと弾くように鼻を鳴らし、耳に矢がかすったときのような音を出す。フォー・ヘル・ザング。オランダ語で〝鳥の歌〟を意味するはずだ。だが、あのときの私は彼女の名前の音楽性を聴く耳など持たなかった。南半球の雨に濡れた毛織のポンチョの匂いを漂わせた、田舎者だった私の無学ゆえに、それをなんのおもしろみもないつまらないあだ名に変えてしまったのだ。マルカ。こんななんの美学も感じられない名前と、マリア・アントニエタ・ハーヘナール・フォーヘルザングと発音したときに喉から流れ出す愉快な母音の泉を、どうして比べられようか？

　マルカとは一九三〇年にジャワで出会い、一九三六年にスペインで別れた。彼女を捨ててデリア・デル・カリルに乗り換え、以来、二度と彼女のことは口に出さなかった。彼女の名前が出てくる詩は二篇だけで、それもついでという感じだ。そして彼女を捨てたとき、私たちのかわいそうな娘マルバ・マリーナも捨てた。マルカが私を躍起《やっき》になってつけまわしたのはそのせいだった。怒りはけっして消えず、時とともに肥大した。時間が怒りの格好の肥やしとなった。チリにやってくると、私を懲《こ》らしめるために、当時の大統領で最低の暴君であり裏切り者であるガブリエル・ゴンサレス・ビデラに協力さえした。彼女には、私がほかの女性と幸せになることがどうしても許せなかったのだ。

　いま思うと、当初の彼女との関係は良好だったし、彼女の人となりに不満を感じたことは一度もなかった。

彼女のほうが私より背が高かったことも、英語を使ってもおたがいわかりあえなかったことも。彼女はスペイン語が話せず、私はオランダ語ができなかったうえ英語の知識も不充分だった。私は詩とボヘミアン流を愛し、彼女は実際的で規律正しい暮らしを好んだ。私は持っていないものさえどんどん使ってしまうが、彼女は最後の一センターボまで節約した。私たちは出会って四カ月後にバタビアで結婚した。思いもよらなかったことだが、その日私はマリア・アントニエタと、長年彼女とつきあっていた、あの日もテニス・コートで彼女を待っていた内気なオランダ人青年との仲を裂いてしまったのだ。なぜ私は、結婚へとつながるはずだった、運命が導いた道に割りこみ、彼女をそこからさらったのか？　彼女はあの島で幸せに暮らすこともできたのだ。オランダ人を夫とし、ときどきアムステルダムに里帰りして彼女が理想とするヨーロッパの清潔さを賞賛する、そんな暮らしが。遠い南の果ての貧しく陰鬱な国からやってきた、将来の展望も資産もない領事は、ひとりで寂しく、不景気なアンデスの夜へと戻るべきだったのだ。あの日曜日、テニス・コートで足を止めずにさっさと家に帰っていれば、あの別の〝雄鶏〟が勝ち鬨《どき》をあげていたはずだった。

記憶が間違っていなければ、私たちの関係には、結婚してまもなくマルカが奇妙な病を患《わずら》い、最初の子を流産してしまったときから、亀裂がはいりはじめた。あれはつらい日々だった。子供を失い、治療費で貯金が消えた。しかもマルカはなかなか回復しなかった。一九二九年の世界恐慌を受けて、政府は私の給料を減らし、チリに帰る船の切符も送ってもらえなかった。結婚したその年のうちに、私はすでにマルカに情熱を感じなくなっていた。愛を交わすためには、ジョシー・ブリスのやわらかな肌やよこしまな笑み、ぱっくりと割れて香りたつ熟した果実を思い浮かべなければならなかった。

一九三二年、私たちはピーテル・コルネリスゾーン・ホーフト号というオランダ人作家の美しい名前がついた船でバタビアを出発した。最終目的地はバルパライソだった。チリでのマルカは控えめで忠実で、私によく尽くしてくれた。サンティアゴ中心部にある窓もない陰気なアパートに居を構えたときも、彼女は私といっしょだった。そこでは私のボヘミアンの友人たちがよく夜明けまで居座っていたが、私たちが大笑いした理由も会話のテーマも彼女には理解できなかった。言葉の壁が私たちを隔てた。やがて新しい領事の職を仰せつかり、また祖国を後にすると同時に貧しさからも脱出できた。今回の行き先はスペインで、そこで私はデリアと出会った。ときどき、私たちがともに過ごしたマドリード最後の数週間のとまどい怯《おび》えたマリア・アントニエタの姿が脳裏に浮かび、私を苦しめる。なぜ自分がほかの女のために捨てられなければならないのかどうしてもわからないと訴える彼女の記憶は、いまも私につきまとって離れない。私より二十歳も年上で、洗練され、教養もあり、ヨーロッパ一流の知識人と交流を持つデリアが、近くの街角で私を待ちわびていた。私は荷造りし、ドアを閉め、マリア・アントニエタと娘を置いて出ていった。なぜ幸せは、他人の不幸の上に築かれなければならないのか？　いま、おのれの黄昏《たそがれ》を待つこのバルパライソで、きみの赦《ゆる》しを乞う、マリア・アントニエタ・ハーヘナール・フォーヘルザングよ。高貴なる魂の女よ、どうか赦してほしい。きみとマルバ・マリーナを裏切ったことを、きみの忠実さと純真さにつけこんだことを、あんな忌まわしい境遇に置き去りにしたことを、激しい爆撃のなかデリア・デル・カリルを捜して共和国スペインの通りを狂ったように走りまわるうちに、きみを忘れてしまったことを。

23

ソビエト製の双発機を降りてホセ・マルティ空港の蒸し暑い空気に包まれたとたん、カジェタノの体の奥にたちまちその島との深い絆《きずな》が甦った。緑豊かな鰐《わに》形の島も彼に気づき、懐かしい友人のように抱きしめてくれたような気がした。子供のころにハバナを出て、記憶は曖昧《あいまい》で混乱していたが、それでもしょっちゅう思い出したものだ。島の色、音、匂い。果物の味、女たちの色気、男たちの大げさなしぐさ、通りを吹き抜けるやさしい潮風。熱い空気、名前のわからない花の香り、アスファルトの強い照り返し、ドアの向こうの涼しさ、それらすべてが、彼の内側で眠っていたキューバ魂と響きあった。島はカジェタノのなかにその光やリズム、生きることへの狂おしいほどの情熱をかつて植えつけ、それが彼を島に永遠に釘づけにし、郷愁の虜《とりこ》としたのだ。

彼は、カーキ色の制服を着た職員——いまだにマエストラ山脈からやってきた髭面《ひげづら》の革命戦士をなんとなく髣髴《ほうふつ》とさせる——にパスポートを見せ、それからアンチャレス・タクシー——輝かしいクロームボディとのろのろ走行が特徴的な一九五一年型クライスラー——を拾って、エル・ベダード地区にあるおんぼろホテルに部屋を取った。ホテル・プレシデンテは簡素な建物で、部屋から外務省のビルやスポーツ総合施設、〈カサ・デ・ラス・アメリカス〉のタワーが見渡せる。カジェタノは外に出て近隣を探索してみた。日光に焼かれる街角や建物のそこここに見覚えのあるたたずまいを見つけるたび、孤独感と幸福感がないまぜになって湧きあがる。ハバナの街はいまにも崩れ落ちそうで、塗り直しの必要があったけれど、それでも美しく、ひなびた静けさが心地よかった。〈エル・カルメロ〉というカフェテリアの列に並び、ようやく席につくと、コーヒーとグアナバナのジュースとメディアノーチェ・サンドイッチを注文した。バルパライソでは、この色の濃い、シロップ入りのコーヒーも、ねっとりしたおいしさのグアナバナ・ジュースも、ハムやスイスチーズ、マスタードやピクルスを絶妙なバランスでコッペパンに挟んだ伝説的サンドイッチも知る人はいない。

これからどうするか順序立てて考える必要がある、とカジェタノは思った。さもないと迷子になり、シムノンの小説をもってしても正しい道には戻れなくなりそうだった。ネルーダの突然の告白とそれに続く任務の方向転換で、カジェタノは混乱していた。自分がまかされた任務がなにか、本当にわかっているのか？　死期を引き延ばすために医者を見つけるのではなく、ネルーダが安らかな死を迎えるために必要な秘密を知る女性を捜すのだ。

彼はメディアノーチェを食べ、コーヒーをもう一杯飲んで、ウェイターにたっぷりチップをはずんで、またすぐに来るからと告げると、〈エル・カルメロ〉を出た。またアンチャレス・タクシーに乗る。今度の運転手は白髪でマーロン・ブランドに似た鷲鼻のガリシア人で、マレコン地区を通ってオールド・ハバナと呼ばれる旧市街にやってくれと頼んだ。目の前を流れていくこの街をどうしても見ておきたかったのだ。ベアトリス・ブラカモンテは本当にこの島にいるのだろうか？　あのメキシコ人教師の言うことを鵜呑《うの》みにしてキューバまで来てしまったが、早計だったのでは？　そうしてつらつらと考えながら、壁のはがれた建物や、通りを奔放に流れる水、ショーウィンドウになにもないのに店に並ぶ人の列、シャツも着ないでサッカーをする子供たちをながめる。それでもマレコン地区で波打つ強烈なエネルギーやコロニアル風の建物が放つ光は、幼いころの記憶にある震えたつような美しさをいまもたたえていると思う。ダウンタウンにはいると、フィデル・カストロと革命を称《たた》える巨大なポスターや、チェ・ゲバラとカミロ・シエンフエゴスの大きな肖像画、帝国主義との闘いを第三世界に呼びかける看板が目にはいった。これがキューバの暮らしなんだ、とカジェタノは思った。愛国心や革命をめぐる議論、わが身を犠牲にして使命を実現しようという呼びかけ、すぐそこに楽園はあると約束するスローガンでそこらじゅうあふれ返っている。五〇年代に、ベニー・モレのバックでトランペットを吹いていた父に連れられて合衆国に渡らなかったら、ぼくはここに残っただろうか？　クライスラーの窓からはいってくる涼やかな風が頬に当たり、髭をなぶられながら、カジェタノは考えた。いまアジェンデの革命に彼が感じているのとおなじ、フィデルの進める社会主義政策のストイックさに、果たして耐えられたか？　それとも、何万人という同胞たちとともにやはり合衆国に亡命し、マイアミのカジェ・オチョに郷愁と情熱をこめてリトル・ハバナをつくった一員になっていただろうか？　こんなことを自問自答しても無意味だ。これではまるで、もしも作者シムノンが自分を刑事ではなく弁護士にしていたら、この事件をどう解決しただろうと悩むメグレだ。確かなことは、自分はいまここからはるか遠くで暮らし、世界を思いのままに旅し、キューバにいつでも出入りし、こんな調査だって自由にできるということだ。つまるところ、詩人が指摘したように、自分はラッキーな男であり、運命は彼に味方してくれている。そして彼の幸運はまさにこのことに、つまり選択肢があるということに由来している。たとえ、ときにはそれが悩みの種になるとしても。

　運転手に〈エル・カルメロ〉に戻ってくれと告げ、店にはいったとたんエアコンのひんやりした空気にほっとする。ウェイターは彼に、アマデオ・ロルダン劇場と、いまは革命防衛委員会が本部を置く大邸宅の暗い庭に面したテーブルを用意してくれた。空港で買った葉巻〈ランセロス〉に火をつけ、たっぷり吸いこむ。

ネルーダによればベアトリス捜索に協力してくれるはずだという詩人が到着するころだった。その男は、革命を批判する詩集を発表した〝裏切り者〟だという。八年前に書かれた、ネルーダに異議を唱えるキューバ人作家たちの手紙にも彼の名前はあるが、ネルーダ本人の話では、確かな筋の情報からするとじつは本人の署名ではないらしい。

「信用できる男だ」ラ・セバスティアーナ邸の書斎で、ネルーダがアンダーウッドで手紙を打ちながら言った。「フィデルはあなたの詩がお気に召さないようだと教えてくれた男なんだ。彼女を捜していることを伝えたまえ。ただし、理由は明かさないこと。チリ人は避けたほうがいい。あそこにいるチリ人には二種類しかいない。秘密警察か、秘密警察になりたがっている連中だ。私がだれを捜しているかやつらに知れたらどうなるか……」

カジェタノはコーヒーを飲みながら考えていた。自分がキューバに来たのは、サンティアゴの国立競技場で開かれるネルーダ生誕七十周年記念式典にキューバの詩人たちを招待するためだ、なんて話を信じる人間はほとんどいないだろう、と。チリ外務省はキューバ大使館に対してそれは事実だと保証したが、キューバ大使館はなかなかビザを出さず、それはそのまま彼に対する警告だと思われた。カジェタノは葉巻を吸いながらメグレの小説を開いて、その古めかしいカフェでのんびりと読書を始めた。

「カジェタノ・ブルレ?」しばらくして、横からだれかが尋ねた。

そこには、カジェタノと似たような太縁の眼鏡をかけた、黒いもっさりした巻き毛の若者が立っていた。ロイ・オービソンに似て、おなじ皮肉っぽい目をしている。パンタロンをはき、ぴったりした半袖のシャツを着ている。とはいえ、たいていのハバナ人は半袖姿なのだが。

「そうですが」

「私はエベルトといいます」彼は席に座った。外では壁の影にへばりつくようにして、席を取るために長蛇の列ができている。「私に会いたがっていると聞いたのですが」

「コーヒーは？」カジェタノは髭を撫《な》でながら尋ねた。ラジオから聞こえてくるファラ・マリーアの歌声があたりを熱くする。アトゥエイ・ビールのお盆を持って通りすぎていったウェイトレスは、ファラといっしょに歌を口ずさんでいる。

「いただきましょう。それとあなたが吸っているランセロスも一本。あなたはキューバ人だと聞きましたが……」

「ハバナ出身です。もっと正確に言うと、ビボラ地区です」

「ビボラ出身なのに外国のパスポートを持っている。うらやましい」エベルトは皮肉たっぷりに言った。

「ベルトルト・ブレヒトみたいだ。彼も東ドイツの共産主義を賞賛しながら、オーストリアのパスポートとスイスの銀行口座を持っていた。ネルーダの友人だとか？」

「友人ですが、ぼくはスイスだろうとどこだろうと銀行口座など持っていません」

ウェイターが戻ってきたとき、エベルトはネルーダの鼻にかかった声を真似して注文し、そのあとうんざりしたようにランセロスの煙を吐き出して、ネルーダ特有の単調な口調で暗誦《あんしょう》しはじめた。

船乗りの愛を愛す
キスをしては去る　彼らの愛を
彼らは約束を残す
だが二度と戻らない

カジェタノは、いまごろ地球の反対側のコバルト色の冷たい海を見ながら彼からの知らせを待っている男の完璧な物真似に、目を丸くした。

「それで、チリに招待する若い詩人を捜しているとか。さて、ネルーダにとって〝若い〟とはなにを意味するのでしょう？ 私は若いうちにはいるのでしょうか？」エベルトはハバナ訛《なま》りに戻って言った。

「若いというのは年寄りではないということでしょう。あなたは自分が年寄りだと思いますか？」

「もちろん若いと思っていますが、ネルーダは私の詩を古いと感じているようです。いずれにしろ、私は若いとあなたがネルーダを説得し、彼が私を招待してくれたら、そして私が島を出ることを政府が許可してくれたら……まあ、やっぱり、私のことはあてにしないでください。ネルーダの生誕七十周年記念式典は私抜きでおこなわれることでしょう」

「でも、ネルーダに招かれれば、政府もあなたを引き止められないはずです」

「すなわち、キューバのパスポートではもうずいぶん旅をしていないということですね、アミーゴ。おなじことですよ。どうせ島を出してはもらえない。それに」彼はそこにはない髭を撫でるようなしぐさをした。

「私はネルーダに嫌われている。ここでほかになにを探しているんです？ 別の用事もあると聞きましたが」

ウェイターが注文の品をテーブルに置き、通りかかった満員の英レイランド社製バスに不満をこぼしながら立ち去った。いまは、太鼓とコンガのリズムに乗せてロス・バン・バンが激しくシャウトし、外では熱帯の太陽の下で行列がじりじりと焼かれている。

「ブラカモンテという男の未亡人で、ベアトリスというメキシコ人女性を捜しているんです」カジェタノが言った。「旧姓はわからないのですが、十三年ほど前にメキシコからここに来たらしい。いまは五十代だと思います。三十代の娘がひとりいるはずです」

「詩人ですか？」

「かもしれません」

「そういう名前の女性は知らないな。でも、どうして彼女を見つける必要があるのか、訊く気はないですよ。ここでは、いろんなことをなるべく知らないほうが暮らしやすいんです。それに、例の不名誉な出来事があってから、私は外国人と話すのを禁じられている。外国人に知り合いがいる人しか、あなたを助けられないでしょう。大使館関係のパーティに出入りできる友人がいますよ。いまではみんな政府のブラックリストにはいっていますが。彼らならそのメキシコ人女性をすぐにつきとめられるでしょう」

「それはとてもありがたい。べつに政治的な目的はありません」

「事情についても、私の耳には入れないでください。詩人があなたをよこしたってことだけで充分です。われわれには共通の敵がいると言っていい。ベアトリス・ブラカモンテといいましたよね？　はっきり言って、まったく聞き覚えがありません。ひょっとして、ノーベル賞詩人が別の島と勘違いした、ってことはないですかね？」

24

ふたりは、エベルトのアパートの湿気《しけ》た本が並ぶ本棚の横で、〝ミラマル地区の〝ディプロティエンダ〟という外交官と外国人だけが買い物できる店でカジェタノが買った至宝のラム酒、ハバナ・クラブを飲みはじめた。しばらくすると、さらに何人か仲間が集まってきた。小説家のミゲル・ブスケット、彼といっしょに来た一三二路線のバス運転手で、やはり小説を書いているヘロニモ、それに、肌が黒く髪は白い縮れ毛で、小柄でひ弱な感じのジャマイカ人サミー・バイレ。バイレは人の家を掃除したり、革命前は有力者だったご夫人方のかわりに食品店の列に並んだりして生計を立てている。しばらくして小説家のパブロ・アルマンド・ベルムデスがドアをノックした。

ラムに、ディプロティエンダで買ってきたマンチェゴ・チーズ（羊の乳でつくられたラマンチャ産のチーズ）とチョリソーで、だれもが夢見心地だった。エベルトがベルトルト・ブレヒトに触発された詩を詠《えい》じ、そのあとミゲルがボラ・デ・ニエベのLPをターンテーブルに置くと、室内に黒人の弾くピアノの音とファルセットがあふれ出した。夜も七時になると暑さもやわらぎ、涼しいひとときが訪れて、わめき声と馬鹿笑いに紛れて二本めのラムも飲み干された。三本めの栓が開くころには、一同は、カジェタノに頼まれればなんでも協力する気になっていた。

「でも、手紙に署名しなかった者しかネルーダのお誕生日会には参加できないからな」カジェタノは、ことこの件に関しては、ネルーダがけっして折れなかったことを思い出し、はっきり言った。一同はふいに口をつぐんだ。知識人とは言えない善人サミーを除いて、そこにいる全員が、自分の手によってにしろ、政府を通じてにしろ、すでに手紙に署名していたからだ。

「無駄な希望を持つのはやめたほうがいいぞ、カジェタノ」エベルトがラムのグラスを右手に持って告げた。

「この島の人間はだれも行けやしない。なぜならエル・カバージョ（〝馬〟の意味。フィデル・カストロのニックネーム）にとって、ネルーダは聖人でもなんでもないからだ。きみの言うメキシコ人未亡人を捜す一件に専念したほうがいい」

彼は、革命の指導者や外交官、それに、とある国際的に有名な喜劇役者の一座がひそかに住んでいるという高級住宅街エル・ラギート地区に行くことを提案した。だれも真相を知らないとはいえ、噂によれば、そこでなに不自由なく暮らしている人々のなかには、たとえば一九六〇年にキューバに移り住んだポルトガル独裁政権の内務大臣の娘で、チェ・ゲバラの恋人だった女性、ゲリラ戦の日記とかのアルゼンチン人ゲリラの両手を回収したボリビア人兵士二人組、アメリカの税制を逃れてきた富豪たち、北米の航空機のハイジャック犯、ドミニカで革命に失敗したカアマーニョ大佐の未亡人などがいると言われている。この未亡人がベアトリスを知っているかもしれない、とエベルトは言った。グラスに口をつけては、自分がいま書いている、二十世紀初頭のガリシア移民が主人公の小説について、バス運転手に熱心に説明していたミゲルが、つかつかと部屋の奥に行って電話をかけはじめた。電話を切ったあと、彼の情報源――この島で起きていることならたいていのことは知っている――は、いまもハバナに住んでいる、メキシコから来たキューバ人医師の未亡人（たとえその医師がどんなに有名でも）なんて聞いたことがないと話していると告げた。

「その女性がメキシコ人だというのは確かなのか？」サミー・バイレが、慣れた手つきでチョリソーとチーズがのったお盆を持ってまわりながら言った。かつて彼はハバナの高級カントリークラブでゴルフのキャディとウェイターをしていたのだ。そのクラブもいまでは労働者のためのレクリエーション・センターになっている。

「このカジェタノとかいう男の任務のせいで、おれたち全員が泥沼にはまるってことにはならないだろうな？ そりゃあ、ネルーダの記念式典には死ぬほど行きたいよ。だが、この男は外国在住のキューバ人だ。その事実は無視できない……」ミゲルが言った。

「私は、カジェタノが一枚嚙《か》んでいようといまいと、どうせ記念式典には行かせてもらえない」エベルトが言った。「チリ人たちとはすでにたっぷりいざこざを起こしちまってるから。カアマーニョの未亡人とは話してみたほうがいいと思う。何年か前にキューバに来たメキシコ人女性について少しばかり訊いてまわったところで、罪にはなるまい」

「物には順序がある」サミーが言った。彼はニューヨーク・ヤンキースの野球帽をかぶっている。「まずは外国人がよく出入りする場所を探るべきだ」

「へえ？ ディプロティエンダや大使館に尋ねに行くのか？ 笑わせるな。そもそもキューバ人がそんな場所にはいれるわけがない」ミゲルが言った。

「忘れてもらっちゃ困る。おれはジャマイカ人だ」

「だがその顔じゃ、おれなら角の食品店でさえ入店お断わりだな」バス運転手が言った。肩幅が広く、爪の長い立派な手をしたこの男は、混血《ムラート》なので肌の色が薄い。そしてチョリソーを口に詰めこんだままにんまりした。「ベアトリスがキューバ人ってことはないのか？」

「だとしたら、捜すだけ無駄だ。キューバ人医師と結婚したキューバ人女など掃《は》いて捨てるほどいる。だからこそ、おれたちは医療制度を改革して、医者にもなんでもやらせることができるようにしたんだ。トラクターの運転だってな」パブロ・アルマンドが新しい嚙《か》み煙草の先を切りながら言った。

「だがメキシコ滞在経験がある者はそう多くないはずだ」カジェタノが言い返した。

「だが、また戻ってきたってことは、相当のアホだ」ミゲルはグラスを空けた。

「キューバ人は医師で、妻のほうじゃない」カジェタノは念を押した。「彼は薬草の専門家だったらしい」

「ってことは、医者じゃなくてまじない師か？」ミゲルが尋ねた。彼は社会問題を民俗学的見地から考えることを好んだ。あとでそれを作品に活かすためだ。

「ベアトリスは一九六〇年にハバナにやってきたんだ」カジェタノはチョリソーのスライスをもう一枚食べてから言った。手すりの向こう側に広がる木々はまるで深緑の海だ。その下にあるはずの通りは隠れて見えなかった。

「おれにまかせろよ」サミーが言い張った。目の下の隈《くま》が濃い。二十歳のハバナ娘と結婚したばかりなのだ。ジャマイカ人の妻という地位に守られている彼女は、そのまま島を出たがっていた。「外国人について調べたいとき、公安当局にも大使館にもディプロティエンダにも頼れないとなれば、いちばん実用的なのはナイトクラブに行くことだ。踊り子やミュージシャン連中は外国人のことをよく知っている。とくに外国人男性のことは」

「それじゃ、馬の前に荷車をつけるようなものだ。順序がおかしいよ」パブロ・アルマンドがうまい言いまわしを使った。彼はむっつり顔で飲み食いを続けていた。CIAか公安当局のまわし者かもしれないキューバ人を信じるなんて、危険すぎる気がしたのだ。

「手持ちの馬だけじゃ、まだ足りないってか……」エベルトが吐き出した煙は、深緑の海の上に広がって消えた。

「またふざけて。だからおまえはああいうことになったんだ」パブロ・アルマンドが釘を刺した。髪がぼさぼさで、だれかに貸してもらったばかりのぼろぼろになったブルガーコフの『巨匠とマルガリータ』に没頭している。

どうやってそのメキシコ人未亡人を見つけたらいいか、男たちが喧々囂々《けんけんごうごう》と話しあっているあいだ、カジェタノは電話の受話器を取り、緊急のときにとアンヘラから渡された番号をダイヤルした。謎めいた男の声が応答し、あとでかけ直すから番号を教えてほしいと言った。カジェタノは電話を切った。気落ちしていた。アンヘラと会うのに仲介が必要だというその事実が、ふたりの関係が完全に終わったことを意味していた。彼は長いあいだ、男たちの議論も耳にはいらず、部屋のむせ返るような蒸し暑さも、そこに漂うラムの匂いも感じなかった。

突然アパートの玄関が開き、カジェタノは現実に引き戻された。エベルトの妻ベルキスだった。キューバ作家芸術家連盟に勤めている詩人であり画家でもある彼女は、自宅に集まるむさ苦しい集団を目にして、愕《がく》然《ぜん》としている。彼女は酔った夫を見るのがいやだった。せっかく国際的な支持を獲得するまでになったというのに、ほんのわずかな失敗で当局につけこまれ、交通事故に見せかけて消されるということだってありうるのだ。ミゲルが立ち上がり、ほかの男たちの脚をよけながらやってきて、ベルキスの頬にキスをした。

「今日はいつも以上にきれいだ、お嬢さん!」吊り上がった目に笑みを浮かべ、小さな歯をむきだしにしている。「最近きみが《ラ・ガセタ・デ・クーバ》誌で発表した詩は、この世代の詩のアンソロジーを組むとしたら、絶対に欠かせない一篇だ。カリブ一ハンサムなバス運転手をぜひ紹介したい……」

ヘロニモは無言でベルキスの手を握った。自分のこの体――チャールズ・アトラスとカシアス・クレイを足して二で割った感じで、ライオンの歯をペンダントにした金のチェーンと銀のバングル、袖なしシャツというでたち――だけで挨拶《あいさつ》には充分だと言わんばかりに。ベルキスは失礼と言って、あたふたと自分の寝室に引っこんでしまった。

「そろそろお開きの時間だと思う」パブロ・アルマンドがゆっくり立ち上がり、髪を撫《な》でつけて、本をグアジャベラ（カリブ海周辺地域に多い刺繍入りオープンシャツ）のポケットにつっこんだ。

「そして私はブルーノーのもとに戻る時間だ」ちょうどいま、ドイツ人作家ブルーノー・アーピッツの『裸で狼の群れのなかに』を翻訳しているエベルトが続けた。総司令官じきじきの指示により、またしても彼の名前は本にクレジットされないと知りながら。

　客人たちは急いでグラスを空け、残ったチョリソーのかけらを口に詰めこんだ。

「総司令官がやってきて、おれたちをお払い箱にしたってか」サミーがいたずらっぽく笑いながら冗談をとばし、テーブルや床に散らばっているグラスや皿を集めだした。

「じゃあ行くか」カジェタノは言い、玄関に向かった。その晩何杯も飲んだラムのせいで頭がふらついた。

「まあ、心配するな」エベルトが彼に言った。「私がその未亡人との面会を手配するよ。彼女はこのあたりではいちばんコネがあるし、捜索にも協力してくれるだろう。なにかわかったらすぐにホテル・プレシデンテに連絡する」

25

大佐の未亡人は、はっとするような地中海美人だった。長い濡れ羽色の髪、透けるように白い肌、たっぷりした唇、ときおり稲妻のごとく輝く黒い瞳。エル・ラギート地区にある屋敷に彼らを迎えたとき、彼女は黒いワンピースを着て、首元には宝石のネックレスがまばゆく光っていた。エベルト、サミー、カジェタノの三人は大理石の廊下を進んで、広く明るい居間にたどりついた。マホガニーの家具や革張りのソファーが置かれたところに彼らは座った。大窓の向こうには青々とした芝生の庭が広がり、飛びこみ台を備えたタイル張りのプールも見える。

「ずいぶん元気そうね、エベルト！」コーヒーを持って戻ってきた彼女が言った。カジェタノは、ハバナの貧困も物不足も存在しない、どこか遠くの国に来たような気がした。「なにかニュースは？」

「なにも。まだ出国ビザを調べられてます」

「あらまあ、大変。お気の毒に」

カジェタノはグアジャベラの胸ポケットに手をやり、パスポートがはいっていることを確かめてほっとした。横に座っているサミー・バイレもおなじことをしたような気がした。

「あなたのお友だちがお捜しのメキシコ人女性のことは、残念ながら存じあげないわ」未亡人はそう続けて、カジェタノに目を向けた。「それに、これでもハバナではかなり顔がきくけれど、そのベアトリス・ブラカモンテという女性のことはだれも知らないみたい。でも希望は失ってないの。ここでは、外国人の多くが身の安全のために名前を変えるから」

ヤシノキとホウオウボクの並木が続く通りにエベル

ト、サミー、カジェタノが出たとき、街を全力で照らす強烈な太陽にいきなり襲われた。三人ともあてがはずれてがっかりしていた。彼女がこんなに非協力的だとは思っていなかった。未亡人は、外国在住のキューバ人の人捜しになど巻きこまれたくなかったのかもしれない、とカジェタノは思った。きっとタクシーが通りかかると信じて、滝のように汗をかきながら無言で歩く。しばらくして、ミラマル地区にある党幹部の屋敷の改装のために煉瓦《れんが》を運んでいた、ソ連のジル製トラックをやっとのことで停めた。カジェタノは、乗せてもらうお礼として運転手に五ドルを渡した。太陽にじりじりと焼かれながら荷台で揺られ、コニー・アイランドで降ろしてもらって、エル・ベダード地区行きのバスに乗り換えることにした。

ホウオウボクの木陰でバスを待つあいだ、サミーがカジェタノに言った。

「自分と関係ないことに関わるのは、ほんとはいやなんだ。ほんとならいまごろ肉屋で並んでいたはずなのにさ。今日は鶏肉《とりにく》の日だからな。だけどさ、こんなやり方をしててもだれも見つかりっこないぜ。あの未亡人が言ってたように、ここではだれもが名前を変える。それに、みんな外国人と関わりあいになりたがらない。あんたは故郷にいるつもりでも、すでに外国人なんだよ」

「じゃあ、どうしたらいいと思う?」カジェタノは額の汗をハンカチで拭いた。ジャマイカ人に外国人扱いされるなんて。カジェタノは悲しかった。

「前に言ったぜ」

「申し訳ないが、このクソみたいな暑さで自分の名前さえ忘れてしまったくらいなんだ」

「ナイトクラブの人間は、公安当局より外国人についてよく知ってる。どんちゃん騒ぎしない外国人なんていないからな。革命の前も、いまも、これからもずっとそうさ。最後の審判の日が来るまでは。ここは永遠にコンガとパチャンガ（ラテン音楽のひとつ。一九五九年にキューバで生まれた）の島なんだ。そうでなければ詩を詠む。エベルトには悪いがね」

「きみのやり方は、相手が男ならうまくいくと思うよ、サミー。だがわれわれが捜しているのは女性だ」

「おなじことさ。〈ラ・ソーラ〉か〈クエルボ〉か〈ラ・ランパ〉、あるいは〈エル・ガト・トゥエルト〉か〈マニラ〉に行くべきだ。もしくは、〈リビエラ〉とか〈ハバナ・リブレ〉とか〈カプリ〉みたいなホテル内のクラブ。おれならまず〈トロピカーナ〉から始めるな」

「〈トロピカーナ〉？　なぜ？」

「記憶が正しければ」サミー・バイレが、鉤爪《かぎづめ》のように細長い手を振りまわして説明を始めた。「以前おまえのかみさんが、キューバ作家芸術家連盟にいる国家公安局の担当者にはひとつだけ弱点がある、〈トロピカーナ〉に目がないところだ、って言ってたんだ」

「だからなんなんだよ？」エベルトが眼鏡を直しながらじれったそうに尋ねた。

「そいつのために〈トロピカーナ〉の入場券をペアで手に入れてやれば、そのメキシコ人未亡人についてなにか情報をくれるかもしれない……」

「悪くないアイデアだ」エベルトが、太陽に焼かれている、バスの停留所に並ぶ人々をながめながらつぶやいた。歩道に座りこむ者、倒れた木の切り株に腰をおろす者、高校の制服姿の若者に至っては、猿みたいに木に登っている。「だが、どうやってそこに行き、相手に疑われないようにベアトリスについて尋ねるんだ？　カジェタノは、正式にはキューバ人詩人を記念式典に招待するためにここに来たことになっている。メキシコ人女性を捜すためじゃなく」

「亀の甲より年の功と言うだろう？」そうサミーが言ったとき、乗客で満員のレイランド社製バスが、停留所で鈴なりになって待っている人たちの前を通りすぎ、二百メートルほど行ったところで停まった。

　みんなが口々に運転手とその母親にまで罵詈《ばり》雑言《ぞうごん》を浴びせながら、いっせいにバスを追いかけだした。年寄りや妊婦や子供は次々に置いてきぼりを食い、食糧難のこの国にあってなぜそんなに太っているのかわからない男と、いっしょにいた小ぶりのバッグと扇子《せんす》を持ったご婦人も遅れをとった。バスにたどりついたのは、運動選手らしき背の高い屈強そうなふたりの男と高校生が数人、それにエベルト、サミー、カジェタノ（ただし肩で息をしていた）だけだった。レイランド・バスはマフラーから真っ黒な排気ガスを吐き出すと、乗客の重みで車体を傾がせながら出発した。驚いたことに、運転手はほかでもない、ミゲルの友人で、民俗学を下敷きにした小説を書いているヘロニモだった。黒い大きなハンドルの前に堂々と座り、プラスティックの赤いビーズのネックレスをしている。バックミラーはチェ・ゲバラとフィデル・カストロのステッカーでにぎにぎしく飾られている。

「言っておくが、これはお散歩とはわけが違うからな、旦那方」ヘロニモは言い、インディ500にでも参加しているかのように、五番《キンタ》通りを飛ばした。バスは直線道路にはいると吠え声をあげ、速度が変わるたびに跳ね上がり、ほかの車を追い抜いては乗客を大きく揺さぶった。これはバスなんてもんじゃない、カクテルシェーカーだ、とカジェタノは思い、高校生のあいだでつぶされながら喉の渇きを覚えた。車内には焦げたタイヤの臭いとソ連製のタルカムパウダーを擦《す》りこんだ腋《わき》の匂いが充満していた。ヘロニモはサディスティックにも、涼しい顔で急にギアチェンジして、乗客がよろめくのをバックミラーで確認してはほくそ笑んでいる。彼は体を一方に傾けて運転し、閉じていては二つの玉が収まりきらないとでもいうのか、大股開きをしている。そして移動中ずっと、乗客は大声で叫ぶか、ブリキの天井を激しくたたいて、降りる停留所を彼に伝えた。キンタ・トンネルを通り抜けたところにあるクラブ〈リビエラ〉の近くで、三人組はバスを降りた。日に焼けて色褪《いろあ》せたマレコン通りにある〈リビエラ〉は、金獅子の歯のように光り輝いて見えた。ホテルの庇《ひさし》のところで、バンパーが紐《ひも》でくくられているアンチャレス・タクシーに乗りこむ。

「〈トロピカーナ〉では、だれが手を貸してくれるんだ?」カジェタノが尋ねた。車が物悲しい金属のきしみを洩らしながら動きだした。

「才能ある若いクラリネット奏者がいる。やつもずいぶん前から〝反体制派《グサーノ》〟として目をつけられているんだ。そいつを見つけるまで何日か待ってくれ」サミー・バイレはそう言って、クライスラーのガラスのない窓からはいってくる潮風を思いきり吸いこんだ。

26

三日後、彼らは、毎日恒例のリハーサル中に〈トロピカーナ〉にやってきた。午後の日差しが石造りの床にさしこむなか、舞台ではひょろっと背の高い、口髭をたくわえた長髪の男が、クラリネットでモーツァルトのメロディを軽快に奏でている。彼らはついさっき、マリアナオ地区にある〈フルーティクーバ〉という店で、お盆山盛りのマンゴー、グアバ、バナナ、パイナップルという昼食を終え、そのあとこのナイトクラブにアンチャレス・タクシーで乗りつけた。彼らはしばらくその〈星の下ホール〉でクラリネットの音色に耳を傾けた。いまはオープンエアーのありきたりなレストランにしか見えないが、サミー・バイレによれば、夜になると、音楽とスパンコールきらめく衣装に身を包んだ踊り子たちとミラーボールの光の魔法によって、別世界に変貌するのだという。

「あれがダチのパキート・デリベラだ」サミーは舞台上のミュージシャンを指して言った。

彼と話をするには、リハーサルが終わるのを待たなければならなかった。その時間、バーカウンターはまだ開いてなかったので、喉の渇きと暑さでいまにも死にそうだった。とはいえ、豊潤な音楽とカジェタノが提供した葉巻コイーバ・ランセロスをたっぷり楽しめたおかげで、けっして無駄な時間にはならなかった。

そのあと踊り子たちが腰を振り振りステージに姿を現わし、派手なひだ飾りと太いベルトが目を引く、身のこなしの軽いすらっとした厚化粧の黒人たちが何人かにこにこ笑いながらいっしょに登場した。パキートが所属するバンド〈イラケレ〉の管楽器と打楽器が午後の空気にいきなり電流を放ち、耳を聾《ろう》するようなショーが始まった。そのときカジェタノは、人生は仮装パレードだと言ったネルーダの言葉を思い出し、なるほどそのとおりだ、まさにそのイメージだと思った。踊り子たちの細くくびれた腰、固く張った腿《もも》、つんと鼻を突く刺激的な匂い。ダンスが終わると、またパキートのクラリネットのソロが挟まれた。舞台中央に置かれたスツールに腰かけ、目を閉じ、足でリズムを取りながら、ノスタルジックなご当地ソングを楽器から次々にくりだすさまは、慣れた手つきで大きな帽子から絹のハンカチをいくつも取り出す手品師さながらだ。

パキートのこれほどの才能がもう少しで台無しになるところだったんだ、とサミーが言った。グサーノをことごとく弾圧した文化審議会会長ルイス・パボンによる追及のさなか、職も楽器も奪われかけて、かろうじて救われたんだよ。所属していた〈オルケスタ・トロピカル・デ・ラ・ハバナ〉を追われ、片田舎の村の小さなバンドで演奏していた彼を、〈イラケレ〉のディレクター、サウメルが引き抜いたんだ。サウメルはパキートにこんな電話をかけた。「なあ、おれのバンドでいっしょにやらないか？　あんたがグサーノかどうかなんて、おれはこれっぽっちも気にしない」

　サミーは、なぜ〈トロピカーナ〉のチケットが八枚必要かパキートに説明したあと、「どうかな、できるかい？」と尋ねた。クラリネット奏者はいまだ名残惜しそうに楽器を撫《な》でながら、立派な大義があることならいつでもおれを頼りにしてくれ、と答えた。ただし、アカどもに与《くみ》するのだけはまっぴらごめんだ。

「立派な大義？　カジェタノ・ブルレの仕事以上に立派な大義なんて、この島のどこを探したってありゃしないさ」サミーは野球帽を脱ぎ、小さな白髪頭をあらわにしながら、そう請けあった。

「じゃあ、まかせてくれ」パキート・デリベラは答えた。「ステージ正面のテーブルを取っておくよ。だが、頼むから面倒には巻きこまないでくれ。ただでさえ、もうクソまみれなんだから。まあ、ゆっくりしていけよ。おれのつけであんたたちにモヒートを注文しておいたからさ。サウメルのバンドのために選んだボレロをぜひ楽しんでってくれ……」

27

　蒸し暑い夜、カジェタノ・ブルレと詩人のエベルト・パディージャは滝のように汗をかきながら、キュー《UN》バ作家芸術家《EAC》連盟本部の玄関の階段を上がろうとしていた。ポケットには、連盟の国家公安局員のためにパキート・デリベラが用意してくれた〈トロピカーナ〉舞台正面のテーブル席のチケット。捜索が成功するかどうかの鍵はこの交渉にかかっている、とカジェタノは思いながら、エベルトが額の汗をハンカチで拭くのをながめた。

　その夜は、どうやら彼らに追い風が吹いているようだった。まず、アンヘラからメッセージが届いた。いまカジェタノのポケットのなかにあるそれには、明日午後七時に、ミラマル地区のベルギー大使館前の広場で彼を待つとある。チリの政治的混迷から遠く離れたこの土地で彼女と会えれば、ふたりの関係を修復できるかもしれない。エル・ベダード地区の通りには夜香《ヤコウ》木《ボク》の香りが漂い、協会の格子窓に下がるボール紙の看板には、白いチュニックと顎鬚《あごひげ》が特徴的な、ソレンティナメ諸島出身の詩人エルネスト・カルデナルの朗読会の告知が書かれている。

　庭にはいろうとしたとき、ドン・キホーテ風に髭を整えた、頬のこけた眼鏡の男に行く手をさえぎられた。

「カードを見せろ」警備員の詰め所の前に立つその男がエベルトに言った。

　エベルトは書類を見せた。

「IDカードではなく、UNEACのカードだ」

「私は詩人だ」

「UNEAC発行の証明書を提示しろ」

　エベルトはズボンやシャツのポケットをそわそわと

探った。

「盗まれたらしい」

「持っていないなら通せない。UNEACにはいれるのは作家と芸術家だけだ」

「さっき言っただろう？　私は詩人だ」

「あんたがそう言うなら、おれがミハイル・ブルガーコフと名乗ることだってできる。もちろん、ミハイル・ブルガーコフになんかなりたかないがね。UNEACのIDカードだけが、詩人や小説家や芸術家だという証明なんだ。持っていない人間はそうじゃないってことだ。簡単な話さ」

「持ってたんだ」エベルトはカジェタノにまくしたてた。「持ってたのになくした」

「なくしたのか、それとも取りあげられたのか？」ドン・キホーテがこちらをちらりと見て尋ねた。

「たぶんなくしたんだよ、同志」

警備員は枢機卿《すうきけい》のごとく難しい顔で黙りこんだ。相手をじっとにらみつけ、顎がいらだたしげに震えている。

「それで、あんたは？」彼はカジェタノに尋ねた。

「やっぱり書類なしの詩人かい？」

「ぼくは観光客です。つまり、ぼくにもはいる資格はないようだ」

「それなら話はまったく別ですよ、友よ。われらが革命政府は、帝国主義の包囲網を破ってここを訪れてくれた海外からの観光客のみなさんをつねに歓迎します。UNEACにお迎えすることさえやぶさかではない。どちらからおいでですか？」

「チリです」

「それならどうぞ。そして、なかにいる作家や詩人たちに、アジェンデ同志やチリ市民が社会主義国を建設するためにどう戦っているか、ぜひ伝えてください。ここの若い連中は恵まれすぎて、資本主義の野蛮さすら理想化する傾向がある」

「承知しました。お話ししましょう。それで、いっしょに来たハバナ人詩人もいっしょに通してもらえませんか？」

「彼がハバナ人で、あなたといっしょに来たことはおれも認めるが、詩人かどうかきちんと証明されたわけじゃない。だれに会いに来たんだい？」

「レミヒオだよ」エベルトは答えた。UNEACの国家公安局員の名前を教えてくれたのは彼の妻のベルキスだった。連盟の常任会長ニコラス・ギジェンの会長室の隣にオフィスを構えているらしい。レミヒオの任務のひとつが、キューバ人作家や詩人が外国に招待されたとき、招聘《しょうへい》の理由を精査することだった。亡命や反逆行為の意図はないか確認するためだ。

「なんだ、レミヒオ同志に会いに来たのか」警備員はいまやすっかり打ち解けた様子だった。

　鉄格子の向こうに見える、窓に煌々《こうこう》と灯りがともるUNEACの建物は、どこか幻想的な空気をあたりに振りまいている。

「そのとおり。レミヒオ同志に会いに来たのさ」すっかり大胆になって、エベルトが言った。「通っていいかい？」

「もちろん」

「で、そのレミヒオって詩人なのか？　それとも小説家？」カジェタノはエベルトに尋ねた。ふたりは広い庭をつっきって、キューバ公認の知識人が集まる白亜の豪邸に向かった。

28

カジェタノとエベルトがオフィスにはいってくるのに気づくとすぐ、レミヒオはエル・ベダード地区を散歩しようと誘った。カジェタノとしては、エレガントな照明ときっちり閉じた鎧戸《よろいど》が目につくその部屋のひんやりした空気が名残惜しかった。できればそこでゆっくり呼吸を整えたかったのだ。だが結局一階におり、面取り鏡が並ぶ涼しい廊下を抜けた。講義室では、何人かの女性が大声でおしゃべりしながら、カルデナルの朗読会のために椅子を並べたり、マイクを用意したりしている。三人は、右手に赤ペンを握って熱心に雑誌を読んでいるドン・キホーテには目もくれず、通りに出た。

「例のもの、確保できたのか?」レミヒオが尋ねた。〈カフェ・リネア〉に向かって歩きながら、壁には革命防衛委員会を賞賛するポスターや夜警を募集する広告などがべたべたと貼られている。

「もちろん。来週の土曜、六人用のテーブル席だ。踊り子たちが舞台に上がる階段の真ん前だぞ」エベルトが告げた。「金曜の夜、〈トロピカーナ〉にいるパキートに電話を入れて、メッセージを残せばそれでいい」

レミヒオはほっと安堵《あんど》の息をついた。三人は薄暗い通りを歩きつづけた。あたりには、庇《ひさし》の下でおしゃべりしたりドミノをしたりして夕涼みをする人々の姿が見える。

「話をするなら、〈リネア〉でコーヒーを飲みながらのほうがいい。このあたりは、壁に耳ありだからな」レミヒオが言った。しぐさに神経質なところがあるすらりと背の高い男で、声はバリトンだ。サングラスをかけ、偽物とおぼしきロレックスとラコステ風のシャツを身につけて、オールド・スパイスの香りを漂わせている。足取りは軽やかだが、人類の存亡に関わる重要問題でも抱えているかのような険しい顔をしている。

カフェの前には大変な人だかりができていた。レミヒオは国家公安局のバッジを振りかざして道を空けさせ、なんとかカウンターにたどりついた。その直後、満員の一三二系統のレイランド社製バスが、ガタガタとピストンの音をたてながら店の正面に停まった。アイドリング中のエンジンが熱い湯気を吐き、焦げたオイルとガソリンのいやな臭いがした。アンジェラ・デイヴィス風のアフロヘアーに飾り櫛《ぐし》をさした運転手は堂々たる風情でバスを降り、そのあとにカフェイン中毒者たちがぞろぞろと続く。

「お望みの情報は手に入れてある」レミヒオは言った。彼が学生時代に書いた小説が、毎年三月十三日に大学でおこなわれる文学コンクールの最終候補に残ったこともあるという。UNEACで役員をしているのは、そのせいもあるのかもしれない。「それほど多くはないが、多少の役には立つだろう」

彼らは、コーヒーを手に入れようと大声をあげ、押しあいへしあいする人々のなかで、カウンターに寄りかかってコーヒーを飲んだ。

「それで、ベアトリスのことだが？」エベルトが尋ねた。

レミヒオは時計の表面を心配そうにこすっている。針がひとつ取れてしまっているようだ。

「まず、その女はキューバ人ではない」

「彼女がメキシコ人だってことはもうわかってるんだ」エベルトはいらだたしげに言った。「ブラカモンテという苗字のキューバ人医師と結婚して、四〇年代にメキシコに住んでいた」

「厳密にはメキシコ人でもない」

「なんだって？」カジェタノはカップを唇から離した。

こんなにうまいコーヒーは何年ぶりだろう。「メキシコ人じゃない？　じゃあ、いったい何人《なにじん》なんだ？」

「エベルト、答えるまえに、ひとつはっきりさせておきたい。この期に及んで冗談ではすまないからな。今週の土曜、〈星の下ホール〉でテーブルを予約したのは確かなんだな？　〈イラケレ〉を聴きたがっている仲間が何人もいるんだ」

「もちろんだよ、同志。パキートは友だちだ。それで、その女はどこの出身なんだ？」

「ドイツだ」

「ドイツ？　メキシコではなく？」カジェタノが驚いて訊き返した。ドイツ系だということはわかっていたが、出身もドイツだったのか？　ひと口のコーヒーをいまも待ち焦がれている一部の乗客たちを置き去りにして、バスが発情期の牡牛のようにうなりをあげて出発した。三人は店を出て、パセオのほうに引き返しはじめた。マレコン通りを吹き抜けてきた潮風が頬をなぶる。通りのアスファルトの匂いが混じっている。

「東ドイツ国籍だ」レミヒオがくり返した。

「いまもキューバに？」

「ブラカモンテの未亡人で、旧姓をレデレルという。彼女はここには娘とともに二年間しか住んでいない」

「娘の名前は？」

「ティナ・ブラカモンテ」

「ベアトリスはここでなにをしていたんです？」

「東ドイツ大使館で翻訳者として働いていた。大使館はここエル・ベダード地区のホテル・ナシオナルの近くにある。そしてティナはマリアナオの小学校に通っていた。ふたりが島を去ってもう十一年になる」

「一九六二年？　どこに行ったんですか？」

「ベルリンだよ。東ドイツの。彼らが言うところの〝反ファシズムの壁〟の向こうで暮らすために」

「なぜ？」

「知ったことか！」

「それで？」

「それで終わりだよ、きみ。一九六二年のある朝、ホセ・マルティ空港で、ベアトリス・レデレルとティナ・ブラカモンテはアエロフロート機のタラップを上がり、キューバ島から永遠に姿を消した。おい、そのパキートとやらの電話番号は？」

29

その日の夜は、スワロフスキー・ガラスの小さな人形のようにはかなかった。カジェタノは、ミラマル地区のサパタ広場のオオハマボウの木の下で待つ妻の姿を見た。五番《キンタ》通りを東に向かって、声を合わせて歌をうたっている兵士たちを乗せた青年労働者軍のジル製のトラックや、ステップにまで乗客があふれたレイランド・バスが走っていく。妻（いちおう法的にはまだ妻なのでそう呼ぶ）は青いラーダ（ソ連の自動車ブランド）から降りてきたところだった。当のラーダは、彼女のすぐそばでライトを消して待っている。妻がキューバ革命軍のカーキ色の戦闘服を着ているのを見て、カジェタノは目を丸くした。

「キューバでなにしているの?」アンヘラが彼の頬にキスしたあと尋ねた。

「仕事さ。その戦闘服は?」

「私がここでなにをしているかは、前に話したでしょう? 私はぶれない女なの」

カジェタノは、まるで身をよじるアナコンダのようなオオハマボウの太い幹に目をさまよわせ、またアンヘラに戻した。軍帽《ケピ》のなかにまとめた髪、体にフィットした戦闘服、長時間屋外で過ごしていることを物語る日焼けした顔。こんなにきれいな彼女は見たことがなかった。

「元気そうだね」なんとかそう口にし、いたたまれずに髭を撫《な》でる。

「あなたが仕事? ここで?」

「ご覧のとおりさ」

「なんだか急に大人になったみたいな感じ。いつまで島にいるの?」

「もう二、三日かな」カジェタノは超然とした、いかにも貫禄があるふうに答えた。だが本当は、プント・セロでの訓練が終わったらいっしょにバルパライソに戻り、またやり直そうと提案したかったのだ。もしふたりのあいだにまだ愛があるなら、チャンスをあたえるべきだ。チリに戻れば事態が変わるかもしれない。いつか国も安定を取り戻すだろう。詩人の病気がよくなる可能性はまだあるし、そうすれば彼のコネで仕事を紹介してもらえるかもしれない。とにかくやってみればいい。もう一度だけ、試してみるんだ。だがカジェタノはなにも言わず、ただ彼女の声が聞こえてきただけだった。

「私はもう何カ月かここにいるわ。チリの状況はますます悪くなっている。ラ・オラ・デ・ロス・マメジェス。マメイの木（熱帯アメリカ産の植物。雌の木だけが赤い果肉の実をつける）の時が近づいている——そうキューバでは言うの。決戦の時だってこと。いよいよ私たちの真価が試されるのよ」

「で、きみの計画は？」

「あなたもなにかの任務を帯びているなら、先の計画は人に話せないってわかるでしょう？」

そのとおりだ。日光の熱でいまだにぬくもりを持つ大理石のベンチに座ったまま、ふたりは無言で見つめあっていた。カジェタノはアンヘラの繊細な顔立ちと厚手の小さな唇に目を奪われていた。夜は漆黒の亜麻布となってふたりを包んだ。熱く芳《かぐわ》しく、どんな光も通さない。

「ずっとあなたのことを考えていたの」アンヘラは短く切った汚れた爪を見ながら言った。

「へえ？　どんなふうに？」

「なぜあなたが故郷の島に帰ってこないのか、いまだにわからない」

「ふたりで暮らすために？」

「あなたをがっかりさせたくはないけれど、はっきり言って、私たちの関係はもうもとには戻らない。あなたは故郷に帰り、自分の人生を生きるべきだわ。生まれた土地ほどすばらしい場所はない」

「ほかにだれかいるの？」昼メロの台詞《せりふ》みたいだと自分で言いながら思う。

「そういうわけじゃない。そんな気分じゃないわよ。故郷に戻るのがいちばんだと思う。あなたはここの人間よ。マイアミでもバルパライソでもなく」

亡命者はけっして故国に帰るべきじゃない、とカジェタノは思った。郷愁が罠を仕掛け、いたずらをする。帰郷のつらさに耐えられるほど、人間は強くない。到着のプラットホームには必ず失望が待っている。人は生まれた場所で生きていくようにつくられている。郷愁に苛《さいな》まれずに暮らしたいなら故郷にしがみつくべきだ。国を出たら最後、二度と戻ってはならない。永遠にそこを離れなければならない。郷愁は、帰ろうと思えば帰れる、失われた楽園は取り戻せるという幻想を、いたずらにふくらませるばかりだ。

「きみの夢は蜃気楼《しんきろう》だ」カジェタノの口調は冷静で、きっぱりしていた。でも、川の対岸にいるような、遠くからこの光景をながめているような感じがする。

「もしきみが準備をしている戦争が本当に始まったら、絶対に勝ち目はない。チリ軍は、フルヘンシオ・バティスタのそれとはまるで違う。きみみたいな若き理想主義者たちを、たとえ正しくても実現不能な大義のために殉じさせるわけにはいかないんだ」

「そんなことを言うのはやめて。せめてこの戦闘服に敬意を払って、カジェタノ。アジェンデを守るにはほかに方法がないわ。こちらが武装しなければ、右派がクーデターを起こす。そうなったら、正面きって戦うより、もっと犠牲者が出るわ」

「相手はプロの戦闘集団だぞ？　そこのところをわかってるのか？」

「じゃあ、どうしろって言うのよ？」彼女は声を荒《あら》げ、かっとなって立ち上がると、帽子を取った。肩に豊かな髪がこぼれ落ち、焼けた肌の下の頬骨がいっそう目立った。「マヌエル・ロドリゲスやチェの伝統を引き継ぐ革命家としての役目を放り出して、あなたとバルパライソに帰り、軍部が蜂起するのをおとなしく待てと？　それとも、武器を毛糸玉と編み棒に持ち替えて、あなたのためにマフラーを編めと？　敵はクーデターの準備を着々と進めているというのに？」

「ただ、きみを危険な目に遭わせたくないだけなんだ」

「ひざまずいて生きるより、仁王立ちのまま死ぬほうがずっとましよ！　そして、これは単なるスローガンじゃない！」

少し落ち着いてと言おうとしたとき、公園の向こうに停まっているラーダが何度かライトを点滅させた。

「もう行かなくちゃ」アンヘラがつぶやいた。

カジェタノは立ち上がった。死刑を宣告された気分だった。助けてくれと命乞いをしても、もう一分だけ待ってくれとすがりついても、もはやなんの意味もない。彼はアンヘラに近づき、きつく胸に抱きしめた。「どうしても言わないわけにはいかなかったんだ、アンヘラ」頬にキスしたとき、彼女がいつもつけているココ・シャネルの香りがした。そう、いつだって彼女はブルジョワだ。

「あなたのこと、そんなに簡単に忘れたりしないわ」アンヘラが言った。「あなたと過ごせて幸せだった。カリブ海のビーチにコテージを建てる夢、覚えてる？」

「じゃあ、子供は三人つくり、みんな学校には行かせないでのびのび育てるって夢のほうは？」

アンヘラはカジェタノの唇にキスをすると、軍帽を手に、ショールのように肩にかかった髪を弾ませて、公園の小道を急いで立ち去った。カジェタノは、彼女が車に乗りこむまで後ろ姿を目で追った。やがて車はキンタ通りをハバナ方面へと遠ざかっていき、ひとり残されたカジェタノは、だれのものとも知れない、夜のくぐもったささやき声に、速い鼓動に、耳を傾けていた。雨が降りだしたのかと思ったが、眼鏡のグラスに雨粒はひとつもついていない。ミラマル地区のあちこちにあるオオハマボウの輪郭《りんかく》を滲《にじ》ませているのは、自分の目に浮かんだ涙だった。

30

「いまお話ししたようなしだいですべてです、ドン・パブロ。これからどうしますか？」

受話器を通してぶつぶつと雑音が聞こえてくる。短波ラジオみたいだとカジェタノは思う。バルパライソ宛てにかけているこの電話は、どうやら盗聴されているようだ。地球上のどこかにある暗い陰気な部屋で、CIAかキューバ国家公安局かのだれかが彼らの言葉をじっと聞いている。ぼかして伝えるほかなかった。結果的に、シムノンのミステリを読んだことが役に立ったようだ。メグレ最初の事件で怪盗レトンが登場するあの静かで美しい物語や、メグレの回想録もじつにおもしろかった。そこではパイプとセックスと執筆中毒の著者が、フィクションの一登場人物になるのだ。「では、さっそく手がかりを追ってもらいたい」詩人がわくわくした口調で言うのが聞こえた。あの緑のインクの染みがある革のスツールに足をのせてしゃべっている様子が目に浮かぶ。

ネルーダは会話の冒頭で、まるで病から回復しつつあるかのように、いま自分がいかに元気で希望にあふれているか訴え、午後には次々に詩を書き、夜にはマティルデに回想録を口述しているのだと言った。回想録は未完に終わるだろうし、のちに夫人が内容を篩《ふるい》にかけるにちがいないとカジェタノは思う。とはいえ、いまこの会話を聞いているだれかを混乱させるためだけに、詩人はそんなことを言っているのかもしれない。苦しそうな息遣いからすると、良くなってきているという彼の言葉が事実とは思えなかった。病院から戻ってきたばかりらしく、〝ラ・ヌーベ〟に身を預け、ラシャのポンチョにくるまって、金属にも似た雲が重く垂れこめるバルパライソの空の下、めくるめく光と影の向こうに広がる湾をながめているのだろう。

「いまも考えは変わらないんですか、ドン・パブロ？」

「無論だ。アレマニア通りで階段に座ってきみと会話した日に話したとおりだ。あとは私の疑いが正しいかどうか、きみに証明してもらうだけだよ」

鳥のように脆《もろ》く、驢《ろ》馬《ば》のように頑固。それが彼だ。カジェタノは念を押した。

「自分の想像どおりだろうと思い決めて、あとはそっとしておいたほうがいいのでは？」

「なにを言っているんだ、きみは。そっとしておくなんて、私にはできない。そんな言葉を口にするとは、きみには私のことが少しもわかっていないってことだ。どうやらすべて時間の無駄だったようだな」

「ぼくにもわかりません、ドン・パブロ。ただ、失望するくらいなら希望を残したほうがいいこともある。ぼくが言いたいのはそういうことです」

しかしネルーダは正反対の意見だった。疑念について語りながらも、彼の声は確信に満ち、力強くきっぱりしていた。

「若者は希望を力にするが、老人は確かさが力のもとなんだよ、カジェタノ。疑念は活力を蝕《むしば》み、死を加速させる。真実を知るためなら、『大いなる歌』や『地上の住処《すみか》』さえ献上する覚悟だ。真実を手にできるなら、いまここで喜んですべてをなげうとう」

カジェタノはその機に乗じた。

「愛も？」

「なんだって？」混乱した様子だった。

窓の向こうには、ミラマル地区のほうに滑り下りていくふんわりした雲の下で、街を見下ろすように明るくすっくとそびえるホテル・ハバナ・リブレが見える。エアコンの音がエル・ベダード地区の騒音をかき消す。カジェタノは、核心を突いたという手応えを感じていた。

「愛ですよ、ドン・パブロ。いまも愛を信じているのかと尋ねているんです」

「うぶなことを言うな、坊や。愛は一生のものだ」詩人は自分の土俵に引きこもうとしているとカジェタノは感じた。「そうだ、人生に漕ぎだしたばかりのきみに、いいことを教えよう。私を見たまえ。七十近いのに、まだこんなに精力的だ。ギリシャ人は、老人は肉欲をなくしているからこそ、人を統《す》べるのに向いていると言ったが、あれは間違いだ。この歳になって、私はますます情熱に熱く駆りたてられている。いつでもどこでも死が執拗《しつよう》に私に追いすがろうとしているとわかるからだ」

入口まで乗客でいっぱいのバスが二台、すごい勢いで通りを走り抜け、停留所でバスを待っている集団を平気で無視した。その向こうでは、ピザ屋の〈ビタ・ノバ〉の前で列をつくる人々が厳しい日差しに炙《あぶ》られている。通りのアスファルトから湧きあがる湯気で、その界隈《かいわい》は蜃気楼《しんきろう》のように揺れていた。

「欲望の刺激がなくなれば、私はもう書けないだろう」詩人は続けた。「欲望が私の詩を生むんだよ、坊や。いいかね、要はそういう単純な話なんだ」彼はそこでまたがらりと話題を変えた。「アンヘラについては、なにかわかったのか？」彼女の名前が出たのは、バルパライソの街とその向こうの海を望むあの窓辺で、おたがいに共通する（といまではわかっている）悩みについて話をした、あの夜以来だった。

「ぼくらはもう終わりですよ、ドン・パブロ。〝いまの私たちは、もうあのころの私たちではない〟。あなたが書いた言葉です」

「覚えてるさ。そして、そう書いた理由も覚えている。だが、もっと歳を重ねて物の道理がわかるようになってから、こんなふうにも書いた。〝ともに、悲しみに立ち向かおう！〟。忘れるな、人生は長いんだ。私に残されたそれはわずかであっても」

　カジェタノはほっとしていいのか、悲しんでいいのかわからなかった。だから尋ねた。

「それで、これからどうしましょうか？」

「どうするって、なにを？」

「いいですか、ぼくはいまハバナにいるんですよ、ドン・パブロ。足跡が消えてしまったいま、ぼくはどうすべきか？」

「手がかりを追ってくれ。東ドイツ行きのビザが取れるまで待っていてほしい」

「ここから東ドイツに行けとおっしゃるんですか？」

「東ベルリンだ。着いたらすぐに連絡をよこしたまえ。きみに協力してくれそうな人物の名前を教えよう。きみならきっと、われわれが捜す相手を見つけられると信じている。だが、いちばん大事なことを忘れてはいかんぞ、カジェタノ。自分の力で判断すること、だ」

デリア

31

シェーネフェルト国際空港の滑走路に着陸するまえに、アエロフロートのイリューシン62型機はタービンをうならせながら、二つに分断された都市の上空を旋回した。カジェタノは、ところどころに雲が浮かぶ空から、ときにまっすぐに、ときに曲がりくねり、しかしつねにある程度の幅でくっきりと続くベルリンの壁の線を、周囲の地雷原を、監視塔を、鉄条網を認めた。旅客機は東から西、また西から東へと、大ベルリンの中央を走る国境をまったく無視して、ものぐさで鈍感なペリカンのようにあっちの世界とこっちの世界を悠々と行き来する。カジェタノはなんとなく頭がくらくらした。

初めのうち、シェーネフェルトは冷ややかで近代的で機能的で、西側のどこの空港と比べても大差がないように思えた。ただたしかに、資本主義社会特有の色彩や匂い、きらめきに欠けていた。人々は地味な色合いの流行遅れの服装をしており、五〇年代で時間が止まっているかのように見える。西側の大都市のあわただしさとは無縁の、田舎風の穏やかな空気があたりにたちこめているのは、たぶんそのせいなのだろう。それは、日曜日のハバナのシエスタの時間やバルパライソの丘での暮らしを髣髴《ほうふつ》とさせた。

「カジェタノ・ブルレ?」背後で声がした。

ぼさぼさの髪、濃い髭、チャーリー・チャップリンに似た黒い小さな目の男がそこに立っていた。青白い憂鬱そうな（目つきはおちゃめだが）顔も、吊り上がった眉も、人のよさそうな悲しげな表情も、きらきらした目も、まさにチャップリンだ。

「エラディオ・チャコンです」ふたりは握手をした。

「チリ大使館で労務関係の仕事をしています。FDGB、自由ドイツ労働総同盟本部とのパイプ役です。数日前に外務省から連絡があって、あなたがここに到着したら協力してほしいと要請されました。カール・マルクスとローザ・ルクセンブルクの国にようこそ！」

「ありがとう、チャコン」

「よければ、メルルーサと呼んでください。党の同志たちのあいだではそれで通っています。あるいは、チャリートス・チャップリンでもかまいません。あのメルルーサって魚より、かのコメディアンのほうがまだ似てると思うんですよね。でもご存じのように、チリ人ってやつは考えなしにほいほいあだ名を配って歩く。とにかく、あなたがキューバ人で、何年か前に東ドイツに移り住んだドイツ出身のメキシコ人女性を捜しているってことは聞いています」

「正確に言うと、十年から十二年前です」

駐車場に着くと、メルルーサは小型車ヴァルトブルクのトランクに荷物を積みこんだ。車はスクーターみたいにガタガタと音をたてて石畳の通りを進み、カジェタノは車に揺られながら、ひょっとすると、世界のどこかに必ず自分に瓜《うり》二つの人間が隠れているのかもしれないと思った。証拠ならたくさんある。ハバナで会った反体制派の詩人は歌手のロイ・オービソンにそっくりだったし、チリ人外交官はチャールズ・チャップリンに生き写しだ。ネルーダやアンヘラやカジェタノのそっくりさんもどこかにいるにちがいない。いつかこのことについて考察し、詩人に報告しよう。ただ少なくとも、自分は紛《まぎ》れもなくカジェタノ・ブルレで、替え玉でもなんでもないということは確かだ。

遠く、まばゆい日光を浴びたテレビ塔とホテル・シュタット・ベルリンの高層ビルが見えた。ヴァルトブルクは、ヴォルガ、シュコダ、トラバントなどの乗用車、イカルス社製バス、チェコの路面電車の合間を縫《ぬ》うようにして、市中心部へと進んでいく。まもなく彼らは人で混みあう商業地域にはいった。パンコヴェル通りです、とメルルーサが言った。ちらりと見ただけで、東ドイツはキューバとは違うとカジェタノにはわかった。ここではウィンドウにたっぷり品物が並び、食料品店やレストランの前に行列はなく、島の人々には想像もできないような豊かな生活が営まれている。カジェタノにはアレクサンダー広場近くのシュタット・ベルリンに宿泊してもらうが、まずは、七百年の歴史を誇る名レストラン〈ラーツケラー〉で昼食をとろう、とメルルーサは提案した。

「その店はハムがすばらしいんです」メルルーサが続けた。「チューリンゲン地方のクローセっていう肉団子もほっぺたが落ちるうまさなんですがね。茹《ゆ》でたジャガイモを添えたベイクした鯉なんて、もう言葉になりませんよ。ブルガリアのワインがいいですか？　それともチェコのビール？　あそこでは、われわれ外交官は待つ必要がないんです。ええ、まさに神様並みの扱いなんですよ」

十五分後、彼らは赤の市庁舎の地下にあるレストランで席につき、オックステールのコンソメ・スープ、茹でたジャガイモを添えたももハム、チェコのビールを注文した。東ベルリンの連絡員は、カジェタノのために特別料理を用意してくれたようだ。メルルーサは人民統一行動運動《MAPU》の一員だ。MAPUは、共産主義者に言わせればややブルジョワ寄りの小党派で、その後、永遠に分裂しつづける細胞のように分裂をくり返し、しまいには消えてしまう運命にある。メルルーサが東ベルリンに送られたのは、彼がチリで大胆にも北米やイギリス資本の土地を占拠したばかりか、スペインのイサベル女王さえ裸にひんむこうとして、ヨーロッパ諸国を敵にまわしたくない政府のなかでひと悶着《もんちゃく》を起こしたからだ。メルルーサは、あちこちで垂れ幕に謳《うた》われているように、ドイツに初めて誕生した労働者と農民の国であるドイツ民主共和国で、本物の社会主義と、飲んだくれのハリー・ティッシュが議長を務める自由ドイツ労働総同盟の運営方法をしっかり身につけてくるように命じられた。チリでユートピアづくりに奔走して鶏小屋を引っかきまわすような真似をされるより、外国に行ってもらったほうがまし、というわけだ。

「しかし、ここではそのベアトリスという女性を知っている人間はだれもいませんよ」メルルーサが一杯めのビールを飲み干し、こっそりげっぷをしたあとで言った。

「じゃあ、どうして事前に知らせてくれなかったんです?」カジェタノは冷たいグラスを撫《な》でながら尋ねた。

「なにを?」

「その女性をだれも知らないってことを、です」

「まあ、落ち着いて。じつは希望がないわけでもないんですよ」

「希望がないわけでもない? だれも彼女を知らないなら、わざわざここに来る手間が省けた。ハバナで楽しくやっていたのに」

「でしょうね。美人ぞろいなんでしょう?」

「実際、すこぶるつきのいい女ばかりです。でも、ベアトリスの情報がいっさい手にはいらないとすれば、シェーネフェルト空港にとんぼ返りしたほうがいい」

「まあ、聞いてください。あなたのお勧めのハムを腹に詰めこんだらすぐに」

あなたが言うベアトリスのことはなにもわかりませんが、少なくとも、スペイン語の通訳が見つかりました。彼女が力になれると思います」

「通訳なんていりませんよ。ドイツ語は少しわかるんです。西ドイツに何年か住んでいましたから」

「そうかっかしないで」メルルーサはカジェタノの手首をつかんだ。「そのチリ人女性によれば、JHSW

Pに……」

「なんだって？」

「JHSWPです。ユーゲントホフシューレ・ヴィルヘルム・ピーク。FDJのための高等学校です。ベルリン郊外のボーゲン湖畔にあります」

「FD……なんですって？」

「FDJ。自由ドイツ青年団。東ドイツの青年組織です」メルルーサがじれったそうに説明した。「社会主義体制では略語が多用されるんですよ、セニョール・ブルレ」

「なるほど。それで、そこでなにがあったんですか？」オックステールは酸《す》っぱい味がしたので、最初のひと口はビールで飲みくださなければならなかった。

「じつは、六〇年代にそこでメキシコ出身の女性が働いていたんです。偶然かもしれませんが、あなたがお捜しの女性という可能性もあります。年頃や時代、出身国が一致する。すでに引退したそのチリ人通訳から聞いた話です」

「その人と話せますか？」

「会うのは難しいでしょう。彼女はいまブカレストに住んでいます。チャウシェスクの下で役人をしている男と結婚したんです。彼女から聞いたのは、メキシコから来た女性がそこで通訳をしていたってことだけです。いま重要なのは、ヴィルヘルム・ピーク校を調べることですよ」

「じゃあ、さっさと行きましょう」

「なかにはいるには許可をもらわなければいけないんです。そこでは、世界じゅうから集まった若者たちに革命思想をたたきこんでいましてね」

テーブルに出されたハムは、カジェタノがいままで見たことがないほどのボリュームだった。きっと、東ドイツの集団農場で飼育されている豚は牛に負けない大きさで、王族のように、そう、死刑宣告をされた王族のように暮らしているにちがいない、とカジェタノは思った。いまにもよだれが落ちそうだった。不思議なのは、チリの料理はキューバよりドイツのそれによく似ていることだ。

「じつは、あさっての朝十時きっかりにうかがうことになっています」メルルーサが料理を確認しながら付け加えた。「でも、まずは説明してください、カジェタノ。ちかごろのチリの指導者たちがいったいなにを考えているのか、ぼくにはさっぱりわからない。チリ情勢が大変なこんなときに、その女がどうして重要なんですか？」

32

デリア・デル・カリルに初めて会ったときから、私は彼女に強く惹《ひ》かれた。一九三四年、マドリードの〈コレオス〉という居酒屋《セルベセリーア》だった。あけっぴろげな性格、優雅な物腰、彼女を取り囲む知識人サークルがあまりにもまぶしくて、すっかり圧倒された。私は三十歳、彼女は五十歳だった。領事としてスペインに赴任したばかりで、マリア・アントニエタとかわいそうなマルバ・マリーナもいっしょだった。内戦の火種が撒《ま》かれつつあった。

デリアが私の人生に意味をあたえ、私を共産主義者にし、私の詩を世に広め、私の趣味やふるまいを洗練させた。当時の私は髪に櫛《くし》も入れず、服装にかまわず、指はインクで汚れ、ポケットは金ではなく紙でふくらんでいた。彼女が私をいまの詩人にした。彼女と知りあった日の午後、私は彼女の肩にそっと手を置き、以来、私たちが離れることはなかった。けっして。いや、二十年後にマティルデと出会い、彼女を捨てるまでは。

デリアはいつもうわの空で、忘れんぼうで、過敏で、芸術家と実際家とダメ主婦がまざりあってひとつになった興味深い存在だった。卵を焼くこともマッシュポテトをつくることも友人に夕食を出すことも一度としてなかったが、仕事をさせれば卓抜した手腕を発揮し、疲れを知らず、事務処理に長《た》け、次々に交友関係を広げた。ありんこ《オルミガ》というあだ名がついたのはそのせいだ。サンティアゴのギンドスにあるわが家で、私の上着のポケットにあった、お腹にあなたの子供がいると知らせるマティルデの手紙を見つけた日、彼女は糸の切れたマリオネットのように崩れ落ちた。

「だが、愛しているのはきみだけなんだ、オルミガ」

私は口ごもりながら言った。彼女の手のなかで手紙が震え、顔はショックと苦悩で歪《ゆが》んでいた。「彼女とのことはぱっと燃えてぱっと消えるただの情熱の炎だ。私が崇《あが》める女王は、いままでもこれからもきみひとりだ」

「愛がなければ、私たちの関係は無意味だわ」デリアが冷ややかに告げた。「私たちの結婚は、社会的なしきたりによって結びついたブルジョワ風のそれじゃない。愛だけを絆とする共産主義者の夫婦よ。愛が死んだなら、別れるしかない」

いますぐ出ていってと彼女は言った。家を出たとき、サンティアゴは雨に煙り、鶫《つぐみ》も声を潜め、雪をかぶったアンデスの山々が遠くに見えた。私はサン・クリストーバルの丘にある、数年前に内緒でマティルデのために購入した家、ラ・チャスコーナ邸に引っ越した。彼女がそこで私を待っていた。レースの途中で馬を乗り換える騎手のように、私は家と女を替えた。それからデリアには一度も会っていない。彼女はけっして私の悪口を言わず、そして信頼できる友人の話では、いまでも私を愛しているという。すでに九十代となり、私たちの別離を見守っていたおなじ壁とおなじ家具に囲まれて暮らしている。画家として彫刻家として名を知られ、私の知るかぎり、私と別れてから恋人をつくったことはない。私が病気だということは、同志のだれかがこっそり伝えたはずだ。私が死んだとき、いつかよりを戻したいという彼女の希望も潰《つい》えることになる。

彼女は私にルイ・アラゴンやエルザ・トリオレ、ポール・エリュアール、パブロ・ピカソを引きあわせた。チリで『大いなる歌』を地下出版し、暴君ゴンサレス・ビデラによって余儀なくされていた亡命生活にピリオドを打つため奔走してくれたのも彼女だった。デリアは離婚歴のあるアルゼンチン人で、没落貴族の娘だった。渡欧したのは画家のフェルナン・レジェのもとで絵を学ぶためだ。それでヨーロッパの共産主義知識層と交流するようになった。いっしょに暮らすようになると、『地上の住処《すみか》』のような難解な詩ではなく、世界を揺さぶるような愛や政治の詩を書きなさいと私を説得した。彼女がいなければ、私は共産主義者にもならなかったし、私の詩が世界じゅうの読者に届くこともなかっただろう。

だが事実は事実だ。マリア・アントニエタという妻がおり、マルバ・マリーナという障害のある娘を養わなければならなかったというのに、私の人生にするりとはいりこんできたデリアに、私は誘惑された。妻子を捨てて、マドリードの大学都市に近いイラリオン・エスラバ地区にあるデリアの家〈カサ・デ・ラス・フローレス〉に移るのは、そう難しいことではなかったと告白しなければならない。そこにはガルシア・ロルカ、ホセ・ベルガミン、アルトラギレ、アカリオ・コタポス、ミゲル・エルナンデスといった面々が集まり、サロンができた。赤ワインやチチョン産のアニス酒を飲み、そのあと〈コレオス〉やナイトクラブ〈サタン〉にくりだした。マリオ・カレーニョという男が経営する〈サタン〉はアトーチャ通り六〇番地にあり、オルケスタ・デ・レクオナの曲のリズムに乗って、半裸の踊り子たちが〈コカインのダンス〉を踊る。私たちはモンセラットのスパークリングワイン、シェリー酒の〈ラ・ギータ〉、ソラシナ・シードルを飲み、夜遅くに泥酔して帰った。一九三六年にマリア・アントニエタとマルバ・マリーナと別れ、一九四三年には、ナチス占領下のオランダで暮らしていたふたりと完全に縁を切った。

　スペイン内戦のあと、人民戦線派の人々をチリに避難させるのに手を貸してくれたのも、デリアだった。私たちは彼らを監獄や銃殺刑から救い出し、ウィニペグ号という船でバルパライソまで運んだ。彼らはチリを第二の祖国とし、文化の発展に貢献してくれた。名前も知らない赤の他人に対してこんなに利他的になれる私が、かつて愛した女性と自分の血を引く子供に対してなぜあんなに残酷な仕打ちができたのか？　島《イスラ》でも黒い《ネグラ》わけでもないイスラ・ネグラに自費で土地を買い、家を建てたのはデリアだ。その家を自分でも気に入っていたし、みんなも私のお気に入りだと思っていた。たくさんのドラマが、それも忌まわしいドラマが、私の所有する家々には封じられている。東方にあったいくつかの屋敷は台風の襲撃に遭った。ラス・フローレス邸はフランコ派の銃撃を受けた。ギンドスの家は私たちの愛のエピローグを目撃した。イスラ・ネグラの家はいまの私を形作った女性が買ったものだが、私はその女性を捨てて若い女に走った。サンティアゴのラ・チャスコーナ邸は、まさにその若い愛人を囲うために買ったものだ。ラ・セバスティアーナ邸だけが、バルパライソの上空に浮かぶ、鳥小屋とヘリポートを備えたあの家だけが、過去に汚されていない。

できればデリアとのあいだに娘が欲しかった。マルバ・マリーナの巨大な顔にふと浮かぶ悲しげな笑みを忘れさせてくれる、明るく元気な娘が。だが、出会ったときデリアはすでに子供を産める体ではなく、私の望みはかなわなかった。いや、たぶんこれは記憶違いだ。実際には、ふたたび失敗するのが怖かったのにちがいない。新たなマルバ・マリーナが生まれるのではないかと恐れて。だからこそ、何年かのちにソチミルコの運河で、ベアトリスから子供ができたと聞かされたとき、彼女から逃げたのだ。信じたくなかった。デリアとふたりで積みあげてきた詩人としてのキャリアを捨て、いまさら父親になるという先の見えない未来に向きあうだけの勇気が、私にはなかった。しかもそれは一九四三年七月という、モレロス州テテカラでデリアと形ばかりの結婚式を執りおこなったばかりのタイミングだった。状況を変えるリスクはとても冒せなかった。そのときデリアは五十九歳、私は三十九歳だった。彼女は美しく、依然として私の欲望をかきたてた。私と敵対する連中は反対のことをささやいていたが。テテカラの夜は蚋《ぶゆ》だらけだった。満月の下、私は彼女にオアハカの先住民の民芸品である銀のネックレスを贈り、死がふたりを分かつまで共に歩むことを誓った。

「本当に私が父親なのか?」私はソチミルコでベアトリスに尋ねた。美しく花が飾られた小舟《トラヒネラ》に乗って手をつなぎ、私たちは運河をくだっていた。鉛色の水は地中深くの根っこのような臭いを放ち、月の青い光が蛍《ほたる》を照らしていた。

ベアトリスは私をにらんだ。

「あなたでなければだれなの?」

「きみの夫かもしれない」私は彼女から手を離し、声をいくぶん低めて言った。

彼女は黙りこんだ。私たちの背後では、立ったままの漕ぎ手が、ときどき思い出したように櫂《かい》を動かして舟を漕ぎつづけている。

「私には父親になる度胸がない」ささやき声で私は言った。「スペインで生まれた私の子供を知っているだろう？　おなじことがまた起きるかもしれない。もし私の子なら堕ろしてほしい。私が父親になれるのは、障害を持つ子と詩だけだ」

するとベアトリスはいきなり舟から飛び降り、暗い水を撥《は》ねかせながら岸へと進んで、近くのトウモロコシ畑に上がった。やがて彼女の影は藪《やぶ》と木々の幹のあいだに消えた。それから彼女とは会っていない。何年かして、彼女が赤ん坊を産んだと風の噂で聞いた。男の子か女の子かさえ、私は知りたくなかった。そのときは、やはりお人よしのドクトル・ブラカモンテの子だったのだろうと思った。ふたりはまだ夫婦だったのだから……。

33

「同志バレンティナ・アルトマンと会う約束をしています」メルルーサが、カバノキに似せた木製の番小屋からアスファルト舗装の道に現われた警備員《フォルクスポリツィスト》に告げた。「チリ大使館の者です」

ヴ《J》ィルヘ《H》ルム・ピ《S》ーク《W》高等学校《P》は、ベルリンの北東、ボーゲン湖という小さな湖の湖岸にあり、周囲を森に囲まれている。近くにあるまた別の湖ヴァンドリッツ湖の前には壁に囲まれた区域があり、エーリッヒ・ホーネッカーが議長を務めるこの国唯一の政党、ドイツ《S》社《E》会主義統《D》一党の指導者たちの居住区となっている。

前方の遮断ゲートがゆっくり上がっていき、メルルーサは木々が影を落とす曲がりくねった砂利道に車を走らせた。
「もともとはゲッペルスの避暑地でね」メルルーサが言った。木々の奥に、木製の屋根をのせた石造りの建物が垣間見えた。「戦後にソビエトの手に渡りましたが、やがて東ドイツ政府に返還された。初めは、ここが非ナチ化の総本山だったんです。三十年が経過して、国の青年組織FDJのものになった」

　その建物をながめるうちに、カジェタノの胸に孤独感と淋しさがこみあげてきた。なぜベアトリスは、メキシコシティの活気とハバナのエキゾティックな輝きを捨て、こんな人里離れたなんのおもしろみもない場所にやってきたのか？　カジェタノは理解に苦しんだ。

「いまはマルクス＝レーニン主義を教える男子校になっています」メルルーサは続けた。「シュタージ（東ドイツの秘密警察）がここで外国人をリクルートすると聞いたことがあります。授業は九月に始まり、六月に終わる。夏のあいだは教師と通訳しか残っていません。彼らは校内か、近くの町ベルナウに住んでいます」

「それで、話題に出ていたメキシコ人女性は？」

「まあ、そうあせりなさんな。ここにいる同志たちが知ってますよ」

　錆《さび》の浮いたヴォルガの横にヴァルトブルクを駐め、スターリン様式の三階建てのどっしりした灰色の建物に囲まれた広場まで歩いた。玄関に続く階段の前でバレンティナが待っていた。ほっそりした女性で、シャープな顔立ちをしており、目は青い。メルルーサは自己紹介し、それから三人で連れ立って建物にはいった。広々としたロビーを抜けると、重量感のあるブロンズ製のランプを備えた、がらんとした広いレストランにたどりついた。

「外で待っています」メルルーサは言い、遠慮がちに立ち去った。

「なんでもお訊きください」バレンティナは言い、ふたり分の紅茶を注文した。「私にお答えできないことでも、事務室に行けば、本校の歴史についてなんでも知っているベテランが何人もいます」

バレンティナは、あなたがチリ人民連合指導者の密使であることは存じていますと言ったあとで、いきなり、この学校にベアトリス・レデレルという名の女性がいた記憶はありませんと断言した。彼女はまた、戦時中、校内では偽名が使われており、写真撮影が禁じられていたので、調査はいっそう難しいだろうとも言った。カジェタノがベアトリスの写真を見せると、見たことのない顔だと通訳は告げた。出てきたのはロシアン・ティーで、どちらのカップにも縁にレモンの薄切りが挿《さ》してあった。ふたりは無言で紅茶を飲んだ。

〝国の大義〟によって、ここまでの苦労が水の泡になるかもしれない。そうなれば、たとえネルーダでも、これ以上調査を進めることはできないだろう。本当の理由を明らかにしないかぎりは。

カジェタノは気がふさいだ。レモネードを思わせる苦味の強い紅茶にがっかりしたせいもあったが、メグレのことを思い出したからだ。自分の能力、経験、技能に対する彼の自信がうらやましかった。フィクションの世界がその登場人物にあたえる試練に比べ、現実はもっと厳しい、とカジェタノは思った。宇宙を牛耳る運命の女神は、小説を書く生身の作家よりずっと残酷だ。無慈悲な現実世界で二流の探偵になるより、推理小説のなかで優秀な探偵になるほうがはるかにたやすい。いつかこのことを詩人と話しあう必要がある。

ラ・セバスティアーナ邸のリビングで、花柄の肘掛け椅子にゆったりと腰かけ、バルパライソのみごとな景色を眼下にながめて酒を酌《く》み交わしながら。

「いつからこちらで働いているんですか？」彼は、レモンを紅茶に搾《しぼ》っているバレンティナに尋ねた。

この学校に来たのは四年前の一九六九年のことで、同僚たちは退屈でやる気に欠け、外国人学生も気に入ったものの、場所も外国人学生も気に入ったものの、あまり好きになれないという。レモンの果汁が一滴胸に落ち、三角形に開いたブラウスの襟元に見えている肌を滑り落ちていった。カジェタノは、つんと尖《とが》った小ぶりの乳房を想像した。晴れた午後には、必ずボーゲン湖のほとりで裸で寝転がって過ごすのだろう、だから肌がよく焼けている。彼の指先であの酸《す》っぱい滴《しずく》を胸に塗り広げたらどんな感じがするだろう？　カジェタノはまた、バレンティナが教室でマルクス＝エンゲルスの『共産党宣言』やレーニンの『国家と革命』を翻訳するところを思い描いた。教室はアフリカ、アジア、ラテンアメリカから来た革命家でいっぱいだが、数カ月もすれば、彼らも欲望にぎらつく目で彼女を見つめることになるだろう。プント・セロで訓練を重ねる妻とおなじように、理想を共有し、政治理論を学ぶ決意でやってきた若者たちの姿が目に浮かぶ。彼らは、ブルジョワを倒して第三世界に社会主義社会をつくるための秘訣《ひけつ》を学ぼうと、うずうずしている。朝は戦争讃歌を歌いながら革命に関する書物をひもとき、午後は議論の場をつくり、長い夜にビールを片手に意見を戦わせるうちにひそかな連帯感が生まれ、そうこうするうちにドイツ娘と恋に落ちて、森のなかで愛を交わす。国に戻れば、戦争で命を落とす者、警察に拷問されたり殺されたりする者も少なくないだろう。それに引き換え、自分はなにに熱中しているのか？　どんな理想に心を駆りたてられるのか？　妻の批判は正鵠《せいこく》を射ている。なんでも疑ってかかり、どんな大義をも信じようとせず、高みの見物を決めこむあなた。

「ここに来たのが一九六九年なら、私が捜している人にあなたは当然会っていないでしょう」彼はぼそりと言い、暗鬱な物思いを振り払った。

「たしかにそうね」バレンティナは認めて、ナプキンの縁で胸の滴を拭いた。

「だとしたら、もっと古くからここにいる同僚を紹介していただけませんか？」

事務室に向かって広場を歩いていると、若い女性と出会った。顔が青白く、髪は明るい色をしていて、腰の線が目立つロングスカートをはいている。名前をマルガレッチェン・シーボルトといい、分厚い本をいくつも胸に抱えている様子はなんとなく芝居がかっていた。訪問の理由を訊かれ、カジェタノが説明した。

「そういう名前の人は覚えてないわ。でもごいっしょさせてください。私もケーテと話があるので」

事務室は、丘の上に建つビルの最上階にあった。そこからなら、広場の周囲に点在する建物を見渡すことができた。そのビルには図書室、講堂、教室、それに事務室がある。バレンティナは、カジェタノとマルガレッチェンを廊下に残して部屋のなかにはいっていった。

「Historischer und dialektischer Materialismus, Grundlagen der kapitalistichen Wirtschaft, Geschichte der KpdSU」カジェタノは、マルガレッチェンが持っている本の背にある題名を読みあげた。「それをここで教えているんですか?」

「いいえ、私は教師ではありません。南米出身の子供たちのために通訳をしているんです。訳す内容に通じていないといけませんから」

「だからスペイン語が完璧なんですね」

「そうおっしゃっていただけるなら」

「ぼくの尋ね人を、同僚のみなさんがだれも覚えていないなんて、残念です。自分は世界に欠かせない存在だと思ってだれもが生きていますが、いざ死ぬと、死者の日に子供が墓に花をたむけてくれればまだ運がいいほうです。死んでしまえば、もうだれも思い出してはくれない。一日も早くベアトリスを見つけなきゃならないのに」もはや八方ふさがりだった。カジェタノは絶望したように首を振った。

「ここではだれもなにも話しませんよ」通訳がささやいた。「職員について情報を洩らすことはありえません。ここではだれも顔と名前を持たないんです。わかるでしょう?」

「ええ、でもぼくにはチリ大使館がついている。だから力を貸してくれるのがふつうなのに。なんでも話していい立派な理由です」

「本当に?」

「もちろん。大物の後ろ盾があるんです。それにアジェンデとホーネッカーの関係は良好だ」カジェタノは、マルガレッチェンの訝《いぶか》しげな声に反駁《はんばく》するように答えた。

「シュタージが協力してくれさえすれば、可能性はあると思うけれど」彼女が言った。

「冗談じゃない。ぼくをここに送りこんだチリ人は相当な影響力の持ち主なんですよ?」

「子供みたいなことを」彼女は肩にかかった髪を払った。「ここではだれも口を開きませんよ。ベアトリスのことならなおさらです」

「つまり彼女を知っているんですね?」

「彼女に会いたがっている有力なチリ人って、だれですか?」

話すつもりはなかった。彼女はシュタージの工作員で、カジェタノがここに来た理由を調べるよう指示されているのかもしれない。窓の向こうに、中央広場で輝く等身大のブロンズ像が見える。芝生で手をつないで楽しそうに飛び跳ねている子供たちの列も目にはいってきた。

「あなたが疑うのもわかります」彼女が言った。ふたりの前にはよく磨かれた人気《ひとけ》のない廊下が続いている。片側には灰色のドアが、もう片側には汚れひとつない窓が並んでいる。「もし私と話がしたいなら、明日八時に〈白鹿亭《ズム・ヴァイセン・ヒルシュ》〉にいます。もしこのままだれにもなにも話してもらえなかったら、会いに来てください」

バレンティナがドアを開けるとすぐ、マルガレッチェンは立ち去った。バレンティナの横には、リヤドロの陶器の人形を思わせる、バラ色の肌をした青い目の老女がいた。

「おはいりください、カジェタノ」バレンティナが言った。「同志ケーテが、あなたがお調べの内容についてなんでもお答えしますよ。さあどうぞ……」

34

〈白鹿亭〉は、ベルナウのエーベルスヴァルダー通り三七番地にあった。工業都市エーベルスヴァルデに続く、リンゴの木が道沿いに並ぶ高速道路にほど近い。店の古びた壁はツタで覆《おお》われ、化粧漆喰《しっくい》が剝《は》げたところから奥の煉瓦《れんが》がのぞいて、まるで虫歯みたいに見えた。カジェタノは、煙草の煙とビールの饐《す》えた臭いをかきわけるようにしてなかにはいり、暗がりを進んでいく。奥のほうから、聞けば間違いようのない、『白鳥王《シュワネンクーニッヒ》』を歌うロックグループ〈カラット〉のしゃがれ声が響いてくる。マルガレッチェンの顔はすぐに見つかった。窓際の席で、ピルスナーとグラスにはいったドッペルコルン（コルンはドイツ西部でつくられる蒸留酒〔シュナップス〕の一種。

ドッペルコルンはそのなかでもアルコール度数が三十八度以上のもの）を前に、煙草を吸っている。

「言ったでしょう？　連中は身内のことは絶対に明かさないって」彼女は言った。目の下に隈《くま》ができた青ざめた顔と瞳の金属的なきらめきに、カジェタノはまたどきっとした。

「あなたの言うとおりでした」カジェタノはマルガレッチェンの正面に座った。「バレンティナもケーテもベアトリスについてなにも知らなかった」

いまラジオから流れているのは、プラハのゴールデンボイス、カレル・ゴットの歌声で、エルヴィス・プレスリーやルーチョ・ガティーカを髣髴《ほうふつ》とさせる。隅のほうでは、傘立ての向こう側で年配の夫婦が食事をしており、その向こうには花柄のシャツを着た男たちの姿が見え、店の奥に続くテーブルに詰めこまれた客たちはやけに騒々しい。カジェタノとマルガレッチェンは、タマネギとジャガイモ入り肉団子《クローセ》のスープと、シュティアブルート——マルガレッチェンによれば、そう悪くないハンガリー・ワインだそうだ——をひと瓶頼んだ。

「それで、あなたはベアトリスをご存じなんですか？」カジェタノは尋ねた。

「学生だったころ、ベアトリスという人がひとりいました」彼女は髪をかきあげた。「あなたが捜している女性かもしれません。メキシコから来た人で、苗字はシャル。ベアトリス・シャルという名前でした」

「シャル？　確かですか？」

「間違いないわ」

「でもJHSWPでは偽名が使われているんですよね？」

「外国人学生については。でも、職員やドイツ人学生は本名です。私の名前もそうよ」

　カジェタノはグアジャベラ・シャツのポケットから、メキシコの雑誌に掲載されたベアトリスの写真を取り出し、灯りの下に置いた。マルガレッチェンはそれをしげしげとながめた。

「とてもよく似ている」彼女は目を半ば閉じて言った。やけになまめかしく、謎めいている。

「彼女ですか？　それとも別人？」

「ベアトリス・シャルはもっと太っていたわ。それに決然とした女性だった」

「でもこれは彼女が二十歳のころの写真です。人は時とともに変わる。彼女を知っていたのはいつごろだと言ってましたっけ？」

「彼女がＪＨＳＷＰに勤めた終わりのころです。彼女が辞《や》める直前に私がはいったんです。バレンティナの前ではこの話はできませんでした。彼女はがちがちの共産党員です。信用しないほうがいい」

カジェタノは髭の先を撫《な》でながら年配の夫婦のほうを見た。勘定を払って、店を出ようとしている。

「失礼ですが」妻がレインコートを着るのに、夫が手を貸している。「おいくつですか？」

「二十六歳です」マルガレッチェンは言い、グラスのシュナップスを飲み干した。

「ここに勤めて四年になるバレンティナがベアトリスを知らないなら、あなたがご存じのはずがない。十六歳のときから働いているなら別ですが」

「ベアトリスと出会ったのは、私がヴィルヘルム・ピークの学生だったころだからです」彼女は言い、もう一杯お願いというしぐさをした。「彼女と知りあったのは一九六三年、十年前のことです」

「私が捜している女性がその人なら、当時彼女は四十歳だったことになる」

「ちょうどそれくらいに見えたわ」

ベアトリスの苗字が次々に変わることに、カジェタノは当惑した。ハバナではレデレル、東ベルリンではシャル。メキシコシティでも旧姓は違ったのだろうか？　フォアローゼズ学院の記録にはデ・ブラカモンテと記されていた。カジェタノは写真をしまい、キューバ煙草〈ポプラル〉に一本火をつけた。乾燥した煙草の葉のつんとした匂いがする。彼は不安を押し殺しながら煙を吸いこんだ。

「外見はどんな感じでしたか？」

「髪の色は明るくて、瞳は緑でした。色白だったと思います。スラブ系ドイツ人という感じでした」

「学校ではなにを？」カジェタノは鼻から煙を出した。ペルシャの広大な草原にひっそりとたたずむドラゴンのように。

「中南米の学生たちのためにマルクス＝レーニン主義の講義を通訳していました。いまの私のように。楽しい仕事ですし、お給料もいい。それに外国の人たちと知り合いにもなれる」

「彼女にだれか恋人はいませんでしたか？」

「いたとしても、校外です。市内の中世の市壁近くの、死刑執行人の塔の真ん前にあるアパートを借りていました。そういえば、ベアトリスには娘さんがいました。たしかティナという名前だったと思います」

「ティナは何歳ぐらいに見えましたか？」話が符合しはじめたぞ。カジェタノは勇気づけられた。

「二十歳ぐらいでした。学校の行事で二、三度見かけました。五月一日のメーデーと十月七日の東ドイツ建国の日のお祝いで」

カジェタノの近視気味の目が、窓からさしこむ午後のすでに翳《かげ》りつつある光を受けて輝いた。パズルのピースがはまりだした。ベアトリスがそもそもドイツ人だとすれば、メキシコシティの学校でドイツ語を教えていたことも、東ドイツに移り住んだことも合点がいく。だが、このベアトリス・シャルが、彼が捜しているキューバにいたベアトリス・レデレルやメキシコにいたベアトリスと本当に同一人物なのだろうか？　同一人物だとしたら、なぜメキシコシティを、そのあと革命期のキューバを発《た》って、東ベルリンのこんな周囲から隔離されたようなイデオロギー教育校に身を潜めたのか？　壁ができてすぐに東ベルリンに来たのなら、根っからの左翼主義者なのだろう。それにしても、なぜ苗字を変えたのか？　だれから身を隠していたのか？　もしかすると、あの歳の離れた夫の死に関わっていたのかもしれない。彼女が夫の遺産の相続人だったのか？

ウェイターがシュティアブルートの瓶をテーブルに置き、無造作に栓を開けると、味見もさせずにふたりのグラスの縁まで満たし、また店にはびこる闇に姿を消した。

「なぜぼくを信用するんですか？」カジェタノは、煙草を灰皿に押しつけながら尋ねた。いま流れているプーディースの曲は、樹木のようにいつまでも生きつづけたいと歌い、カジェタノはネルーダのことを思い出した。「ぼくは外国人だし、ＪＨＳＷＰは革命家を教育する場所です。なのにあなたはぼくに元職員の情報を伝えている。そういう行動をここでは〝国に対する裏切り〟と呼ぶのでは？」

マルガレッチェンは、赤ワインのなかに答えを探すかのようにシュティアブルートをゆっくりひと口味わい、それから言った。

「信用したのは、あなたに好感を持ったから、ただそれだけ」

「秘密工作員の身近で仕事をしている人にしては、無邪気な答えですね」

「あなたが疑り深すぎるのよ」

「そういうあなたこそ、シュタージの工作員かもしれない」

「じゃあ、ベルナウのマタ・ハリに乾杯」彼女は目をきらきらさせながらふざけてそう言い、またワインを飲んだ。「ハンガリー・ワインにはずれはないわ」彼女はカジェタノをじっと見つめた。

今度はデミス・ルソスが『フォーエヴァー・アンド

・エヴァー』を歌い、店内を地中海産のメランコリーで包んだ。マルガレッチェンのあまりにあけすけな態度に、カジェタノのなかで疑念が頭をもたげた。素なのか、それとも芝居か？　この美人はシュタージの工作員なのか、違うのか？　ただ、政治的に重要な施設で仕事をしていることは事実だ。こうして彼女と話をしただけですべてが台無しになってしまうかもしれないと、カジェタノは思った。いましもバルパライソの家のあの椅子に座り、自分が託した任務にカジェタノが一日二十四時間フル稼働で携わっていると信じているにちがいない、詩人の姿が目に浮かんだ。それなのに、当の本人はといえば、ベルナウなどという田舎町で、東独の工作員だとしても不思議ではないドイツ人女性を相手に楽しく酒を飲んでいる。カジェタノはアンヘラのことを思った。いまごろキューバの山中で汗と泥で汚れたカーキ色の戦闘服に身を包み、沼地を這《は》いまわったり、縄梯子《なわばしご》をよじ登ったり、ＡＫ‐47を分解したりしているのだろうか。

「なぜこんなふうに話をしてくれるんですか、マルガレッチェン？」彼は尋ねた。「ぼくがどこのだれかもわからないのに？　あなた自身、面倒なことになるかもしれない。学校で処罰されるおそれもある」

「私がなぜ昨日ヴィルヘルム・ピークに行ったと思います？」マルガレッチェンが一気にグラスを干した。

「ケーテと話をして、図書館で教科書を借りるためでしょう？」

「自分のオフィスを空けるためです」彼女はゆっくり言い、カジェタノを見つめたままひと呼吸置いた。

「昨日が学校最後の日だったの」

「え？」

「解雇されたんです」彼女は言い、唇を嚙《か》んだ。ウェイターが彼女のグラスにまたドッペルコルンを注いだ。

「仕事を失ったの」

「でもなぜ？」

「職務上不適切な政治的行動をとったため」マルガレッチェンは公式文書の文面を真似て言った。「何年か前に西側の男性と恋愛関係にあったことが見つかったんです。だれかが密告したんだと思う。でもそんなことはどうでもいいわ。いまあなたが知りたいのは、なぜ私があなたに協力するのか、ってことでしょう？」

「いまはそのことについて話さないほうがいいのかもしれません」

「逆よ。話題が変わったほうが気が楽。同僚たちはすでに私を避けはじめていた。これからアパートを出て、マクデブルクにある母の家に戻らなければならないんです。いずれにしても」彼女はテーブルクロスに落ちたパンくずをナイフで取りのけた。「協力する気になったのは、あなたが正しい理由でベアトリスを捜しているると思ったから。私は彼女を心から尊敬していました。あのころの私はこの国のすべてを信じていた。彼女は真の革命家でした。第三世界で貢献を果たした、ブレヒトの言う〝重要人物〟だった。私たちとは違っていた。まるで映画のエキストラみたいな、ただの頭数や統計上の数字にしかならない、壁の内側で世界を想像するしかない哀れな私たちとは」

「じゃあ仲がよかったんですね？」

「私は仲よくなりたかったけれど、彼女のほうがずっと年上だったから。ある日突然学校からいなくなり、それからは一度も会っていません」

「学校側はどんなふうに説明したんですか？」

マルガレッチェンは鼻を鳴らした。

「なにも。ただ消えたの。だれもベアトリスを見なかったし、荷物をまとめる姿さえ見かけなかった。ある朝彼女のオフィスが空《から》っぽになっていて、それから彼女の話はいっさい出なくなった。そしてあの学校では、尋ねてはいけないことがいろいろあるのよ、ヘル・ブルレ。一九六四年のことだったから」

「それで、彼女の娘さんは？」

「演劇かなにかの勉強をしていたけれど、たしかライプツィヒにいました。ほかのことはなにも知りません」

これでとうとう袋小路だ、とカジェタノは肩を落とした。ヴィルヘルム・ピークの職員さえ彼女の行方を知らない。おまけに、おそらくは復讐心から彼を手助けしている要注意人物と関わってしまった。彼はメグレのことを考えた。おなじ状況になったら、かの警部殿なら、北駅《ギャル・デュ・ノルド》のビストロで、ナス料理と皿に山盛りのムール貝を堪能しながら、冷静にさまざまな仮説を立てることだろう。だが彼はシムノンの小説の登場人物ではなく、ソ連軍の駐屯地からわずか一・五キロしか離れていない東ドイツのベルナウの町のおんぼろレストラン《ガシュテッテ》にいて、数冊の推理小説から手に入れたなけなしの調査経験しかないときている。メグレが世界の中心にいるとしたら、自分がいるのは辺境だ。それに、相手は第一世界の有名作家のペンが生み出したフィクションの警官であるのに引き換え、こちらは生身の探偵であり、調査においては無産階級《プロレタリア》であり、第三世界の厳しい暮らしから命からがら逃げ出した亡命者だ。パナマ製グアジャベラ・シャツと交換にパキート・デリベラからもらったソビエト製の腕時計〈ポレオット〉に目を落とす。幸い、まだ動いている。すでに午後十一時を過ぎていた。

「Sバーンの最終列車は十一時三十七分発よ」マルガレッチェンがあっさり言った。「それを逃したら明朝四時四十七分までベルリンには戻れない」

カジェタノは、煙草の煙のカーテンの向こう側にいる、彼女のどこか冷淡なまなざしを見つめた。ラジオからは、ライプツィヒにおける石炭産出量について、ドイツ民主共和国とソビエト連邦の関係がいっそう強化されたことについて伝えるアナウンサーのゆったりとした声が聞こえてくる。時刻表をそらで覚えている女性と暮らすのはどんな感じだろう、と思う。楽だろうか、それとも面倒だろうか？　ドイツ人は時計とともに生き、キューバ人は時計を使わず、チリ人は身にはつけてもあまり信用しない。いまから駅に向かっても間に合わないのは明らかだった。

「タクシーで行きますよ」カジェタノは髭をナプキンで拭《ぬぐ》いながら言った。

「ここは東ベルリンじゃないのよ、ヘル・ブルレ。夜になればバスもタクシーもないわ」

「それなら近くでホテルを見つけます」

「本物の社会主義をご存じないようね」マルガレッチェンが言った。「ここでは何カ月も前から予約しないとホテルには泊まれないの。よければ私のアパートに泊まってもかまわないわ。部屋はひとつしかないけれど、なんとかなるでしょう。アレクサンダー広場まで歩く？　それとも私とひと晩過ごす？」

35

マルガレッチェンのアパートは五〇年代で時が止まっているように見えた。デル・ベフライウンク通りにある建物の五階の部屋で、リビング・ダイニングひとつしかなく、夜はそれが寝室になる。マルクス、エンゲルス、レーニンの著書が並ぶ本棚と小さな白黒テレビ、それにラジカセ。ソファーベッドの上には金の冠を頭にかぶったテディベアがのっている。部屋の奥に小さなキッチンとトイレ兼シャワールームが、反対側の奥に窓とベランダに通じるドアがある。

「この部屋、きみみたいだ」カジェタノは靴を脱ぎながら言った。マルガレッチェンはすでに自分の靴をドアの裏側に置いて、なかにはいっている。

「私みたいって？」彼女が尋ねた。アルコールのせいで目がとろんとしている。

「ぬくもりがある。それに素朴だ」

彼女は頬を染めて笑みをこぼした。ときにはやさしい言葉ひとつで女をものにできることもある、とカジェタノは思った。ベランダの向こうに見えるのはソ連軍の駐屯地の灯りだとマルガレッチェンは言った。万が一西側が東ベルリンを攻撃した場合に備えて駐留しているのだという。もしいま第三次世界大戦が勃発したら、ここには東ベルリンを狙うNATOのミサイルばかりか、西ベルリンに向けたワルシャワ条約機構のミサイルさえ降ってくるおそれがある。ここで寝るのはココヤシの木の下で寝るようなものだ、と彼は思った。遅かれ早かれ、落ちてきたココナッツで頭を砕かれる。

「冷蔵庫のなかの白ワインを開けてくれる？」マルガレッチェンが言った。「ほかの用意は私がするから」

彼女はソファーをダブルベッドに変身させ、母親が刺繍《ししゅう》したというシーツを敷いた。羽根枕を置き、衣装簞笥《だんす》から清潔なタオルを二枚出した。いかにも手馴れた、てきぱきした仕事ぶりだった。見ず知らずの男とベッドをともにすることが日常茶飯事であるかのように。カジェタノはワインのボトルをベランダに持っていった。空は星であふれ、鼻をつんと突く臭いがたちこめている。彼は温かな夜気を胸いっぱいに吸いこんだ。

「あっちのほうがポーランド」グラスを二つ手に持ってベランダに出てきたマルガレッチェンは、東のほうに顎をしゃくった。「その少し向こうがレーニンの国」

皮肉めかしたのは、ぼくを挑発するためだろうか、とカジェタノは思った。ふたりは乾杯し、無言で景色をながめた。まもなくマルガレッチェンとベッドをともにすることになる。その確実さが、かえって彼を萎《な》えさせた。結局のところ彼は、恋はためらいがちに始め、段階を踏んで成就させ、ロマンティシズムでコーティングし、男性主導で進める、ラテンアメリカ流恋愛学派に所属しているからだ。真の社会主義から生まれたこういう女性解放路線にはどうもなじめないし、たじろいでしまう。ルーマニア産のそのワインは甘ったるかった。頭の鍵をこじ開けてしまうタイプの酒だ。カジェタノは不安になった。遠く、夜を裂いて走っていく列車の光の列が見え、さらにエーベルスヴァルデ方面の高速道路の脇に、死んだカンガルーが横たわっているのが見えた気がした。よくない兆候だった。バルパライソに戻ったら、友人の眼科医ジョン・スタムラーのところに行き、眼鏡のレンズの度をもっと強くしてもらわなくては。

「モスクワ行きの急行列車よ」マルガレッチェンが言った。「毎晩ベルリン東駅を出発してワルシャワまで走り、それからステップ地帯を横断する。ベルギーのオーステンデから来る列車なの。若いあいだは絶対に訪れることのできない町。東ドイツの人間は、定年退職するまで外国には行けないから」

光る蛇はがたごとと音をたてて遠ざかっていった。アパートの建物は、ところどころに立つ街灯に照らされたエーベルスヴァルダー通りのリンゴ並木を前にして、ぽつんと静寂に包まれた。街道沿いのカンガルーの死骸《しがい》さえ見えない。

「ベアトリスが見つかりますように」マルガレッチェンはほほえんで、グラスを掲げた。

ふたりは薄暗がりのなかで見つめあった。レースのカーテンから部屋の灯りが洩れてくる。カジェタノは彼女のウエストに手をまわし、そっと室内へと促した。彼女のグラスを窓の桟《さん》に置き、抱き寄せる。マルガレッチェンが耳元でささやいた。

「先にシャワーを浴びましょう」

カジェタノは気後れした。医者の診察を受けるときのように、決まった手順を踏んで愛しあうのは、好みではなかった。情熱が燃えあがったら一気呵成《かせい》に石炭をくべ、条件や障害物を置いてはならない。だが、彼にはどうすることもできなかった。マルガレッチェンは彼の前で服を脱ぎはじめ、切花さながら床に服を落としていく。首筋が長く美しく、乳房は小ぶりだが乳首はバラ色で、腿《もも》は引き締まっている。満月のように完璧なお尻をカジェタノの網膜に焼きつけて、彼女はバスルームにはいっていった。

36

翌朝彼女はたっぷりのコーヒーがはいったボウルとマーマレードつきのトーストでカジェタノを起こした。コットンのバスローブをはおり、髪が寝乱れている。起き上がったカジェタノは、コーヒーの香りと、開け放ったベランダからソビエト讃歌とともにはいってくるブランデンブルクの田舎らしい刺激臭を嗅《か》いだ。

「恋人に朝食サービスをするのは最初の日だけよ」マルガレッチェンはそう言って、小悪魔の笑みを浮かべた。木製のお盆の上には、東ドイツの有名なスパークリングワイン〈ロートケプヒェン〉を注いだグラスが二つのっている。「ただしベッドでのテストに合格した場合に限って。それ以降は家事を分担する。この国の女たちはみんなそう。男とおなじ仕事をしておなじ給料をもらう。覚えておいて」

「で、ぼくの点数は？」

「悪くなかったわ。長旅の後にしては」マルガレッチェンはロートケプヒェンをひと口飲んでからウィンクした。

カジェタノは、マルガレッチェンがときおり現われる恋人たちのために保管しているらしき青いシルクのローブに身を包み、ベランダに出て朝食をすませた。駐屯地の兵舎の向こうで高速道路が輝き、平原はトウモロコシ畑に変わり、朝の空気を小鳥のさえずりが満たした。住むには悪くない場所だ、とカジェタノは眼鏡を磨きながら思った。マルガレッチェンはテーブルに《ノイエス・ドイチュラント》紙を広げている。壁の内側に移り住むのはどんな感じだろう？　西側に背を向け、人生を再出発するのだ。今度はマルガレッチェンのような若い娘とふたりで。だがすぐにそんな考えは打ち消した。任務に集中しなければ。いましも、詩人やメルルーサが彼を捜して、ホテル・シュタット・ベルリンに電話を入れているかもしれないのだ。ベアトリスの足跡をたどるのがまたしても困難になったいま、これからどうしたらいいのか？

「ベアトリス・シャルの捜索を助けてくれる人は、もうきみしかいないんだ」カジェタノはマルガレッチェンに言った。ロートケプヒェンはチリの〝シャンパン〟〈バルディビエソ〉を思い出させた。「頼むから手を貸してほしい」

「それならまず、彼女を捜す理由を教えて」

マルガレッチェンにそれを明かしたら、詩人を裏切ることになる。彼女はおそらくシュタージの工作員だからだ。ＪＨＳＷＰの職員なら、カジェタノのような外国人と関わりあいになるのをいやがるはずだ。実際、バレンティナは彼からずっと距離を置いていた。それに、ＪＨＳＷＰでベアトリスについて彼が問いあわせたちょうどそのときに彼女が現われたのは、あまりにもタイミングがよすぎる。彼の電話を盗聴したシュタージが、ベアトリスを調べている理由をもっと詳しく探ろうとしているのかもしれない。あるいは、キューバ作家芸術家連盟内で活動する国家公安局員レミヒオが、ハバナで上司に報告し、彼らが東ベルリンにいる仲間に知らせたのか。メルルーサが東独当局に密告した可能性も捨てきれない。キューバではチリ人の多くが当然のように秘密警察に協力していると、詩人が言っていなかったか？　東ドイツでも事情はおなじなのでは？

「要は色恋沙汰なんだ」カジェタノは言った。嘘ではないが、本当でもなかった。刑事は情報源の信頼を得なければならない。彼はメグレの小説からそう学んだ。

「ロマンティックな話に聞こえるけれど、信じられないわ」マルガレッチェンが言った。彼女はカジェタノにまたがり、ローブの襟を押し開くと、腿のあいだを手でまさぐりながら首筋に沿って濡れた唇を這《は》わせた。

「ベアトリスが色恋沙汰に？」

「そのとおり」

「彼女に人を愛することなんてできない。実際家すぎるのよ」

カジェタノは朝日のやさしい愛撫を額に感じながら、けだるい眠気に身をまかせ、目を閉じた。マルガレッチェンの脚はやわらかいのに力強い。カジェタノはワインの匂いが漂う彼女の息を吸いこんだ。

「見つけるのは難しいと思う」マルガレッチェンが耳元でささやく。

「学校から姿を消したあと、彼女はどこに行った？」

「彼女には影響力がある。あなたの手には負えないわ」

「せめて、だれに協力を仰げばいいか教えてほしい」

マルガレッチェンは腰をやさしく揺すりはじめた。

一団の自転車がエーベルスヴァルダー通りのリンゴ並

木の下を走っていくのが、カジェタノの目にちらりと見えた。あたりにはいまも鳥のさえずりとソ連兵の合唱が満ちている。

「あなたに彼女を見つけることはできない。彼女は強力な組織の一員なのよ」マルガレッチェンは依然として腰を動かしながら言った。

「だれのもとで働いているんだい？」

「それは話せない。洩らしたら、私は一巻の終わりよ」

「じゃあ、だれならぼくを助けてくれる？」

「彼女の娘だけでしょうね」

「だが、娘さんの居場所さえわからない」

「あなたって粘り強いけど、悪知恵は働かないのね、お馬鹿さん」彼女がささやく。

「どういうこと？」

「だって、娘さんはいつかの時点で、ベルナウの高校に入学したはずだもの……」

37

その高校から戻ってきたときのマルガレッチェンは勝利に輝いていた。緑の地に白い水玉模様の散るフレアースカートをはいた彼女は、どこか学生っぽく見えた。カジェタノは、Sバーンの駅のミトローパ（かつてドイツにあった鉄道ケータリング会社）のレストランで、ドレスデン・ピルスナーの瓶を前に雑誌をめくりながら彼女を待っていた。校長が学校の記録をあたり、ティナ・シャルの名前を見つけてくれた。ティナは六〇年代、土曜の午後にそこで演劇について教えていたが、逆に平日はライプツィヒにあるカール・マルクス大学で演劇を学んでいたらしい。ベルナウの高校は、彼女がメキシコで終えた中等教育課程を認めてくれたのだ。しかし、そこでまた彼女の足跡もぷっつり途切れていた。

「きみは天使だよ！　このティナという娘は間違いなくベアトリスの娘だ」カジェタノは声をあげ、マルガレッチェンの唇にキスをした。「なにを飲む？」

「シュナップスをいただけるとうれしい」

彼はドッペルコルンを手に、すぐにテーブルに戻ってきた。扇風機が大麦の匂いと、開け放ったドアからはいってくる熱気をかきまぜている。

「ティナを捜して話をしなくては」ボトルを持ち上げてカジェタノが言った。

「それならライプツィヒに行くべきね」シュナップスを飲むと、マルガレッチェンは顔をしかめて首を振った。「脚本家の友人がそこにいるわ。彼が案内役になってくれるかもしれない」

翌日、カジェタノは詩人からもらった緑の小さなグアナコ模様のネクタイを締め、マルガレッチェンと南行きの急行列車D-Zugに乗りこんだ。五時間後には、エスペリア・セントラル・ホテルに部屋を取った。街に出て、縮こまった脚を伸ばすために石畳の道を歩く。通り沿いの家々の壁面はどれも塗装がぼろぼろだ。車輪をきしませながらカーブを曲がる路面電車。ふたりはたちまち刺すような石炭の臭いに包まれた。

それから中央ビルの地下にある丸天井の老舗レストラン〈アウアーバッハス・ケラー〉で夕食をとった。そこで、ノイシュタット・ホールで労働者劇団を運営しているマルガレッチェンの友人、カール・フォン・ヴェストファーレンと会うことになっていた。彼は、ふたりが鱒《ます》の白ワインソースを食べ終わったところに到着した。背が高く、黒い目とげじげじ眉毛が特徴的で、髪をポニーテールにしている。マルガレッチェンと交わした視線からすると、たぶんかつては恋人同士だったのだろう。カールは、その町にあるカール・マルクス大学の演劇科でおこなっていた発声法の授業にティナという名の学生がいたことをぼんやりと覚えていた。

「たしか一九六三年のことだと思うが、顔はよく覚えていない。記憶にあるのはドイツ語に訛《なま》りがあったことぐらいだ」

「捜している女性はここに来るまえにラテンアメリカにいたんです」

「じゃあ、やはり彼女だろう。ドイツ語が達者だったよ」カールは髪を撫《な》でながら言った。

酔った学生たちが近くのテーブルで騒いでいるのが聞こえてきた。なぜベアトリスはキューバではレデレル、東ドイツではシャルと名乗ったのか、カジェタノはいまも気になっていた。シャルというのは、学校にいるときの偽名だったのだろうか？　調査を前に進めるためにはベアトリスの正体を見極めなければならない。まったくもってメグレがうらやましかった。いつでも好きなときに公式記録を参照でき、国の協力態勢も磐石《ばんじゃく》なうえ、本人確認ができる家族簿から必要な情報だけを引き出せる。なんの苦労もないじゃないか、とカジェタノは思う。

「私の頭にあるその女性は、いま三十歳ぐらいだと思う」カールは学生たちの馬鹿騒ぎに負けじと声を張りあげた。学生たちのなかに、青白い顔をしたかすれ声の痩《や》せた男がいて、黒い服を着ているせいか手品師のように見えた。ときどき手品師は、壁からほとばしり出るビールを、いや、少なくともカジェタノには、『ファウスト』の一場面のごとくそう見えたのだが、とにかくそのビールをみんなのグラスに注いでまわった。だがカジェタノはおかしいとは思わなかった。その夜は彼自身、ふだんよりだいぶ酔っていたからだ。彼はカールに、東ドイツで演劇科を出た者はふつうどんな仕事に就くのか訊きたかった。

「優秀な連中はベルリンかワイマールで仕事をする」カールは言った。「ほかはロストックかドレスデンか、ここライプツィヒに残る。コネのない者は地方劇団でくすぶるのが関の山だね。不肖わたくしのように」

「演劇科に、過去の学生について知っている人はいないかな？」

カールは、歴史あるカルチャー誌《ディ・ヴェルトブーナ》で働いている、ハネス・ウルツというベルリン出身のジャーナリストを知っていると答えた。彼はずっと演劇業界を追いかけている。話を聞くなら彼かもしれない。確実な情報源とは言えないが（ウルツはそのせいでときどき糾弾される）、とにかく明日連絡を入れてみるよ。なにか訊きたいことが出てきたら、エスペリア・ホテルにメッセージを残す、そう彼は言い、またビールとシュナップスを頼んだ。

ライプツィヒのダウンタウンのバーをはしごし、十月十八日通りで学生パーティに顔を出したあと、カジェタノとマルガレッチェンはカールと別れ、抱きあいながら千鳥足でホテルの部屋に帰った。

「なに考えてるの？」バスルームのドアを開けたまま鏡の前で化粧を落としながら、マルガレッチェンがカジェタノに尋ねた。

カジェタノは眼鏡をナイトテーブルに置き、物思いに沈んだ様子で答えた。

「きみにバルパライソを見せたいな。人生そのものみたいな町なんだ。上昇したり下降したり、でもいつだってそこには階段や路地があって、それを使えば好きにのぼりおりができるけど、足を踏みはずせば首の骨を折る。それに、信じられないかもしれないけど、あの町では死者が生き返るんだ。行ってみたいと思わないか？」

「この国のことがまだわかってないのね、カジェタノ。私は六十歳になるまでここを出られないのよ。あなたには長いこと待ってもらわないと」

カジェタノは自分の無神経さに腹が立ち、口をつぐんだ。エスペリアという緑のネオンサインが、部屋の天井をちかちかと照らしている。ふと、ミラマル公園のオオハマボウの木の下に立つアンヘラの姿が脳裏に浮かんだ。遠くで待つラーダのほうに走り去った彼女。あのときカジェタノを襲った圧倒的な孤独感。そして、マイアミ・ビーチのオーシャン・ドライヴで彼女と初めて出会ったときのことが甦った。定年退職した老人たちが玄関先で暇をつぶし、ひたすら死を待つ場所。次に思い出したのは、ハバナのやわらかな影に溶けていくような、カーキ色の戦闘服に身を包んだ彼女だった。バルパライソの海を見渡せる家で、毎晩抱きあって眠り、翌朝いっしょに朝食を食べる、そんな伴侶《はんりょ》が欲しい。それが彼の切なる願いだった。そのとき電話が鳴った。

「カジェタノ、きみかい?」カール・フォン・ヴェストファーレンが受話器の向こう側から尋ねた。「友人の話では、きみが捜している女性は〈ベルリナー・アンサンブル〉の劇団員らしい」

38

彼女の名前はティナ・フォイエルバッハ。いや、少なくともその名前で、ベルリナー・アンサンブルで役者をしている。一九四九年にベルトルト・ブレヒトが設立した劇団だ。今回は、名前が違っていても驚かなかった。芸術家は芸名を使うことが多い。パブロ・ネルーダの本名はたしかネフタリ・リカルド・レジェス・バソアルトではなかったか? ガブリエラ・ミストラル（チリの女流詩人。一九四五年にラテンアメリカで初のノーベル文学賞を受賞）の本当の名前はルシーア・ゴドイ・アルカジャガでは? カールの声で、カジェタノの胸にふたたび希望の灯がともった。ティナ・フォイエルバッハこそ、ティナ・レデレル、ベアトリス・シャルの娘、四〇年代にメキシコで生まれた赤ん坊だ！　彼女はネルーダの娘なのだろうか、とカジェタノは思う。どうしたら確かな答えがわかる？本人が、自分の父親はキューバ系メキシコ人医師ではなく、チリの詩人だと知っている可能性は？　そして、母親はいまどこに？　ネルーダが若かりしころ愛し、彼がどうしても知りたがっている真実を知る、世界でたったひとりの女性。

翌朝ふたりは旅行代理店に行き、ベルリナー・アンサンブルの公演スケジュールのチラシを入手した。ティナ・フォイエルバッハは、ナチス時代にブレヒトが書いた戯曲『ガリレイの生涯』で、ガリレオの娘ヴィルジーニアを演じる予定になっていた。カジェタノは、〈カフェバウム〉というカフェでなにか飲もうとマルガレッチェンを誘い、ふたりは朝の白っぽい日差しに照らされたテラス席に座った。すべてがうまくいきそうな気がした。もしマルガレッチェンがヴィルジーニアを見てティナだと認めれば、彼女に近づく方法をなんとか考え出し、そこから母親にたどりつけばいい。

午後一番の急行列車でベルリンに戻ってベルリナー・アンサンブルに向かい、週末の公演の最後の残り二枚のチケットを買った。最後列だったが、それでも売り子の話では、『ガリレイの生涯』は東ドイツではいつも人気が高い芝居なので、チケットが買えただけでも運がいいのだという。そのうえ、ガリレオを演じるのはかのヴォルフガング・ハインツであり、さらに演出はフリッツ・ベネヴィッツなのだから。ネルーダが言ったとおりだ、とカジェタノは思った。バルパライソの通りを散歩しながら、彼はこんな話をした。社会主義政権になって初めて、芸術や文学が真に重要となる。だからこそ政府は知識人を監視するんだ。一方、資本主義社会では、どんな芸術家でも言いたいことが言える。耳を貸す者がたいしていないからね。公演を待つ日々、カジェタノとマルガレッチェンはホテル・シュタット・ベルリンの小さな部屋で、情熱に駆られるまま狂おしく愛を交わした。街には冷たい雨が執拗《しつよう》に降り注ぎ、家々の屋根や路面電車が音をたてて走る石畳を悲しみで濡らした。雨があがり、暗雲垂れこめる空に青空がのぞくと、ふたりは手をつないで、あるいはたがいに体に腕をまわして散歩し、彼が壁を越えて西側に行ってしまえばそこでふたりの関係は終わるという避けがたい事実を忘れようとした。

毎日ふたりはフリードリッヒ・シュトラーセ駅近くにある高級レストラン〈ガニメデス〉や、シェーンハウザー通りの〈カフェ・フレアー〉で食事をし、テレビ塔の回転展望台にのぼって分断された街の境界線をながめ、記念館になっているブレヒトの生家を訪ねた。

「こんなふうに、だれだって共産主義者になれる」マルガレッチェンが言った。ふたりはブレヒトの広々としたアパートの窓から、ドイツの歴史上の重要人物たちが永遠の眠りに就く墓地をながめていた。「彼はドイツ社会主義統一党の政治体制を支持しながらも、ブルジョワ的な暮らしを続け、西側で本を出版し、どこでも好きな場所に旅することができた」

「仮にそう名乗っていたとしても、彼は根っからの共産主義者じゃない」カジェタノは、ネルーダがチリ国内に三軒の家を所有し、最近ノルマンディに四軒めを買ったこと、彼の銀行口座にあふれるドル紙幣が、世界を股にかけたこの捜索を可能にしていることについて考えた。

「彼はすごくガリレオに似てる。権力に寄り添い、必要なときは口を閉じ、体制が便宜をあたえてくれればそれに飛びつく。だからこの作品を書いたのよ。ガリレオはブレヒトのヒーローだった。ブレヒトもガリレオ同様、拷問道具を見せられたとたん怖気《おじけ》づいた」

「きみは違うと言いたいのかい？」

「殉教者になる素質なんて、この世にあるかしら？英雄を必要とする国が不幸なのだと書いたのは、ブレヒトよ。そして彼は正しい。権力者は、体を張って砲弾の餌食《えじき》になってくれる人間を英雄と呼ぶの」マルガレッチェンは悲しげに言った。

墓地の木々を縫《ぬ》って歩くふたりの足元で砂利がきしんだ。ヘーゲルとフィヒテの墓はすでに通りすぎ、カルル・フリードリッヒ・シンケルが自分の墓のためにみずから彫刻したオベリスクとセルフポートレートの前で足を止める。雀《すずめ》が驚いてぱっと飛びたつ。もう少し先にブレヒトとその妻ヘレーネ・ヴァイゲルの名が彫られた大きな墓石がある。雨はやんだのに葉叢《はむら》からまだ滴《しずく》が落ちてきて、みずみずしい木の根の匂いを大地から引き出す。それからまたシュタット・ベルリンに戻り、窓の前で愛しあった。ベルリンの壁を、それを越えた死の境界線の向こう側にある、マルガレッチェンには手の届かない西ベルリンの通りを、ながめながら。

芝居の日、フリードリッヒ通りの売店でバラを買ってベルリナー・アンサンブルに持っていき、クロークに預けた。ティナが楽屋から出てきたときに接触できるはずだとカジェタノは思った。ふたりは、どんなに細かい部分も見逃すまいと、芝居に集中した。舞台の上で、ヴィルジーニアは父に敬意をもって接していた。紙に自説を書きなぐり、金持ちの機嫌を取り、聖職者たちによる異端審問にうろたえる、すでに老いて半ば目も見えなくなったガリレオ。カジェタノはティナの明るい褐色の髪を、栗色の目を、高い頬骨を、体格のいい体を注意深く観察し、彼女が本当に詩人の娘だろうかと考えた。化粧はしていたが、ティナ・フォイエルバッハはラテンアメリカ系で充分通用するし、だとすれば詩人の娘である可能性はいよいよ高い。とはいえ、外見だけではなんの証拠にもならないのも確かだった。詩人同様、ドクトル・ブラカモンテもラテンアメリカ人なのだから。彼女がどちらの娘だとしても不思議ではなかった。

驚いたことに、彼女と詩人に似ているところはないか、彼女の顔や体形にふたりを結びつける否定できない特徴がなにかないか、懸命に探すうちに、なぜかカジェタノは、物語が進むにつれて作品中の登場人物のひとりに自分自身が投影されているような気がしはじめた。ガリレオの厚顔な若い弟子、アンドレアである。作品が、カジェタノの目の前に鏡をつきつけたかのようだった。カジェタノには否定できなかった。そのイタリア人孤児が師匠と張りあうようにして科学に注いだ情熱——それとおなじ情熱を彼、カジェタノも、ネルーダによって創造された探偵としてみずからの仕事に注ぎ、そしてたしかに、そのことが彼にあふれんばかりの誇りをあたえ、思いがけないエネルギーで満たしたのだ。ガリレオ、ブレヒト、ネルーダの共通項は、苦痛の脅しを前に逃げ出したという事実だけではなかった。三人には、周囲にいる人々を生まれ変わらせ、世界をまったく新しい視点で見られるようにし、教わったほうがそのことに気づかないほど、ごく自然に教えを伝える力があった。カジェタノ自身、詩人と会って、以前の自分ではなくなった。芝居の最後、自説を撤回したガリレオに強く反発したあとでアンドレアが師と和解し、その研究の遺産を手ずから渡されるシーンで、カジェタノは激しく心を揺さぶられた。自分は詩人から託された任務を立派に果たせるだろうか？　舞台の上で、父の信念を守ろうと天に祈りを捧げる演技をしているあの女性が、ドン・パブロが求めてやまない、彼の本物の娘なのだろうか？

幕がおり、劇場内にわっと拍手が響き渡るとすぐ、カジェタノとマルガレッチェンはホールに出て花束を引き取り、急いで外に出て楽屋口に向かった。雨が降っていたので、庇《ひさし》の下で雨宿りをした。そばにはサインを求めて集まってきたファンの集団がいた。不良っぽい感じの長髪の若者たちで、煙草の煙をもうもうと立てておしゃべりしながら役者が出てくるのを待っている。マルガレッチェンは不安げだった。ヴィルジーニアがベアトリスの娘だと、彼女には断定できなかった。十年前、湖畔の学校でおこなわれた式典で遠くからちらりと見ただけなのだ。化粧、照明、舞台までの距離に年月の経過が共謀して、彼女の判断を曇らせた。一時間後、ひょっとするとティナは別の出口からこっそり帰ってしまったのかもしれないと疑いはじめたちょうどそのとき、楽屋口に彼女が現われた。ふたりはファンたちとともに彼女に駆け寄った。

「ティナ、花束をどうぞ!」カジェタノはスペイン語でそう叫び、人々の好奇の視線を浴びながらブーケをさしだした。

ティナは黒いジャケットとパンツという格好で、肩にはショルダーバッグ、それに黒いサングラスをかけていた。彼女はバラを見て驚き、足を止めた。ステージ用の化粧を取ると、ヴィルジーニアより年上に見え、ラテン系という印象が強くなったが、ドイツ系の特徴も間違いなくうかがえた。

「私《フル・ミツヒ》に?」彼女は目を丸くして尋ねた。

ファンたちがサインを求めてプログラムをさしだす。

「あなたのすばらしい演技に、フラウ・シャル。最高でした!」カジェタノは相変わらずスペイン語で言った。

「フォイエルバッハよ。シャルじゃない」彼女は訂正して花束を受け取り、みんなにサインをすると、また歩きだした。ウィンドウにカーテンのかかった黒塗りの車が通りで待っている。

「チリの雑誌のためにインタビューさせていただきたいんです」マルガレッチェンがティナに近づこうとしながら続けた。「ご都合のいい時間と場所でかまいません」

「社会主義国家の建設に取り組むチリ市民に心から成功をお祈りします!」女優は今度はスペイン語で答え、歩調を緩めずにファンの群れを縫《ぬ》うようにして車に向かった。

「これが私の経歴です」カジェタノが自分のプロフィールを書いた紙を彼女に渡したとき、演出家が楽屋から出てきたぞとだれかが叫んだ。ファンはいっせいに楽屋口に殺到し、ティナ・フォイエルバッハのそばにいるのはカジェタノとマルガレッチェンだけになった。

「ご心配なく。あとで連絡します」彼女はそう約束し、足を止めずに紙をバッグにしまった。

「ベアトリス・ブラカモンテをご存じありませんか？」カジェタノは尋ねた。

「ベアトリス・ブラカモンテ？」

「ええ、メキシコシティ出身の」

「いいえ、聞いたことがない名前だわ。メキシコ人女優？」

「彼女はメキシコとキューバに住んでいました」

「ごめんなさい、人を待たせているので」彼女は車のほうを手で示した。運転手が後部ドアの前に立っている。「おやすみなさい」

「ひとつだけお願いします」カジェタノが叫んだ。

「どこでスペイン語を覚えたんですか？」

「学校で。子供のときに」

「ベルナウに、そこまで達者なスペイン語を教えてくれる学校があるでしょうか？」

「おやすみなさい」彼女は答え、会話を終わらせた。

運転手が後部ドアを開け、ティナは広々とした車内に体を滑りこませた。そのときカジェタノは、後部座席にスーツとネクタイ姿の黒髪の男が乗っているのをちらりと見た。車は猛スピードで、この時間は人通りもなく真っ暗なフリードリッヒ通りへと走り去り、二台のヴォルガを引き連れてSバーンの駅の方角に消えた。

「あれ、なんの車かわかる？」しばらくして、ベルリンらしい小雨のそぼ降るなか、ウンター・デン・リンデンを歩きながら、マルガレッチェンがカジェタノに尋ねた。

「政府の車だな、明らかに」カジェタノは言い、ボダイジュの下で立ち止まって煙草に火をつけた。薄汚れた街灯の灯りが濡れた路面に弱々しく映りこんでいる。

「シュタージの車よ、カジェタノ。カーテンがかかっていた一台はボルボで、幹部のなかでもトップクラスの人間しか乗れない。ティナ・フォイエルバッハは相当な有力者とつながっているみたいね。正直言って、怖くて鳥肌が立ってる」

カジェタノがゆっくりと吐き出した煙が渦を巻いた。彼はマルガレッチェンの肩に手をまわし、心配しなくていい、落ち着くんだ、今夜は捜索が大きく一歩前進したんだからシュタット・ベルリンで好きなだけ飲み食いしよう、と告げた。彼女の肩に頭をもたせ、口をつぐんだままそうしてしばらく歩いた。ウンター・デン・リンデンの行き止まりに颯爽《さっそう》とそびえるテレビ塔はライトアップされ、パリの屋根を見下ろす、シムノンの小説に登場するエッフェル塔を思い起こさせる。

突然欲情に駆られ、マルガレッチェンを抱き寄せると、唇に唇を重ねた。冷戦のただなか、東欧で行き惑うラテンアメリカ人の欲望と苦悩が、メグレのやつに理解できるはずがないと思いながら。車に尾行されていると気づいたのは、そのときだった。

39

カジェタノは、自分のアパートに戻れとマルガレッチェンに告げた。彼女の不安が現実になった。秘密警察が彼らを監視している。マルガレッチェンは、外国人とつきあっていることを知られてはまずいのだ。彼女はカジェタノの腕をぎゅっとつかみ、堂々たる歴史的建物を両脇にして続いていく、こんな人気《ひとけ》のないウンター・デン・リンデンの真ん中であなたをひとりにはできないと訴えた。遠く、国立歌劇場とフンボルト大学のさらに先で、ウィンクしているかのようにちかちかと瞬《またた》くバーの赤いネオンサインが見えた。

「あなたのそばを離れるわけにはいかない。少なくともいまは」マルガレッチェンは引かなかった。

「いいから行くんだ」カジェタノはあくまで言い張った。小糠雨《こぬかあめ》がヴォルガの屋根を覆《おお》い、ベルベットのように光らせている。「いっしょにいるところを捕まってはまずい。行ってくれ。明日必ず会いに行くから。連中はぼくには手出しはできない。外国人だからね。だが、きみはここにいたら面倒なことになる」

「おなじことよ。どうせもう解雇されたんだから」

「行くんだ、マルガレッチェン。いま行けば、やつらはきみのことは追わない。ぼくはこの国を出られるが、きみは出られない。いますぐ行ってくれ。頼むから」

「いまあなたをひとりにはできないわ」彼女はカジェタノの腕を強くつかんだ。

「お願いだ、強情を張らないでくれ。ぼくらのことを大切に思うなら、逃げるべきだ。いますぐに」

マルガレッチェンは彼の唇にこっそりキスをすると、ヴォルガが追跡しづらいようにウンター・デン・リンデンを引き返しはじめた。車はそこで停まった。どうやら車内にいる人物たちは、相手がだれか知ったうえで尾行しているわけではないらしい。やがて車はそのままカジェタノを追いはじめ、彼はほっと安堵《あんど》のため息をついた。マルガレッチェンが地下鉄かSバーンの駅にたどりつければ、連中は完全に彼女を見失うだろう。カジェタノはヴォルガに張りつかれたまま歩いていく。マルクス=エンゲルス広場に面した共和国宮殿の内部は、まるでランプの展示会でもしているかのように煌々《こうこう》と輝き、そのコンクリート屋根の上方に見えているテレビ塔の回転展望台が、さながら空飛ぶ円盤のようにベルリンの街を睥睨《へいげい》している。これからテンペルホーフ空港に着陸しようとしている飛行機のライトが雲を貫く。

突然ヴォルガからふたりの男が降りてきた。ドアを閉める音が夜のしじまに小さく響く。彼らは音もたてずに近づいてきた。カジェタノの体に戦慄が走った。

完全に孤立無援だった。

「こんばんは」太ったほうの男が言った。ふたりとも黒いレインコートと黒いつば広の帽子を身につけ、まるで鴉《からす》のようだ。カジェタノはハンフリー・ボガートの映画を思い出した。だがこれは映画でもなければマフィア小説でもなく、小雨に煙るウンター・デン・リンデンで自分の身に実際に起きていることなのだ。冷戦さなかの東ベルリンの過酷な現実世界であり、ハリウッドのスタジオでの書割《かきわり》を背景にした一シーンではない。カジェタノは足を止めずに、歯を食いしばったまま挨拶《あいさつ》を返した。憂い顔のボガートを真似て、多少なりとも威厳を保とうとする。警察に追いつめられたメグレのエピソードについては、なにひとつ思い出せなかった。

ひとりが彼の左側に、もうひとりが右側についた。しばらく無言のまま、三人はおなじペースで歩きつづけた。ヴォルガが音もなくついてくる。

「なんの用ですか?」ふたりを振りきるのはとうてい

無理だと観念し、カジェタノは尋ねた。フィクション に登場する探偵はいともたやすくヒーローに変身するが、生身の探偵は〝調査の無産階級《プロレタリア》〟の地位からけっして脱け出せない。たぶんぼくはガリレオ・ガリレイみたいなものなんだ。火あぶりの刑に怯《おび》える探偵界のガリレオ。こういうときにどうすればいいか知りたくて、シムノンの小説に似た状況がなかったかあらためて記憶を探ったものの、やはり思いつかない。つまるところ、フィクションの世界では、物事は現実とは違うルールで起きるということだ。作家という、登場人物をけっしてむげに死なせはしない、神の手がそこには存在する。なぜ作者が主人公をあんなに必死に守るのか――シリーズ作品であればとくに――いまになってやっとわかった。作者は次回作の前払い金が欲しいがために、寛容な神と化して現実のルールをぐにゃりと曲げ、間一髪のところで主人公のもとに救世主を、そう、現実世界では存在しえない救世主を送りこむが、読者はそれをそういうものだと受け入れる。だがカジェタノはフィクションの登場人物ではなく――そうであってほしいといまほど願ったことはない――彼を助けたくても遠距離すぎて助けられない、死を目前にした詩人の頼みで人捜しをしているしがない探偵だ。少なくとも彼、カジェタノ・ブルレは生身の人間であり、小説のなかではなく、無慈悲な現実世界に生きている。そこに神はいない。いや、いるとしても、その神は人間には無関心だし、どんな運命をたどろうと気にも留めない。

「車に乗れ」そう命令する声が聞こえて、あれこれ考えていたカジェタノを現実に引き戻した。

「警察ですか?」無理に冷静を装って尋ねる。冷たい雨がシャツの襟から沁《し》みこんできた。

「乗れと言ってるんだ!」

肩を押され、勝ち目はないと悟った。

カジェタノは後部座席に押しこまれ、図体の大きな二人組に挟まれた。前部座席にはさらにふたり、髪を短く刈りこんだ、スーツとネクタイ姿の男が座っている。助手席の男が暗号でマイクにメッセージを伝えると、ヴォルガは共和国宮殿の前を猛スピードで走り抜けた。

「どこに連れていかれるのか教えてもらえませんか？」カジェタノは尋ねた。

車は大通りをそれ、人気《ひとけ》のない暗い路地にはいっていく。聞こえてくるのは、濡れた石畳をこするタイヤのくぐもった音と無線で暗号の指令を伝える低い声だけだった。訊かなくてもわかっていた。彼はシュタージの施設で取り調べを受けることになる。もはや嘘はつけなかった。詩人を裏切らずに、ブラカモンテの未亡人ベアトリスを捜している理由を説明するにはどうしたらいい？　湖畔の学校を訪ねたことについては？たぶんかの名高いメルルーサがこの泥沼から救ってくれるだろうと、壁沿いに走る車のなかでカジェタノは思った。なにより、マルガレッチェンを巻きこんでしまったことが悔やまれた。いま考えると、協力を頼んだのはじつに無責任だった。速度計は時速百キロを指している。だが、ベルリナー・アンサンブルの女優に近づいたことのなにが、東ドイツ当局の神経に障ったのだろう？　なにしろこうして警察を送りこむほどなのだ。

カバノキの並木道をしばらく進んだあと、車は木に囲まれた、がらんとした暗い駐車場にはいっていった。ヘッドライトがさっと照らした看板には〈トレップトアー・パーク〉とあった。やがてヴォルガは停まった。遠く木々の上に、形のはっきりしないコンクリートの大きなかたまりのようなものがのぞいている。

「降りろ」

彼らは水たまりや落ちた枯れ枝を避《よ》けながら木々のあいだを歩きだし、コンクリート製の広い方形《ほうけい》のテラスに到着した。その奥に、さっき見えたコンクリートのかたまりが見える。どうやら彫像らしい。大理石でできたマント姿の兵士で、子供を抱えて剣を持ち、悲しみを表現するようにうなだれている。こんなに巨大な石像を見たのは生まれて初めてだった。

「ついてこい」男が命じた。石段を上がり、巨像のブーツのあたりにたどりつく。

闇のなかからゆっくりとシルエットがひとつ浮かびあがった。ボタンをはずしたレインコートが風で翻《ひるがえ》っている。すぐにだれかわかった。さっきベルリナー・アンサンブルからティナ・フォイエルバッハを乗せて走り去ったボルボの後部座席にいた男だった。

40

レインコートの男はがっしりした顎と高い頬骨、鷲鼻、射るようなまなざしの持ち主だった。あの石像とおなじ大理石から彫り出したようなスラブ系の貴族の顔だとカジェタノは思った。小糠雨《こぬかあめ》にさらされたトレップトアー・パークは、濡れた土の匂いがたちのぼりはじめていた。

「なぜ故人ブラカモンテの妻ベアトリスを捜す?」強いドイツ語訛《なま》りのある英語で彼は尋ねた。

「そう言うあなたはだれですか?」カジェタノは問い返したが、この状況では彼の質問は単なるレトリックにすぎない。

男はレインコートのポケットにゆっくりと手をさし

入れ、好奇心と緊張が相半《あいなか》ばする表情を浮かべて首を傾げた。東ベルリンの空にライオンの吠《ほ》え声が遠く響いた。頭がいかれたのか、とカジェタノは思う。ベルナウではカンガルーを見た。ここではライオンの吠え声だ。少なくともいまの遠吠えは、この状況のメタファーとしては悪くない。

「きみのことも、ドイツ民主共和国に入国してからのきみの足取りも、われわれはほぼつかんでいるんだ、ミスター・ブルレ。だが、怖がらなくていい。入国したときと同様、無事に出国することもできるだろう。まずは、納得できる形で説明してほしい。その女性を捜している理由を」

「あなたはシュタージですか？」

男は咳払いをして、いらだたしげにシャツの襟に人さし指を走らせるとくり返した。

「なぜその女性を捜す？」

「まずは自分がだれと話をしているのか知る必要があります。ぼくはただの旅行者です。こんな扱いは不当だ」

「先に質問したのは私だ」

「そのためにあなたはぼくを拉致《らち》した」

「なんならいますぐ立ち去ってもらってけっこう。私の武器は強要ではなく説得なので」懐柔《かいじゅう》するように、男は言った。小さくて長い歯、厚い唇、なにかに驚いている子供のようなまなざし。

「本当に行っていいんですか？」

「もちろん」

男は一歩後ずさり、光線が男の顔の青白さを強調した。

「マルクスと呼んでもらおうか」

「ぼくだって馬鹿じゃないんだ、マルクス。いま解放しても、あとでいざ国境を越えるというときになって引き止めるつもりでしょう。ちゃんとはっきりさせてもらったほうが、ぼくもすっきりする。隠しだてすることはなにもないし、ぼくはスパイでもない。サルバドール・アジェンデとパブロ・ネルーダの国から来たんですから」

「それはわかっている。だが、例の女性を捜す理由をきみはまだ話してくれていない」

男がゆっくり歩きだし、カジェタノもあとに続いた。ボディガードたちも距離を置いてついてきた。大理石の彫像は、見張り番をしているかのように黒雲を背に堂々とそびえている。ぼくのことをそこまで知っているのはメルルーサから聞き出したからにちがいない、とカジェタノは思った。あるいはバレンティナからか、ケーテからか、ひょっとするとマルガレッチェンからか。実際、彼はかなりの窮地に立たされていた。

「チリ大使館が後ろ盾になった旅行です」彼は説明した。「チリ政府のある指導者の命《めい》でベアトリスを捜しているんです。あくまで個人的な事情で、国家機密でもなんでもありません。シュタージに口出しをされる理由はなにもありません」

マルクスは無言のまま歩きつづけている。と、突然カジェタノのほうを向いて尋ねた。

「これを知っているかね？」彼はレインコートから封筒を取り出し、なかから何枚かの白黒写真を出すと、カジェタノに手渡した。カジェタノは、マルクスに懐中電灯で照らしてもらってそれをながめた。「見覚えのある人物はいるか？」

写真は、ベルリン、ライプツィヒ、ベルナウで彼とマルガレッチェンがいっしょに写っているものが数枚と、残りはおなじ場所で観光客らしきふたりの男を撮ったものだった。ひとりはズームレンズつきのカメラを持ち、もうひとりはスポーツバッグを肩に掛けている。しかし、表情にかすかに緊張感があり、彼らがそこに休暇で来たわけではないこと、あるいは休暇だったとしても楽しんでいないことがわかる。

「彼らを知らないか？」

「いま初めて見ました」

ふたたび吠え声がした。きっと動物園かサーカスだろう、そうカジェタノは判断した。

「彼らはチリ人だ。軍の将校だよ」マルクスは重々しい声で言った。「ヨーロッパまできみを尾行してきたんだ。少なくともきみならその理由がわかるはずだ」

「知りませんよ」カジェタノは驚いてくり返した。

「それに、ぼくは政治とはなんの関わりもありません」彼は思い出していた。バルパライソをパトロールしていた軍のジープ、クーデターの噂、爆弾テロ、妻の警告。実際には、チリに住んでいれば、だれもが政治と関わらないわけにいかないのだ。「ぼくはいまもまだつけられているんですか？」

「きみの部屋があるひとつ下の階に逗留《とうりゅう》している。アメリカ合衆国の軍人用パスポートを所持しているが、じつはチリ人だ。なぜ彼らはきみを尾行する？　きみが女を捜していること、理由はただそれだけか？　彼らはきみをつけているのか、それともきみに物資や情報を供給しサポートしているのか？　その女を捜す任務をきみに課したのはだれだ？　その点を明らかにしてもらわないと、きみを出国させるわけにはいかんぞ、ミスター・ブルレ」

「だから言ったでしょう？　ぼくはこの人たちを知りません」

「だが少なくとも、彼らがきみを尾行している理由についてはは見当がつくだろう」

「一度も会ったことがない連中です」

「それなら交換条件を出そう。だが、条件には例外なく従ってもらわなければならない」マルクスは冷静にくつろいだ様子で言い、レインコートの襟を立てた。懐中電灯を消し、写真をボディガードに渡す。「きみは私にドイツ民主共和国でなにを捜しているのか話すこと。そうすれば、フリードリッヒ通りから立ち去れるよう、私が保証しよう……」

41

「つまりノーベル賞詩人のために治療法を探しているということか」マルクスはポケットに両手を入れたまま、重々しく言った。ふたりは闇と霧雨に包まれて、第三帝国の首都で倒れたソ連兵の彫像の庇護《ひご》のもと、トレップトアー・パークを歩いていた。そよ風で揺れる葉叢《はむら》がさざめく。分断された都市は夜に抱かれて、遠くで低いかすれた音をたてながら脈動している。それはいまや、雲を屋根としたオパール色の輝きにすぎない。

「ぼくがここに来たのはそれが理由です」

カジェタノは自分が情けなかった。マルクスに拷問道具を見せられたとたん、詩人を裏切ってしまった。ガリレオやマルガレッチェンと同類だ。話に多少手を加えて、詩人がベアトリスを見つけたがっている本当の理由については隠したとはいえ、すでにマルクスはほかにも秘密があると勘づいている。せっかくの嘘もそう長くはもちそうになかった。

「それでもまだよくわからない。なぜベルリナー・アンサンブルの女優に接触する必要があるのか」マルクスは無表情のまま言った。

「単に『ガリレイの生涯』での演技に感動したからですよ。東ベルリンに来たらベルリナー・アンサンブルは見逃せない」

「だが、きみはフォイエルバッハの演技を見る二時間も前に花束を購入している。そこまで気に入ると事前にわかっていたのかね？」

これ以上ごまかせない。マルクスはカジェタノのことを知りすぎている。いまや無理に告白させられているようなものだ。辻褄《つじつま》の合わない、しゃべればしゃべるほど馬脚を現わす告白を。マルクスはすでに真実を知っているように思えた。

「あなたとあの女優の関係を教えていただけますか？」カジェタノは尋ねた。ふたりはまた石像の台座に向かって階段を上がりだした。

「質問をしているのは私だ」マルクスがぴしゃりと言った。

高台にたどりつくと、ふたりはベルリンでの戦闘で命を落としたソ連兵の墓地であるテラスをながめた。

「ここに眠る英雄たちを忘れてしまっては、戦後を理解することはできない」マルクスは言った。「私はソ連で育ったんだ。両親は一九三四年にソ連に亡命した。ユダヤ人であるうえ共産主義者だったからだ。ヒトラーの敵だよ。ここに眠る人々が、いまの私の行動を道義的に正当化するんだ、ミスター・ブルレ」彼はカジェタノの顔をじっと見つめ、それから続けた。「きみはまだ私の質問に答えていない」


「ではぼくも正直にいきますよ、マルクス。ティナ・フォイエルバッハはブラカモンテの未亡人ベアトリスの娘なんです」

「それはきみの推測にすぎない」

「それが事実だとあなたは知っているはずです。彼女たちがだれか、あなたはよく知っている」

「どうもよくわからないな、ミスター・ブルレ。当初のきみの話では、まずメキシコにいた医師を捜し、次にその未亡人を捜し、最終的にその女性と――もちろん私は彼女のことを知らないが――ベルリナー・アンサンブルの女優を結びつけた。だが、これではきみの調査は実を結びそうにない。詩人は必要な治療を受けられないまま死ぬだろう」

「目くらましはやめてください。あなたの協力があれば、その未亡人を見つけることができる。あなたは彼女の娘と親しいのですから。娘なら母親の居場所を知っているでしょう」

マルクスは首を振り、自分の靴を見下ろした。泥が点々と跳ねている。

「きみがチリ軍部のスパイにつけられていること、そのチリ軍部が現在サルバドール・アジェンデ政権に対しクーデターを画策していること、少なくともこれだけそろえばきみが苦境に立たされるのも当然だ」

「その可能性はあると思いますか？」

「きみのマイナスポイントを相殺《そうさい》すること？」

「いえ、クーデターです」

「きみはあれこれ知ろうとしすぎる。だが、歴史の流れを変えることはだれにもできない。何事も起きるべきときに起きるものだ。数十年前でも後でもなく。チリはだれもが通るいつもの道に戻るだろう。そして高い代償を払うことになる。だが、哲学的歴史考察はこのへんにしておこう。とにかくきみはいま、チリ軍部に目をつけられている」

「そう聞いても、不安で夜も眠れないなんてことはありません。連中にそれほどの力はない。でももし彼らのことであなたが手を貸してくれたら、感謝します。あなたなら、尾行をやめさせることができるかもしれない」

「さて、それはどうかな」マルクスは物思わしげに言った。

「とてもありがたく思います。ただし、女優の母親を捜すというぼくの使命を返上するつもりはありませんが」

「まったくいらいらさせられるよ、きみには。どう言ったら納得するんだ？ ティナの母親はとうの昔に亡くなった。ドイツ人で、反ナチス・レジスタンス活動に従事し、叙勲も受けた女性だ。メキシコで暮らしたことなど一度もない。東ドイツ国民だった。たぶん国外に出たことさえなかったと思う」

ティナの母親が故人なら、彼の捜索は破綻《はたん》し、ふりだしに戻る、だ。カジェタノは苦々しくそう思い、冷たい霧雨で濡れた口髭を撫《な》でた。どこかで道を間違えたのだ。アンデスの冬山で道に迷って消息を絶ち、春の雪解けとともに、きちんと冷凍保存された遺体となって姿を現わす登山者のように。もしかすると、詩人のかつての恋人はいまもまだメキシコにいるのかもしれない。カジェタノはもうひとつ譲歩することにした。

「もしすべてはあなたがいま言ったとおりで、実際にぼくが軍部のスパイに尾行されているなら、あなたがひとつだけ保証してくれさえすれば、ぼくもあなたにひとつ約束しましょう」

「この神聖なるトレップトアー・パークで、なにを約束してくれるというのかな、ミスター・ブルレ」

「この国から立ち去り、あなたが懇意のベルリナー・アンサンブルの女優にはいっさい近づきません」

「それと引き換えにきみが求める保証とは？」

「ドイツ民主共和国から無事にぼくを出国させることです。ただ、できれば何日か猶予をいただきたい……」

「ベルナウの女と過ごすために？」マルクスが皮肉めかして尋ねた。「きみがそんなに簡単に恋に落ちるタイプの男だとは思えないがね……」

「彼女にさよならを言いたいんです」カジェタノは真剣に答えた。

マルクスはきびすを返し、カバノキの合間に見える地平線をおずおずと染めはじめた最初の朝焼けをしばしながめた。またこちらを振り返ったとき、ほほえむ彼の両頬にはひとつずつえくぼが見えた。

42

東ドイツにいられるのもあと三十六時間か。翌日正午に、アレクサンダー広場の〈モッカ・バー〉でマルガレッチェンを待ちながら、カジェタノは思った。ぱらぱらとめくる《ノイエス・ドイチュラント》紙には、チリにおける食糧不足やトラック運転手のストなど、アジェンデ支持派にとってはがっかりするようなニュースばかりが載っていた。真夜中、チリでは夕方というころに詩人に電話し、捜索に進展があったと告げたが、東ベルリンで彼の娘かもしれない女性に会ったことは伏せておいた。会話を盗聴されている疑いがある、いや、確信さえあるいま、しゃべる内容には細心の注意を払っていた。マルクスに見せられたスパイの写真についても、ジャカルタで起きたそれに匹敵するような血なまぐさいクーデターがチリに迫っているという彼の予言のことも、もちろん話すつもりはなかった。

マルガレッチェンはすっかり消耗し、張りつめた様子でカフェにやってきた。ドアを壊して突入してきたシュタージに逮捕される、そんな想像ばかりして、怖くて眠れないのだという。カジェタノがお茶を飲みながらゆうべの出来事をかいつまんで説明すると、彼女は震えあがった。それからふたりはタクシーに乗り、ライプツィガー通りのティナ・フォイエルバッハが住んでいる建物の近くで降りた。住所は、けさカジェタノがメキシコの外交官を騙《かた》ってベルリナー・アンサンブルに電話し、秘書から教えてもらった。彼女に花束を贈りたいと言っただけで、すんなり通ってしまった。ライプツィガー通りは東欧一の高級商店街だ。ベルリンの壁からわずか数メートルの場所に位置し、高層ビルが建ち並び、社会主義諸国の首都名を店名に冠した一流の店やカフェ、レストランが集まっている。

「その住所、本物だと思う?」マルガレッチェンが尋ねた。

「間違いないさ」カジェタノは、チューリンゲンの花瓶やボヘミアガラスが並ぶショーウィンドウの前を歩きながら請けあった。

ふたりは建物にはいった。管理人は受付におらず、奥の小部屋でテレビをつけっぱなしにしたまま眠りこけていた。部屋からはコーヒーの匂いが漂い、デスクの上には雑誌やドッペルコルンのボトルが置いてある。髭も髪も白い老人で、上着の襟にドイツ社会主義統一党のバッジをつけていた。

「フロイライン・フォイエルバッハのお部屋はどこですか?」マルガレッチェンが尋ねた。

老人は起き上がった。気持ちよく眠っていたのに見ず知らずの人間に邪魔されて怒っていいものか、西側のテレビを観ているところを上司に見つからずにすんで喜んでいいものか、わからないといった様子だ。彼は咳払いをして言った。

「一五〇七号室ですよ、マダム。だが、この時間にフォイエルバッハさんはいたためしがない。なにか承りましょうか?」

「車のなかに彼女への贈り物があるんです。私的なものではなく、公式のプレゼントです」

「どちらの機関の方ですか?」

「キューバ大使館です。ご本人がお帰りになるまで確実な場所で預かっていただかなければなりません。何時ごろお戻りですか?」

「わかりません。でもこの管理人室なら絶対に安全ですのでご安心ください。ここでなにかなくなったことは一度もありませんから。キューバ大使館とおっしゃいましたか?」

「そのとおりです。音楽とラムの島ですよ、ご老体」

「ルンバを演奏するキューバ人バンドがテレビにずい

ぶん出ているし、ここの国営工場で働いているキューバ人労働者も多いが、この国でキューバ産ラム酒のラベルの匂いを嗅《か》がなくなって久しいよ」手を振りながら、管理人がこぼした。そのときカジェタノは、彼の右手の小指がないことに気づいた。

「もしちょっとお待ちいただけるなら、いますぐ一本お持ちしましょう。いや、一本と言わず二本。ホワイト・ラムを一本と、アンバー・ラムを一本。〈ハバナ・クラブ〉、名酒中の名酒です。しかもですよ、なんと東ドイツのキューバ全権特命大使にして、アメリカ大陸を初めて見たヨーロッパ人の子孫、マウロ・トリアーナ本人のサイン入りです」

43

「ラム酒二本とチョコレートひと箱とガラスの花瓶で問題は解決する」ホテル・シュタット・ベルリンの国営〝インターショップ〟で列に並びながら、カジェタノはマルガレッチェンに言った。

西側の貨幣でしか品物を売らないその店は香水や洗剤の匂いが漂い、人であふれていた。彼らは品物をあれこれ見てはおずおずと値段を尋ね、結局ちっぽけなチョコ・バーやパンティストッキング、真空パックのメリタ・コーヒーを買うだけだ。

「私にはよくわからないけれど、あなたの言うとおりなんでしょうね」マルガレッチェンがぼそりと言った。

「酒は管理人のカートに、チョコレートは彼の奥方に、花瓶はティナ・フォイエルバッハに。そして、それぞれ別々のプレゼントとして包装してもらい、ラムだけは袋に入れてもらう」

「どうしてまたティナに近づこうとするの？　それだけでシュタージに捕まる理由になるわ」

「彼女の部屋にはいりたいだけさ」

「頭がどうかしたんじゃない？　同志《ゲノーセ》の管理人が入れてくれるわけがない」

「きみにも手伝ってもらいたい。ぼくの手順に従って。そうすればどうやってなかにはいれるかわかる」

彼らが戻ってきたとき、管理人は、アメリカのコメディドラマ・シリーズ『ミスター・エド』を放映中のテレビの前でまた居眠りしていた。テレビでは、馬のミスター・エドが、ガールフレンドが欲しいと飼い主に必死に訴えている。カジェタノはミスター・エドに同情した。ミスター・エドは上品で慎み深い馬だし、自分の知る多くの人間どもに比べてはるかにまともだ。しだいに失われつつある古きよきアメリカ合衆国を特等席で見守る、賢き目撃者。カートのデスクの上には、スポーツ欄が開かれた《ノイエス・ドイチュラント》紙。彼は目を覚まし、カジェタノが袋から酒瓶を取り出すと、にっこり笑った。

「キューバものですよ、ご老体。白紙委任状としてあなたにさしあげます」カジェタノは老人に言った。「そしてこちらは奥様にちょっとしたプレゼントです」

カートは大急ぎで管理人室のドアを閉め、ふたりをなかに招き入れて座らせると、ボトルを開けて、ダイナモ・フットボール・クラブというロゴがはいったいくつかのグラスに注意深く、しかしなみなみとラムを注いだ。蒸留酒を味わううちにカートの頬は紅潮し、その建物での仕事について説明しはじめた。

「雑用さ。ヒューズが飛んだとか、バルブから水が洩れるとか、窓が開かないとか」彼はまたひと口飲むと、スペアキーの並ぶ戸棚からハンガリーサラミを取り出し、何切れか切って、《ノイエス・ドイチュラント》紙の上に置いた。「定年退職した旋盤工にとっては理想的な仕事だ。それに、住人みんなが親切にしてくれる」

「これは文化大臣からティナ・フォイエルバッハへの贈り物です」カジェタノはもっと大きな包みをデスクに置いた。「どこに保管してもらえますか？」

「ここだよ。中身はなんだい？」

「私たちも知りません。かなり上層部からのものです、おわかりでしょう？」カジェタノは芝居がかったいかめしい声で言い、そこにはない顎鬚《あごひげ》を撫《な》でるしぐさをした。「とにかく、くれぐれも安全な場所に保管してください。とても高価で高級で壊れやすいものらしいので」

「ここで物がなくなったことは一度もない」

「心配なのは紛失することではありません」カジェタノはカートのグラスにもう一杯注ぎながら言った。「壊れることとです。そうなったら取り返しのつかないことになります。高価で高級な品だからというだけでなく、遠方からわざわざ運んできた公式のプレゼントだからです。私の言っている意味、おわかりですよね？　われわればかりか、あなたにまでなんらかのお咎《とが》めがあるかも……」

「カート・プレンツドルフはこれの扱い方を完璧に心得ているとも」

「ではどうするおつもりですか？」

「いますぐ彼女の部屋に行って置いてくるよ。そうすればあんた方も満足だろうし、わしも良心が痛まない。幹部連中とのトラブルはごめんだからな」

「私が包みを持っていきましょうか？」

カートの目が口髭をたくわえた訪問客をしげしげと見た。テレビでは、相変わらずミスター・エドが馬小屋でひとりぼっちだと毎日が単調だと文句を言っている。だれかがエレベーターを降り、こつこつと踵《かかと》の音を響かせながらドアの前を通りすぎて、そのままライプツィガー通りに出ていった。

「わしが信用できないってか?」カートは手の甲で口を拭《ぬぐ》いながら言い返した。

「いいえ、でも、少々飲みすぎではないかと思いまして」

カートは大笑いし、これでどうだとばかりにまたグラスを空けた。

「これぐらい、ドイツ国防軍、国家人民軍に所属し、ナルヴァ人所有の工場では旋盤工として鳴らしたこのカート・プレンツドルフにとっちゃ、どうってことない」彼はげっぷをごまかしながら、そうまくしたてた。

「あんたたちはおとなしくここで待ってな。わしがこいつをフラウ・フォイエルバッハの部屋に置いて、すぐに戻ってくる。だが条件がひとつある」彼はいたずらっぽくこちらを見て言った。

「なんですか、ご老体」

「もうひと瓶、ここに置いていけ」

「問題ありません《カイン・プロブレム》よ、ヘル・プレンツドルフ」

カートは戸棚を開け、ボードにぶらさがった鍵をひとつはずした。包みを抱え、一瞬転びかけたが、立ち直ってエレベーターのほうに向かった。

「私、言わなかった? あのゲノーセ・プレンツドルフは頭のてっぺんから爪先までプロイセン人だって」マルガレッチェンが言った。「絶対にアパートには入れてくれないわよ」

「まあ、見てのお楽しみだ」カジェタノは答え、カートのグラスにまた酒を満たした。

44

カートが帰ってきて鍵をフックに戻すと、カジェタノは彼にアンバー・ラムのボトルを渡した。カートはそれを小さなバスルームのトイレのタンクにいそいそと隠し、そのあいだにカジェタノは鍵をポケットに滑りこませて、ちょっとライプツィガー通りのレストランに予約をしに行ってきますと告げた。

しかし彼は外には出ず、エレベーターに乗って十五階に上がった。

一五〇七号室のドアは、蝶番《ちょうつがい》の油が切れているせいで、きしみながらしぶしぶ開いた。カートのやつ、どうやらあちこちで手抜きをしているらしい。まるでショールームのように清潔でよく片づいた広いダイニングルームがあり、大きな窓から西ベルリンの建物が見える。カジェタノはアパート内をひとめぐりした。書斎のデスクの上にはオリヴェッティのタイプライター、ヘレーネ・ヴァイゲル（オーストリア出身の東独の女優。ブレヒトの妻）の伝記、ブレヒトの日記《タゲブヒヤー》がある。寝室に置かれたティナ・フォイエルバッハの写真に目を留める。水着姿の彼女はとても若く、ほっそりしていた。穏やかに打ち寄せる波を背景ににっこりほほえんでいる。キッチンにはいったとき、女優の名前名義の電気代の請求書を見つけた。フォイエルバッハが本名だという証拠だ！カジェタノは達成感を覚えた。捜索を始めたときはどこから手をつけていいかさえわからなかったが、いまでは調査とは人生のようなものだと思える。人生は人に問題を課すが、その解決法は人生そのもののなかにある。事情が明らかになるにつれ、待ちかまえる結論に加速度的に近づいていくようだった。だが、ティナ・フォイエルバッハは本当にベアトリスの娘なのだろうか？　そして、彼女の父親はネルーダなのか？　ふいにカジェタノの体に震えが走った。バルパライソの寒さと不安定さに浸りながら、ラ・セバスティアーナ邸でマティルデに回想を書き取らせ、詩をつくり、海の向こうからの知らせを辛抱強く待っているネルーダの姿が思い浮かんだのだ。

予備の小さな寝室のナイトテーブルの抽斗《ひきだし》に、錠剤とコンドームとハリー・テュルクの小説があった。だれの部屋だろう？　ティナの子供か、恋人か？　どちらでもいい。急いで下に戻らなければ。長居をするのは危険だ。ふたたびリビングを抜けようとしたとき、本棚に動物の人形があるのに気づいた。ガラスの扉の奥に目立たないように置いてある。ビール瓶ぐらいの大きさのミニチュアのリャマで、実物の毛皮でつくられており、ボリビアと刺繍《ししゆう》された派手な毛布をはおっている。人形の背後に写真があった。

ガラス扉を開けて写真を手に取る。カメラの前でカップルがほほえんでいる。もみあげに白いものが交じる男は、髪も目も明るい色をした女性の肩に腕をまわしている。ふたりのそばには、〈クルブ・ソシアル〉と書かれたブロンズ板がある。写真の裏を見ると、だれかの字で〝サンタ・クルス、一九六七年三月〟とメモしてあった。そのときだ。アパートの玄関の鍵を開ける音がした。カジェタノは写真をポケットにしまいこみ、とっさにビールジョッキをつかんで書斎のドアの陰に隠れた。そこならドアの隙間から、だれがはいってきたかのぞくことができる。

男だった。黒いスーツ姿でがっしりした体格だ。髪は短く、鼻がつぶれ、ボクサーを思わせる雰囲気だった。ティナのパートナーか、それとも彼をつけてきたシュタージの工作員か？　あるいはチリ軍部のスパイ？　カジェタノは背筋がぞくっとした。もし男が書斎にはいってきたら、出る際に必然的に彼に気づくだろう。男は玄関のドアを閉め、廊下で足を止めると、つかのま鏡に映る自分の姿をながめた。カジェタノは、ネクタイの結び目を直しながら書斎に近づいてくる男を見つめ、ビールジョッキを両手でぎゅっと握りしめた。

そして男を思いきり殴りつけた。無心の一撃に、キューバのオリンピック金メダル・ボクサー、テオフィロ・ステベンソン級の力をこめて。男は絨毯にうつぶせに倒れた。襟足から血がひと筋流れ落ちる。ひょっとして、殺してしまったのか？

メグレの小説で悪党どもがいつもそうするように、カジェタノはジョッキについた指紋を拭き取り、アパートを後にした。全速力で階段を駆けおりる。心臓がばくばくし、頭に血がのぼり、気が動転して考えがまとまらない。踊り場で立ち止まり、呼吸を整える。階段の吹き抜けの下からたちのぼってくる揚げニンニクと生ごみのむっとする臭いで胃がむかついた。

そのとき突然、漆黒の闇に包まれた。見つかったんだ、と思った。しかしそのましゃがみこみ、耳をそばだて、じっと息をこらえた。足音は聞こえない。音をたてず、身動きもせずに待つ。どっと冷や汗が噴き出し、脚が震える。だがなにも聞こえなかった。だれも追ってこないようだ。自動で灯りが消えただけかと思い直し、壁のスイッチを手探りする。手に触れたボタンを押すと、とたんに階段に光があふれ、だれもいないことがわかって、ほっと息をついた。自分を落ち着かせるために煙草に火をつける。こんな状態では管理人室に戻れない。疑われるのがおちだ。また階段をおりはじめたとき、ふとポケットのなかの写真の女性の顔が脳裏に甦った。震える手で写真を取り出し、立ち止まって確かめる。驚いた。目の前にかかっていたベールが突如ばっさりと落ちたかのようだ。女はブラカモンテの未亡人ベアトリスだった。

45

「全部冬将軍のせいさ。ボルシェビキのやつらと手を組んで、ドイツ国防軍を追いつめた。わしはスターリングラードで小指と、右足の指を二本なくした。凍死寸前のところ、奇跡的に助かったんだ」カジェタノが戻ってきたとき、管理人はマルガレッチェンにそんな話をしていた。「テーブルは予約できたかね？」

「ええ、ここのすぐ近くの〈ソフィア〉に。ブルガリア料理がキューバ料理とおなじくらいうまいといいんですがね。そのラムはいかがですか？」

いまテレビの画面には、アウディの最新モデルが映っている。カートはボトルをちらりと見てうなずき、またグラスに酒を注いだ。

「シベリアの村をいくつか再建させられたあと、ナチスの思想を無理やり頭から追っ払われた」彼はカジェタノにも酒を注いだ。ハンガリーサラミはあと一枚しか残っていない。「強制収容所で、わしは史的唯物論と弁証法を学び、スターリン主義者になった。一九四九年十月、同志《タヴァーリチ》が東ドイツを建設する直前に、わしは大勢の元兵士たちとともにフランクフルト・アン・デア・オーダー行きの貨物列車に乗せられた。わしらは『インターナショナル』を歌いながらベルリンに到着した。その十年前、そこから『旗を高く掲げよ』を歌いながら出征したってのに。話すことはその程度だな。あとはつまらんことばかりだ」カートはグラスを手につぶやいた。

カジェタノは落ち着きを取り戻すためにラムを一気飲みした。

「そろそろ失礼しようか」彼はマルガレッチェンに言った。

カートが、ここで茹《ボックヴルスト》でソーセージのマスタード添えを食べていくといい、と勧めてくれた。ものの数分で用意できるという。ライプツィガー通りのレストランで前菜を食べるより安くつくぞ。

「ご心配なく」カジェタノが言った。「昼食代は大使館がもってくれますので」

「それはそれは。わしも外交官になりたいもんだ」カートは羨望のまなざしでカジェタノを見た。

「お手洗いは大丈夫かい？」カジェタノがマルガレッチェンに尋ねる。

「ああ、それならわしが先に行って、粗相《そそう》はないか確認してからにしてくれ、マダム。男ってものはなにかとだらしないからな」カートはそう言って、よろよろとトイレに行った。

管理人が洗面台をスポンジで掃除し、便器の上に積んであった段ボール箱を移動させるあいだ、カジェタノはマルガレッチェンに目配せして、彼を見張るよう促し、そのあいだに戸棚に鍵を戻した。

同志カートのたっての希望で、〝偉大なる父スターリン〟を称《たた》えて（カートはいまも彼を崇拝していた）アンバー・ラムで乾杯したあと、カジェタノとマルガレッチェンは建物を出て、ライプツィガー通りでアレクサンダー広場行きのバスに乗った。

「必要なものは手にはいったよ」カジェタノはイカルス社製バスの吊り革につかまってマルガレッチェンに言った。「カートは知らないうちにぼくらに協力してくれた。なにが起きたのか、彼には永遠にわからないままだろう」

「でもティナは、見ず知らずのだれかからのプレゼントを不審に思うはずよ」マルガレッチェンが指摘した。

「匿名《とくめい》のファンからのものだと思うだろうさ。いずれにしても、彼女にはもっと驚くことが待ち受けているよ……」

ふたりはアレクサンダー広場でバスを降り、広場を歩いた。この時間、そこはポーランドやソ連の観光客で混雑している。

「聞いてくれ、マルガレッチェン」カジェタノは世界時計の前で足を止めた。「きみの身の安全のためにも、ぼくらはここで別れたほうがいい。できればきみをチリにいっしょに連れ帰りたい。でも、ここでさよならしなければ」

ふいにマルガレッチェンの瞳に涙があふれ出した。彼女の気持ちは手に取るようにわかった。西側の男との恋はいつもおなじ。壁を越えて東ベルリンにやってきて、西側の人間にしか行けない場所に招待して食事をし、踊り、ベッドに誘い、やがてまた壁の向こうに立ち去って二度と戻ってこない。

「行ってしまうのね？」彼女は指で涙を拭《ぬぐ》いながら尋ねた。

「そうするほかないんだ」

「いつ？」

「いますぐ」

マルガレッチェンは彼の体に腕をまわし、胸に顔を埋《うず》めた。ふたりは無言のまましばらくそうしていた。慰めの言葉など見つからなかった。カジェタノは思う——人生はまさに詩人の言ったとおり、驚くことばかりの仮装パレード、台本のない芝居なのだ、と。まわりで、街は彼らには無関心に躍動しつづけている。

「せめてフリードリッヒ通りまで送らせて」彼女は髪をくしゃくしゃにしたまま言った。目が悲しみとアルコールのせいで赤くなっている。

「だめだ、いっしょに来ては」カジェタノは彼女の額にキスをした。時間との勝負だった。ティナのアパートに現われた男が目を覚ましてシュタージに連絡するようなことがあれば、またたくまに国境警備隊に彼の顔写真が出まわるだろう。そうなれば、国境は潜水艦のハッチよろしく閉ざされてしまう。マルクスの保証は取り下げられ、もはやだれも彼を助けられなくなる。

そう、詩人でさえ。さすがのメグレもここまで追いこまれたことはないはずだ。

カジェタノは彼女の唇に熱いキスをした。ラムと若さが香る息を吸いこみ、彼女の肌の軽い酸味を舌に感じる。このぬくもりとやわらかさがきっと痛いほど恋しくなるだろう。彼女をきつく抱きしめながら、ブランデンブルクの田舎の風景が窓の向こうに広がるアパートのベランダを思い出す。状況が違えば、彼女とふたりで幸せに生きる可能性だってあっただろうに。

「もし戻ることがあったら、必ず私はここで待っているから」彼の手を離しながら、マルガレッチェンが言った。

「幸運を祈る、マルガレッチェン！」彼はささやいて、アレクサンダー広場の人ごみに飛びこんだ。きっと彼女が恋しくなる。でもカジェタノは一度も振り返らなかった。

マティルデ

46

ベルリンの壁を越えるとすぐ、カジェタノ・ブルレは地下鉄に乗ってテンペルホーフ空港に向かった。口のなかが苦くからからで、疲労がどんどん耐えがたくなっていく。地下鉄はトンネルの闇を急いで走り抜け、照明がまぶしい駅へと避難する。ベルリンのはらわたを切り裂く列車のなかで、カジェタノは窓に映るおのれの顔を見つめた。自分自身をながめながらも、なにかもっと大事なものを彼は見ていた。眼鏡の奥でこちらを見つめ返す瞳。

黒いスーツの鼻のつぶれたあの男を殺してしまったのだろうか？　彼は、こちらを見据える自分の目から目をそらそうとした。目はそこにあった。彼を厳しく鋭くえぐる瞳。カジェタノは、窓に映る膝に置いた手に視線を移した。この手で？　本当に人を殺したのか？　キューバ人ミュージシャンの憂鬱症の息子が？父の大きな手は、自分の楽器や妻や幼い息子を撫《な》でることしか知らなかったのに？　ぼくは犯罪者になってしまったのか？　地下鉄が次の駅に滑りこむ。カジェタノはずっと信じていた——殺人犯はみずから選んで殺人犯になったのであり、やつらの魂は子供の時分にすでに腐っていて、人生を一歩進むごとにその運命は避けがたく形作られていったのだ、と。だがいまになって気づいた。運命は人にいたずらをする。真夜中にその角を曲がったところであなたを待ち伏せし、敵を送りこみ、あなたの手に武器を持たせ、殺す理由をあたえる。男を殴らないという選択だってあったのだ。自分をつけてきた男だという確証はなかったし、ドアの後ろに隠れたカジェタノを相手が見つけない可能性もあった。地下鉄がまた走りだしたとき、カジェタノは両手をズボンのポケットに隠した。運命は――少なくともぼくの運命は、と彼は思う――列車だ。決まったレールの上をひた走り、行く手をさえぎるものはすべて破壊し、安らぎの瞬間にたどりつくまで乗客を揺さぶりつづける。

もう彼はいままでの彼ではなかった。バルパライソの詩人の家の木製のドアをおずおずと清潔な手でノックした、あの若者ではない。そう、彼の手はもう、妻の喉のカーブをそっと撫でたあの手でも、不安で眠れない夜、日はまた昇り明るい日差しを投げかけてくれるというぼんやりした希望を胸に、ベッドカバーを顔に引き上げたあの手でもない。二度とあのときの自分には戻れない。彼は暴力的な人間ではない。暴力を信じてもいない。いやむしろ、恐れていた。いま彼にできることは、あのつぶれた鼻の男が、間違いなく妻も子供もいるはずのあの男が、しばらく気絶して倒れていたとはいえ、ひどい頭痛に悩まされる程度でやがて起き上がってくれると信じることだけだった。ああ神よと、駅に近づいていく地下鉄のなかでカジェタノはささやいた。あの男をもう一度立ち上がらせてください。

空港に着くと、フランクフルト・アム・マイン行きの直近の飛行機に飛び乗り、中央駅にほど近いラブホテルに部屋を取った。ホテルのあるカイザー通りでは、襟元の大きく開いたブラウスとミニスカート姿の娼婦があちこちに立ち、ポン引きが物陰で煙草を吸いながら彼女たちを監視し、死神のように青ざめた、目の血走ったヤク中がゴミ箱を漁っている。それでもカジェタノはそこにいると安心できた。彼の卑劣なやり方をマルクスが知ったら、チリ軍部のスパイたちを自由にして彼を追わせるだろう。くれぐれも注意しなければならない。夜になって、クルド料理レストランでラムとミュンヘン・ビールを楽しんだあと、外交官のメルルーサに電話をかけた。

「なにもかもありがとう。これからサンティアゴに帰ります」彼はメルルーサに告げた。パンコー区にあるアパートで、メルルーサはニュース番組『いまのカメラ《アクトウエル・カマラ》』にチャンネルを合わせ、東ドイツの国営企業と農業生産協同組合の生産高が過去の記録を破ったというニュースを観ているらしい。それほど驚異的なスピードで成長すれば、この千年紀の終わりには社会主義世界は西側世界を滅ぼすにちがいない、とカジェタノは皮肉っぽく思った。

「どういたしまして」メルルーサは答えた。「お手伝いできて光栄でした。いまはどちらに？」

「西側です」彼はぼかして答えておくことにした。

「これから飛行機に乗るところなんです」

「同志バレンティナは結局協力してくれましたか？」

「すべてとんとん拍子にいきました」

「おわかりとは思いますが、もしまたお手伝いが必要なときはいつでもお申しつけください。そして、人民連合における団結を私も表明します。ここで私も闘争に加わっているとお伝えください。ファシストに勝利は渡さない」

「もちろんですよ、メルルーサ」そう言いながらも、カジェタノには確信はなかった。

「電話を切るまえにひとつ」メルルーサが続けた。

「チリでトラック運転手が全国ストを始めて、現政権が倒れるまでストを解除しないと言っているのを知っていますか？　われわれを待ちかまえているのは空腹と混乱ですよ、カジェタノ」

　カジェタノはコメントは差し控えて電話を切った。そしてすぐに、バルパライソの詩人につないでほしいと交換手に頼んだ。彼はついていた。そう長く待たされずに相手が出た。

「こちらはフランクフルト・アム・マインです、ドン

・パブロ。調子はいかがですか？」詩人がポンチョに身を包み、カジェタノからの新しい知らせを心待ちにしながら、人生の秋の残りの日々に耐えている様子が目に浮かんだ。

「こうしてきみの声が聞けて、元気をもらったよ。いまは回想録を読み返しているところだ。マティルデは下でチキン・キャセロールをつくってくれている。オレガノをたっぷり入れた、栄養満点のやつだ。そのあと、きみも知ってのとおり、私はこっそりポートワインをいただく。新しいニュースはなんだ？」

鼻にかかった彼の声は疲れているように聞こえ、呼吸も苦しそうだった。それになんとなくよそよそしい感じもした。盗聴されていることを知っていて、ニュースというのは、外国の出来事をいち早く聞きたいとか、コレクションしている品物の珍品が見つかったとか、そういう日常的なレベルの話だと見せかけようとしているかのように。

「例のメキシコの女性がいまどこにいるかわかりました」

「それは大ニュースだな」彼の口調は変わらない。

「彼女と話をしたのか？」

「いいえ、まだです、ドン・パブロ。でも、少なくとも居場所はわかりました。ですからバルパライソに戻ります。話しあう必要があります」

「彼女を見つけたのか、見つけていないのか？」という声にいらだちが滲《にじ》んだ。

「見つけました。どこにいるかわかっています」

「どこだ？」

「近隣の国ですよ、ドン・パブロ」

「また別の国に？」いらいらしていることがわかる。

「彼女はそこでなにをしている？　娘といっしょなのか？」

「わかりません、ドン・パブロ。ぼくが乗るチリ行きの飛行機は明日発《た》ちます。到着したらそれについて話しましょう。彼女を今後も捜しつづけるか否か、決めていただきたい。あなたしだいです。着いたらそちらにうかがいます。それまでにどうか特製カクテルのコケテロンを用意しておいてください。それもダブルで」

47

蟹《かに》が私の内臓を音もたてずにせっせと掘り進めるいま、昔の悪夢が甦り、私を苦しめる。眠りと覚醒の合間に、バルパライソの鉛のような重苦しい冬の午後に響く金属音のこだまの合間に、それは現われた。私は戸口を次から次へとくぐっていくが、しまいにはいつもおなじ暗い部屋にたどりつく。どんなに歩きまわっても、結局はその冷たく暗い部屋に到着し、そこでは私が捨てた女たちや娘が待っている、そう直感した。彼女たちの目は、私の体に穴を掘る蟹とおなじ無慈悲さで、私を射抜く。

ときどき、スポットライトを浴びたマリア・アントニエタと障害を持つ小さな娘マルバ・マリーナがぽんやりと見えることがある。ふたりは張り裂けんばかりの叫び声をあげながら、手に手を取ってオランダの堤防をよじのぼっている。もう少しでてっぺんというところで足を滑らせ、砂と海藻《かいそう》にまみれてコンクリートの斜面を転がり落ちる。ジョージ・グロスが描くような恐ろしくグロテスクな顔をした、ナチス親衛隊の制服とヘルメット姿の軍人の群れが、ふたりを追いかけている。マルバ・マリーナが叫ぶ。「パピート、置いてかないで、パピート」。でも私は、胸を引き裂かれながらも固い決意でおのれの命を救うべく、ボートに乗りこみ、全速力で沖へと漕ぎだす。聞こえていた娘のすすり泣きもやがて風に呑まれて消えた。

その暗闇のなかに、コロンビアの熱帯で槍でひと突きにされて死んだ、カリブ時代の旧《ふる》い友人プルデンシオ・アギラル（ガルシア・マルケス『百年の孤独』の登場人物。闘鶏で負けたホセ・アルカディオ・ブエンディーアを侮辱して、彼が投げた槍で殺される）の姿も見える。死の世界でそのまま歳をとりつづけ、こちらの世界から彼を追いやった傷からいまもじくじくと血を流している。今度は違うだろうと期待してはいっても、どの部屋でも必ず彼は私を待っている、そんな気がする。そして、昔イタリアで列車旅行をしていたとき、うっかり者のデリアがそのときもうっかり違う駅で降りて私とはぐれてしまったように、パリのメトロで、いつとも知れない時間にどことも知れない駅で待ち合わせをして、マティルデとはぐれてしまう夢を見る。あるいは、ボストン北部のチャールズ川のほとりをマティルデと散歩しているときに、ベンチに座っているカップルと出会う。彼らはじつは私たち自身なのだが、三十年後の私たちだ。道を歩き、川の流れを見つめたまま、私は思いきってどんな人生でしたかと彼らに尋ねてみる。いよいよ近づいたとき、恐ろしいことに気づく。彼らはどこから見ても完璧な骸骨《がいこつ》で、手をつなぎ、しゃれこうべには不気味な笑みが刻まれている。

人の存在は仮装と別れのただの連なりであり、罠や失望に満ち満ちた旅であり、人はそのなかで否応なく過ちを犯し、そうしてたんまり溜めこんだ象並みの記憶はたったひとつの失敗さえ許してはくれないのだと、私はカジェタノというなかなかの努力家の若者に何度も話した。マティルデとは、私がメキシコにいたときに出会った。当時私はまだデリアと結婚しており、静脈炎を患《わずら》っていた。マティルデはポピュラー音楽とパーティが好きな、みずみずしく魅力的な若いチリ人女性だった。彼女は私の身のまわりの世話を買って出てくれた。楽天家の妻はその申し出を受けた。これもまた人生の罠のひとつだった。そして、ベッドのある部屋で男と女がふたりきりになれば起こるべくして起こることが起きた。マティルデは、一九四六年というもっと前の時点にサンティアゴのフォレスタル公園でふたりは出会っていたと言い張り、その話を世間に広めたがるが、私の記憶にはない。たぶんほら話だと思う。私たちの愛に美しき前日譚《たん》があったように見せかける、彼女なりの企みなのだ。実際は、この愛はデリアへの裏切りから生まれたものであり、妻が私たちにあたえた時間と信頼を都合よく利用した軽蔑に値するものだった。そのあいだデリアは、私の詩を世界に広め、私の亡命生活にピリオドを打つという、私が彼女に課した仕事で手いっぱいだったというのに。

マティルデは私の家庭生活に秩序をあたえた。私の作品の翻訳や講演旅行、編集作業で忙しかったデリアには、そこまで手がまわらなかったのだ。当時の私はインテリ女より主婦を求めていた。実際のところ、マティルデは本を読むのとおなじやり方で料理もした。つまり、難しい本を読まないように手の込んだ料理もしないが腕はよく、ひねくれた批評家より一般読者に近い好みの持ち主だった。

来たいときにいつでもふらりと立ち寄るという私の友人たちの昔からの習慣を、彼女はいっさい受けつけず、新しいルールをつくった。招待されないかぎり、ラ・チャスコーナ邸にもイスラ・ネグラの家にもラ・セバスティアーナ邸にも立入禁止。だがなにより大きかったのは、彼女と知りあったとたん、長らく冬眠状態にあった私の性欲が蘇生したことだ。ありがたいことに、彼女は恋愛においてすでにかなりの経験を積んでいた。ラテンアメリカじゅうの芸術に触れる旅に出たことも、情熱的な恋愛テクニックを身につける役に立ったようだ。メキシコシティで病床に就いていた私のもとに、体に張りつくブラウスを着て華やかに化粧し、燃えるような瞳でこちらをひたと見つめながらこっそり爪先立ちで彼女が現われたとき、デリアと私を結びつけていたものは友情と共感だけだった。私のチリへの帰還と『大いなる歌』の地下出版の準備に追われていたデリアを残し、マティルデとカプリ島に逃げ出した夜、賽《さい》は投げられた。マティルデは四十一歳、デリアは六十八歳だった。

私の幸福の犠牲となったすべての人々に許しを請う。ジョシー・ブリス、マリア・アントニエタ、デリア、ベアトリス、そしてマティルデ、私の詩が生み出したまぼろしの希望の海で遭難したすべての女性たちに。彼女たちは、詩人の紡ぐ言葉はうわべだけであり、人工物であり、真実そのものではないということを知らなかった。これまでの人生で最も卑劣だった行動はなんだろう？　マリア・アントニエタとマルバ・マリーナをオランダに置き去りにしたこと？　それとも、デリアという妻がいながら、マティルデからインスピレーションを得て書いた詩集『船長の歌』をイタリアで匿名《とくめい》で出版したこと？　それは愛人に、彼女のやさしさと陶酔の肉体に捧げた詩であり、忠実なデリアを冷酷に足蹴《あしげ》にするものだった。チリじゅうがそれは私の作品だと察し、老女に触発されて生まれた詩ではないと悟った。私が帰国したとき、デリアもそう疑っていた。

マティルデは私の子を三回流産した。いま、カルロス・エルモシージャ・アルバレスの陰鬱な版画のごとき灰色に固まった静かな湾を目の前にして、あの子供たちが生まれていたら、自分の人生はどうなっていただろうと思う。そんなことを考えてももう遅すぎる。遅すぎるし、無意味だ。ある日、私が頼んだのだ。子づくりはもうやめよう、子供はあきらめよう、私たちの愛は子供がいなくても消えはしない、と。子供のかわりに友人を持てばいい。子育てするかわりに、世界じゅうを旅しよう。おとぎ話を話して聞かせるかわりにボードレールやホイットマンやドストエフスキーを読もう。おもちゃを買うかわりに世にも珍しい品々を集めよう――望遠鏡、瓶、貝殻、ヒトデ、壺、金属のプレート、船首像。

「子供のことは忘れよう、マティルデ」私は言った。「私は自分の書いた詩の父親にしかなれない。それが私の本当の子供だよ」

48

「アリシア？　アリシアと彼女は名乗ったの？」ラウラ・アレステギが声を張りあげた。ふたりはバルパライソの伝統的なカフェ〈ビエネス〉で話をしている。そこは全盛期の華やかさをいまだ失わず、国じゅうで物資が不足しているにもかかわらず、コーヒーと最高のケーキをいまも提供しつづけている。

「そうだよ」カジェタノは煙草に火をつけながら言った。「彼女は電話口でアリシアと名乗った。詩人はと尋ねると、いまはサンティアゴで、新しく出版する本のゲラを手直ししていると答えた」

「アリシア・ウルティアよ。間違いないわ」

「アリシア・ウルティアって？」

「マティルデの姪《めい》よ。グラマーで美人なの。ネルーダの愛人だって噂がある」

カジェタノは驚いてコーヒーを皿に置き、窓の外のエスメラルダ通りに目を向けた。白いシャツに黒いズボンというい つもの格好で、ヘルメットをかぶり棍棒《こんぼう》で武装した愛国と自由運動の国家主義者たちが行進していく。彼らはチリ国旗とともに、ナチスの鉤《かぎ》十字に似た黒い幾何学的な巨大な蜘蛛《くも》が描かれた白い旗を振っている。反アジェンデのスローガンを大声で叫び、国を共産主義から救えと訴えている。歩道では、熱烈な歓声を送っている者もいるが、無言で見守っている者もいた。

「彼女、絶対にネルーダの愛人よ」ラウラは言い張った。

詩人が本当に新しい愛人を? カジェタノは思った。あれだけの高齢で、しかも病気なのに? 自分はけっして清教徒ではないし、ドン・パブロのズボンのファスナーに注意を払う係でもないが、辛抱にも限界がある。だいたい、自分は新たなアバンチュールにいそしみながら、人に世界じゅうを飛びまわらせて過去の傷の止血をしようだなんて、どういう了見なんだ? 国が憎しみと政治的分断で窒息しつつあり、内戦寸前だというのに、詩人はおのれの欲望の火にせっせと薪《まき》をくべつづけているとは。もしマティルデに知られたら、睾丸《こうがん》を切り落とされるだろう。そうとも、癌《がん》を患っていようがなにしようが、彼女はそいつを切り取ってラ・セバスティアーナ邸の暖炉に投げこみ、寒さ厳しい耐えがたい冬のあいだ家を暖めるだろう。なぜなら彼女は武器があれば戦う女だからだ、とカジェタノは思う。彼は小さなグアナコ模様のネクタイの結び目を緩め、がっかりしながらコーヒーを飲んだ。

「病を抱えたこの期におよんで、ドン・パブロに恋人が?」彼は驚きを隠しきれないまま、ラウラに尋ねた。

「驚くことじゃないでしょう? 結局男って、死んでも浮気をやめられないものなんだから」

「ぼくには考えられないよ……」

「ネルーダはアリシア・ウルティアのせいで駐仏大使としてパリに行くことになったのよ」ラウラが追い討ちをかけた。

「もうぼくにはさっぱりわからない」彼はベルリナー・ドーナツをまたちぎった。口髭にバニラクリームがくっつき、ナプキンで拭き取る。「ドン・パブロがアリシアのせいでパリに行ったというのはどういうことなのか、頼むから説明してほしい」

「数年前、マティルデは姪のアリシアを雇っていっしょに家に住まわせたの」

「それはぼくも知っている」

「マティルデは夫のために仕事であちこち出てまわりはじめ、アリシアが家で家事をするようになったのよ。そういう状況で、印象的なバストと老いに対する恐怖が重なれば、結局、まあお察しのとおり……」

「お察しのとおりって？」

「もうカジェタノ、私をためすようなこと、しないで」

「それで、マティルデはどうやって夫の浮気を見つけたんだろう？」

「現行犯よ。ある日彼女はサンティアゴに行くふりをして途中で引き返し、ベッドにいたふたりをいきなり取り押さえたってわけ。姪と別れるためにチリを離れるべきだと、即座に彼女は夫に言い渡したの」

「四〇年代にメキシコシティで彼女がデリア・デル・カリルにした仕打ちとおなじことをされたわけか」

「そして、マドリードではデリアがおなじことをマリア・アントニエタにした。私たち女の最悪の敵は女ってわけね」ラウラが言った。外の騒ぎから避難してきた人々で、店内は満席になっていた。

「それで駐仏大使としてパリに？」

「ネルーダは言いなりになるしかなかったのよ。駐仏大使にしてほしいと、彼はアジェンデに頼んだ。たしかに彼ほどの適役はいなかった。だからふたりはパリに行ったの」

「だが彼は戻ってきた。表向きはまだ駐仏大使のままだったけれど。病のために消耗しきって帰国し、いまはまたそばにアリシア・ウルティアが付き添っている」

「マティルデがよっぽど目を光らせていなかったら、また彼女と結婚することになるでしょうね。ネルーダのそういう一面についても記事に書くつもり？」

カジェタノは、ネルーダについてキューバの雑誌に記事を書くという嘘をこれからもつきつづけるべきかどうか考えた。嘘は門口までと人は言う。外ではデモ隊の人数がますます増えていたが、ヘルメット、ヌンチャク、杖を装備した、チェ・ゲバラの顔が描かれた赤と黒の旗を掲げる新たな団体が現われた。口をそろえてスローガンを叫ぶ声がエスメラルダ通りを揺さぶり、ヌンチャクが狂ったように振りまわされ、空に向かって槍が突き上げられ、投げ縄に結びつけられた石《ボーラ》が輝く。六月のクーデター未遂事件のことがカジェタノの頭をかすめた。あのときは〈アリ・ババ〉で事の次第をながめているだけの傍観者だった。驚くほど正確におなじことがくり返されようとしている、そんな気がした。自分はまたこうして大きな窓に面したテーブル席に座り、外ではものすごい速さで歴史が動いていく。なにもせず、受け身のままただおろおろと事を見守り、立ち上がって通りに駆けだし、大声で訴え行動する力も信念もない。

「ネルーダの恋愛については一行たりとも書くつもりはないよ」結局茶番を続けながらカジェタノは答えた。「プライベートなことだし、読者には関係ない話だ」

「がっかりだわ」

「どうして？」表では左翼革命運動《MIR》と国家主義者とのあいだで小競り合いが始まっていた。投石から避難してきた人が次々にカフェに駆けこんでくる。店主のバカレッツァが入口を閉めろと命じ、シャッターがおろされたちょうどそのとき、機動隊が革命派たちを追い払いはじめた。「なぜがっかりなの？」

「なぜなら彼の恋愛事情にこそ、ネルーダの人間性が反映されているからよ。彼が女についてどう考えているか、いちばんよくわかるわ」店内の照明が点灯し、乳白色の光があふれ出した。シャッターが閉まると、店はカプセルと化した。「ジョシー・ブリスから逃げ、マリア・アントニエタとその娘を置き去りにし、デリアをごみのように捨てた。そして今度は、歳を重ねたマティルデがかつてのような女でなくなると、その姪っ子と寝る。さあ、ネルーダのこと、どう思う？　この卑劣な行動の数々をどう呼べばいい？　ソネット、田園詩《エクローグ》、自由詩？　あなたが書かなければだれが書くのよ？」

「きみ自身だよ。パトリス・ルムンバ大学で論文を書いているんだろう？」

「馬鹿なこと言わないで、カジェタノ。そんなことを論文に書いたら、学位がもらえないわ。聖人を貶《おとし》める教会がこの世にあると思う？」

49

カジェタノはソーダファウンテン〈アリ・ババ〉から、詩人がコジャード通りにはいっていくのを見た。帽子をかぶりポンチョをはおって、運転手に支えられながら、やや体を前のめりにしてのろのろと歩いていく。カジェタノはコーヒーを飲み干すと、テーブルに硬貨を何枚か置き、店を出た。ネルーダの容態は、この国の政情とおなじペースで悪化しているような気がした。

庭の門を開けた運転手のセルヒオは、ドン・パブロはいまベッドで休んでいるとカジェタノに告げた。もはや寝室に上がる元気がないので、ベッドは食堂に置いてあるという。階段を駆け上がったカジェタノは、脚に毛布を掛けて窓辺で横たわっているネルーダを見つけた。初めて訪問したときに鮮烈な印象を受けた緑の回転木馬は、もうリビングを走りまわることはない。

「彼女はどこにいる？」詩人は枕を背に上体を起こすと、そうカジェタノに尋ねた。カジェタノ自身思いがけなかったのだが、詩人が無言のまま、蜥蜴《とかげ》にも似た大きなまぶたを半ば閉じながら彼を抱いてくれたときは、思わず感極まった。

「ボリビアではないかと思います、ドン・パブロ」カジェタノは答えた。

「ボリビア？　彼女はそこでなにを？」

カジェタノは調べてわかったことを彼に話したが、ティナと会ったことは省いた。期待を煽《あお》りすぎたくなかった。

「私が一九四一年にメキシコシティにいたときに知っていた、おなじベアトリスだと確信があるのかね？」

ネルーダは、カジェタノが話をするあいだは言葉も挟まずに聞いていたが、話し終わるとすぐにそう尋ねた。

「二たす二が四になるように」

「とにかく写真を見せてほしい」

カジェタノは上着から封筒を取り出し、そこからまず雑誌の切り抜きを出した。

「知っている顔はありますか？」

詩人は写真を手に取り、虫眼鏡でじっくり見た。

「女性はベアトリスだ」詩人は目を見張り、震える声で言った。「間違いない。これは彼女だ！　そしてこれがアンヘルだ。気のいい男だった。われわれの情熱の不運な犠牲者だよ。ちょうどこのころベアトリスと私は恋人同士だったんだ、カジェタノ。たぶんこのレセプションのあとでわれわれは密会し、彼女の唇にキスし、娘のように細い腰を抱き、愛しあった」

詩人は自分の過去に酔っていた。カジェタノは彼を現実に引き戻そうとした。

「出会ったばかりのころなんですね、ドン・パブロ」

無駄だった。

「一九四一年十月。この写真は彼女の美しさを伝えきっているとは言いがたいが、顔を拝めただけで私には充分だ。彼女をほほえませているのは私なんだよ、カジェタノ。それがどういう意味かわかるかい？　ここにいる彼女はモナ・リザだ。笑顔の理由はきみと私しか知らない。このころ私たちは人知れず奔放な恋の虜《とりこ》になっていたが、わずか二年後に永遠の別れが訪れることも、三年もしないうちに娘が生まれることも知らなかった……」彼は潤んだ目で探偵を見た。「きっと私と彼女の子供なんだ、カジェタノ」

カジェタノはベッドの縁に座り、ずっしりした重苦しさを感じていた。ネルーダは、若者は希望を力にし、老人は確かさを力にすると自分で話していたくせに、実際には憶測に頼り、ロマンティックな空想をし、過去を理想化して生きているのだ。遠く、太平洋が風に煽《あお》られて街へと迫り、北のほうではそそり立つ海岸沿いの丘が雪をかぶったアンデスの山々と重なり溶けあっている。

「きみは本物の探偵になったようだな、坊や」詩人は満足げに言った。「探偵小説はただおもしろおかしく読むだけのものではないとわかったはずだ」

「かもしれません、ドン・パブロ。ただ、言わせてもらえれば、メキシコシティやハバナでは、メグレは必ずしも役に立つお手本ではありませんでした」

「それはそうだろう。ずっと前に言ったはずだ。彼はムッシュー・デュパンのようなパリジャンであり、きみのような生粋のラテンアメリカ人ではない。きみは彼らとはひと味違う、本物のわれわれ側の人間だ。サルバドールが言うようなエンパナーダと赤ワイン風味の、あるいはタコスとテキーラ風味の、あるいはコングリ（キューバの赤インゲン豆のごはん）とラム風味の探偵。だが……」

「だが、なんです？」

「なぜベアトリスはボリビアにいると思うんだね？」


「もう一枚の別の写真からです、ドン・パブロ」

詩人は写真を手に取り、食い入るように見た。呼吸がまた荒くなる。彼は虫眼鏡《むしめがね》の助けを借りた。

「彼女だ！ あれから何年も後の写真だが、彼女だ！ 間違いない」彼は興奮を抑えようとしながらささやいた。「ベアトリス・ブラカモンテ、私がメキシコで愛した美女だ。瞳といい、顔の輪郭《りんかく》といい、高くて青白い額といい、唇のやさしいカーブといい……ただし何年も後の写真だ……」

「六〇年代半ばごろです、ドン・パブロ」

「じゃあ、五十歳にまだなっていないぐらいだな。だが若い娘みたいだ」

　事実に限定して話をしたほうがよさそうだ、とカジェタノは思った。「これはボリビア熱帯地方の都市サンタ・クルスにある社交クラブの前で撮られたものです、ドン・パブロ」

「この男は？ だれなんだ？ 夫か？」

「それはまだわかりません」

「いまの夫にちがいない。こんな美人がずっと独り身でいるほうがおかしい」昔を思い出して得意になっているように見える。「求婚者が列を成していたはずだ。写真はどこで手に入れた？」

「ライプツィガー通りのアパート《アパルタメント》です、ドン・パブロ」

「〝アパルタメント〟ではなく〝デパルタメント〟だ、カジェタノ。チリの言葉で話すようにしたまえ。そのアパートはだれのものだね？」

「ベルリナー・アンサンブルの女優です。ベアトリスから手紙を受け取っているようです」

「女優……」物思いに沈んだように見えたが、すぐにまるで稲妻に打たれたようにわれに返った。「若手か、それとも年配なのか？」

ドン・パブロはいまにも爆発しそうだとカジェタノは思った。結局、最後には失望するだけなのに。彼はあきらめ顔で答えた。

「三十歳くらいです」

「名前は？」

「ティナ・フォイエルバッハ」

詩人は木の床に足をおろして立ち上がると、両手を背中にまわし、考えこんだ様子で、火が赤々と燃えている暖炉のほうにスリッパを引きずるようにして近づいた。彼の背後に広がる湾は、黄昏時《たそがれどき》の太陽に照らされる磨《す》りガラスのようだった。

「どんな感じの女優なんだ？」

「あなたの娘ではないと思いますよ、ドン・パブロ」

「そんなことは言ってない。そのティナ・フォイエルバッハの外見について尋ねているんだ。私に似ているのか？」

いや、ベルリナー・アンサンブルの舞台の上でやさしいヴィルジーニアを演じた彼女は、目の前にいる貪欲な獣じみた男になど少しも似ていない。

「どうしてあなたに似ているんです?」カジェタノは挑みかかるように言った。「会ったんだろう? 私に似ているか似ていないか、どっちなんだ?」詩人は両腕を振り、もどかしげにくり返した。

「どちらかというとドイツ系に見えます」

「ベアトリスにはドイツ人の血が流れている。写真で見ればわかるだろう? だからドイツ系に見えても、ティナが私の娘だという可能性はある」彼はそう強調し、バーカウンターの酒瓶のなかから震える手でシーヴァスリーガルを探し出した。二つのグラスに角氷を入れ、ウィスキーを満たす。

「本当に飲んでもいいんですか、ドン・パブロ?」

「いちいちうるさいな。医者でもないくせに」ネルーダは、夕陽を受けて琥珀《こはく》色に輝く二つのグラスを運んできた。「こんなに大事な日に祝杯をあげないでどうする」カジェタノにグラスをひとつ渡し、自分はまたベッドに腰かけた。ひと口飲み、目を閉じて顔をしかめる。「私に似ているのか、似ていないのか?」

あまりに興奮した詩人の様子を見て、カジェタノは降参した。ためらい、ウィスキーをひと口飲む。「似ているかもしれません」

とたんに後悔した。これでは偽の希望ばかりあたえるマティルデや詩人の取り巻き連中とおなじだ。自分が雇われたのはそんなことのためではない。

「かもしれないとはどういうことだ?」

「確信はない、それだけです」本当だった。だがもっと本当のことを言えば、誤るのが怖かったのだ。だからカジェタノはあえて直感に頼らず、詩人の予感は間違いではないと認めずに、できるだけ客観的になり、心を鬼にして曖昧《あいまい》なままにしておくことにした。

「では、なぜ彼女の写真を持ってきてくれなかったんだ? 彼女は女優なんだろう?」

カジェタノは時間を稼ごうとした。

「だからこそですよ、ドン・パブロ。彼女は『ガリレイの生涯』でガリレオの娘ヴィルジーニアを演じていました。つまり化粧をし、役柄の扮装をしていたんです。ロビーにあったポスターの彼女は本人ではなくガリレオの娘にしか見えませんでした。わかりますよね？」

「かまうものか」詩人はつっけんどんに言った。「単刀直入に答えたまえ。私に似ているのか、いないのか？」彼はびっくりするほど勢いよく立ち上がった。

おまえがはっきりしないからあと一歩のところで娘に手が届かないんだ――そう言わんばかりに、ドン・パブロは彼に答えを迫った。だがその執拗《しつよう》さは結局、カジェタノをさらに頑《かたく》なにした。

「ラテンアメリカ系ドイツ人ですよ、ドン・パブロ。でも……」

「でも、なんだ？」

「アンヘル・ブラカモンテもラテンアメリカ人です」

詩人はグラスをナイトテーブルの原稿の横に置き、どこかから放たれた吹き矢が突然命中したかのように、がっくりとうつむいてベッドに座った。

「きみの言うとおりだ」淋《さび》しそうに認めると、身をかがめて膝に両手を置き、ため息をついた。「またアンヘルのことを忘れていた」しばらく口をつぐみ、やがて次の質問をしたときにはカジェタノのほうを見ようともしなかった。まるで、今後はいっさいの指揮権を返上するとでもいうように。「じゃあ、これからどうする？」

50

そのとき、サプライズ・プレゼントが文字どおり空から降ってきて、失望に包まれていたふたりを救った。バラバラというヘリコプターの回転翼の音がラ・セバスティアーナ邸に近づいてきていた。コジャード通りに落ちていた紙くずをつむじ風が巻き上げ、マウリ劇場の玄関先の野良犬どもを驚かせた。リビングが地震さながらに揺れだした。詩人とカジェタノはぎょっとして目を見交わし、急いで窓の外を見た。そのときそれが目に飛びこんできた。上空に見えるそれは、ガラス窓が光る大きな頭部と赤いテール部分がまるで巨大な蝿《はえ》のようで、轟音を響かせながらラ・セバスティアーナ邸のまわりを旋回している。あたりにせわしく日光を反射させ、ブリキの太鼓のような音で空を震わせて、フロリダの丘の全住人を怯《おび》えさせた。

「セバスティアン・コジャード・マウリは、うれしくていまごろ墓のなかで転げまわっているだろう」詩人は両手を空に掲げながら言った。「ついに夢がかなったんだ！　UFOの発着場にヘリが降りてきた！」

ヘリコプターは低空飛行でラ・セバスティアーナに近づいてきて、屋根の様子を調べている。犬が激しく吠え、子供は坂道に駆けだし、風通しよくロープに洗濯物を干していた女たちは手を止め、食料品店の前に列をつくっていた買い物客さえ待ち時間のつらさと物資不足のことを忘れて空を見上げ、いままでそんなに近くで見たこともないし、こんなにすごいとは想像もしていなかったものを目の当たりにして仰天していた。いまやヘリコプターはトタン屋根や旗竿をかすめるようにして、電線やプラタナスの木に触れるぎりぎりのところを飛んでおり、なかに人がふたり乗っているのが確認できた。

「コジャードの屋根に着陸するぞ！」リビングに運転手がはいってきたのを見ると、詩人が恍惚《こうこつ》として言った。「上がろう。あそこが使われるのを、いままでだれも見たことがないんだから！」

三人は興奮しながら螺旋《らせん》階段をのぼった。詩人は息を切らし、膝の痛みを嘆きながらやっとのことで脚を動かしている。カジェタノとセルヒオは早く上がりたくてじりじりしながらも無言で後に続き、そこここにある丸窓から外をのぞく。木の床の書斎にたどりつくと、回転翼が巻き起こす旋風で建物が根こそぎ吹き飛ばされるのではないかと怖くなった。詩人がホイットマンの大きな写真が貼られた扉に飛びついて開け、屋上に出た。風で髪が乱れ、服が揉《も》みくちゃになる。ふいに吹きつけた一陣の風で詩人の帽子が宙に舞い上がり、くるくると円を描きながらバルパライソの丘に別れを告げた。カジェタノはその光景を見てキューバを襲ったハリケーンを思い出し、そんな場面にはついぞお目にかかったことのない運転手はすっかり怯えて、ドアの陰に隠れてテラスに出ようとしなかった。

「サルバドールだ！」回転翼の轟音と烈風のなかで、詩人が突然叫んだ。

「だれですって？」

「大統領だよ！」詩人はうれしそうにヘリコプターのほうを指さしながらもう一度叫んだ。

そのときカジェタノは、制服姿のパイロットの隣に座っている人物がだれか悟った。サルバドール・アジェンデ。まるでシャボンの泡のようなガラス張りのコックピットから手を振っている。黒いサングラスをかけ、髪をオールバックにして、ピンストライプのジャケットにネクタイを締めている。たしかに彼だ。間違いない。

「ぼくは失礼します、ドン・パブロ！」カジェタノはやっとのことで声を張りあげた。

「馬鹿な。ここにいなさい。彼に紹介するから」

「彼はぼくではなく、あなたに会いに来たんですよ！」カジェタノは声をかぎりに叫んだ。

ヘリコプターの黒い車輪がひび割れた屋上にすでに着陸し、バルパライソは強風に揉まれながらもふたたび色彩と静けさを取り戻したように見えた。

「ぐだぐだ言ってないで、洋服箪笥《だんす》のところにひとっ走りして、ウェイターの恰好をするんだ」詩人が命じた。「それからバーカウンターに行き、われわれに飲み物を用意しろ。世紀の瞬間を見逃すわけにいかないぞ。彼はウィスキーを水なしのオンザロックで飲むのが好みだ。彼につきあうために私にもおなじものを用意してほしい。シーヴァスの十八年物と、角氷を探すんだ。十八年物だぞ、間違えるなよ」

　失われた娘に対するむきだしの嘆きは消えてなくなったように見えた。カジェタノはゲームに加わることにした。書斎に引き返して目当ての衣装を見つけると身につけ、ヘリから降りた大統領が自信にあふれるきびきびした足取りで詩人に近づき、抱擁するのを窓越しにながめた。カジェタノはバスルームの鏡で自分の姿を点検した。よし、これなら本物のウェイターで通用する。口髭と眼鏡のおかげでいっそう、白いテーブルクロスとプラスティック製ではないグラスを備えた地元レストランのウェイターらしく見える。詩人と大統領が螺旋階段をおりてきたちょうどそのとき、彼はウィスキーの瓶を見つけた。彼らは窓辺に行き、詩人は〝ラ・ヌーベ〟に、大統領は花柄の肘掛け椅子に座った。そしてここまでの空路について、上空から見ると街の中央部が一面の緑でとても美しかったこと、回転翼が起こす風が曲がりくねった道やどこまでも続く階段や丘を吹き抜けていったことについて、ふたりはなごやかに話した。災厄に見舞われているふうには少しも見えなかった。

「さあ、こうしてやってきたぞ、パブロ」しばらくして大統領は言い、食堂に置かれたネルーダのベッドを横目でちらりと見た。「新しく編んだ詩集を私に読んで聞かせたがっていただろう。とても政治的な内容だと聞いている。だから南部から戻る途中で、ベルガラ機長にきみの家に寄ってほしいと頼んだんだ。ムハンマドが山に来ないなら、山のほうがムハンマドのところに行くしかない（本来のことわざは「山がムハンマドのところに来ないなら、ムハンマドが山に行くしかない」）。

詩人は重々しい口調で大統領の訪問に感謝し、原稿はキマントゥ出版社にもうすぐ渡すところなのだと説明した。大統領に最初の読者になってほしいと思っていたという。

「そのために来たんだ」アジェンデは言った。「体調はどうかね？　医者に嘘はつけないぞ。とりわけ、大統領でもある医者には」

「かんばしくないよ、サルバドール、でもなんとかやっている。あなたは事情を知っているんだから、嘘《ぐち》はなしにしよう。とはいえ、あなたはここに私の愚痴を聞きに来たのではなく、詩の新作を聞きに来たんだ。ウィスキーは？」

カジェタノはあわてて、すでに注いであったグラスに飛びついた。大統領にお盆をさしだしたとき、手が震えていた。しかし大統領は彼にやさしいまなざしを向け、やあと気さくに挨拶《あいさつ》した。もうひとつのグラスを詩人に手渡したとき、まだ手が震えていたが、詩人は訳知り顔でこちらにウィンクし、カジェタノのみごとな役者っぷりに満足しているようだった。なるほどネルーダは正しい、と彼は思った。人生はまさに仮装パレードだ。

「悪いが、ベッドの上にある原稿を取ってくれるかね」詩人がカジェタノに言った。

彼は大急ぎでそれを手に取り、表紙を見た。題名がタイプされている。『ニクソン殺しのすすめとチリ革命讃歌』。カジェタノはそれを詩人に手渡し、バーカウンターに戻った。ネルーダは口をウィスキーですすいでから、緑のインクでしたためられた詩を読みはじめた。カジェタノはグラスを洗ったり、カウンターを拭いたり、蛇口から水を出したりして忙しいふりをしながら、この尋常ならざる朗読会を一瞬たりとも見逃すまいとひそかに見守った。ネルーダは疲れた抑揚のない声で詩を読んだ。母音を引き延ばす鼻にかかった読み方で、まるで孤児が歌う歌のような必死の訴え、切ない嘆きに聞こえた。一方大統領は終始海をひたと見つめ、脚を組み、顎をこぶしで支えながら耳を傾けていた。しばらくはじっと動かずにいたが、やがて組んでいた脚を戻し、こめかみを掻《か》いたり、優雅なしぐさで上着の袖《そで》を押し上げたりしながらも、詩人の声に対する集中は途切れない。詩人は朗読を続け、ときに原稿を読み、ときに暗誦し、折を見てウィスキーで口を湿らせる。カジェタノは夢を見ているような気がした。いまや、世界一偉大な詩人のために私立探偵として働いているだけでなく、将来間違いなく歴史的会合と目されるはずの場に居合わせ、唯一の目撃者となっているのだ。これは夢か？　確かなのは、詩人と革命政府の大統領というふたりの偉人がここに、彼からほんの数歩しか離れていないところにいて、歴史をつくっているということだ。これは本当に起きていることなのか、それとも彼はじつはいまもフロリダにいて、すべてを空想しているのだろうか？　なにもかもまぼろしなのか？　アジェンデもネルーダも、ラ・セバスティアーナ邸も、バルパライソにこうしてだらだらと滞在しつづけていることも？

「なんてすばらしい政治叙事詩なんだ、パブロ」詩人が朗読を終えたとき、大統領は深く感動した様子だったが、肘掛け椅子に座ったまま微動だにせずに言った。「いままでだれも、革命とその敵の真実についてここまで書ききった者はいない。圧倒的なパワーと美がある。世界じゅうに知らしめなければ。われわれ犠牲者に対する帝国主義の残虐な攻撃を、正確にしかも芸術的に報告している」

「ありがとう、大統領」詩人は答え、蜥蜴《とかげ》めいた大きなまぶたを閉じた。

「ただひとつだけ疑問が湧いたんだ、親愛なるパブロ」大統領はグラスを空けたあと、少しして言った。

「なんだね、サルバドール？」

カジェタノはじっと耳を凝らした。ふたりの会話についてどんな細部も聞き逃したくなかった。

「たとえ詩のなかだけのことだとしても、世界じゅうの同盟者たちに帝国主義の頭領を殺せとはっぱをかけるような男を大使として送り出すとは、私もどうかしている。そうじゃないかね？」

ネルーダにとって、それはすでに決着ずみの疑問だった。

「心配ご無用」彼は最後のページを開いた原稿の上に両手を置いて答えた。「こうしてあなたと一対一になったいまこそ、駐仏大使辞任を表明したい。チリに留まって革命を守るのが先決だ。戦いの場に臨めないなんて私には耐えられない。大使の立場では、詩人として言いたいことも言えない。これであなたの重荷はなくなったということだ、サルバドール」

アジェンデは立ち上がり、詩人もそれに倣《なら》った。やがてふたりは窓の前で無言のまま抱擁した。ふたりの背後では、晴れわたった空の下、かなたに山々を背負って海が輝いている。すでに何度も洗ったグラスを拭きながら、カジェタノは悟った。それは別れの挨拶《あいさつ》であり、ふたりが顔を合わせることはもう二度とないのだ、と。

大統領は屋上に続く階段をゆっくり上がりはじめ、詩人がそれに続き、ウェイター姿のカジェタノがしんがりを務めた。三人は書斎で足を止め、大統領は古いアンダーウッドのタイプライターを、そしてミステリがずらりと並ぶ本棚をながめた。アジェンデはエリック・アンブラーの『ディミトリオスの棺』を手に取り、これを貸してもらってもいいか、国防大臣のオルランド・レテリエルに勧められたんだとネルーダに告げたあと、屋上の風のなかに出た。そこではセルヒオがパイロットと話しこんでいた。

カジェタノは、ふたりがふたたび抱きあって別れを告げるのを見守った。耳を聾《ろう》する音をたてて回転翼がまわりだす。大統領はヘリコプターに乗りこみ、ドアを閉め、パイロットの隣に座った。彼はふたたびシャボンの泡に包まれた。

詩人はポケットに手をつっこんで、大統領にほほえんだ。だいぶまばらになった彼の髪を風が乱す。まもなくヘリコプターは離陸し、フロリダの丘にひしめく家々の屋根の上にあがっていった。大統領は泡のなかからこちらに手を振っている。コジャード通り、アレマニア通り、ヤシノキが並ぶ広場から、窓や木製のベランダから、人々が彼の名前を呼び旗を振って、それに応える。まるでバルパライソが突然カーニバルのお祭り騒ぎに呑みこまれたかのようだった。ネルーダとカジェタノは、ヘリコプターが小さな金色の蝿《はえ》となって、甲高《かんだか》い音をはるかに響かせながら、アンデスの山々を覆《おお》う雪のポンチョのなかへと消えるまで、腕を高く掲げて振りつづけていた。

無言のままうつむいて室内に戻ったあと、しばらくしてカジェタノは会話の続きを始めなければと感じた。張りつめた空気をほぐすためではなく、やりかけの任務に対する忠義心からだった。

「ボリビアに行く必要があります、ドン・パブロ」

ドン・パブロは答えなかった。こちらを見ようともしなかった。あれこれ思案しているように見えた。

やがて、息苦しそうにしながら、彼が言った。「私が勧めた本が功を奏したようだな、坊や。それならもう一冊おもしろい小説を紹介しよう。ユリアン・セミョーノフの『春の十七の瞬間《とき》』だ。ナチス時代のベルリンを舞台にしたスパイ小説だよ」

カジェタノは急な話題の転換に驚いたが、話の流れに従うことにした。大統領の訪問で気持ちが高ぶり、いますぐ今後の方針について話すのは難しいのだろう。

「シムノンよりいいですか?」彼は尋ねた。

「専門的な訓練を受けた工作員を描いたものとしては、イエスと言うべきだろう。だが、ここだけの話、食事と文化においてはフランス人にはだれも勝てない。とにかくこの本は読むべきだ。傑作だけを読もうとする人間は気に入らない。それは世界を知らない証拠だ」

「それで、ボリビア行きについてはどうしますか、ドン・パブロ?」

ふたたびネルーダは口を閉じた。そしてふたたびカジェタノは彼の言葉に驚かされた。

「いいんだ、坊や。もうここまでにしよう。この件は終了だ」

今度はカジェタノが言葉を失う番だった。しかし彼の内側にいる探偵が勇気を奮って口を開いた。

「どうして終了なんですか?」

ネルーダは背中で手を組み、部屋のなかをゆっくり行ったり来たりしはじめた。

「私は過ちを犯した」カジェタノには目を向けずに言った。「長い人生のなかで何度も過ちを犯してきたが、サルバドールの訪問で今度ばかりは目を開かされた。個人的な執着や過去の亡霊にかかずらっている場合ではないのだ。チリの、社会主義の、終生私が信じ守りつづけてきたものすべての運命が危機にさらされているこんなときに。若いころの私は自分の夢や空想にどっぷり浸るばかりの夢遊病者だった。目を覚ましたとすれば、それは社会主義とスペイン内戦のおかげだ。

〝いや、もう時間だ、逃げろ/血の影たちよ/星の霜たちよ、人間の足取りとおなじ速度で退却しろ/そして私の足元から黒い影を追い払ってくれ!〟」彼は、遠い昔にしたためたその詩から力をもらおうとするかのように暗誦《あんしょう》した。「いま、歴史はくり返す。あのときとおなじだ。おなじだよ。自分の臍《へそ》をながめ、幽霊を狩るのは、もはや私には負担が大きすぎるんだ、カジェタノ」

ネルーダはそこで言葉を切ったが、カジェタノに目を向けようとはしなかった。一方カジェタノは、ネルーダをじっと見つめていた。

「その幽霊は血肉を持つ現実です、ドン・パブロ。そして、あなたはかつてそれをみずから手放した」

詩人の口調が変わった。

「雇った探偵はきみが最初ではないんだ、カジェタノ。この一件は大昔から私を苦しめつづけている。プロの探偵にいくら金を使ったかわからないくらいだ。ところが連中はなにも見つけられず、私をだまそうとするやつまでいた。写真を偽造したり、ありとあらゆる方法で。そして、しまいにはいつもマティルデに追い払われる。嫉妬のせいだけじゃない。結局、彼女は私のことを信じていなかったんだ」そしてようやく詩人はカジェタノを見た。しかしそのまなざしはいままでとは違っていた。どこかよそよそしい冷ややかな光が宿っていた。「だからひそかにきみに頼ったんだ、カジェタノ。信頼できる人間が必要だったし、きみの若さを私は信頼した。だがきみもやはり私のフィクションのひとつだった」

カジェタノは弁解せずにいられなかった。

「ぼくはもうフィクションではありませんよ、ドン・パブロ。答えと確かな証拠を見つけました」

「なんの答えと証拠だ、カジェタノ？」詩人はリビングの中央で足を止め、カジェタノをにらみつけた。「いまチリは想像を絶する地獄へと転がり落ちようとしている。それなのにわれわれは、とあるドイツ人女優と私が似ているかどうか当て推量に没頭している始末だ。いまここでふたりとも五感をフル回転させなければならないというときに、私はきみに三十年前の出来事を調査しろと命じた！」

ドン・パブロはまた逃げようとしている。いままで何度もそうしてきたように。そうして自分をごまかすつもりなのだろうが、たとえ政情が切迫していようと、カジェタノをごまかすことはできなかった。ガリレオ・ガリレイ同様、詩人は痛みを恐れている。心の奥深くにある原初の恐怖。痛みをつきつけられることに彼は心の準備ができていない。現状だけを見ているぶんには、彼を脅かさない。だが過去から、魂から、彼自身の記憶の奥底から、痛みはやってくる。

「三十年前、あなたは娘を捨てた。いまあなたは大使の仕事を捨て、さらにもっと多くのものを捨てようとしている。そうして捨てつづければ、人生はさぞ楽でしょう……」

元駐仏大使は腹を立てなかった。逃避の常習犯である彼は、その手の非難をこれまで何度も浴びてきたのだろう。

「きみにはわからんよ、私のことは、カジェタノ」長い潜水のあと湖面に浮き上がってきた人のような口ぶりだった。「私がサルバドールに言ったことを聞いてなかったようだな。大使でいるかぎり詩人として言うべきことを口に出せないのだとしたら、私は大使を辞《や》めざるをえない。私の真実は私の詩のなかにある。私は死んでも作品は生きつづけるんだ！」

「私をキューバに送るまえにあなたが言ったことと違いますね、ドン・パブロ」

詩人もそのことははっきりと覚えていた。否定はしなかったが、もう主張は続けられなかった。

「あのころは夢を見ていたかったんだよ、カジェタノ。生きるにはそれが必要だった。だが、いまやきみに託したこの仕事は私のエゴのひとつの形のように見える。きみが言ったように、もしその娘さんがベルリナー・アンサンブルの一員で、東ベルリンの高級住宅街に住み、人の賞賛を浴びる有名女優なのだとしたら、彼女に私など必要あるまい？　カジェタノ、きみにはまだ未来がある。そうしたければ探偵を続ければいい。ブラッドハウンドさながらの嗅覚《きゅうかく》と辛抱強さの持ち主だとすでに証明したんだからな」詩人の声には隠しきれないいらだちが滲《にじ》んでいたが、鼻にかかったもの淋《さび》しげな調子は変わらなかった。「だがもう夢だの馬鹿げた希望だのは捨てて、現実に向きあわなければならない。潮時だ。私の子孫は本だけだというなら、四の五の文句を言わず、堂々と受け入れるべきなんだ」

彼はやはり詩人でありながら外交官でもある、とカジェタノは思った。いまの言葉の裏で、彼は取引を持ちかけている。彼がつくりあげた探偵というアイデンティティはそのまま使ってもらってかまわないから、自分のことは放っておいてほしい、と。それならば取引に応じるしかないが、条件を変えてもらわなければ呑めない。

「ドン・パブロ、あなたはチリ人で、ぼくはキューバ人です。あなたはチリに対して誓いを立てた。でもぼくは妻に連れられてここに来て、その妻はぼくを置いてけぼりにした。ぼくをボリビアに行かせてください。そうすればぼくらはそれぞれの立場をまっとうできる。あなたは詩人として、ぼくは探偵として。それがおたがいにとって最良の解決策です」

生まれてこのかた、こんなに自分を主張したのは初めてだった。外交官／詩人から、きっとなにかを学んだのだ。そして彼に勧められた小説からも。ネルーダはしばらく黙りこんでいたが、床板をきしませながら部屋を歩きまわっていたその足を止めると、こう言った。

「明日朝いちばんでラパスに行きたまえ。あちらできみを助けてくれそうな同志をひとり知っている。さあ、私をひとりにしてくれないか、わがカリブ海のメグレくん。ときどき、人間であることにほとほと疲れてしまう」

51

ボリビアの首都ラパスに来た最初の夜、カジェタノは土地の高度に苦しめられ、このまま死ぬんじゃないかと思った。ロイド・アエレオ・ボリビアーノ航空の双発機から降り、ターミナルビルに向かって滑走路を早足で歩きだしたとたん、胸に鉄板をぎゅっと押しつけられたような気がして、泉の水のように冷たい高山の薄い空気が肺に流れていかなくなった。彼はベンチに座って呼吸を整えなければならなかった。

「そいつは高山病だ。これを飲めば収まるよ、旦那」歯の欠けたインディオの老人がそう言って、カジェタノにコップにはいったコカ茶をさしだした。「だが、くれぐれも言っておくが、ラパスの女とうまいことやろうなんて気は起こさないこった。地獄に真っ逆さまだからな」老人は大真面目な顔で言い、ポンチョにくるまったまま、手のひらをつきだした。

ホテルのロビーに着くころには多少はよくなっていた。詩人の友人はそこで彼を待っていた。エミル・ラスカノは、伝説の革命期にサンティアゴのチリ大学で文学を学んだ学者だ。時代は六〇年代、国は、マリファナとフリーセックスと花柄のシャツとベルボトムのジーンズを信奉する若者たちが推し進める革命で沸騰《ふっとう》していた。ジャニス・ジョプリンとジョー・コッカーを崇《あが》め、平和を愛し、三十歳以上の大人を信じなかった。カジェタノは彼の温和さやゆっくりしたしゃべり方、sの発音を好ましく思った。ふたりは、大統領府であるパラシオ・ケマードのすぐ近くの、梁《はり》がむきだしになった鰻《うなぎ》の寝床のような造りの安食堂で、滋養たっぷりの羊とエンドウ豆のシチューを食べた。

「ここにいるあいだはコカ茶に頼ったほうがいいと思

うよ」ラスカノはビールを飲みながら言った。「高山病を甘く見ちゃいけない。それで命を落とす観光客は大勢いるんだ。浮かれてラパスにやってきて、飲んで食べて女とやりまくる。すると最後に高度が彼らにお代を請求し、飛行機の貨物室に横たわってラパスを離れるはめになる」

ラスカノは六〇年代に、サンティアゴのカウポリカン劇場で開かれた共産党大会でネルーダと知りあったのだという。ネルーダの健康状態について噂は耳にしていたが、余命わずかだとは思ってもいなかったらしい。詩人から電話で、ボリビア共産党にさえ知られてはまずい極秘の任務を帯びた使者を送るので、協力してやってほしいと頼まれたときも、その話題はあえて避けたのだ。

カジェタノは彼に、社交クラブの前で男といっしょに写っているベアトリスの写真を見せ、彼女を知っているかと尋ねた。

「見たことないな」ラスカノは写真をじっくり見たあと言った。

「隣に付き添っている男は？」

「知らない。これはサンタ・クルスでも最高級のクラブだ。大金持ちしかはいれないよ」

「本当にこの男を知りませんか？」

「きみはだれを捜しているんだい？　女のほう？　それとも男のほう？」

「女性のほうです」

「外国人女性について話を訊いてまわるのはかまわない」彼は真面目な顔できっぱりと言った。「だが、ボリビア人の有力者を追いかけるとすれば、注意が必要だ。ここはいろいろときな臭くてね。チリから来たキューバ人だと知れたら、厄介なことになりかねない」

「この女性か、せめてこの男性を見つけなければならないんです。あなたがきっと助けてくれるとドン・パブロに言われて来ました。けっして政治的な意図はありません」

「いずれにしても、慎重になったほうがいい」

「あなたの同志のなかに、この男性を知っているか、この女性を見つけるのに協力してくれる人がいないでしょうか？」

食堂には、パーカやコートを着た客たちが寒さで痺《しび》れた手をこすりあわせながらはいってきた。だれもが穏やかで物静かで、派手な身ぶり手ぶりでいつも大騒ぎしているキューバ人とは正反対だとカジェタノは思いながら、外では夜の刃《やいば》が頬を切る鋭さなのだとふと思い出した。

「私にはこうくり返すことしかできない。ここではいろいろと面倒なんだ」ラスカノは言い張った。「いまわれわれは難しい局面にいる。鉱山労働者の組合がストをほのめかし、軍部はまたクーデターを画策しているらしい。この国の地獄のスパイラルだよ」

「お願いですから聞いてください、エミル。共通の友人の名において、ひとつ取引を申し出たい」

ラスカノは紙巻き煙草〈バイスロイ〉に火をつけてテーブルに目を落とし、会話の方向に不安になったかのように口をつぐんで待った。

「もし捜索に協力してくれたら」カジェタノは声を低くした。「『大いなる歌』の著者サイン入り初版本をさしあげます。わかりますよね？　存命中のスペイン語圏最大の詩人ネルーダのサインがはいった初版本です。イエスですか、ノーですか？」

トリニダード

52

シモン・アデルマンはボリビアの鉱山会社の代理人を引き受けてひと財産つくった、ドイツ系ユダヤ人弁護士だった。しかし彼の心臓はもともと左のほうに傾いて鼓動しており、いまは労働者に対する虐待や、ベニ県の人里離れた地域に開拓者になりすまして移住してきたナチス戦犯を暴く仕事に専念している。一族のうち七人が、ゲーテやシラーで知られる美しい都市ワイマールに近い、エッテルスベルク山にあったブーヘンヴァルト強制収容所で死んだ。だから彼はボリビアで隠遁《いんとん》生活を送るあらゆる年配のドイツ人を徹底的に調べあげた。

その弁護士に紹介されたとき、カジェタノは二つのことに驚いた。ひとつは、服装がまるで地方の学校の教師のようで、金持ちは車や服で社会的地位をはっきり誇示するのが常のラパスでは常識はずれだったこと。こすれててかてかしたズボン、皺だらけの上着、シャツにノーネクタイという恰好《かっこう》は、成功した弁護士にはあまりにもそぐわなかった。もうひとつは、上流階級に属していればカトリック信者で保守的なのがふつうなのに、彼は左派だということ。

ラスカノは信用できる男だと言ったが、党は、トロツキストであるアデルマンをあまり好ましく思っていなかった。それでも、彼は思慮深い賢人として国じゅうにその名を知られているし、トップクラスの有力者たちとつきあいがあり、彼らが集まるクラブにも出入りしていた。唯一許しがたい欠点はレフ・トロツキーを崇拝していることであり、メキシコのコヨアカンにある彼の家に足繁く通い、必ずその墓に花輪と小石を供えた。

「それで、この女性をご存じですか？」カジェタノは前置きなしで彼に写真を見せた。

「もちろん。このクラブも知っている」アデルマンは落ち着き払って言った。「シャンデリアや面取り鏡や磨きこまれた床のホール――一時代を築いた場所だ。豪華なディナーやきらびやかなパーティが開かれ、大勢のボリビア人の運命がそこで決まる。そのうえ、サンタ・クルス市分離独立支持者（経済力のあるサンタ・クルス市の分離独立を訴えるエリート右翼勢力）の本拠地でもある」

彼らは〈カフェ・シュトゥルーデル〉のテーブルに座っていた。店の壁は格子造りで、メノー派に属する地域バイエルンのポスターが貼られている。半開きになった入口のドアから冷気がはいりこんでくる。窓越しに、正面に軒を並べる壁の剝《は》げ落ちた建物が見える。

「ぼくが知りたいのはこの女性のことです」カジェタノは論点をはっきりさせた。「名前はベアトリス、ドクトル・ブラカモンテの未亡人です。でもここでどんな名前を使っていたか、ぼくにはわかりません。どうしたら彼女の居所がわかりますか？」

「彼女には何度かレセプションで会ったことがある」アデルマンは目が青く、白髪頭で、頬がこけている。七十代ぐらいに見えた。「だが、きみが言うように、そういう名前ではなかった」

「ではどう呼ばれていたんですか？」

「タマラ。タマラ・スンケルだ」

「この写真の女性に間違いありませんか？」

「間違いない。ドイツ人で、フランクフルト・アム・マイン出身だった。彼女の不動産売買ビジネスについて話をしたことさえある」

「子供はいましたか？」

「それはわからない。ラパスは小さな都市だが、小さな村ではないので」

ウェイターが縁の欠けた大きなカップで彼らにコーヒーを運んできた。カジェタノは周囲を見た。スーツにネクタイ姿のビジネスマンが多く、ぼんやり煙草を吸ったり、新聞を読んだり、のんびりおしゃべりしたりしている。ハバナ同様ここアンデス山中にも、時間がふんだんにあるらしい。

「写真の男性のほうもご存じですか？」

「本当に信用できる男かね？」アデルマンがラスカノに尋ねた。

ラスカノは自信なさそうにうなずき、通りに目をそらした。そこでは、伝統的な衣装と帽子を身につけた先住民の女性たちが、午後を憂鬱にする小糠雨《こぬかあめ》をものともせずに行き交っている。

「ボリビアでよく知られた顔とは言えない」アデルマンは、髭面のカリブ人を相手に慎重に言葉を選んだ。

「つまり、特定の人間だけに知られているということだ」

「なぜですか？」

「本当に信用して大丈夫か？」アデルマンの目がふたたびラスカノの目をとらえようとした。

「チリから来た人物だが、信用できるよ」ラスカノはうつむいて言った。

「この男はロドルフォ・サチェル大佐だよ、セニョール・ブルレ。一九六七年当時、ボリビアの極秘課報組織の長官だった」

「よくわかりません」カジェタノは写真をテーブルに置き、コーヒーを飲んだ。がっかりはしなかったが、想像できる範囲で最低の味だった。

「サチェルは、大統領府パラシオ・ケマードとＣＩＡとの連絡将校だったんだ」

「なんのために？」

「チェ・ゲバラのことは知っているかね？」

「もちろん。一九六七年にこの国で死んだ革命家です。レンジャー部隊の奇襲に遭って」

「実際には、彼が殺されたのは、ラ・イゲーラという村の学校だった。負傷した彼はそこにかつぎこまれた。だが、深い考えがあってのことじゃない。将校のひとりはチェといっしょに写真まで撮った。そんな大物をどうしていいかわからず、とりあえず担架でそこに運んだんだ。命令はワシントンから届いた。表向きはパラシオ・ケマードから発せられたことになっていたが」

「それで、サチェル大佐が果たした役割とは？」

「ラパスでゲリラの支援グループに潜入したのが彼なんだ。そうとは知らず、チェ・ゲバラの恋人だったタマラ・ブンケが、サチェルをチェが部下たちとともにいた潜伏場所に案内してしまった。彼女はボリビアの軍部や寡頭《かとう》支配層の信用を勝ち取ることに成功し、ハバナからはチェと直接接触するなと命じられていた。だが彼女はそれに背《そむ》いた。なぜかわかるかね？」

「革命に情熱を燃やしていたから」カジェタノは答え、キューバのジャングルにいるカーキ色の戦闘服に身を包んだ妻のことを思い出した。

「チェを愛していたからだよ」アデルマンは訂正し、自分の言葉が納得できないかのように無言でうなずいた。「サチェルとしては、チェの部隊を発見するのにタマラについていきさえすればよかった。チェを捕縛しただけでなく、ラ・イゲーラで射殺命令を出したのも彼だった……」

「本当にそんな決定をくだせるほどの実力者だったんですか？」

「少なくとも、うっかり捕らえてしまった大物捕虜を前にして怯《おび》えている兵士たちに命令をくだし、従わせる程度には。当時の大統領バリエントスには事情がまったくわかっていなかった。結局、タマラ・ブンケを悼《いた》んで葬儀を執り行なったほどだから。彼女は工作員としてボリビアに潜入するあいだにボリビア市民となり、全国の民間伝承の調査に貢献したんだ。キューバ政府は、ゲバラとともにゲリラ戦を戦って捕虜となったレジス・ドゥブレを裏切り者として非難したが、実際には、チェは彼を愛したドイツ人革命家のせいで敗北を喫したわけさ」

カジェタノはカップを脇に押しやって、あらためて写真を見た。サチェルはどこか狐に似ていた。尖《とが》った顔の輪郭《りんかく》、ふさふさした眉の下の吊り上がった目、オールバックにしたまばらな髪。なぜベアトリスは、名前を変えては左派陣営についたり右翼の巣窟に出入りしたりと、これほど相矛盾する場所に姿を現わすのか？　やはりベアトリスとこのタマラ・スンケルは別人なのかもしれない。名も姓も奇妙にチェの恋人に似ているその女性とは。詩人かアデルマンがこの写真を見間違えているのだ。

「それで、どこでタマラと会えますか？」蒸気で曇った窓ガラス越しに通りを見たあと、カジェタノは尋ねた。

「残念ながら、見つけるのはそう簡単なことではない」

「どこにいるかご存じだと言ってましたよね？」

「たしかに知っていた。だが、ずいぶん前に彼女はラパスから姿を消したんだ。家を売り、ここを去った」

「どこに？」

アデルマンは鼻を鳴らした。

「たぶんドイツだろう」

「いつ？」

「五年ほど前のことだ。だが記憶違いかもしれない」

「サチェル大佐はどうしているんですか？」

「死んだよ」

「死ぬにはまだ早すぎるように思えます」カジェタノはつい口走り、すぐに馬鹿なことを言ったと思った。人はいつ死んでも早すぎることはない。受胎したそのときから。

「エル・アルト空港に向かう途中、車が崖から転落して亡くなったんだ」

「チェが死ぬまえですか、あとですか？」

「直後だった」

「タマラ・スンケルが姿を消すまえ？　あと？」

「まえだ」弁護士は簡潔に答えた。

53

カジェタノは、ホテルの部屋のナイトテーブルにコカ茶のコップを置き、曇ったガラスの向こうの夜空を覆《おお》う、天の川の濃密なカーテンをながめた。夜は、ダイヤモンドをちりばめた黒い大理石のかたまりだった。口髭を撫《な》でながら思う。詩人がいつも見ている世界が、自分にも見えはじめているのだろうか、と。眠れなかった。空気がなかなか喉を通っていかない。それはまるで、子供のころに学校の前で売られていた綿あめの糸のように希薄だった。

詩人の愛人がメキシコではブラカモンテ、キューバではレデレル、東ドイツではシャル、ボリビアではスンケルと名前を変えたのだとしたら、可能性は二つだ。

ひとつは、それぞれみな別の女性で、彼は調査の初手から道を誤っていた場合。探偵稼業はシムノンが語っていたものより、あるいは詩人が想像していたものより、はるかに難しかったということだ。その場合、メキシコでネルーダと愛人関係にあった女性は煙のごとく姿を消し、ハバナや東ベルリンやラパスの女性とは無関係だということになる。しかし、もちろんこれらの女性たちが同一人物だという可能性もある。キューバ人医師の不実な若妻、六十歳のデリア・デル・カリルを妻に持つ詩人の詩に魅せられた二十歳の美女。むろん、だからといって、ベアトリスの娘がネルーダの娘ということにには必ずしもならない。さらにこの二つめの可能性が事実だとすれば、なんとも不気味だ。そう考えながら、カジェタノは息苦しさのあまりめまいがして、ナイトテーブルの上のコカ茶をまたひと口飲んだ。複数の姓を持つこの女性は、驚くほど分厚い謎のベールに包まれた人物ということになる。四〇年代には共産主義者の詩人の愛人だったが、その後革命政権下のハバナにふらりと姿を見せ、六〇年代には東ドイツのベルリンの壁の向こう側に居を定めて、第三世界の若者にイデオロギー教育をする学校で仕事をしていた。ところが次はいきなりボリビアに実業家となって現われて、チェ・ゲバラの死に関係した大佐と親しくなった。

彼は起き上がり、アデルマンの電話番号をダイヤルした。

「シモン？」

「私だが」

「カジェタノです」ナイトテーブルのランプの笠に向かって煙草の煙を吐き、そうすればうまく話せるとでもいうように、眼鏡をかけた。「あなたともう一度会って話をする必要があるんです。いまは無理ですか？」

「いま？」

「明日にはボリビアを発《た》つんです」

夜が外で身を縮めて待っている。冷気とトラックの低い走行音が、がたの来た窓から忍びこんでくる。

「タクシーの運転手に〈フレンチ・クラブ〉と行き先を告げたまえ」アデルマンが言った。「運転手はそれでわかるはずだ。そこで会おう」

カジェタノが照明に明るく照らされたその施設の玄関先に到着したとき、アデルマンはまだ来ていなかった。玄関のライトの下で、彼は寒さに震え、ムートンのジャケットのポケットに両手をつっこんで待った。そういえば、このジャケットはアルゼンチンのメンドーサでアンヘラが買ってくれたものだ。いまごろ妻は――いや、元妻だろうか、もはや自分でもはっきりわからない――カポックノキやヤシノキに囲まれて野営し、蛙《かえる》の鳴き声や熱帯雨林の木々のやさしいささやきを聞きながら、着々とチリに社会主義体制を確立する用意をしているのだろう。かわいそうなアジェンデ、と思う。彼は板挟みだった。右翼やアメリカ合衆国からは第二のキューバを建設しようとしている過激な革命家と非難され、国内の極左勢力からはチリ資本主義システムの単なる改革者だと呼ばれている。トマス・モーロ通りにある自宅で平和革命を強固なものにしようと日夜努力しているというのに、彼には内緒で、ハバナの熱帯雨林のなか、ジョルジュ・シムノンの小説に登場する通りやバーやビストロとおなじくらいチリの現実からかけ離れたマニュアルをもとにして、内戦を企てようとしている連中がいるのだ。

直後に、ロングコートに身を包んだアデルマンが急ぎ足で現われた。暗く騒々しい店内をウェイターの懐中電灯に導かれ、赤いランプのともるテーブル席にたどりつく。いくつものテーブルが張り出し舞台を取り囲むようにして置かれ、そこで人々は会話し、飲み、大声で笑っている。舞台では、ふたりのギタリストの伴奏でスーツとネクタイ姿の男がボレロを歌っている。

カジェタノたちはピスコのコカコーラ割りを注文した。

「どうした?」アデルマンが真面目な顔で尋ねた。その日の午後に見たのとおなじ上着を着て、シャツの襟元のボタンをはずしている。

「タマラ・スンケルのことです。ぼくに話さなかったことがありますね?」

「誤解だ。全部話したよ。きみになにを隠す必要がある?」

「それならここでぼくと会うことを承諾しなかったはずです」

けだるい拍手が闇に響いた。ボレロ歌手は、亡命者ならではの悲哀をこめて『ノソトロス』を歌いはじめた。

「きみは刑事かね?」アデルマンが尋ねた。

カジェタノはいま読んでいる小説のことを考えた。そのなかで、すでに年老い、やや体重も増えたメグレはバカンスに出かけるが、そこでパリの新聞各紙の一面を飾るような事件に遭遇する。カジェタノは、自分の意思に反して、はっきり言えば自分とはなんの関係もない出来事に巻きこまれてしまうこのヨーロッパ人刑事になったような気分だった。

「刑事ではありませんが、あなたはタマラについてもっと知っている気がします」カジェタノは煙草に火をつけて言った。マッチの炎が弁護士の瞳で踊った。

「彼女はドイツ人コミュニティーの一員だったにちがいありません。だとしたら、あなたが知らないわけがない」

「知っていることはすでにすべて話したよ」

「もっとなにか調べたはずです。ドイツ人クラブに頻繁に出入りしていたあなたは、タマラ・スンケルのことも軍部のことも知っていた。調査を身上とするあなたが、まさに興味をかきたてられるたぐいの人々だ」

「知っていることは今日の午後全部お話しした」

「ええ、すべてでしょう。あなたがきっと興味を持ったにちがいない話を除けば。大佐が亡くなった直後にタマラ・スンケルが突然姿を消した、その事実についてです」

「それは警察の管轄だ」

「シモン、あなたの力が必要なんです」カジェタノは言った。「ボリビアに来たのは協力を求めるためです。これは人道的な問題なんですよ」

ボレロ奏者たちは舞台をおりたが、まるで関心を払わない観衆に、カジェタノは腹が立った。おそらくかのボレロ奏者たちにも妻子がいて、ラパス郊外に慎ましやかな家を借り、月賦で衣装を買い、名声という手にはいりそうではいらない生き物をその手で捕える日をかつては夢見ていたはずだからだ。ところが、体にぴったりしたドレスとハイヒール姿の金髪娘が現われ、『ピンク・パンサーのテーマ』に合わせて腰を振り、たっぷり口紅を塗った唇に笑みを浮かべたときには、店内に拍手喝采《かっさい》が沸き起こった。


「知っていることはすべて話したよ」アデルマンは、ストリッパーのステップを食い入るように目で追いながら言った。

カジェタノは、ストリッパーがブラウスを脱ぎ、小さすぎる黒いブラでかろうじて覆《おお》われただけの乳房をあらわにするあいだ、言葉を控えていたが、ショーが終わるまでにはまだまだ時間がかかると気づき、口を開いた。

「タマラがなにに携わっていたかについては興味はありません。遠い昔に彼女と近しかったある人物の依頼で、彼女に会わなければならないだけです」

「その人物とはだれかね？」

「それは明かせませんが、終末期の病人で、彼女と話をしたがっています。だからラパスまで来たんです。本当に、彼は死にかけているんです」

「さっきも言ったように、私は彼女がどこにいるかも、どうしたら接触できるかも知らないんだ」アデルマンは、目を金髪娘に釘づけにしたままピスコ・アンド・コークを飲んだ。彼女はいまブラとパンティだけで踊っている。

「そうは思えません。もし彼女との連絡方法を知らなければ、彼女と会いたがっている人物の名前を聞こうとはしなかったはずです」

アデルマンは無言のまま踊り子をながめ、グラスを手の甲で撫《な》でつづけている。舞台ではブロンド娘が激しく腰を振って白い肉体の張り具合を証明し、観衆たちのあいだでささやき声や賞賛の口笛が飛び交った。

「ほんの一瞬会えればいいんです」カジェタノは引かなかった。「タマラも喜ぶでしょう。私の依頼人のことを、すでにこの世の人ではなく、ふたりの秘密を胸に収めたまま墓にはいったものと思っていたはずですから」

金髪娘は舞台の上でくるりとまわって客席に背を向け、ゆっくりとブラをはずしはじめた。それを床に落とすと観衆のほうを振り返ったが、今度は両腕で胸を隠し、物悲しいクンビアのリズムに合わせて体を動かしている。しかしついにやや垂れた、しかしみごとな果実をあらわにし、パンティも脱ぎ捨てた。まるで魔法かなにかにかけられたかのように、観衆はしんと静まり返った。彼女は舞台の中央で全裸になり、両手を高く上げ、足を交差させてほほえみ、その完璧な裸体をスポットライトが撫でる。観衆はいつまでも拍手を続け、ときどきそこに歓声や口笛が交じった。本物の金髪じゃないのか、とカジェタノは思い、煙草をもみ消してグラスを口に運んだ。

「彼女の居場所を明かしても、だれにもわかりはしませんよ」喝采が静まると、カジェタノは言った。

「どこに住んでいるか、私はいっさい知らない」

「もしタマラが実業家なら、ひと晩でボリビアから姿を消したとしてもわからなくはないですが、財産まで同時に始末することはできないでしょう」

「それと私にどんな関係が?」

カジェタノはテーブルの上で腕を組み、眼鏡の位置を直して、弁護士を真剣なまなざしで見た。

「彼女の経理をまかされていた人物を知っているはずです」

偽の金髪娘が舞台の奥に引っこむと、禿げ頭の貧相な老人が現われ、床に落ちた衣装を仏頂面で拾い集めた。

「父親がやっていると聞いた」アデルマンはその老人を訝《いぶか》しげにながめながら言った。「馬鹿な、と私は思うがね」

「話をそらさないでください、シモン。会計士なら、彼女の居所を知っているはずです」カジェタノは新たな煙草を口にくわえたが、火はつけられなかった。店の淀《よど》んだ空気はとても肺まではいってこなかったからだ。「そして、その会計士がどこにいるかもわからないとは言わせませんよ」

54

「やっときみから電話が来た!」待ってましたとばかりに詩人が叫んだ。「どうなっているのか気になって、目を閉じていられん。今夜もまた眠れぬ夜が待っている。歳を取るとみんなそうなんだ。生者の世界にちゃんと別れの挨拶《あいさつ》ができるように、という意味なんだろうさ。マティルデはイスラ・ネグラに行っているから、好きなだけ話ができるぞ。ラパスではどんな様子だ?」

夜遅かったが、詩人が彼と話をしたがっているような気がして、カジェタノはラ・セバスティアーナ邸に電話をしたのだ。ドン・パブロがこんなに機嫌がいいとは思ってもみなかった。これは幸先《さいさき》がいい。カジェタノは急いで報告した。

「いい知らせがあります。ぼくらが捜す女性はここに住んでいました」

「じゃあ、いまはどこに？」

幸いネルーダはまた希望を取り戻したようだった。

カジェタノはその日の収穫について説明した。ただし、ベアトリスがまた名前を変えていたことについては黙っておいた。いまや詩人はカジェタノの冒険譚《たん》を楽しみにしているような印象さえ受けた。彼が主人公のミステリを読んでいるかのように。

「東ドイツ大使館にベルリナー・アンサンブルのパンフレットを送ってもらったよ」ネルーダが言った。「なかに『ガリレイの生涯』に出演した役者の写真が載っていて、ヴィルジーニアを演じたティナのそれもあったんだが、不鮮明だった。だが彼女もずいぶんな芸名を選んだものだ！　まあ、そういう仰々《ぎょうぎょう》しさは年齢を重ねるとともに消えるものだがね。私も若いころ、自分の本に『無限の人間のこころみ』なんて題名をつけたっけ」

詩人の陽気さはうれしかったが、その軽薄なユーモアに違和感も覚えた。悲しくなって、たいして耳も貸さずにただ彼にしゃべらせた。ティナに会ったのは一度きりだが、それでもいま思い起こすと、だれにも癒《いや》せない圧倒的な孤独がそこには垣間見えた。カジェタノは考えまいとした。そして、靴紐《くつひも》をほどこうと身をかがめたとき、ふいに頭に血がどっと逆流して、胸が締めつけられ、一気に歳を取ってしまったかのように激しい疲れに襲われた。受話器を持ったままベッドに横たわる。ブーンという不快な音が脳みそを突き刺した。

「聞いてるのか、坊や？」

「ええ、聞いてますよ、ドン・パブロ」カジェタノは目を閉じた。耳に栓をされたような感じがする。ハバナのマレコン通りに面した湾の生ぬるい水に深く潜っているかのように。

「いずれにしても、われわれは話をする必要がある。今日の午後、夕陽がプラジャ・アンチャに沈み、海を真珠のように輝かせるころ、私はまた眠りこけてしまった。肘掛け椅子に座ったとたんいびきをかきはじめる哀れな爺《じい》さんのようにな。どんな夢を見たと思う?」

「さあ、わかりませんね、ドン・パブロ」

狂った回転木馬のように、部屋がぐるぐるまわりだした。吐き気と寒気がする。目を開け、汚れた雲みたいに天井に浮かぶ湿気の染みを数える。その向こうには色褪《いろあ》せたカーテンと、整理箪笥《だんす》の上の枠なしの鏡が見え、そこには彼の頭上にある磔刑《たっけい》のキリスト像が映りこんでいる。すべてがまわりつづけ、止まる気配すらない。

「いやはや、私もどうかしているな。きみにわかるはずがない。夢を見たのは私なんだから」

　こちらにいっさい気遣いもせずに、屈託《くったく》なく自分のことばかり話していたかと思うと、急にとりなすような調子になったので、カジェタノも話す気になった。

「ふつうですよ、ドン・パブロ。気にすることはありません。いろんなことが起きすぎて、おたがい神経がぴりぴりしているんでしょう。治療は進んでいるんですか?」

　ところがドン・パブロは、じつは内心かなり気が立っていたらしい。

「子供扱いするな」明らかに機嫌を損ねたらしく、彼は大きく息を吸って続けた。「病気が治らないことはきみも重々承知のはずだ。だから、くだらない質問や見え透いた嘘を私につきつける意味などない。いずれ必ず死ぬ運命にある人間は幸運なんだ」

　怒りにまかせたその言葉は、本心はその逆だと告げていた。だがカジェタノは、そのとおりですねと答えた。どう答えようと、詩人の耳にははいらないのだ。

カジェタノは灯りを消した。いまや部屋は、彼がマウリ劇場で観たヒッチコックの映画に出てくる回転木馬のようにまわっていた。喉が渇き、寒くてがたがた震えた。くそ、高山病だ。高度が彼にお代を請求しに来たんだ。空港で会ったインディオのアドバイスを思い出す。これではコカ茶さえぼくを救ってくれそうにない！

「要するに、私は舞台に立って、ティナのように役者として芝居をしていたんだ。ただし、役柄はアイネイアスだったんだがね」詩人は相変わらず有無を言わせぬ尊大な口調で話しつづける。「アイネイアスを知っているかね、カジェタノ？」

「だいたいのところは」

「シムノンだけを読んでいればいいというものではないぞ、坊や。アイネイアスはトロイア人で、イタリアに行ってローマを建国せよとゼウスに命じられた。旅の途中でカルタゴにたどりついて女王ディドーと恋に落ち、ディドーは彼のためにすべてをなげうつことになる。アイネイアスがその地を発《た》ったあと、彼女はみずから命を絶つんだ。それが叙事詩『アエネーイス』だよ、カジェタノ。シムノンを読み終わったらすぐ、せめてウェルギリウスとホメーロスぐらいは読むべきだ」

「この件が終わったらすぐそうします」

「大丈夫か？」

「ええ、ドン・パブロ」骨が痛み、歯が鳴り、全身が冷たくべたつく汗で濡れている。探偵はぼくだ。だがネルーダにはこれ以上調査を進める気がない。

「とにかく、私はアイネイアスで、死者の国を歩くうちにかつての恋人ディドーの影と出会うんだ。なぜかわからないが、私はアイネイアスの台詞《せりふ》を暗誦《あんしょう》しはじめる。『アエネーイス』のなかで見つけた言葉だ。

〝ああ、悲劇の女王ディドーよ、私のもとに来た使者の新たな知らせは真実なのか？　おまえは刃《やいば》のもと、みずから死出《しで》の旅に発《た》ったと？　ああ、胸の苦しさよ！　おまえを死に至らしめたのはこの私なのか？　私は星々と神に誓う、信念そのものに誓う――この地の底に信念が存在すればの話だが――私はおまえの国の岸辺を発てと強いられたのだ、ああ、女王よ〟。聞いているか、カジェタノ？　夢のなかでなにが起こっていたか、きみにわかるか？」

「もちろんですよ、ドン・パブロ。続けてください」

「〝いま神はその抗《あらが》いがたい力をもって、この闇のなかを、黴《かび》に覆われた場所を、深い夜のなかを進むよう私に命じた。私の出立《しゅったつ》がおまえにそれほど激しい痛みをあたえるとは、思いもよらなかったのだ。待て、私の前から姿を消さないでくれ。どこに逃げる？　おまえに告げるこれが最後の言葉だ、運命の意思なのだ……〟」

眼鏡が床に落ちる音がして、その音でカジェタノはラパスのホテルの部屋に、詩人との疲れる会話に、ラ・セバスティアーナ邸で彼に向けて詩人が読んでいる、あるいは暗誦している難解な文章に引き戻された。

「わかるかね？」ネルーダが尋ねた。「アイネイアスが私で、ディドーがベアトリスなんだ。私の物語は二千年前にウェルギリウスによってすでに書かれていたんだよ。それだけじゃない。もし私がアイネイアスなら、慎ましい男と幸せに暮らしていた若い彼女につけこんだことになる。彼女の国に突然現われ、都会的な空気とたくみな言葉で煙に巻いて、彼女を不実な妻に変え、しまいに置き去りにして、彼女ひとりに過酷な運命を背負わせた。おそらくベアトリスはもう生きていないだろう。カジェタノ、私は彼女を利用したという恐ろしい罪悪感と、真実を知る日は永遠に来ないというつらい思いを胸に死んでいく。その事実に慣れなければならないんだ」

ついに仮面が剝《は》がれ落ちた。とはいえ、いままでもしばしばそうだったように、彼は芝居がかった口調を崩さず、『パブロ・ネルーダの悲劇』のまぎれもない唯一の主人公を演じつづけた。だが、いまではカジェタノも緞帳《どんちょう》の裏を見透かすすべを覚えた。

「ドン・パブロ、もう夜です。あなたもお疲れでしょう。できれば眠る努力をしたほうがいい。明日、アンデスの山々から日が昇れば、すべてが違う色に見えますよ」

「いま私は自分が、修道女ソル・フアナ・イネス・デ・ラ・クルスが描くたぐいの人間だと思える。〝死骸《しがい》であり、埃《ほこり》であり、影であり、何物でもない存在……〟」

もうたくさんだった。詩人が哀れにさえ思える。ここまで極端なネルーダは見たことがなかったし、見たいとも思わなかった。

「ドン・パブロ、もうやめてください」

「私のディドーはベアトリスだけではないんだ、カジェタノ。根深い嫉妬とぎらつくナイフの悪魔ジョシー・ブリスも、私が捨てた娘の母親マリア・アントニエタ・ハーヘナール・フォーヘルザングもそうだ」

もはや区別がつかなくなってしまった。どこまでが告白で、どこまでが詩かわからない。

「ドン・パブロ、いったいだれを怖がらせようとしているんです？」

彼は聞いていなかった。

「そのあと私はデリアを相手役にアイネイアスを演じた。彼女が歳をとり、ほかの男ともはややり直すことができない段になって、私は彼女を遠ざけた。彼女が私の原稿を隠れてあちこちに売りこみ、私のために命を危険にさらしているそのときに、私は彼女を裏切った。しかも彼女より三十歳も若い、若さでも美しさでも対抗できない女性に走るという残酷な仕打ちをした。私はずっとアイネイアスだったんだよ、カジェタノ。くそったれな恥知らずさ。逃げ足の速さにおいては達人級。人生の黄昏《たそがれ》を迎えて初めてそのことに気づいたお粗末さだ。自分の思いどおりにするために私が招いたすべての不幸を思い出しながら死ぬ、呪われた運命だよ。おのれの幸福だけを求めつづけた、これほど自分本位な人間はほかにいない。おい、カジェタノ、聞いているのか？　カジェタノ？」

55

「あなたがおっしゃっているのは、サンタ・クルスのセニョーラ・タマラ・スンケルのことですか、ドクトル・アデルマン？」会計士が尋ねた。かなりの年配で、茶色い目が深い皺《しわ》に囲まれている。

「そのとおりです。アントファガスタを購入した」

会計士エルマー・ソト・イベンスバーガーのオフィスはパラシオ・ケマードからそう遠くない、中心街のビルの中二階にあった。その一帯は食べ物の屋台や行商人が多く、ほとんどはインディオで、歩道に広げた毛布の上に品物をあるだけ並べている。

ラパスのドイツ人コミュニティーで引っぱりだこのその会計士は、ファイルが山と積まれたデスクを立ち、部下たちが請求書の確認をしている続き部屋にはいっていった。カジェタノとアデルマンは無言で待ち、正面の建物をながめていた。建設中だが、一階にはすでに居住者がいる。

会計士は黒いノートを何冊も持ってオフィスに戻ってきた。

「ドイツ人のタマラ・スンケル・バウアーのことですよね？」彼はページを繰りながら尋ねた。

「ロドルフォ・サチェル大佐の妻だった女性です」

「ああ、安らかに眠りたまえ。それなら彼女だ」

「セニョール・ブルレは、タマラの昔の友人の依頼で彼女を見つけようとしているんです」

「一時期、たしかに私のクライアントでしたよ、ドクトル・アデルマン。だが、私でお役に立てるかわからない」ソト・イベンスバーガーは人さし指をノートに走らせながら言った。「だが、魅力的な女性だった。ええ、上品で控えめで。支払い期限には特別正確だった」

「この女性ですよね？」カジェタノはサンタ・クルスで撮られたベアトリスの写真を見せた。

会計士はしばらくながめていたが、もったいぶった口調で答えた。

「まさに彼女です。そしていっしょにいるのが大佐だ」

「彼女の夫の」

「ただし正式な夫ではなかった」ソト・イベンスバーガーは訂正し、指を組みあわせた。彼の背後の壁には、ベークライト製の流血のキリスト像が掛かっている。

「神の命じた形の夫婦ではありませんでした。なぜ知っているかというと、私が作成していた税金の申告書類は、彼女ひとり分だけだったからです」

カジェタノは写真を上着にしまった。

「だいぶ前にボリビアを出国したんですよね？」

「ええ、そうです」

「出発はかなり急で、謎に包まれていた……」

「実際、今日決めて明日、という感じでした。しかし不法な形ではなかったと思います」彼は愛想のいい笑みを浮かべた。「順風満帆な暮らしだったんですよ。高収入でしたが目立たず、エリートたちと交流していた。大佐の死がそれだけショックだったのでしょう」

「彼女がボリビアを発《た》ったのはそれが理由ですか？」

「だと思いますよ。もともと外国人ですから、ここにはいたくなかったのでしょう」

「では、大佐の事故のせいで、セニョーラ・スンケルは姿を消した？」

「でしょうね。いや、妙な事故だったんですよ。大佐のダッジ・ダートはエル・アルト市で崖から転落した。ハンドル操作を誤ったんです。でもねえ、最新車種だったんですよ。それで事故についてあれこれ噂が流れました」

「たとえば？」

「政治的な復讐だ、とか」彼の目がカジェタノの目を見据えた。

「なんの復讐ですか？」

「じつは、チェを捕らえたのは大佐だという噂がありましてね。彼の専門は情報収集でしたから。わかりますよね？」

「ええ。サチェルについては知っていることもあります。ところで、セニョーラ・スンケルはいまどこに？」

「それは賞金百万ドル級の質問ですよ、セニョール・ブルレ」

「でも、彼女に財産があったなら、一夜でボリビアから姿を消すのは無理でしょう」カジェタノは口髭の先を撫でながら言った。

「あなたは大事なことを忘れている。優秀なドイツ人女性だった彼女は、冷静かつ慎重に準備を進めていたんですよ」ソト・イベンスバーガーは厳《おごそ》かに言った。

「発つまえに財産はすべて清算されていました」

カジェタノは煙草に火をつけて深々と吸いこむと、窓に向けて煙を吐いた。

「出国前になにも指示を残していかなかったんですか？　会計士だったあなたには、なにかしらあったはずです。税務関係では未処理の案件がまま残るものですから」

「クライアントに対しては守秘義務があります」

「ドン・エルマー、これは生死に関わる問題なんです」アデルマンが口をはさんだ。

「ドクトル、あなただって明かすわけにいかないと思うはずです」

「セニョール・ブルレの依頼主は死を目前にしているんですよ、ドン・エルマー」

会計士は立ち上がり、続きの部屋にはいっていった。

彼は赤いノートを持って戻ってきた。

「いいですか、ドクトル、あなたの頼みだからここまでするんですよ……ここを発つとき、セニョーラ・スンケルはぎりぎりになって土地の売却金を銀行振替するための情報を残していったんです。セニョール・ブルレの役に立つとは思いませんけどね。この住所は一時的なものなので。われわれは振替をおこなって記録のコピーを彼女に送りましたが、受領証は結局戻ってきませんでした」

「彼女があなたに渡した住所というのは？」カジェタノは尋ねた。

「マイア・ヘルツェン気付ということでした」

「マイア・ヘルツェン」彼はつぶやいた。「場所はどこです？」

「チリのサンティアゴです。でも五年も前のことですよ、セニョール・ブルレ。はたしていまそこでタマラ・スンケル・バウアーに会えるかどうか」

56

一九七三年九月十日の朝、ラン航空の飛行機がチリの首都サンティアゴの空港滑走路に着陸し、埃《ほこり》を舞い上げた。カジェタノは荷物を引き取ったあと、ターミナルの電話ボックスからバルパライソの詩人の家に電話をしたが、だれも応答しなかった。そのあとサンティアゴにあるラ・チャスコーナ邸にも連絡を入れてみたが、ネルーダは太平洋岸のイスラ・ネグラの家にいると使用人に言われた。

そこでそちらに電話してみた。どうもついていない。男の声が、彼はいま眠っているので、あとでかけ直してほしいと言う。純粋に好奇心から、アリシアはいるかと尋ねると、そういう名前の人は知らないという答えが帰ってきた。カジェタノは首都に滞在して、ラパスで会計士から教えてもらった住所を調べることにした。タクシーを拾い、サンティアゴ市内に向かう。地下鉄建設のために掘削工事がおこなわれているアラメダ通りは、いまや通りで棒やこぶしを振りまわして衝突をくり返す、アジェンデ政府の賛成派と反対派のための塹壕《ざんごう》および採石場と化している。

「こんなことはそう長くは続きやしません」モネダ宮殿の前を通過しながら、タクシー運転手が言った。大統領府の前では、機動隊が車やバスで守りを固めている。宮殿に高々と掲げられた旗が、アジェンデが依然として執務室にいることを伝えていた。「観光客のあなたには、どういうことかおわかりにならないでしょう。この国はこれからめちゃくちゃになりますよ」

フォード・ゾディアックの窓の向こうに広がるサンティアゴの街は、見えない敵に包囲されて物資の供給を断たれ、もはや無政府状態だった。食料品店にもスーパーマーケットにも、もう運行していないバス停の前にも、どこまでも人の列が続いている。建物からは垂れ幕が下がり、アジェンデ支持を表明するものもあれば、辞職を求めるものもある。通りでは、燃えるタイヤの山からたちのぼる黒煙が悪臭を放つなか、左翼一派と右翼グループが激しく交戦し、怒号を縫《ぬ》ってパトカーのサイレンがうなりをあげる。あたりには催涙ガスがたちこめている。街角ごとに治安警察隊《カラビネーロス》の機動《グルーポ・》隊《モビル》の車やバスが待機し、戦闘準備を整えてはいたが、すでにウィンドウが割れていたり、タイヤがパンクしていたりするものもあった。さらにその向こうでは、ヘルメットと棍棒《こんぼう》と旗で武装した若者たちが列を成し、《エル・メルクリオ》紙の占拠とさらなる農地改革を訴えている。運転手は中心部の混乱を避け、ビタクラ通りを通って優美なルイス・カレラ通りとの交差点に向かった。

　カジェタノは運転手に少し待っていてほしいと頼んだ。彼は、五年前にタマラ・スンケルがチリでの一時的な住所としてラパスの会計士に教えた、その家の前に立っていた。ソト・イベンスバーガーによれば、一九六八年当時、そこにはタマラの信頼する人物マイア・ヘルツェンが住んでいた。平屋建ての屋敷は白塗りのしっかりした造りで、屋根は瓦葺《かわらぶ》きだ。奥に見える木々や藪《やぶ》に向かって建物は細長く伸び、背後にそびえるマンケウエ山が屋根越しに見える。

　格子戸のところにあった呼び鈴を鳴らし、裏庭の巨大なヤシノキをながめながら待った。奥に車が二台、駐車してある。白のフィアット１２５Ｓと、地味なベージュのオペル。だれかいるはずだとカジェタノは思った。いまもマイア・ヘルツェンが住んでいてくれればありがたいのだが。窓から室内をのぞき見してみる。籐《とう》の家具、タイルの床、光沢のある大きな葉が特徴的なゴムノキ、油絵、暖炉のそばの陶器。そのとき、郵便受けから手紙がのぞいているのに気づいた。そっとそれを抜き取る。

一通めはガス会社からのもので、宛名はマイア・ヘルツェンだった。二通めの電話会社からのものもおなじだ。そして三通めも。カジェタノはにんまりして、緑の小さなグアナコ模様の紫色のネクタイを指先で撫《な》でた。たしかにこのネクタイは幸運を呼ぶ。マイア・ヘルツェンならタマラ・スンケルの居場所を知っているにちがいない。確認したら詩人に電話をして、この最高のニュースを伝えよう。本物のカリブ海のメグレになりつつある、そんな気がした。この際、だれがドアを開けようと開けまいと関係ない。一件は解決したのだ。カジェタノはそう思い、ポケットからボリビアで買った煙草を取り出した。いや、少なくとも解決したも同然だ。詩人が捜していた女性をついに見つけた。そのあとどうするかはドン・パブロしだいだ。彼は煙草に火をつけて、満足感を味わいながら煙を吸いこんだ。自分が誇らしかった。ネルーダも喜ぶだろう。詩作のエネルギーがさらに湧いてくるかもしれない。さて、これからどうする? イスラ・ネグラに直接行ってニュースを知らせようか?

車のエンジン音で、カジェタノは現実に戻った。だれかが家に帰ってきたのだ。彼はわくわくした。水はいつももとの川に帰る、と手紙を郵便受けに戻しながら思う。口の端に煙草をくわえながら通りに向かって歩きだし、初めて本物の探偵になった実感を覚えた。そのときだった。エンジン音は、彼を空港からそこに運んできたタクシーのものだと気づいたのは。それはルイス・カレラ通りを全速力で走り去り、後に残ったのはたなびく排気ガスだけだった。彼は運転手に千回悪態をつき、自分の荷物とラウラ・アレステギのためにラパスの空港で買った先住民の人形に心のなかでさよならを告げた。

57

カジェタノは荷物の盗難届を出すために、バリオ・アルト警察署で午前中をまるまるつぶした。そもそも警官たちにはこんなことに時間を割《さ》く余裕はなかった。闇市を取り締まり、食料品店の行列を整理し、いまもまだ走っている一部のトラックやバスへの投石を食い止める。国内交通や貨物トラックの全国ストが始まり、主催者側が主張する〝最終局面に至るまで〟――〝アジェンデ政権の打倒〟を婉曲《えんきょく》表現したもの――それはますます広がりそうな勢いだった。チリは手の施しようがないほど麻痺《まひ》し、分断されていた。

詩人に連絡もつけられず、イスラ・ネグラに向かうバスも見つからず、バルパライソ行きのアンデスマル・バスもトゥール・バスもコンドル・バスも予約ができなかったし、港湾方面への最終列車もマポチョ駅をすでに出たあとだった。ホテルに泊まるしか手立てはなかった。

手元に残ったお金をかき集め、モネダ宮殿近くのガラ・ホテルに部屋を取った。食事のために外に出たときには、九月十日の午後九時をまわっていた。アルマス広場はがらんとしていた。客がひとりもいないソーダファウンテンを見つけ、そこで店員にマヨネーズもザウアークラウトもないホットドッグと薄いコーヒーを用意してもらった。急いで食べながら、映画『ドクトル・ジバゴ』で駅のホームをうろつくみじめな登場人物のひとりになったような気分になる。彼はホテルに戻った。遠くで銃声や爆発音が響いた。ラジオからは急を知らせるニュースばかりが流れてくる。反政府派の指導者たちは大統領の辞任を迫り、全権はすでに上院議長に委《ゆだ》ねられ、新たに選挙が公示されると報じた。一方、政府系放送局は内戦の危険性を伝えていた。とても眠れやしないと思ったので、カジェタノはまた外に出た。この国でいま起こりつつあることについて、そしてなにより、いま彼が懐《ふところ》に抱えているニュースについて、詩人と話をしなければならない。

冷たい濃霧が通りにたちこめ、火薬の臭いが漂っていた。肩を落としてダウンタウンをとぼとぼ歩くうちに、角を曲がったところでいきなり、厚い霧のなかから浮かびあがる幽霊船のように、夜間照明に照らされたモネダ宮殿が姿を現わした。現実離れした静けさに包まれる海を堂々と進む帆船さながらの大統領府。そこに面したコンスティトゥシオン広場を横切り、カレラ・ホテルにはいる。強い酒が必要だった。バーのなかは、外国人記者、外交官、諜報員、軍事政権にしかこの国は救えないと強硬に主張するスーツ姿の紳士などでいっぱいだった。テーブルの上を行き交う会話——ささやき声もあればどなり声もあった——に囲まれて、カジェタノは詩人にもらった最後のドルを注ぎこみ、ダブルのラムを立て続けに二杯飲んだ。それからテレビに映る反政府側のチャンネルのニュースをしばらくながめた。

彼が最初に国外に旅立って以来、明らかに事態は悪化していた。いまやアウグスト・ピノチェト将軍が軍の総司令官に就任していた。かつては政治に無関心で、政府や憲法に忠実と目された男だが、指導者としては資質もカリスマ性もカルロス・プラッツ将軍には遠く及ばなかった。空軍内部で軋轢《あつれき》が生じ、それが海軍にも波及していた。その海軍は、明日チリ湾岸でアメリカ合衆国艦隊と合同演習をおこなうことになっていた。ニュース番組のカメラは次々に報道した——広がる食糧不足、長い行列、混乱に陥った市街、極右勢力のテロ、労働者による工場の占拠と農民による農地の占拠、左派および右派による徹底した抗議デモ。全国のほぼすべてのバスやトラックがバルパライソ北部の海岸地帯に集められていた。だれにも運転できないようにスト実施者が重要部品をはずしてしまい、車両はみなそこでおとなしく眠っていた。財界と政界の反政府勢力の支援を受け、さらにはワシントンの資金援助もあって、反政府ストはアジェンデが辞任するまで終結しそうになかった。クーデターの企てに対し、人民連合は大統領に厳しい対処を迫ったが、反政府側は大統領との対話を拒みつづけている。カジェタノはまたおかわりしたラムのグラスを手に思った。この国は、落ちたらそこで終わりの断崖絶壁に向かって着実に進みつつあり、もはやもとには戻れない。

彼は胸にこみあげる苦々しい思いを持て余し、バーを出てロビーに向かった。新鮮な空気を吸って、頭をはっきりさせたかった。窓の外に目を向けると、またモネダ宮殿が目にはいった。まさに銀色の巨大帆船だった。そこでともる蠟燭《ろうそく》の火が夜風を受けてふくらんでいる。宮殿の二階、中央玄関の左あたりにある大統領の執務室にも灯りが見える。つまりアジェンデはいまもそこで仕事をしているのだ。

「どうやらアジェンデはモネダを立ち去りたくないようだ」バーの常連客が言った。スーツとネクタイ姿の頭の禿《は》げた髭面の男だ。

「連中がわれわれの息の根を止めるまえに、連中の息の根を止めてやろう」別のだれかが言い、喝采《かっさい》を浴びた。

「死んだ共産主義者だけがよき共産主義者だ」三人めが強気でそう続け、さらに拍手が沸いた。

カジェタノはバーの興奮した空気のなかに戻ることにし、カウンターから少し離れた革製の肘掛け椅子に腰をおろした。この国のいまの窮乏状態からすると、おかしなものだと思う。外国人記者やビジネスマン、外交官、右派の政治家たちの避難所と化しているこのホテルには、足りないものなどなにもない。ラムもウィスキーも、チキンやビーフのサンドイッチも、ソーセージもチーズも。この場所だけ別の時代の別の国に属しているかのようだ。

ふいにウェイターが彼の手元にグラスを置いた。上等そうに見える、いやもっと正確に言えば一級品のアンバー・ラムがなみなみと注がれている。

「なんですか、これは?」彼は驚いて尋ねた。

「七年物のバカルディです」ウェイターは気取って答えた。

「店のおごりですか?」

「あなたを外で待っている人のおごりです」

カジェタノは目を閉じてぐびぐびとそれを飲み、心ゆくまで堪能した。そうしてうまい酒を喉に流しこみながら、彼は東ベルリンの小さな管理人室にいるカート・プレンツドルフのことを思い出し、それからグラスを持ってウェイターの後に続いた。好奇心で足の裏がちくちくした。窓の外に見えるコンスティトゥシオン広場の木々の向こうで、モネダ宮殿に掲げられた旗が九月の夜空にいまもはためいている。

「どうぞこちらです」ウェイターは言い、窓の前に座っている女性を身ぶりで示した。

「カジェタノ・ブルレさん?」椅子から立ち上がりながら彼女が尋ねた。背が高く色白で、髪の色は明るい。

「初めまして」慎重に笑みを浮かべて続ける。「私がベアトリス。ブラカモンテの未亡人、ベアトリスです」

58

カジェタノは、ロビーの大理石の床、クリスタルのランプ、贅沢《ぜいたく》なカーテン、面取り鏡に囲まれたなかで呆然と立ちすくんでいた。ウェイターはバーに戻った。そちらからは、くぐもってはいるが、客たちの騒ぎがまだ聞こえてくる。

　間違いない、彼女はドクトル・ブラカモンテの未亡人、ベアトリスだ。ずっと捜していた女性、数十年前に詩人がメキシコシティで恋に落ちた女。あふれ出す思いで、胸がいっぱいになる。記憶は現実を裏切らなかった。彼がベルリンのアパートで盗んだ、サンタ・クルスの〈クルブ・ソシアル〉の前で撮られた写真とおなじ顔だ。何度もながめたせいで、頭にくっきりと刻みこまれていた。ほっそりした体つき、こぎれいな服装、決意のみなぎるまなざし。いまも変わらず魅力的な女性だった。

「こちらこそ、初めまして」カジェタノは必死に驚きを隠そうとして口ごもり、手をさしだした。

「なぜ私を捜していらっしゃるの?」彼女が尋ねた。ふいに人を追及する目になり、カジェタノはたじろいだ。

「なぜぼくがあなたを捜しているとわかったんですか?」

「少し前から耳にはいっていたの。たとえば今日、あなたは私の家に来た。夫に話があったようには見えなかったわ」

　そうではないかと思っていたことが、こうして証明された。カジェタノはほっとした。いまから数年前の一九六八年にラパスにいたタマラ・スンケルは、サンティアゴでマイア・ヘルツェンになったのだ。マイア

・ヘルツェンはタマラ・スンケルであり、ベアトリス自身だった。
「そのとおりです。あれはぼくでした」

「なぜ私を捜すの？」彼女が真面目な顔で尋ねた。

「あなたに伝えたいメッセージがあるからです」彼はグアナコ模様入りのネクタイの皺《しわ》を伸ばしながら答えた。今度はぼくが質問するほうだ。彼女じゃない。このことをカジェタノはメグレと容疑者との会話から学んだ。ゆっくり言葉をやりとりするなかから、真実という一斤《いっきん》のパンからこぼれる無数のパンくずのようなディテールを拾い上げるのだ。そう、ぼくの順番だ。彼女いまこそいちばん知りたかったことを尋ねよう。彼女の娘は本当に、詩人が最後に残ったありったけの力で望んでいた存在なのか、つまり、彼の命を将来につなぐ実の娘なのか？

「もう少し具体的にお願いできるかしら？」

「ボーゲン湖岸の学校にはあなたのことを覚えている人がまだいますよ、と言えば、もう少しぼくのこともわかっていただけるでしょう」

「なんの話かしら」

「そしてラパスでは、会計士がいまも、送金を受け取ったという確認があなたから来るのを待っています」

「ドライブしない？」彼女は冷静さを失わずに言った。「近くに車が置いてあるの」

ふたりが玄関ホールの階段をおりると、陸軍元帥の制服を着たドアマンが深々とお辞儀をしながらドアを開けた。ベアトリスには、捕まえてもするりと手から逃げてしまう魚のような印象があった。やがてもっと遠い、もっと澄んだ静かな水から顔を出し、さあ捕まえてごらんなさい、ここでならあなたの質問を受け付けるわとほほえむ。ふたりはホテルの前に駐めてあったオペルに乗りこんだ。真夜中を少しまわったところだった。偽りの静寂がサンティアゴを包んでいた。嵐の前の静けさだとカジェタノは思う。ベアトリスはモネダ宮殿の前を通過し、アラメダ通りを曲がって東に向かった。

「東ベルリンのライプツィガー通りをご存じですか?」カジェタノは尋ねた。

彼女は質問が聞こえていなかったかのように運転を続け、やがて尋ねた。

「だれの依頼なの、カジェタノ?」

自分の名前がすでに知られているのだと思うとぞっとした。つまり彼女は有力者なのだ。「もう想像はついているはずです。そうでなければ、ぼくを捜しには来なかったでしょう。まずは教えてください。あなたは本当はだれですか?」

「もうわかっているでしょう? 私はチリに何年も前からいるの」

「でもその前はラパスに住み、不動産投資をおこない、ボリビア人将校のパートナーでもあった。そしてさらにその前はボーゲン湖畔で働き、その前はハバナにいた。そして当初はメキシコシティで暮らし……」

「ほらね?」皮肉めかした口調だった。「全部知っているなら、なぜ尋ねるの?」

「あちこちに矛盾があるからです。本当の仕事はいったいなにを?」

車は東に向かって走りつづけた。クラブ〈ラ・ウニオン〉の風格ある建物を通りすぎたあと、チリ大学の中央校舎にさしかかる。落書きだらけの壁が暴動に立ち向かえと呼びかけている。軍のジープと何台もすれ違う。ビール会社コンパニーア・デ・セルベセリーアス・ウニーダスの敷地では労働者がかがり火を焚《た》いている。会社は従業員のものになったと横断幕が宣言している。庭と並木が美しいバリオ・アルト地区にはいると、チリの首都にもそれほど憂鬱でも荒れてもいない場所があるのだとわかる。

「世界じゅうを駆けまわって、あなたを捜したんですよ、ベアトリス。でも結局あなたのほうがぼくを見つけることになった。急を要することなんです。ドン・パブロがあなたと話をする必要があると」

「ドン・パブロ？」

「知らないふりはやめてください。だれのことかおわかりのはずです」

「知らないふりなどしてないわ。彼とは三十年以上会っていない。病気だということは知っているわ」

「それも重病です」

「なぜ彼が私と？」気のない言葉に聞こえた。

「ぼくの仕事はあなたを捜すことだけです、ベアトリス。ほかのことはあずかり知らない」

「まだわからないわ」

「四〇年代にメキシコシティであなた方のあいだにあった出来事についてだと思いますが……」

「でも、いまごろになってなぜ蒸し返すのかしら？」

「理由はあなたがご存じでしょう」

「いいえ、なにも知らないわ、カジェタノ」

「ティナのことです。ティナ・ブラカモンテ」

「ちょっと待って。待ってよ」声に緊張が走った。エリオドロ・ジャニェス通りの赤信号で車を停める。

「いまごろそんな古い話を持ち出さないで。彼がティナになんの用？」

「想像はつくでしょう。ぼくは意見を言う立場にはありません」

彼女はギアをファーストに入れてアクセルを踏んだ。自分自身のことも車のことも、コントロールできなくなっているように見えた。エンジン全開で横丁に曲がり、タイヤがきしみをあげる。しばらくするとカトリック大学の本校舎の前にたどりついた。反政府を訴える旗が垂れ、ヘルメットと投石器で武装した学生たちが見張りに立っている。

「政府が転覆させられようとしているいまになって、パブロがこんな厄介ごとを持ちこんでくるなんて」彼女が言った。「あの右翼学生たちを見てちょうだい。

アジェンデはデモクラシーを脅かしていると主張して、デモクラシーを守るために大学を占拠しているのよ？　まあ、明日になって軍部が強権支配を始めたら、彼らは大喜びで駆けつけて協力するんでしょうね。しっかり目に焼きつけておかなきゃ。今日彼らはスニーカーとベルボトムにパーカ姿で首に十字架をさげ、手にヌンチャクを持っているけれど、明日になったらスーツとネクタイに着替えて、不当を正当化しはじめるはずよ」

彼女は猛スピードで、また人気《ひとけ》のない大通りに出た。イタリア広場では、明日の開店に備えてスーパーマーケットに並ぶ人々が焚き火にあたっている。そこを過ぎると、愛国と自由運動の本部にさしかかった。入口や窓を板でふさいだ黄土色の要塞《ようさい》だ。アラメダ通りに面した壁に描かれた黒い巨大な蜘蛛《くも》のマークがサンティアゴの夜ににらみをきかせている。

「国家主義者たち」ベアトリスがつぶやいた。横断幕は〝ジャカルタをここに！〟と宣言している。「いまは愛国者みたいな顔をしているけれど、明日になればチリ市民の殺人や投獄に拍手喝采するのよ。そのあとポンテオ・ピラト（イエスの処刑に関与したローマ帝国のユダヤ属州総督）みたいにきっと知らん顔する。これから最悪の事態が始まるわよ、カジェタノ。それなのに、パブロは何十年も前の出来事について、いま話がしたいと？」

彼女が憤慨しながら彼をこきおろすのを、カジェタノは聞いていた。相変わらずのエゴイストね。いまさら過去を訂正しようとしても遅すぎる。この期におよんでふたりのあいだにあったことを彼がどう考えようと、なにも変わらない。できることなど、もうなにもない。賽《さい》はとうの昔に投げられたんだし、過去を変えることも、そこから派生した出来事も、だれにも変えられない。

二十分後、マクル地区の、いまは左派の学生たちが占拠する教育協会の門の前にたどりついた。中庭ではやはりかがり火が燃えていて、ヘルメットをかぶった見張りが屋根の上に避難して隠れている。人民統一行動連合《MAPU》の赤と緑の垂れ幕が、妥協のない前進をアジェンデに要求している。一方、左翼革命運動《MIR》の赤と黒の旗は、民兵の組織化を主張している。

「あの若者たちが見える？」彼女が尋ねた。「みんな、〝パパ〟に右に倣《なら》えよ。一九六八年まではフレイ・モンタルバ政権を支持していたのに、最後の最後、一九七〇年にアジェンデが勝利すると見ると、とたんに人民連合に寝返った。いまは外交官や大臣や監査官として人生を謳歌《おうか》し、生まれてからずっとそうだったかのように、だれにも負けない革命家を気取っている。もし政権が崩壊したら、いち早く保身に走って宗旨替えし、新時代に適応するのは彼らよ。自分の良心をなだめるために革命をもてあそんだブルジョワ階級の子供たち。のちのち、教会や軍や司法システムや大企業にいる親戚縁者が、いつのまにかはまりこんでしまった泥沼から自分たちを救ってくれると知り、胸を撫《な》でおろすでしょう」

　ふたりはふたたびくぼみや水たまりだらけの暗く寂れたダウンタウンの通りに戻ってきた。街角のあちこちに、野良犬を抱き、段ボールをかぶって眠る宿なしがいる。ベアトリスはカジェタノの質問に答えなかった。彼があらためて問い質《ただ》すと、彼女はよけいに答えを避け、国の現状や詩人の無責任なエゴイストぶりについて語りつづけた。

「いつもそうだった」彼女はくり返した。「事態をはっきりさせるべきときにメキシコから逃げたのよ。そして、はっきりさせる必要などなくなった、はっきりさせてもしかたがないいまになって、姿を現わす。そんな卑怯な真似をして、許されるものではないわ、カジェタノ」

「おっしゃることはわかりますよ、ベアトリス。でも、あなたはまだティナがアンヘルの娘かドン・パブロの子か、答えてくださらない」カジェタノは新たに意を決して言った。オペルのウィンドウの向こうを通りすぎていく街はまるで映画のようだ。「答えてくれますか、それともぼくが答えましょうか？」

「それなら話を続けたほうがよさそうね、カジェタノ。ホテルのことは心配しないで。私がバルパライソまで送るわ」

59

オペルのヘッドライトに照らされたバルパライソに続く高速道路は、夜の喉につきつけたサーベルのように闇に潜っていく。ふたりは無言だった。エンジン音がラジオから流れてくる政治情勢の実況解説のＢＧＭとなった。いよいよ危機が迫り、これ以上持ちこたえられないぎりぎりのところまで来ており、社会党指導者のカルロス・アルタミラノは、クーデターが起こった場合、海軍施設に侵入してこの国を第二のベトナムにするのだとまで訴えた。自分たちが耕しているこの土地はわれわれのものだと叫ぶ、農民たちの燃やす炎がときおり見える。ニュースの内容は急速に悪い方向に向かっていく。軍の部隊が工場を占拠した労働者を脅し、反政府勢力の発言はどんどん武装決起に傾き、共産党と大統領を除く左派もそれに反応してしだいに過激化していた。

そのとき、ダッシュボードの上にチリ軍のバッジが置いてあるのにカジェタノは気づいた。

「あなたはいったいどちら側の人間なんですか、ベアトリス？」彼は尋ねた。闇のなか、高速道路の路肩に兵士が立っており、銃が一瞬ぎらりと光った。カジェタノは、遠い昔のある夜、詩人が薄い蚊帳《かや》越しに見たという、ジョシー・ブリスが握るナイフの殺気を帯びたウィンクを思い出した。

「どちら側のだれにつくと思う？」

「ハバナや東ドイツにいたときのことを考えると、サルバドール・アジェンデ政府の支持者に思えます。でも、ラパスとサンティアゴでは右派に関わっていたように見えます。あなたは歩く矛盾だ」

「物事はあなたが考えるより複雑で、見かけどおりとはかぎらないの。あなたは若いし、やさしいし、理想主義者だわ。だからパブロが会いたがっている娘を捜す手伝いをしている。でも人生は氷山とおなじなの、カジェタノ。大事な部分は目に見えない」

「ありがたいアドバイスですが、あなたはぼくの質問にまだ答えていない」

「一を聞いて十を知る、と言うわ」

「では、社会主義政権下のチリでいまはなにを？」彼はひるまなかった。「チリの建設業界は完全に停滞しています。プレハブさえだれも建てようとしないし、投資もしない。いまはなにで生計を立てているんですか？」

海兵隊を乗せたジープとトラックの群れが、彼らとは逆方向に走っていった。バルパライソから来て、首都に向かったのだ。いま国を統率しているのはだれだろう、とカジェタノは思う。本当に、いまもチリ国旗が高々と掲げられているモネダ宮殿にいるアジェンデだろうか？　それとも実権はすでにほかのだれかの手に？

「幸い、ほかに収入があるの」彼女が言った。「働く必要はないのよ。納得してもらえた？」

「あなたの娘さんは東ドイツで、あなたと違う苗字で暮らしています。だがボリビアでは、あなたはチェの暗殺に関わった軍人と懇意にしていた。サチェル大佐は、あなたの娘が東ドイツのエリート政治家たちの居住区で暮らしていると知っていたら、あなたとお友だちにはならなかったでしょう」

彼女はクラカビまで無言で運転し、客のいないレストランの前でオペルを停めた。夜はまるで冷えたコーヒーカップだ。

「聞いてちょうだい、カジェタノ、この国でできることはもうなにもない」彼女はエンジンを切ると言った。

「政府は紙の上に存在するだけ。すでに軍部が全権を握っているわ。クーデターが起きるのは時間の問題よ」

「なぜそんなことを知っているんです？　そこまで確かなら、なぜなんとかして止めようとしないんですか？」

「わからない？　歴史には歴史の論理があって、流れに逆らえば必ずやけどをする。三年前からここでおこなわれてきたことは、本来おこなわれるべきじゃなかった。現在の世界情勢においては、うまくいくはずがなかったのよ。だれがチリに手を差しのべると思う？　モスクワは遠すぎるし、キューバは貧しいし、ニクソンは攻勢に転じた。私は内部事情を知っているの。わかる？　それだけじゃない。キューバ人であるあなたにとっては、さらに事は複雑よ。悪いことは言わない。チリから出ていったほうが身のためよ」

「そこまで確信があるなんて、よっぽどだな。どこから出た情報ですか？　それに、ぼくがあなたを捜しているとだれに聞かされたんですか？　ボリビア軍部？

それともチリ軍ですか？」

　ふたりは車を降り、薄暗い店内にはいっていった。店の隅で暖炉の火が燃え、ラジオからビクトル・ハラが歌う『耕す者への祈り』が流れている。彼らは席に座り、コーヒーを注文した。

「私が話せる範囲のことで満足してもらわないと」彼女は告げた。頬に暖炉の炎が反射している。「この国を救える者はいない、それを知れば充分なはずよ、カジェタノ」

「この世の終わりみたいな言い方をしないでください。それなら、ドン・パブロの憶測には根拠があるのかどうか、その話をしてもらったほうがいい」

　ベアトリスは、ウェイターがコーヒーの粉のはいったカップにお湯を注ぎ、立ち去るのを待った。それからかすかにほほえみ、震える声で言った。

「そんなことを知ってもなにも変わらない。いまになって真実を追及して、パブロはどうしたいの？　安らかに死ぬため？　ティナをどうするつもり？」彼女はしばらく指先でスプーンをいじっていた。「彼女の人生が百八十度変わってしまうかもしれない。なんのために？　私にとってはなにが変わる？　なんの違いがあるというの？」

　それからベアトリスは黙りこみ、その沈黙から彼女を引きずり出すことはもはやできなかった。ふたりはコーヒーを飲み終わるとレストランを出て、またドライブを始めた。温かい飲み物のおかげでカジェタノは人心地つき、現実感を取り戻すことができた。ベアトリスとふたりで車のなかにいると、ふわふわと浮いている現実離れした曖昧《あいまい》な世界に浸り、夢を見ているような、いや、もっと正確に言うと悪夢を見ているような気分になった。サントス・オッサ通りからバルパライソにはいり、コロン通りを南に向かってフランシアア通りを進んでいくと、数分後には闇へと曲がりくねっていくアレマニア通りを走っていた。

「パブロの家はここよね？」彼女はマウリ劇場の前で車を停めた。〈アリ・ババ〉は閉まっており、コジャード通りは人気《ひとけ》がなく、黄色い敷石が街灯に照らされてそっと光っている。劇場の軒下で犬が蚤《のみ》に食われて体を掻《か》いている。

「バルパライソに来るときはラ・セバスティアーナ邸に滞在します」カジェタノは言った。「今日は体調が悪いので、イスラ・ネグラにいて……」

「行きましょう」

コジャード通りを進むにつれ、湾に沿った街が巨大な光のアコーディオンのように目の前に開けていく。遠い海上に、アメリカ海軍と合流するために沖へ遠ざかっていくチリ艦隊が見える。今月は、UNITASという毎年恒例の北中南米海軍合同演習の月なのだ。カジェタノとベアトリスは無言でバルパライソの街をながめた。背後には、庭を脇にして建つ巨大なネルーダ邸が幽霊のようにぬっとそびえている。

「もうひとつわからないことがあります」少ししてカジェタノがぼそりと言った。

「今度はなに、探偵さん？」

ベアトリスは彼をしげしげと見たが、非難の視線ではなかった。

「ドクトル・ブラカモンテの純真な妻だったあなたが、その……いまのようなあなたになったのはどうしてですか？」

ベアトリスは、屋敷に設置されている、バルパライソの低地へと続く階段に腰をおろし、ため息をついた。もういいかげんにしてほしいという意味なのだろうとカジェタノは思う。それから彼女は口を開いた。

「当時私は、パブロの政治信条にすっかり感化されたの。私はまだとても若かった。自分を超越するなにかを、ユートピアを信じる必要があったのよ」

「そして彼があなたにそれをあたえた」

「ある意味、彼が私を創りあげたんだと思う」

「彼が、その……あなたにしたさまざまなことのせいで？」

「そういう意味じゃないわ」彼女は言い、ほほえみながら目を伏せた。「でも、すべてとは言わないまでも、いまの私を創ったのは彼だと思う。私がまだ若くて経験も浅かったころに、彼はその政治信条を私に吹きこんだ。そしてなにより彼の詩が、恐怖や不安や疲労や絶望に襲われたとき、私を勇気づけてくれた。それに、ある意味人はだれもが、愛から生まれるのよ。成就した愛にしろ、消えた愛にしろ」

カジェタノは髭を撫でながら物思いに沈んだ。つまりベアトリスは、自分と同様、詩人の空想から生まれた、物語のただの登場人物なのだ。彼はその美しい謎めいた女性に目を釘づけにしたまま思った。その彼女は、海のなかに隠れたメッセージでも探すかのように、湾をじっと見つめている。こうしてネルーダは、詩はもちろんのこと、生身の人間まで創造したというのに、自分自身とその詩の父親にしかなれないと誤解している。たぶん、彼女もカジェタノ自身もバルパライソ湾も、憎しみで分断されたこの国で起きていることすべてが、さらにはメキシコシティやハバナや東ベルリンやラパスで彼がおこなった調査までが、ネルーダが最後に渾身《こんしん》の力で創りあげた壮大な詩歌にほかならないのかもしれない。カジェタノはにわかに鳥肌が立った。

「サンティアゴに戻らなくては」しばらくしてベアトリスが言い、立ち上がった。

ふたりはアレマニア通りに引き返した。自宅まで歩いて帰りたいとカジェタノは彼女に言った。ベアトリスはオペルに乗りこんだ。

「だれの下で働いているか、教えてくれないんですね」カジェタノは運転席のウィンドウに身をかがめ、また髭を撫でながら最後にもうひと押しした。

「大義のためにしていることよ、カジェタノ」真剣な面持ちで彼女は言った。「自分の信じるもののためにすべてを捧げ、戦う誓いを立てた。ずっとおなじ大義のために戦ってきたわ。私の仕事は娘のそれと似ている。演じ、扮装し、自分ではないものになりきる。私は見かけどおりの人間ではない。いつも別のなにかなのよ、カジェタノ。わかってもらえた？　これで私がなぜあちこちに移り住み、名前を変え、相矛盾する世界を行き来するか理解できるはず」

「つまりあなたは……？」

「それを言うことはできない。なぜなら私はつねに別のなにかだから。私に言えることは、本当の私は見かけとは違うということだけ。これでいい？」

「ぼくが捜しているとあなたに教えたのはだれですか？　ドイツ人弁護士？」人生は仮装パレードだというネルーダの言葉を思い出していた。

ベアトリスはハンドルに両手を置き、ほほえんだ。そして低い声で答えた。

「白いレインコートの男よ」彼女は共犯者めいた目でカジェタノを見た。「パブロに会ったら、残念だけど会うことはできないと伝えて。そして、娘はティナという名前で、彼と私が心から尊敬する女性からもらったものだと。ある美しいイタリア人写真家の名前から」

「ティナ・モドッティ？」

「そのとおり。キューバ共産党の創始者フリオ・アントニオ・メージャのパートナー」

「伝えます」

「それと、これを渡して」彼女はカジェタノに小さな白黒写真を手渡した。「ベルリナー・アンサンブルの前にいるティナよ。舞台で初めてリハーサルした日の彼女」

カジェタノは胸にこみあげるものを感じながら受け取った。

「大丈夫、彼はきっと喜びます」

「あともうひとつ。むしろいちばん大事なこと」ベアトリスはエンジンをかけながら言い添えた。

「なんでもお申しつけを」

「彼に伝えて。ティナのセカンド・ネームはトリニダードだと」

「トリニダード？」

「そう。彼の愛する〝ママードレ〟からもらった。それで彼の気持ちが安らぐことを祈っているわ」

オペルがゆっくり走りだし、カジェタノは通りの真ん中を歩きはじめた。手には一枚の写真、荷物はなく、バルパライソの夜にひとり。家で待つ者はだれもいない。だが、ついに自分自身の本当の主人になったのだ。喜びと淋《さび》しさが入り交じり、胸がいっぱいになる。ティナ・フォイエルバッハにネルーダ最愛の継母の名前がついているのなら、それが意味することはただひとつだ。カジェタノは胸が震え、視界が曇るのを感じた。彼は急ぎ足で歩いたが、ふとまた海に目を向けたとき、艦隊がこんな真夜中に灯りを消し、全速力でバルパライソのほうに引き返してきているように見えた。

60

翌朝最初にしたのは、手探りでナイトテーブルのラジオをつけてニュースを聴くことだった。ゆうべはネルーダに電話をしても応答がなく、直接訪ねるには遅すぎてマティルデに不審に思われそうだったので、結局連絡できなかった。ラジオ・マガジャーネスは、チリ中部とイースター島では激しい雨が降るでしょうと告げていた。九月に大雨が降るなんて珍しいことだ。ところが、目を開けて窓の向こうを見やると、太平洋岸の早春らしいよく澄んだ高い空が見えた。この時期は街も、だれかが研磨剤〈ブラッソ〉で磨いたかのように、澄んだ空気のなかで輝いて見える。カジェタノは首を傾げながら起き上がった。左翼系ラジオ局でアナウンサーがこんなにしつこく天気予報ばかり読みつづけるなんて、なにかがおかしい。

電話が鳴った。彼は受話器を取った。プラジャ・アンチャに住む文学研究者ラウラ・アレステギだった。

「いまの街の様子、見た？」

「起きたばかりなんだ。なにがあった？」

「クーデターよ……」

「なんだって？」

「軍部が反乱を起こしたの」彼女が憤慨して言った。「首都で軍事評議会が誕生したわ」

ゆうべ艦隊が、アメリカ海軍と合流するかわりに灯りを消して帰港した理由がこれでわかった。彼はブラインドの隙間から外を見た。湾にチリ海軍の戦艦がずらりと並んでいる。まるでおもちゃのようだった。戦艦がひそかに港に戻ってくるところを目撃したとラウラに話そうとしたが、電話はすでに切れていた。

何度も彼女の番号にかけてみたが、つながらない。

そのあと、ラウラからかけ直してくるかもしれないと思い、しばらく待った。無駄だった。緊急のときのためにとベアトリスからもらっていた番号も試してみたが、やはり通じない。電話システムがダウンしているようだ。友人のペテ・カスティージョに連絡をつけようとしたが、やはりおなじだった。ところが不思議なことに、ラ・セバスティアーナ邸にかけると女性が出た。詩人はいるかと尋ねる。答えの予想はついていた。ここにはいらっしゃいません。

「どこにいますか？　緊急なんです」

「わかりません」

「ぼくはドン・パブロの友人のカジェタノ・ブルレです。話があるんです」

「ドン・パブロはここにもサンティアゴにもいらっしゃいません」

「ではイスラ・ネグラですか？」

「かもしれません」

イスラ・ネグラの番号をダイヤルしていると、電話がまたうんともすんとも言わなくなった。不安に駆られながら台所でラジオをつける。ラジオ・マガジャーネスは、軍事評議会のメンバー――ピノチェト、メリノ、リー、メンドーサら各将軍――がアジェンデ大統領に政権の譲渡を迫ったが、大統領はモネダ宮殿に立てこもって抵抗していると伝えた。

カジェタノは大急ぎで着替えながら、大統領の肝っ玉の太さに驚いていた。ほかのラテンアメリカ諸国の大統領なら、自分の命とUSドル建ての銀行預金惜しさに、とっくの昔に空港に逃げ出したはずだ。さて、これからどうする？　彼はすっかり気が動転していた。妻のアンヘラはこういう緊急時に人民連合内の連絡係を担《にな》うことになっていたが、いま彼女はカリブのぎらつく太陽のもと、実戦になど加わるはずがないのに軍事演習に参加して、プント・セロの沼地で鰐《わに》のように這いずりまわっている。今度会うときには、もしそんな機会が来るとすればだが、反乱軍と戦うために武器を取れと人々に訴えるのが正解だったのよと彼女は言うだろう。無血革命？　そんなのただのおとぎ話だわ、と鼻で笑うにちがいない。上空を飛ぶヘリコプターの回転翼の音が聞こえ、ラ・セバスティアーナ邸で大統領が詩人と抱きあい、別れを告げたあの日のことが甦ってきた。ドン・パブロも軍に拘束されるかもしれない。そう考えただけで、胸をナイフでえぐられたかのように、体が麻痺《まひ》した。連中は彼に書くことを禁じ、放射線治療を受けさせず、原稿を焼き払うだろう。詩人は悲しみのあまり命を落とすかもしれない。軍より先になんとかしてイスラ・ネグラにたどりつき、ティナのことを知らせなければ。その知らせを聞けば、逆境に耐え、民主政治の終焉《しゅうえん》を乗りきるよすがになるはずだ。

格子柄の上着を探したが、サンティアゴで乗ったタクシーで盗まれたのだと気づく。ラジオ・マガジャーネスは、ひるむな、アジェンデを守るために職場に向かえと訴えている。武器も持たずにどうやってアジェンデを守るというのか、理解に苦しむ。職場から？　なにを持って？　カジェタノは通りを見た。海軍のトラックが兵士を乗せてバルトロメー・オルティス通りの急勾配を上がっていく。兵士たちのヘルメットが朝日を浴びて輝いている。遠くから機関銃やピストルの発砲音が聞こえてくる。南のプラジャ・アンチャの上空では、ヘリコプターが空で大きな円を描いていた。

太平洋の暖かな空気を吸いこみながら、坂下のほうに向かってディエゴ・リベラ通りを走りくだる。こんな恐ろしい出来事が起きていなければ、春らしい陽気のすばらしい一日になっていただろう。エクアドルという小さな広場にたどりついたが、すでに日常はあのニュースによって崩れていた。人々は恐怖と驚きを顔に貼りつけて帰路を急ぎ、街角ごとに兵士が二人組で立っている。カジェタノはエラスリス通りまで歩き、イスラ・ネグラまで乗せていってくれる人を見つけようとした。簡単にはいかないだろうが、やるしかない。そうとも、この九月十一日だって、あの六月二十九日とおなじで、アジェンデはクーデターを鎮圧し、今夜にも人々に呼びかけて、国じゅうの通りや広場で勝利を祝うことになるかもしれないではないか。

ずいぶん経ってから、半ブロック先にソルデルパシフィコ社のバスが停まって乗客を降ろし、カジェタノはなんとかそれに乗りこんだ。エル・キスコ行きのバスで、イスラ・ネグラはその近くだから好都合だった。荒れた海に沿ってバスが走るあいだ、乗客は一様に押し黙り、疲れ、緊張した様子だった。バルパライソ湾の南の方角には、待機するさらなる海軍の戦艦の輪郭《りんかく》がくっきりと浮かびあがっている。

エル・キスコの町にはいったとたん、運転手はバスを停め、自分の家はここなので、この先には行かないと宣言した。人々はあきらめ顔で文句も言わずにバスを降りた。カジェタノは街道に戻り、南をめざした。葉の茂った古い葡萄《ぶどう》の木の横にソーダファウンテンが開いているのを見つけた。彼はコーヒーを頼んで、車が通りかかるのを待った。地元のラジオ局が、大統領が投降しないなら、空軍のホーカー・ハンター戦闘機がモネダ宮殿を爆撃すると報じている。カジェタノは口のなかがからからになるのを感じた。自分の耳が信じられなかった。彼が詩人の家になんとかたどりつこうとしているそのあいだに、大統領がまだなかにいる大統領府をチリ軍戦闘機が攻撃しようとしているとは。これはもうひとつの六月二十九日ではありえない。最悪の悲劇だ。くそ、それでもアジェンデはけっして降参しないだろう。チリ大統領は不屈なのだ。

彼はふたたび、ヘリコプターの傍でのアジェンデとネルーダの別れの抱擁を思い出し、窓から顔を出したり、通りに駆けだしてきた人々が、遠ざかるヘリコプターに歓声を送っていた光景が脳裏に甦った。ところがいまラジオから届くのは、わめき声や爆発音や発砲音、救急車のサイレン、低空飛行するジェット機の轟音だ。まさに戦争だった。

ビールでもなんでもいいから店にある酒を、と注文した。本当はこんなことをしていたくなかった。もっと勇敢な英雄のようにふるまいたかった。だが結局、またこうして受け身の行動を取るほかなかった。ウェイトレスはピスコを注いだグラスを持ってきた。彼はそれを震える手であおった。きらめく太平洋に目をやる。なにもかも現実とは思えない。ペリカンの群れが優雅に空を渡っていく。その一方で、いま首都では爆弾が雨あられと落とされているのだ。折しもラジオは、人民連合の指導者たちにいますぐ最寄りの警察署に出頭せよと呼びかけている。ずらずらと名前が読みあげられるのをカジェタノは聞いていた。大臣、県知事、国会議員、市町村長、役人。投降せよ、さもなければ容赦なく処刑する。外国人危険分子も警察署か軍兵舎に出頭すべしという放送が続き、カジェタノはいよいよ怖くなった。自分もそうだろうか？　ぼくは無辜《むこ》の外国人か、それとも危険分子か？

カジェタノは勘定を払い、店を出た。こうなると、どうしてもイスラ・ネグラまでだれかの車に乗せてもらう必要がある。通りにいては危険だった。歩いていると、街道沿いにぽつりぽつりと散在する農家の開けっ放しの窓から恐ろしいニュースが流れてきた。モネダ宮殿は戦車や兵士に包囲され、大統領府の警備をしていた治安警察隊《カラビネーロス》が一部の大統領警護隊を残して退却し、兵士と政府民兵のあいだで散発的におこなわれていた銃撃戦が激化し、強力な爆弾を積んだホーカー・ハンター戦闘機がサンティアゴ上空を飛びまわっている。悪夢だった。

ゆうべカジェタノは、夜空を背景に翻《ひるがえ》るモネダ宮殿の旗を見た。いまもアジェンデとその部下たちはあの古びた壁の奥で抵抗しているのだ。彼は絶望して、サンザシの木陰に座りこんだ。一時間後、おんぼろの軽トラックが彼の前で停まった。所狭しと積まれた鍋や釜や巨大な銅製の皿が日差しを受けて光っている。「どこに行くんだい、旦那？」ひとり旅らしき年寄りのロマが運転台から声をかけてきた。

61

ロマの老人と別れるまえ、カジェタノはお礼がわりに黒い鋲《びょう》留めの銅製のフライパンを買うはめになった。彼は、パンや飲み物、野菜などを売る緑色の売店の前で軽トラックを降りた。トラックにはラジオがなく、クーデターがどうなっているのかわからなかった。彼は売店で、つやつやと光るフライパンをビルス・ソーダ二本と交換した。店のラジオは軍部の放送局に合わせてあり、行進曲が流れてくるだけだ。

しばらくして女店員が急いでラジオのダイヤルをまわした。突然、銃声を背景にサルバドール・アジェンデの落ち着いた低い声が流れてきた。よかった、アジェンデはまだ生きていたんだ！　爆撃が中止されたのか？　結局今回も六月二十九日の再現にすぎなかったのか？　平常に戻ったことを宣言しているのだろうか？　カジェタノはすぐに誤解だと悟った。アジェンデは大統領府でまだ抵抗を続けていた。戦車や爆撃機に包囲されたモネダ宮殿に立てこもる彼を想像しただけで背筋が寒くなった。彼は国に語りかけていた。自分は憲法に忠実であること宣言し、反乱を起こした裏切り者の将軍たち、治安警察隊《カラビネーロス》司令官のセサル・メンドーサの浅ましさを非難した。しかし彼の言葉を聞くうちに不安が募りはじめた。アジェンデは人々に、命を犠牲にするなと告げ、かわりにみずからの命をもって市民への忠誠を示すと宣言した。「何千、何万というチリ人の誇り高き良心にわれわれが植えつけた種が刈り取られることはけっしてないでしょう」。それは希望のメッセージだと思えた。敗れた男が未来に託した希望。

エル・キスコ方面からパンパンという銃声とマシンガンの音が響いてきた。そのあと圧倒的な静寂があたりを呑みこみ、サルバドール・アジェンデの声が流れた。すぐにまた広々としたポプラの並木道が開かれ、生まれ変わった人々がそこを自由に歩き、よりよい社会を建設する日が来るでしょう。彼はそう宣言したあと、「チリ万歳！　労働者万歳！」と叫び、声は宙に消えた。女店員は大統領の声を探して必死にラジオのダイヤルをまわしたが、聞こえるのはキーンという鋭く甲高《かんだか》い雑音だけで、やがてそれは行進曲に変わった。それでも彼女はあきらめなかった。ダイヤルをしつこくまわしつづけるが、次々に現われる放送局はどこも声明や行進曲をがなりたてるばかりだ。ふいに女性がラジオの前でわっと泣きはじめ、ハンカチで涙を拭《ぬぐ》った。カジェタノはその一部始終を街道の反対側からながめていた。熱い午前の太陽の下で腰をおろし、無言で機械的にソーダを飲みながら。ふいに店員がカジェタノに目を向け、彼は空を見ているふりをした。いまごろそこから七十キロ東にある首都では宮殿を攻撃するジェット機が飛びまわっている、おなじ空を。輝く街道は静寂に包まれ、ときおり聞こえる銃声や遠いヘリコプターの回転翼の音がそれを邪魔する。太平洋が燃えているみたいだ、と彼は思う。

「セニョール、家に帰ったほうがいいよ」女が叫んだ。彼女は店を閉めようとしている。「夜間外出禁止令が出されるはずだ。道端にいるところを見つかったら撃たれるよ」

カジェタノは時計に目を落とし、それからがらんとした通りを見た。二本めのソーダの残りを飲み干す。これではどこにも行けないだろう。店員の助言どおりにしたくても無理だった。

「エル・キスコに宿はあるかい?」と尋ねる。

「夏のあいだだけだよ。この季節にはないね」

マルガレッチェンを思い出す。数週間前、ベルナウにホテルはないかと訊いたとき、彼女もおなじような答えを返した。だがこの女店員に泊めてほしいと頼むわけにはいかない。こんな状況で見知らぬ男を家に入れるはずがない。通りを渡ってカチャントゥン・ミネラルウォーターを一本買うと、軍と鉢合わせするまえにイスラ・ネグラに乗せていってくれる人が見つかると信じて歩きだす。こんな地球の果てにぼくを連れてきたのはどこのどいつだ? キューバ人が経験した混乱と民族の離散だけじゃ足りないとでも? わざわざ問題を引っかぶりに外国に来るなんて。歩きながらアンヘラのことを考える。チリのニュースを聞いて驚き、忸怩《じくじ》たる思いに苛《さいな》まれているだろう。対決に備えてそれはもうしっかりと準備が整いつつあっただろうに、と彼は皮肉っぽく思う。それから、いまは商工庁《DIRINCO》で働いているが、ネルーダの研究書の出版を夢見ている文学研究者ラウラ・アレステギのことを考えた。そして、イスラ・ネグラの家でクーデターのニュースを聞いて徒労感に襲われ、安らかにこの世を去るためにどうしても必要な情報を待ち焦がれているはずの、ネルーダについて思った。

歩くうちに、車の音がはるかかなたからようやく聞こえてきた。カジェタノの顔がぱっと輝く。ついに! たぶん、夜間外出禁止令が出るまえに走る最後のソルデルパシフィコ・バスだろう。カジェタノはそう思いながら、丘に向かってカーブしている道の先にわくわくしながら目を凝らした。そうとも、西に荒波に洗われる海岸を見ながら、サボテンやボルドの木やサンザシが散在する岩だらけの不毛な土地を走ってきた、最後のバスにちがいない。

しかし車が見えたとたん、背中を戦慄が走り、カジェタノを金縛りにした。軍用トラックだった。彼はミネラルウォーターの瓶をぎゅっと握りしめた。ほかになすすべがなかった。トラックは彼の横で停車し、地面が揺れた。手を背中で縛られた捕虜で荷台はいっぱいだった。なにが待ち受けているか、彼にははっきりわかった。

モーゼル銃を持ったふたりの兵士が荷台に乗れとカジェタノに命じた。彼はミネラルウォーターの瓶を投げ捨て、それは岩にぶつかって砕けた。それから両手を上げた。乗りこむと、男や女や子供がひしめいていた。だれも話しかけてこなかった。売店はとうに閉まっており、トラックは死の喘鳴《ぜんめい》を洩らしてエンジンをスタートさせると、すぐに速度を上げて街道を走りだした。右手にそびえる岩山は日差しを浴びて輝き、左手に広がる太平洋は怒りに体をうねらせているように見えた。

62

約二週間後、カジェタノは解放された。疲労困憊《こんぱい》し、全身痣《あざ》だらけで、空腹だった。だが自分は運がよかったのだろう。ほかの人たちはもっとひどい目に遭っていたからだ。おそらく連中は誤って彼を解放したのではないかと思う。九月二十三日日曜日の暖かい朝、彼はプチュンカビ強制収容所を後にした。キューバ大使館との共謀の疑いで彼を取り調べるあいだ〝いい警官〟を演じていた若い将校ダンテは、一刻も早くこの国を出たほうがいいとカジェタノに助言した。

「ここでわれわれは新しいチリをつくろうとしている」褐色の髪の、手の大きなその将校は、カジェタノを収容所の門まで送りながら言った。「もはやこの国は過激派の聖域ではない。それが自国民にしろ外国人にしろ」

なぜ自分が拘束されたのかも、なぜ解放されたのかも、結局わからなかった。軍は潜入者や情報屋、拷問された者などから得た名前のリストを持っているのだとささやく囚人もいた。しばらくは、有力な資本家であるアンヘラの父が彼を助けてくれたのではないかと思っていた。彼がクーデターを支持したのは間違いないからだ。あるいは、キューバの亡命者である彼はアメリカのパスポートを持っているので、アメリカ大使館から救いの手が伸べられたという憶測も成り立った。また、軍とのつながりを通じてマイア・ヘルツェンが匿名《とくめい》で手をまわした可能性も捨てきれない。ふたたび街道に放り出されたときには——刺すような日差し、まぶしく光を反射する岩、遠くで波打つサンザシ——モネダ宮殿でアジェンデが死んだことも、ピノチェトが独裁者として君臨していることも、すでに死者や逮捕者や亡命者の数が数千人にのぼることも知っていた。

ソルデルパシフィコ社バスの運転手は、カジェタノをただでイスラ・ネグラまで乗せてくれた。到着するや、彼は希望を捨てずに詩人の家に急いだ。ドン・パブロはきっと無事な姿でそこにいると信じて。

「三十分前にサンティアゴに運ばれました」ドアを開けた家政婦にそう告げられたときは、不安で死ぬかと思った。近くの岸壁に波が打ちつけ、前庭に置かれたモーターボートと古い蒸気エンジンに白い波しぶきがかかった。「容態がひどく悪くて、もう起き上がることもできません。クーデターに打ちのめされたんです」

「彼に会わなければ。どうしても伝えなければならない知らせがあるんです」

「彼にあなたがわかるかどうか」彼女はエプロンで手を拭きながら言った。なかに招き入れてスクランブルエッグとお茶を出したあと、軍の襲撃を受けてめちゃくちゃになった室内を見せようとした。ふたりは部屋のなかを進んでいく。壁には油絵や船首像がかかり、オーク材の家具や、帆船やガラス像が飾ってあるキャビネット、初版本がずらりと並ぶ本棚、貝殻や石や色つき瓶のコレクションの前を通りすぎて、ようやく廊下にたどりついた。砕けた大甕《おおがめ》、山と積まれた本、はずされた絵が床に散っている。急いでいたせいで、持っていこうと思っていた荷物を持っていけなかったかのように。「ドン・パブロは救急車でサンティアゴに搬送されたんです」家政婦は説明した。

「どの病院ですか？」

「わかりません。ドーニャ・マティルデが連れていきました。緊急だったので、あわてて出ていかれて。なにをする時間もありませんでした」

「じゃあ、運転手のセルヒオは？」

「クーデターのあった十一日に兵士たちに連行されました。私の夫とおなじように」彼女は泣きだした。

「それ以来ふたりがどうなったかまったくわかりません」

街道に戻ったカジェタノは弱気になった。なにもかもおしまいだ、ドン・パブロに知らせを伝えることなどできそうにない、そんな気がした。だがバスに乗りこみ、家政婦にもらったお金で運賃を払うと、なんとかしてサンティアゴで詩人を見つけようとあらためて決意した。わざわざ世界を半周し、謎を解いて、いよいよゴールというところであきらめるなんてまっぴらだ。たとえ病状が悪化したとしても、きっとネルーダは彼を待っているはずだった。

だが、どこの病院だろう？　サンティアゴに病院は無数にある。そして、警察の注意を引かずに、あんな有名人について尋ねてまわることがはたしてできるだろうか？　ネルーダは針、サンティアゴは藁《わら》だ。つかのま、カジェタノはなかなかうまい譬《たと》えだと思い、にんまりした。しかし、ポプラやアカシアの並木道をアンデス山脈のほうに向かってバスが進むうちに、使い古された譬えだと詩人なら批評すると思えてきた。

横を通りすぎていく逮捕者を乗せたトラックを見ると、カジェタノは恐怖と同情心で体が震え、プチュンカビ強制収容所にいたときのことが甦ってきた。あの男女になにが待っているか、彼は知っていた。噂では、アジェンデ支持者はその場で銃殺刑にされ、とても信じられないのだが、その多くは二度と浮かんでこないように鉄のかたまりを結びつけられて、ヘリコプターから太平洋に捨てられたという。

一時間後、バスは軍の検問所で止められた。ずらりと並ぶ車がトランクや身分証明書の検査を待っている。兵士たちの熱心な仕事ぶりからすると、かなりの時間がかかりそうだった。車内では、だれもが口をつぐんでいた。そのときカジェタノは、列の先頭が救急車だということに気づいた。詩人が乗っているものかもしれない。カジェタノの胸に希望がふくらんだ。彼はバスを降り、停車中の車の列の横を走った。遠くにマティルデのものらしき豊かな髪を認めた。彼女は将校と話をし、数人の兵士が救急車の後部ドアを開けてなかを調べている。なんてことだ、やつらは詩人の取り調べをしている！　カジェタノは頭に血がのぼり、さらに足を速めた。やっとまたドン・パブロに会えるのだ！

「止まれ！　止まれ！」どなり声がしたが、無視して走りつづける。救急車まであと数メートルというところでひとりの兵士に突きとばされ、道路に顔から突っ伏した。眼鏡がどこかに飛んだ。

「どこに行くんだ、この馬鹿」だれかがどなった。腎臓を蹴られ、銃床で右肩を殴られた。

顔を上げたとき、モーゼルの黒い銃口がそこにあった。兵士の顔を見ることもできなかった。眼鏡に手を伸ばそうとしたが、ブーツがその手をつぶした。熱いアスファルトに片頬を押しつけたまま兵士に蹴られ、なぜ走ったと尋ねる声を聞いた。

「救急車のなかの病人と話がしたいんです」カジェタノは言った。打ち身になったところが痛んだ。

ブーツの圧迫がそろそろと緩み、動かせるようになった手で眼鏡を探した。幸い無事だった。ありがたい、と思いながら小石を吐き出す。おぼつかない手でそれをかけ、やっと救急車の輪郭《りんかく》とそれを囲む兵士たちの顔、それにチリ中部らしい春の新緑が見えた。またひとしきり蹴られ、カジェタノはプチュンカビ強制収容所での仕打ちを思い出した。

「順番をおとなしく待て、馬鹿野郎。ちゃんとルールというものがあるんだ」腰にピストルを下げた将校がどなった。「なぜ救急車の老人にそこまでご執心なんだ？」

「友人だからです」

「おまえもペンでクソをひるくちか」

「別れを告げたいんです。彼は死にかけています」

「だがここで走るのは厳禁だ」将校は答え、救急車に目をやった。それはまた走りだしていた。「どのみち、もう出発してしまった。荷物はどこだ？」

「荷物はありません、上官」チリ特有の単調な話し方を真似した。キューバ人だとわかればまた逮捕されてしまうだろう。プチュンカビで、チリ大学演劇協会の役者だという囚人のひとりに、キューバ訛《なま》りを隠す方法を教わったのだ。彼はカジェタノに髭を剃《そ》ることも勧めた。だがそれだけはお断わりだった。髭は自分の一部だ。それは絶対に譲れない。「列の最後尾のバスでここまで来たんです」

「じゃあそこに戻って、ルールどおり順番を待つんだな、おかま野郎。詩人を捜したいなら、サンティアゴに着いてからにしろ」

「首都はあまりに広すぎます、上官。いま会っておかなかったら、二度と会えないかもしれない」

「あいつは相当な有名人だと聞いているぞ！　だとすれば、見つけるのはたやすいことだろう。さっさとバスに戻れ、くそったれめ！」

63

　夜間外出禁止時間の三十分前にサンティアゴに到着し、マポチョ駅近くのラブホテルになんとか部屋を見つけた。近くのソーダファウンテンでアボカドたっぷりのバロス・ルコ・サンドイッチとビールを二杯お腹に詰めこんだあと、あちこちの建物の戸口に座りこむ娼婦のあいだを縫《ぬ》うようにしてホテルに戻る。夜間外出禁止時間のあいだずっと特別価格であたしを独占できるよ、と彼女たちは誘ってきた。娼婦にとっては商売あがったりというところだろう。だれもが早めに帰宅してしまうし、ひと晩過ごす料金を出せる客はそうそう見つからない。

　新政府が自由価格制を敷いたため、店のショーウィンドウには商品がまたふんだんに並ぶようになった。もう闇市は存在しない。すべてがもとどおりになったが、どれも目玉が飛び出るような値段だった。パン、バター、米、小麦粉、油、パスタ、鶏肉、牛肉に至るまで。新しい価格をまかなえる財布を持つ者はなんでも食べられたが、そのせいで街は怖気《おじけ》づき、疲れきった表情を見せ、生きる気力を剝《は》ぎ取られたように見えた。日が翳《かげ》りだすにつれ、夜警の兵士たちが街角や広場や横丁にあふれ出し、壁のように積まれた小麦粉の袋の陰に身を潜めた。夜が街を席捲《せっけん》すると、機関銃の炸裂《さくれつ》やヘリコプターの爆音、ときおり銃声も聞こえた。

　連中はその場で人を銃殺刑にする、と詩人の家の家政婦が言っていた。発砲音で人々を脅す意味でも、彼らは夜間にそれを決行した。カジェタノはホテルに戻るため、夜警の兵士を避けながら数ブロックの道のりを歩いた。やがて、ベインティウノ・デ・マジョ通りに出た。鬱《うつ》に取り憑《つ》かれた画家が木炭を塗りたくったかのような、暗くうら寂れた通りだった。突然軍用ジープが角を曲がって通りに現われ、こちらに近づいてきた。また逮捕されるかもしれない、そう思って震えあがる。今度は身分証明書も携行していなかった。壁に体を張りつけ、どきどきしながら待つ。どこにも逃げようがなかった。

彼の背後でだれかが窓をたたいた。ぎょっとして振り返る。ジープはしだいに近づいてくる。ものの数秒で見つかるだろう。だが彼は安堵《あんど》のため息をついた。音をたてたのは、本物のチンパンジーぐらいの大きさの、農民風の服を着たぜんまい仕掛けの猿だった。カジェタノが無意識のうちに軒先に避難した店舗のショーウィンドウを、木のばちでたたいている。そこは〈アメリカ連合帽子店《アメリカナス・ウニーダス》〉というラテンアメリカの父シモン・ボリバル風の名前の、帽子やターバンを縫製《ほうせい》する店だった。ジープはもうそこまで来ている。カジェタノは店の入口に体を引っこめて、地面にしゃがみこんだ。エンジン音を響かせながらジープは前を通りすぎ、兵士たちはショーウィンドウを悲しげにたたいている猿に気を取られていた。

カジェタノは全身汗みずくになって、ホテルの二階の部屋にたどりついた。夜間外出禁止時間にかかりそうになり、最後の数ブロックは走らなければならなかったのだ。レースのカーテン越しに窓の外をのぞき見る。通りは静まり返り、舗石は濡れ、家々は闇に包まれている。ヘリコプターが一機、上空を低空飛行している。ドアのところでマシンガンを構える兵士の顔が、カジェタノにも確認できた。兵士は銃を抱えて厳しい表情で街をながめわたしている。シムノンは小説にこんな状況についてはひと言も書いてなかったし、経験したこともないだろう。そうカジェタノは思いながら、服を着たままベッドに潜りこんだ。体がひどく震えていたが、寒さのせいなのか恐怖のせいなのか、もはやわからないまま、ナイトテーブルの小さなランプを消した。ベルギー人であるシムノンのプロットは、たとえどんなにたくみに組み立てられているとしても、結局はカジェタノのいる場所とはまったく異質な土地に属するものだった。それは文学であり、有名作家の想像力と技術がつくりあげたフィクション世界だ。だが彼がいま直面しているのは残酷で無慈悲で混乱したラテンアメリカの現実であり、その展開は名の知れた小説家が考えたわけでも、あらかじめできあがった台本に沿っているわけでもなく、だからこそなにが起きても不思議ではなかった。

夜が深まると騒々しさが増した。銃声や通りで威嚇《いかく》する声、人を拉致《らち》して走り去る車のタイヤがきしむ音。とても眠れなかった。いつ警察に部屋に踏みこまれるかとびくびくしていた。ふいに、建物がみしみしと揺れるのを感じた。起き上がって窓辺に近づく。軍用ジープに付き添われて、逮捕者を詰めこんだ何台ものトラックが走っていく。フロントで借りた電池式のラジオをつけてみたが、どこをまわしても『リリー・マルレーン』が流れてくるだけだった。

またベッドに戻って横になると、マットレスが彼の重みできしんだ。いやな臭いのする染みだらけの毛布をひっかぶる。だが、プチュンカビ強制収容所のコンクリートの床で過ごす夜に比べれば千倍はいい。家畜のように運ばれていった逮捕者たちのこと、その家族のこと、彼らがおそらくは拷問され、殺されることを思う。確かなことはひとつもなかった。不安な夜のなか、カジェタノは三つのことを願った。ホテルが襲撃されないこと、早く夜明けが来ること、詩人のいる場所にたどりつくこと。

重量級の乗り物が彼の部屋の前で停まり、ホテルの建物がうめいた。また汗が噴き出す。喉から心臓が飛び出しそうな気がした。カジェタノはそっと窓辺に近づいた。逮捕者を乗せたトラック一台と軍用トラックが二台停車している。正面の家の入口を突然サーチライトが照らし、スリップ姿の年配の女がドアを開けた。兵士たちは彼女を乱暴に押しのけて、家のなかにはいっていき、やがてパンツとシャツ姿のふたりの若者を引き連れて戻ってきた。銃床でトラックに押しこむと、サーチライトを消し、走り去った。まだ外にいた女は、悲しみにうめきながら玄関の前で倒れている。やがて近所の人が彼女を抱えて家にはいった。そのあと、墓地の静寂があたりを支配した。

翌朝カジェタノは無力感とやるせなさに包まれて起き上がった。一階におりる。顔を洗い、ベッドの下にあった古新聞で拭き、フロント係が毛布にくるまってお茶を飲んでいた。小さなロビーは薄暗く、シャッターが閉まったままだ。

「前の家から若者がふたり連れていかれた」フロント係が言った。「けさ哀れな母親が捜しに行ったよ。だが会えるかどうか」

カジェタノはラウラ・アレステギに電話をした。彼女はすぐに出た。元気かと彼は尋ねた。まあまあよとラウラは答えたが、いつ連中が来るかと思うと怖いと訴えた。

「よそに行けばいいじゃないか？」

「よそに行ってなにをしろって言うの？　それで、なんの用なの」

「ドン・パブロを捜さなきゃならない」

「どうかしてるわ。そのことは忘れたほうがいい。慎重に行動しないと」

「彼に話がある」

「連中はサルバドール・アジェンデをビニャ・デル・マルの無縁墓地に埋めたそうよ。抗議者を排除するために墓地は警備されているらしいわ」

「ニュースで聞いたよ。それでもドン・パブロに会わなきゃ……」

「サンティアゴのサンタ・マリーア病院に入院させたと聞いたわ。でも気をつけて。訪ねてきた人間は全員取り調べを受けるから」

64

病院の前には、機関銃を手にした歩哨《ほしよう》が何人か立っていた。近くの丘から吹いてくる春の風はユーカリの香りを含み、太陽は力いっぱい輝いている。カジェタノは受付の窓口で、詩人の病室はどこか単刀直入に尋ねた。

「三階です」受付係は書類の番号を指さして言った。

三階に上がり、病室を探しながら廊下を歩いていく。黒いスーツにサングラスをかけた短髪の男が、なにを探しているのかと尋ねてきた。警察かもしれないと思い、別の部屋番号を告げた。

「このまままっすぐ行けば、右側にありますよ」

カジェタノは指示に従うふりをして、だれも見ていないと判断するとすぐに引き返した。やがて詩人の病室の前で足を止めた。ノックすべきか、それとも直接はいるべきか？　結局ノックして、どうぞと言われるのを待ったが、なかから声はしなかった。詩人はきっとひとりだ。そのほうが都合がよかった。ふたりきりなら、ベアトリスとその娘について調べたことをすぐに全部話せる。ティナのセカンド・ネームのことを知れば真実を察して喜ぶだろうし、このつらい数週間を耐える元気も湧くかもしれない。

もう一度ノックする。廊下は相変わらず人気《ひとけ》がない。たぶん詩人は寝ているのだろう。そっとドアを押してみると、抵抗なく開いた。ベッドは空《から》で、シーツは乱れていたが、室内にはだれもいなかった。ただ、詩人が使っているフランス製のローションの匂いがした。カジェタノはなかにはいり、ドアを閉めた。もしかすると洗面所かもしれない。だがそちらに続くドアは開いていて、なかは暗かった。おとなしく待つしかないと思う。たぶん放射線治療に行ったのだ。

看護師が病室にはいってきた。

「だれをお捜しですか？」彼女がよそよそしく尋ねた。

「詩人です」

「一階に運ばれました」

「どの部屋ですか？」

「下のホールでお訊きになったほうがいいと思います」彼女はベッド横のスタンドから点滴のボトルをはずしながら答えた。

階段をおり、ガウンを着た大勢の患者がドアの前で黙りこくって待っているホールに出た。侵入者でも見るような視線がいっせいにこちらに集まる。

「セニョール・ネルーダはどこですか？」カジェタノは看護師に尋ねた。街のほうから銃声や警察のサイレンが聞こえてくる。

彼女はホールのつきあたりを指さした。

「もう一階下です」

地下は湿気た匂いがし、闇が漂っていた。ドアに書かれた文字さえ暗くて読めない。どれでもいいから開けてみようとしたが、鍵がかかっていた。いやな臭いのする空気を吸いこみながら、なんとか緊張をほぐそうとする。開かないドア、冷えきった闇、コンクリートに響く気味の悪い足音は、いまのチリを暗喩しているように思えた。カジェタノはそのまま歩きつづけた。ドン・パブロがいる場所はそう遠くではないだろう。この階で放射線治療を受けているにちがいない。もうしばらく行くと、壁際にベッドがひとつ寄せてあった。だれかがそこに横たわっている。ふたたび遠くで響いた爆発音が朝を切り裂き、また静寂が戻った。

「すみません」彼は寝ている患者にささやいた。「ドン・パブロ・ネルーダがどこにいるかご存じですか？」

患者は答えない。眠っているのだ。自分がどこに置かれているかも気にせず、仰向《あおむ》けのまま穏やかに眠っている。そのまま先に行こうとしたとき、詩人のローションの香りを嗅《か》いだ気がした。

「ドン・パブロ！　こんなところでなにをしているんですか？」

詩人は眠りつづけている。

「ドン・パブロ！　どうしてこんな場所に？　ぼくです、カジェタノですよ。戻ってきました。知らせたいことがあるんです。最高のニュースですよ。聞いてください、ドン・パブロ！」

詩人はまだ眠っていた。どうやら放射線治療を終えたところらしい。そういえばいつもそうだった、とカジェタノは思い出した。放射線治療のあとは疲れきって何時間も眠り、だれがなにをしても起きない。ドン・パブロ自身よくこう言っていた。放射線治療後は放っておいてくれ。辛抱強く待つしかなさそうだ。どうしてもすぐにニュースを知らせたかった。だが、詩人の手の甲に触れたとき、恐怖が彼を鷲づかみにした。

雷に打たれたかのように。もう一度手に触れる。冷たい。冷たすぎる。まるで大理石だ。脈を診《み》る。触れない。まったく。カジェタノはドン・パブロの青ざめた顔を、動きのない胸を見た。彼は泣きだした。詩人の遺体の前でさめざめと泣いた。来るのが遅すぎたのだ。ドン・パブロはカジェタノに託した使命の結果を聞かないまま逝《い》ってしまった。詩人の顔にそろそろと顔を近づける。胸がぎゅっと締めつけられるのを感じ、違う、これはドン・パブロじゃないと自分に言い聞かせる。グアナコ模様のネクタイで涙を拭き、闇に目を凝らして詩人の顔をながめる。閉じた大きなまぶた、広くなめらかな額、ほくろと髯《ひげ》の散る頬、緊張が解けて下がった口角、お腹の上で組んだ手、お気に入りの格子柄の上着、厚底の靴……。たしかに彼だった。

「ドン・パブロ、ドン・パブロ、くそ……なぜ待っていてくれなかったんですか？　あなたはたしかに正しかった。詩人としての直感は間違っていなかったんです。あと少しだけ待ってくれれば、きっとなにかが違ったのに。くそ、どうして逝ってしまったんだ！」

泣きながら、ふいに階段をおりてくる足音に気づいた。兵士だ。彼は縮こまった。

「こっちだ」男の声が言った。

詩人の手に両手を重ね、額にキスし、バルパライソでベアトリスにもらったティナ・トリニダードの写真を彼の上着の上ポケットに入れた。それから闇に沈む廊下を走りだした。頬を涙で濡らしながら。

65

翌朝、カジェタノがサンティアゴにある詩人の家、ラ・チャスコーナ邸の近くに到着したとき、曲がりくねった通りに詰めかけた群衆と街角ごとに立つ戦闘服姿の兵士の姿がすぐに目に飛びこんできた。ゆうべペテ・カスティージョ——いまもバルパライソで暮らし、髭を剃《そ》り、髪を短くして、スーツとネクタイをきちんと着ている——が言ったとおりだった。葬儀は月曜日にはおこなわれる、と。

サンティアゴに戻るアンデスマル社バスに乗るのはそう簡単ではなかった。おととい病院を出たあとマイア・ヘルツェンと連絡を取ろうとしたが、だれも電話に出なかった。それで彼はバルパライソに戻ることにしたのだ。街は緊張のなか静かに呼吸し、夜どおし銃声が響いていた。ラウラ・アレステギは消息がわからなくなり、アダッドのソーダファウンテンはシャッターが閉まり、戦艦は相変わらず防波堤に接岸していた。

ペテとは、小さなカフェ〈ラ・ペルゴラ・デ・ラス・フローレス〉で偶然会った。ひどく怯《おび》えた青い顔をしており、最初は彼だとわからなかった。コーヒーを飲みながら、フィンランド大使館に保護を求めるつもりだと言い、ネルーダの埋葬について情報をくれた。そのあとふたりは別れた。翌日カジェタノは早くに家を出て、ダウンタウンに向かった。カフェ〈ボサンカ〉で、発行を許可された新聞——左翼系の新聞は姿を消した——をめくりながら朝食をとり、パシフィック・スチーム・ナビゲーション・カンパニーの黄緑色の建物の横でバスに乗りこんだ。いちばん上等のスーツを着て、白いシャツに緑のグアナコ模様のライラック色のネクタイを締めた。

マポチョ駅でバスを降りてロー・スクールのところで川を渡ると、もうラ・チャスコーナ邸の近所だった。サンティアゴらしい涼しい朝で、空は灰色がかっていた。数人の若者たちが、パトロール中の兵士たちの厳しい監視のもと、ラモーナ・パラ隊による革命を讃える壁画を消している。街の記憶もいっしょに消しているとカジェタノは独りごち、ふと、詩人みたいな言いぐさだったことに気づいてうろたえた。そして、詩というものは感染するのかもしれないと思った。キマントゥ出版社の中庭で黒い煙が空にのぼっていく。人民連合政権のときに人気があった本を焼いているのだ。人民炎は、トロツキーの『ロシア革命史』やマルクス＝エンゲルスの『共産党宣言』やオストロフスキーの『鋼鉄はいかに鍛えられたか』だけでなく、フリオ・コルタサルやファン・ルルフォやジャック・ロンドンも呑みこんだ。

首都の落ち着かない灰色の光景がカジェタノを怯えさせたとしても、ラ・チャスコーナの控えめな陽気さが彼の心を明るくした。あたりの陰鬱さは、詩人に最後の別れを告げに来た人々のあいだにみなぎる、隠しきれない連帯感へと転換されていた。恐怖と不眠が顔にはっきり刻まれているとはいえ、カーネーションとネルーダの本を手にそこに集まってきた男や女や労働者や学生の姿に、カジェタノは胸がいっぱいになった。ヘリコプターが一機、頭上を低空飛行していた。

フェルナンド・マルケス・デ・ラ・プラータ通りに出たとき、すでに道は人でぎっしり埋まり、家に近づけないことがわかった。人々は煙草をふかしたりおしゃべりしたりしながらロコンクリートの家のほうをのぞき、周囲を見回したり、空に目をやったりしている。濁ったどろどろした水が舗道を流れている。背後でだれかが、軍が水路の流れをわざと変えてネルーダの家を水浸しにしようとしたらしいと語る。サンティアゴやイスラ・ネグラの家だけでなく、ラ・セバスティアーナ邸まで軍の強奪に遭ったらしいとほかのだれかが言った。三人めのだれかの話では、軍はトマス・モーロ通りのアジェンデ大統領の屋敷に踏みこみ、テレビカメラの前でスーツが並ぶクローゼットのなかや、ワインが保管された小さなワインセラーまで公開するという破廉恥《はれんち》を働いたという。カジェタノは上着のポケットに手をつっこんだ。いまにもなにか血の惨劇が起きそうな気がして怖かった。クーデター以来最大のデモを前にして、兵士や警官の姿がしだいに増えてきたように見える。

そのとき突然、どこかから秘密の指令でも出されたみたいに、拍手が始まった。最初はおずおずとした小さな音だったが、やがて決意を固めたかのような力強いものとなり、しまいには嵐のごとく鳴り響いた。詩人の家のほうを見たカジェタノは、とたんに肌がぞくっとした。茶色い棺をかついだ一団の人々が戸口に現われた。その後ろに、目を伏せたマティルデが続いている。人々は、まるで彼の朗読会にでも参加しているかのように詩人の名を呼び、拍手しはじめた。「同志パブロ・ネルーダアアア！」どこかから震える声が聞こえた。「私たちとともに！　いまも、いつまでも！」群衆が声をそろえて応え、だれもが感極まって顔を歪《ゆが》め、滂沱《ぼうだ》の涙を流し、声を嗄《か》らした。「同志パブロ・ネルーダアアア！」さらに遠くでだれかがくり返し、いまや巨大な潮《うしお》が通りという通りでうねり、それに応える。「私たちとともに！」そしてまたネルーダの名前を叫び、ときおりアジェンデの名前も差し挟まれ、また声を合わせてそれへの返事が返され、歓声と拍手が沸き、またたれかが「同志パブロ・ネルーダ……」と叫び、カジェタノもとうとうこらえきれなくなって、声をかぎりに応えた。「私たちとともに！　いまも、いつまでも！」

わめき、拍手し、泣きながら、彼は人ごみのなかに道をこじ開け、棺に近づく。ネルーダ、アジェンデ、人民連合への喝采《かっさい》は続き、兵士たちに立ち向かい、圧倒した。もはやだれも銃や軍服にひるまなかった。今度怯えるのは兵士たちのほうだった。怒り狂う群衆は春の空の下、叫び、拍手する。ヘリコプターがふたたび現われ、必死に逃げまわる蠅《はえ》のように屋根や煙突の上を飛んでいたが、やがてサンタ・ルシーア山のほうに消えた。どんどん歓声が大きくなり、スローガンを叫ぶ声も大胆になり、それはまるで、いまはすでに失われた民主主義が栄光を誇った時代の政治デモのようだった。

カジェタノは、いましも霊柩車《れいきゅうしゃ》に乗せられようとしている詩人のつややかな棺に、つかのま指を触れた。群衆がふたたびスローガンの連呼を始めるまえに、彼はマティルデのほうを見た。そして、いつ終わるとも知れない数秒間、たしかに彼女がこちらの視線をとらえた、そんな気がした。彼女のまなざしはやさしく、悲しく、あたかもカジェタノをついに認めて、あなたに課せられた探偵任務のことはわかっているわとうなずいてくれたかのように見えた。本当にぼくのことを、夫がぼくを雇った理由を知っているのだろうか？　それとも目が合ったように見えたのは、単なる思いこみにすぎないのか？　カジェタノにはわからなかったが、とにかく彼女は友人たちに囲まれてよろめきながら、心ここにあらずという表情で、ドアを開けて待つ外交官用の車に近づいていった。そのときふいに、なんの前触れもなく、まるで聖書に登場する奇跡の海のように、群衆が彼女のほうに向かって二つに割れたかと思うとその背後で閉じ、マティルデの姿を消した。そしてカジェタノは、いまや兵士や警官はどこにも見えないかわりに、民間人の老若男女であふれる人波に否応なく呑みこまれた。その波はあまたの通りへと流れだし、希望に満ちた歌をうたい、スローガンを叫びつづけるのだった。

66

いま〈カフェ・デル・ポエタ〉のラジオからは、『追憶の黒いシャツ』を歌うファネスのまぎれもない力強い歌声が流れてくる。カジェタノはすでに冷たくなったカフェ・コルタードを急いで飲み干した。無意識のうちに、圧倒的な孤独と憂鬱に長いこと浸っていた。

一九九〇年代にはいって、詩人の遺骸は、マティルデのそれとともに太平洋を望むイスラ・ネグラの屋敷の庭に埋葬された。マルガレッチェンのことはあれから一度も聞かない。十七年前にベルリンの壁が崩壊し、訪れようと思えば訪れることもできたのに。ティナ・トリニダードのこともどうなったか知れない。ベアトリスの消息もわからなくなってしまったが、聞くところによれば、一九八九年に東ドイツとともに消滅した組織から引退したあとは、ツヴィッカウの労働者階級が住む地域にある狭いプレハブのアパートで、ひとり晩年を過ごしたという。マルクスについてはときどき噂が耳にはいってきて、いまも東ベルリンに住み、方々《ほうぼう》に出かけて、スパイとしての幅広い経験について講演しているらしい。カジェタノの元妻アンヘラ・ウンドゥラーガはいまはマンハッタンで暮らし、ウォール・ストリートの大立者と結婚して、動物保護とベジタリアンの食生活の普及運動に力を注いでいるという。

考えてみれば、バルパライソのあの曇った冬の朝、ラ・セバスティアーナ邸の古びたドアを彼のこぶしがノックしたときから、すべては始まったのだ。

いま彼の目に見えている街では、車のクラクションの合間に物売りの声や物乞いの歌、行き交うバスのタイヤのきしみが響いている。長いあいだになにも変わらなかったとも言えるし、がらりと変わったとも言える。いまのバルパライソには、観光客向けのデザイナーズホテルや洗練されたレストラン、魅力的なカフェもある。通りには、壁をきれいに塗った清潔な建物や複数の言語で書かれたメニューを出すレストランが並び、ヒップホップやラップを踊るくせにビートルズやヒターノ・ロドリゲス、ブルー・スプレンダーみたいな懐メロから、インティ・イリマニ、ロス・ハイバス、コングレソといったフォークソングまで聴く、怒れるボヘミアンたちもいる。そしてネルーダの家はいまやこぎれいな博物館になり、世界じゅうから観光客が訪れる。希望の光がバルパライソの人々をふたたび元気づけ、街は甦り、失敗した成長戦略や政治腐敗の瓦礫《がれき》の上に新たに建設し直されようとしている。カジェタノはテーブルにゴスへのチップを置き、〈カフェ・デル・ポエタ〉を出てエラスリス通りに向かった。約束の時間に遅れてしまい、あせっていた。

幸い、自殺願望でもあるのではとさえ思えるタクシー運転手が十五分で目的地に到着し、ビニャ・デル・マル地区のノルテ通り八番地の堂々たるオフィスビルの前で彼を降ろした。午後一時二十分。アルマグロ・ルヒエロ&アソシアードスの支社は十八階にある。エレベーターで上がり、重いマツ材のドアを押し開けて、広々とした明るいオフィスにはいる。部屋にはロベルト・マッタやゴンサロ・シエンフエゴ（いずれもチリの画家）の油絵が掛かっている。ガラスの向こうには太平洋とカジノと、レニャーカ・リゾートから来たバカンス客であふれるビーチが見える。

「セニョール・アルマグロとセニョール・ルヒエロはいらっしゃいますか?」彼は尋ねた。「カジェタノ・ブルレです。正午のお約束だったんですが……」

「もちろんです」秘書はすぐに電話を手に取った。「ドン・ペドロ・ディエゴですか? セニョール・ブルレがいらっしゃいました」

彼女がブロンズ製の取っ手を押してドアを開け、カジェタノを部屋に通した。エアコンの効いた、ミニマル・スタイルのオフィスだ。マニーオの木の寄せ木張りの床、垂直な背もたれの椅子が並ぶテーブル、フラットスクリーンのパソコンがのったデスク、革張りの肘掛け椅子。テーブルの横に、白いシャツとシルクのネクタイ姿の六十代とおぼしき男がふたり、笑みを浮かべて立っていた。オフィスや服装の趣味のよさからして、彼らは上流階級に属し、階下ではお仕着せを着た運転手がメルセデス・ベンツかBMWで彼らを待っているにちがいなかった。秘書が立ち去り、ドアを閉めた。

髭をたくわえた男のほうはなんとなく見覚えがあった。

「そう、私だよ、カジェタノ」男はそう言って、カジェタノの手を強く握った。「ペドロ・ディエゴ・アルマグロだ。大昔、人民連合政権時代のある晩、われわれはウッケ・クッキー工場で会ったことがある。そのときはそこで警備係をしてくれていた。覚えているかな？」

カジェタノは、工場でがたごとと振動していた古い機械や、冷たく湿った敷石をさっと照らした軍用ジープのサーチライト、遠くで響く銃声、なにかあったときに警報がわりに床をたたけと言って渡された金槌のことが頭に甦った。だが、このペドロ・ディエゴという男は何者だろう？

「私は建築を学んでいた」アルマグロが続けた。彼は髭を撫《な》で、疵《きず》ひとつないパテック・フィリップの白い文字盤をカジェタノに拝ませてくれた。「きみはパブロ・ネルーダについて知っている人を捜していた。それで私がいとこを紹介したんだ」

「ラウラ・アレステギのことですか？」

「そのとおり」

「じゃあ、あなたはプレンデスなのか？　カミロ・プレンデス組合長？」驚きを隠しきれず、つい大声を出してしまった。

「そのとおり。正真正銘私だ、カジェタノ！　きみにまた会えてうれしく思っている。元気そうだな。多少恰幅《かっぷく》がよくなり、髪が淋《さび》しくなったのは確かだが、やっぱりきみだ。まったく、あれは大変な時代だった！」アルマグロは言い、金のカフスボタンをいじった。「当時私はプレンデスという名でゲリラ戦士を気取り、工場占拠を監督していた。もちろん、そのあとクーデターが起きると、ご多分に洩れず、国外に逃亡した。さあ、座ってくれ。当然の流れで、私はソルボンヌに戻り、七〇年代はそこで勉強を続けた。思い出してくれたかね？」

「それで、ラウラはどうしたんですか？」カジェタノは座らなかった。そのかわり、白い壁に掛かっている、レネ・ポルトカレロが描いたオールド・ハバナの油絵に目を向けた。「彼女の消息はあれからまったくわからなくなってしまった」

「とても元気だよ。ワルシャワ郊外で小さなレストランを経営している。かわいそうに、彼女は結局ポーランドに行き着いたんだ。そしてヤルゼルスキ退任後もそこに残った。幸せに暮らしてはいるが、文学の道にはとうとう戻らなかった。人生とはそんなものさ。だが、会えて本当によかったよ、カジェタノ！」アルマグロはまた髭を撫《な》でながらくり返した。

「きみと私もじつは知り合いなんだ」もうひとりが重々しい声で言った。長い髪をポニーテールにし、ダマスク織りのネクタイを金のピンで留めている。ヴァージン・グループの金髪の会長リチャード・ブランソンと酷似していることを意識して演出しているようだ。

「私はアンセルモ・ルヒエロ・マンフレディだ。きみのことはよく覚えているよ。なにしろ、キューバ人と話したのはあれが初めてだったからね。地元紙できみの活躍をいままでずっと追ってきた」彼は白い完璧な歯をしっかりと見せた。「きみのような優秀な探偵と握手ができて光栄だ。私を覚えているかね？」

「はいと答えたら嘘になりますね」ルヒエロはまたカジェタノの手を握った。今度は重量挙げの選手並みに力強く。「さっきからずっとあなたの顔を観察していますが、どうもわかりません」

「数年前までは、われわれが会った状況について思い出すこと自体、都合がよくなかった。だが事情は大きく変わった……幸いにも」

「まだわかりません。ヒントをいただけませんか？」

「一九七三年九月。バルパライソからイスラ・ネグラに通じる街道。ぴんと来たかな？」

カジェタノの脳裏に、日差しに焼かれて陽炎《かげろう》に揺れる高速道路が浮かんだ。道路の向かい側にある売店、モネダ宮殿の爆撃の様子をラジオで聞いていた女店員。そのとき、こちらに近づいてくる、逮捕者の詰めこまれたトラックが見えた。彼は唇を噛《か》んだ。まだルヒエロのことが思い出せなかった。そのルヒエロはいま、カジェタノの緑のグアナコ模様の紫色のネクタイを人さし指でさしてほほえんでいる。

「私の同僚がきみをトラックに乗せたんだ」彼はついに種明かしした。「われわれはきみをプチュンカビ強制収容所に連行した。その後もきみの身柄は私の管理下にあった。ひんやりした部屋で、窓からはボルドの木や花盛りのアカシアや九月のよく澄んだ晴れた空が見えた」

「ダンテ？」カジェタノは驚いてささやき声で言った。プチュンカビ強制収容所で自分の取り調べをした若い将校と目の前の男がやっと重なりはじめた。彼は〝いい警官〟を演じていた。どこに武器を隠しているか吐かせるためにカジェタノを殴ったサリナスと違って、彼をひどい目に遭わせることはなかった。オフィスのドアに吊るした灰色のボール紙に『地獄篇』の一節が記してあり、それを声に出して読んでいた姿を思い出す。「"Lasciate ogni speránza...（いっさいの希望を捨てよ）"」

「"voi ch'entrate...（この門をくぐる者は）"。だが、若かりしころ、詩人でなかった者などいると思うかい、カジェタノ？」ルヒエロが大声で言った。感極まって真っ赤になった目を見開き、からからと笑う。「若かりしころ詩人でなかった者は、そもそも魂を持ちあわせてないんだ」

「そうとも、やっとわかったぞ、くそ！　ダンテだ！　いやはや、人生なにがあるかわからないな！　またあなたと会うなんて、それもあなたのオフィスで。だがおなじあなたのオフィスでも、いま世の中は民主主義だ、ダンテ」カジェタノは感慨深げに言った。「まったく、この国も変わったもんだ」

「結局、きみが拘束されたのはほんの数週間だった」ルヒエロが言い、横目でアルマグロを見た。「あれはきみのためだったんだ。街道は危険だった。ほんのささいな理由で人が殺された。それにおわかりのように、われわれの介入できみの役に立ったことがほかにもある。きみはこうして、市民と和解して豊かな近代国家に生まれ変わったこの国で、ほかに並ぶ者のいない名探偵になった」

「お世辞もほどほどにしてください、ダンテ」

「もちろん、当時のきみには人もうらやむ後ろ盾がいたわけだが……」

「なんのことです？」

「きみを拘束して数週間後、解放しろと命じられたんだよ。命令はサンティアゴから来た。運がよかったのはわれわれだけじゃないということだ、カジェタノ」ルヒエロは言い、また大笑いした。

「だれの命令だったんですか？」

「われわれも知らない。だが上からのものだ。それもトップクラスの。わかるだろう？　きみは頭の切れる男だからな、カジェタノ」

アルマグロとルヒエロはほほえみながら手をポケットに入れた。ネクタイがきらりと輝き、目がくらむほど白い歯がひらめいた。

「ふたりとも、やっと完全に思い出しましたよ」カジェタノはぎこちなく言った。あのとき私のために手をまわしてくれた人間とはいったいだれだ？　「体験自体はけっして忘れたことはない。失念していたのはあなたたちの顔だけです。三十三年でわれわれはずいぶんと変わった」

「それにしても、またこうしていっしょに仕事ができるなんて、すばらしいことだ。なんというか、こんなに長い中断期間をはさんで」アルマグロがそうまとめた。「この国が和解を見た証拠だな。退役してしばらく経つここにいる共同経営者と私は、少し前にこの国際コンサルティング会社を創業した。そして事業はなかなかの成功を収めている。それは胸を張って言えることだ」彼は胸に手を当てて言った。「民主化と同時にここまでやってきて、政府とも企業とも、閣僚とも野党とも、とてもいい関係を築いている。クライアントに対しては忠実にかつ責任をもって仕事を請け負う。おわかりのとおり、われわれは文句も言わずになんでも引き受ける。政府になにか訴えたい人は、彼や彼女の政治信条がなんであれ、まずAR&Aに来る。われわれは彼らが必要とする鍵なんだ……」

「ちょっと待ってください。私にはまだ自分の役割がわからないんですが……」

「すぐに説明するよ」アルマグロが答えた。「まあ聞いてくれ。じつは最近われわれは新会社をつくったんだ。きみの故郷の島と取引を始め、ほかの元社会主義国ともおなじように事業を展開しようと考えている。ここでもわれわれは文句を言うわけにはいかない」

「だが、なぜ彼をここに呼んだのか、もっとはっきり説明してやらないと……」ルヒエロがじれったそうに口をはさんだ。

「じゃあ、具体的な話をしようか」アルマグロは腕組みをしながら言った。「じつは、きみに極秘任務をお願いしたいと思っているんだ。報酬については心配しなくていい。われわれはそういう点ではとても太っ腹だ。AR&Aはつねに社訓に忠実だ――〝いっさいの例外なく世界に貢献する〟。まあ、座ってくれたまえ。ゆっくりくつろいで聞いてくれればいい。だがカジェタノ、話を始めるまえに、上物のシーヴァスリーガルをロックでどうかね？」

二〇〇八年六月六日
ニューヨーク／アイオワ・シティ

著者あとがき

――私の隣人だったドン・パブロ――

　子供のころ、私は学校に行くのに毎朝起きるたび、自分の部屋の窓から、バルパライソにある五十を数える丘のひとつにそびえたつパブロ・ネルーダの家を目にした。いまその家は詩人の名を冠した博物館となり、世界じゅうから観光客を呼び寄せている。私は成長期をずっとその近所で過ごしたが、屋敷はいつも人の気配がなく、謎めいていて、そこから人が出てくるところを私は一度として見たことがなかった。ひょろっとした五階建ての建物で、各階の大きさが異なり、空に近づくほど小さくなるため塔に似て見える。一階と二階はコンクリート製だが――ネルーダの友人の芸術家夫婦が住んでいた――残りは木造で、大きなピクチャーウィンドウがいくつもあり、そのせいで天上世界の建物のような神秘的な趣《おもむき》がありながら、太平洋がいちばんよく見える角度を手に入れようと丘で押しあいへしあいするほかの家々と、やろうとしていることは結局おなじじゃないかとも思えた。子供時代の朝にそんなふうに外に目をやったとき（一九六〇年代の話だ）、ドン・パブロの家は、風に向かって帆を広げ、薄靄《うすもや》のかかったバルパライソの光る空にこれから漕ぎ出そうとしている白い船のように見えたものだった。

私はその奇抜な建物を遠くからうっとりながめては、スペイン語圏で存命の詩人のなかで最も偉大だと言われるそこの所有者を想像した。詩人はときどきしかそこに来なかったし、来れば屋内に引っこんでいたが、彼がそばにいると思うだけでわくわくする反面、恐ろしくもあった。本当のことを言えば、ネルーダとはめったに会えなかった。その理由？　ドン・パブロはチリ共産党の古参党員のひとりなのに、本物のブルジョワのような暮らしをしていたからだ。彼はほかにも二軒、家を所有していた。一軒はサンティアゴ中心部のサン・クリストーバルの丘に建っていたラ・チャスコーナ邸。そこのダイニングルームには隠し扉があって、詩人はコレクションしている異国の民族衣装で変装してそこから登場し、ディナー客を驚かせるのが好きだったという。もう一軒はチリ中部の海岸地域イスラ・ネグラの海沿いにあり、詩人はそこに貝殻やガラス瓶、アンティークの銘板《めいばん》などのコレクションを保管していた。いま詩人の亡骸《なきがら》は、その敷地内で最後の妻マティルデと寄り添うようにして眠っている。しかしなかでもバルパライソにあるラ・セバスティアーナ邸――彼はその屋敷を、最初の家主だったスペイン人セバスティアン・コジャードに敬意を表してそう名づけた――は、まるで宙に浮いているように見え、街の雑多で混沌とした建物群に不思議となじんでいる点で最もユニークだった。バルパライソにあって、その屋敷は水のなかの魚、あるいは夜空の星のようだった。私は学生だったころ、それぞれ別の機会に三度、ラ・セバスティアーナ邸を訪問した。ノートで破裂しそうな学生鞄《かばん》を抱え、学校の制服姿で、パパイヤの木や灌木《かんぼく》、バラ、薬用ハーブ、それに鳥の歌が楽しめる、屋敷の庭に続く門の前に立った。ただ詩人と話がしたい、それだけだった。しかし三度とも体がすくんでしまい、持ち上げた手はドアから数センチのところからどうしても動かず、ドアをノックして、秘密のベールに包まれたネルーダが暮らす邸内に入れてほしいと頼むことはとうとうできなかった。突撃の失敗を私は生涯後悔することになるのだが、その五十年後、私が生んだ探偵カジェタノ・ブルレが、子供だった私が怖気《おじけ》づいてどうしても近づけなかった場所に勇気を奮って足を踏み入れてくれた。

そのノーベル賞詩人を、二度ほどアレマニア通りの曲がり角で見かけたこともある。当時のチリは民主主義国家で、政情も安定していた。貧富の差もなく（根深い社会的不平等はあったが）、平和で安全で、まもなくサルバドール・アジェンデ大統領のもとに社会主義政権が樹立され（一九七〇～一九七三）、それが血塗られたクーデターによってもろくも倒されて、続くアウグスト・ピノチェト将軍の独裁政治（一九七三～一九九〇）の抑圧に人々が長らく苦しめられることになろうとは、当時はだれも想像できなかった。詩人がバルパライソの街に散歩に出かけると、まるで女王蜂に群がる働き蜂のように必ずファンが取り囲んだ。彼は枢機卿《すうきけい》さながらのオーラを放ちながら歩き、憂鬱そうな顔つきをして、鼻にかかった声で人々に言葉をかけた。ときには青いハンチングを斜にかぶり、織り目の美しいウールのポンチョを肩にはおっていることもあった。自分が通りかかるたびに騒ぎが巻き起こることが楽しくてしかたがない様子だった。またあるとき、そう、あれは風の強い日曜の夕暮れ時だった。父と近所を歩いていると、女性が運転する車の後部座席に座っている彼を見かけた。女性の横には、分厚い黒縁の眼鏡をかけた男が乗っていた。「いま見た男たちを忘れるな」父は言った。

「ひとりはいつかきっとノーベル賞をとるはずだし、もうひとりはチリの大統領になるはずだ」。そして父の言ったとおりになった。助手席に座っていた男はアジェンデだったのだ。

だが当時のチリは——父と高台にあるアレマニア通りを散歩し、屋根や鐘楼《しょうろう》、急な坂道や曲がりくねった階段、そして広大な太平洋をよくながめた——穏やかで、そこそこ幸せな国だった。少なくとも、私立学校に通う中流階級の少年だった私にはそう思えた。それから何年も経って、一九七〇年九月四日に自由選挙でアジェンデが大統領に当選し、より正当な世界を求めるラテンアメリカ人が理想とする、人民のための社会主義を推進しはじめた。彼の政策には、企業の国有化、抜本的な農業改革、アメリカ合衆国主導の国際政治の流れから脱け出すことが含まれていた。私は大学に入学すると同時に政治に目覚め、アジェンデの革命理論を支持するようになった。しかし、一九七三年九月十一日、ピノチェトがクーデターを起こし、大統領府であるモネダ宮殿でアジェンデがみずから命を絶ったとき、その夢は潰《つい》えた。私が子供のころに知っていた平和で安定したオアシスのような国だったチリは、国を二分することになったアジェンデ支持派と反対派による争いと、圧倒的な経済危機のなかに、あたかもタイタニック号のごとく沈んでいった。軍事クーデターから生まれた独裁政治体制は十七年間存続し、死者、行方不明者、亡命者は数千人にのぼった。かくいう私も、一九七三年十二月三十日に国に両親を残したまま出国を余儀なくされ、いまもまだ故郷から離れて暮らしている（二〇一四年四月現在はチリに帰国）。

アジェンデ大統領は社会正義のためにたゆまず戦いを続けた。彼は理想家だが、同時に矛盾のかたまりであり、単純にはこれと分類できない人物だった。議会制民主主義を尊重しつつ社会主義体制を確立することは可能だと信じていた。彼はその理想を守りながら死んだ——治安を無視した軍の爆撃、右翼による執拗《しつよう》な抵抗、CIAにクーデターを支援させたリチャード・ニクソン政権による国家転覆作戦にさらされながら。政権末期には、アジェンデは二方向から攻撃を受けていた。一方は、彼を共産主義者、フィデル・カストロとソ連の同盟者と決めつけたチリ右翼やアメリカ合衆国、もう一方は、アジェンデは口先だけで革命を論じるただの改革論者だと断じる影響力の強い極左勢力。アジェンデは、物言いはラディカルな社会改革論者であり、国の強権で経済を立て直せば、チリ社会の後進性や不平等は克服できると信じていた。チリで社会主義政権を成立させれば未来は開けると希望を託しすぎていたし、カストロによるキューバ革命のあととなっては、ソ連やその同盟国には、もはや西側での革命に金銭的援助をする余裕も熱意もないことに気づかなかった。

私が、一九七〇年から七三年までのチリの実際の歴史に忠実に、ネルーダをめぐるこの小説を書いたのは、彼を詩人として敬愛しているからであり、隣人として興味があったからであり、彼が二十世紀の歴史的瞬間の数々に立ち会った人物だったからだ。ネルーダはチリ外交官として遠国《おんごく》に赴任し、スペイン内戦（一九三六〜一九三九）をその目で目撃しさえした。一九四五年に共産党員となり、亡命中（一九四八〜一九五二）は東欧やイタリアを潜伏地とした。冷戦時代はソ連に同調したものの、モスクワやブカレストよりパリやローマを好んだ。朝鮮半島やヴェトナムで起こした戦争についてアメリカ合衆国を批判し、友人であるサルバドール・アジェンデには最後まで忠実に協力を続けた。

しかし、私がこの小説を書いたことには、ほかにも強い理由がある。フィクションという免罪符のもと、私は血肉を持つ等身大のネルーダを描きたかったのだ。彼の偉大さと卑劣さ、誠意と裏切り、信念と疑いを、情熱的に女を愛し、しかし、よりよい詩を書くためには平気ですべてを捨てて、もっと激しく燃える新しい恋に身を投じる男を。ネルーダは傑出した詩人であり、機知に富む政治家であり、飽くなき愛の狩人であり、ブルジョワ生活をこよなく愛する人間だった。自己矛盾を抱えた男だったのだ。実在の人物を小説化するのは簡単なことではない。なにしろネルーダの名声は世界的に揺るぎないものであり、彼について書かれた記事や書物は詩人をつねに奉《たてまつ》り、弁解じみたお追従《ついしょう》をどうしても並べがちだ。だが私は、彼の天才芸術家としての一面もいかにも人間らしい一面も、彼の複雑な精神から、その光と影から、彼の人間性を源泉とする情熱から生まれたものだと信じている。

この小説は、次の三つの要素が土台となっている。ひとつは、子供時代に私の心に刻みこまれたネルーダのイメージ。二つめは、彼の三軒の家が私にもたらした物語。そして最後に、おそらくはこれが最も重要だと思われるが、詩人を知る女性たちによる彼の評価。最初の要素については、それをきっかけに、偉大な詩人は必ずしも死者とは限らず、たとえば巨匠のひとりが私の隣人だということさえあるのだと知った。おかげで私にとって詩は、学校の授業での退屈な解釈から脱け出して表に飛び出し、近所の通りを闊歩《かっぽ》し、級友たちからすればまさかと思うような日常の物事を通じて私に目配せし、歌いかけてくれるものとなった。

また、丁寧《ていねい》な修復作業を経て博物館として一般公開されるようになったネルーダの家々には、詩人の魂がいまも宿っている。感覚の鋭い、豊かな想像力の持ち主なら、一歩そこに足を踏み入れれば、部屋を歩きまわる彼の気配が感じ取れるだろう。とりわけバルパライソのラ・セバスティアーナ邸では。その家の広いリビングで、私がまだこの小説の最初の構想を練っていたある日のことだ。青い暖炉や続きのダイニングルーム、家々のトタン屋根を望む大きなピクチャーウィンドウ、ねじくれた外階段、勾配の急な通り、遠くに見える広大な太平洋をながめるうちに、ふいにネルーダが彼の人生のだれも知らないこぼれ話を私にささやきはじめたのだ。その瞬間のことを、私はいまでもありありと思い出せる。湾を滑っていく船をぼんやり見ながら物思いにふけっていると、ふと、背後でだれかに呼ばれたような不思議な感覚を覚えた。私はとっさに振り返った。するとそこにはガラス扉がある中国製の衣装簞笥《だんす》があった。なかにはパブロとマティルデの服が吊るされ、床に詩人のスリッパが置いてあった。彼の日常をうかがわせるそのごくありふれた日用品から、私が書きたいと思っていたネルーダの私生活がいきなり目の前に展開しはじめるのがわかった。彼の疲れた大きな足に踏まれてでこぼこにつぶれた、毛羽《けば》立った毛織のスリッパ。そこから私が求めていた世界がくっきりと立ち上がってきたのだ。

ネルーダの人生をいろどる女性たちにこそ彼の秘密が隠されている、私はそう確信していた。彼の人間性や作品を読み解く最も大事な鍵は、学術論文ではなく、彼の人生を左右した女性たちの言葉のなかにある――彼女たちが言ったこと、言わなかったことのなかに。彼に関わった女性たちについて調べないかぎり、心の奥に矛盾を抱えた、光と影に満ちた詩人像、血の通った実像を手に入れることはできない。虚実を交えたこの小説を書くには、そういう等身大の詩人の姿を知る必要があった。それさえわかれば、あとは、彼が自分自身と、伝説と化したみずからのイメージを守るために生涯使いつづけたネルーダ本人の言葉――詩的なそれにしろ、ふだんのそれにしろ――をどう解釈するかの問題だ。

ネルーダの人生で重要な役割を担《にな》った最初の女性は、彼を受け入れ、かわいがり、早くに死んだ産みの親のかわりに彼を育てた、愛する継母《けいぼ》トリニダードだった。大学生だったころに初めてつきあった女性たちとは、プラトニックな間柄か、ファンタジーだのびっくりするような技巧だのとは縁のない単純なセックスをするだけの関係だった。暗いサンティアゴの冬の寒々とした部屋で交わすそれは、なんとも味気ないものだった。若きチリ領事として遠いアジアの地に赴任したとき初めて、彼は性愛の悦びと経験豊富な愛人のテクニックのなんたるかを知った。彼にそれを教えたのは、アジアの混沌《こんとん》とした景色のなかに姿を消し、その声をじかに聞くことはもはやかなわない神秘の女性ジョシー・ブリスだった。ジョシーのことは、彼女の細くしなやかな体と熟練した閨房術《けいぼうじゅつ》への驚きが描かれた、ネルーダの詩のなかに垣間見られるだけだ。オランダ人女性マリア・アントニエタ・ハーヘナール・フォーヘルザングは彼にすべてをあたえ、信じ、結婚し、水頭症の子供を産んだ。しかしデリア・デル・カリルと恋に落ちると、ネルーダは二人とも捨てた。デリアは彼より二十歳も年上のアルゼンチン人貴族で、彼を共産主義に宗旨替えさせ、そのとき創作していたヘルメス主義の詩をやめて、もっとわかりやすい内容にすべきだと説得した。その次が若き歌手マティルデ・ウルティアで、五十代だった詩人の心を奪い、一九七三年に彼が死んだときにベッドの横で寄り添っていたのも彼女だった。

だが、ネルーダの人生にはもっと大勢の女がいた。そのあまりの多さに、友人たちのあいだでは、〝女をとっかえひっかえする男〟として知られていた。真剣な恋愛にしろ遊びにしろ、永遠に秘密のベールに覆《おお》われたまま、人知れず過去に埋もれていくロマンスというのがこの世にはある。そういう失われたロマンスのひとつとして、ネルーダとベアトリスの情事が存在した可能性はあるだろう。さっきも言ったように、ネルーダの女性関係についてすべてつまびらかにした学術論文はないが、彼を知っていた女性たちによる回想録はあるし、彼がどんな人物だったか思い出を書き残している女性もいる。彼女たちの記憶の描写から、あるいは彼女たちがあえて書くのを省いた出来事から、ベアトリスとその娘ティナという架空のキャラクターが誕生し、また、自分の人生と友人アジェンデの政府が黄昏《たそがれ》を迎えるなか、バルパライソの自宅でたったひとりで過ごすネルーダが、過去を振り返り、良心の咎《とが》めを告白するモノローグのアイデアが生まれた。

ネルーダは一九七三年九月二十三日、ピノチェト将軍によるその後十七年にわたる独裁が始まって十二日目にこの世を去った。死因は癌《がん》だが、政治家としての夢に悲劇の終止符が打たれるのを目の当たりにした心痛も大きかったのだろう。モネダ宮殿の爆撃やアジェンデの死、何千という数の殺害されたり投獄されたりした人々、夜な夜な響く銃撃隊の銃声、街の上空をパトロールする武装ヘリの背筋の凍るような飛行音が、ネルーダには耐えられなかったのだ。一九九〇年、チリは民主制と自由を回復した。その多くがバルパライソのラ・セバスティアーナ邸で生まれたパブロ・ネルーダの詩は、独裁政治に抵抗し、正当な社会をつくるために戦った大勢の人々にインスピレーションをあたえた。私はバルパライソで暮らした隣人として、ありのままの彼を描いたこの小説をパブロ・ネルーダに捧げたい。

二〇一一年八月
アイオワシティにて

訳者あとがき

〝ラテンアメリカ的混沌《こんとん》〟――それこそが本作『ネルーダ事件』のテーマかもしれない。

南米チリのバルパライソで長年探偵稼業を続けているキューバ人カジェタノ・ブルレは、カフェでコーヒーを飲みながら、自分が探偵として初めて手がけた事件について回想する。アジェンデ大統領が打ち建てた社会主義政権が軍部の台頭と経済危機によって崩壊寸前だったおよそ三十五年前、仕事もなくくすぶっていた、まだ二十代だったカジェタノを探偵に仕立てあげたのは、偉大な詩人であり革命の指導者でもあったパブロ・ネルーダだった。彼は、メキシコ駐在チリ領事だった時代に知りあった医師を捜してほしいとカジェタノに依頼し、これを読んで探偵業について勉強しろとジョルジュ・シムノンのメグレ・シリーズを何冊か渡す。だが、ネルーダの依頼の陰にはじつは別の動機が隠れていたことが判明した。カジェタノは、メキシコからキューバ、東ドイツ、果ては革命家チェ・ゲバラ終焉《しゅうえん》の地ボリビアと、世界を飛びまわり、ストーリーは、まさに混沌という名の曖昧模糊《あいまいもこ》とした霧に包まれていく。

そもそも探偵とはなにか、どんな仕事をするのかさえわからなかったカジェタノは、藁《わら》にもすがる思いでシムノンの小説を読み漁《あさ》る。そうして調査のイロハを少しずつ理解していくのだが、仕事は定石どおりには進まず、あちこちで壁にぶつかる。メグレのように人にいろいろと訊いてまわっても、いつのまにか袋小路にはいってしまったり、煙に巻かれてうやむやになったりして、核心に近づけないのだ。そしてカジェタノは気づく。明日すべてがひっくり返っても不思議ではない、混沌に支配されたラテンアメリカでは、合理主義的西欧世界のやり方は通用しないのだ、と。そこでは民主政治も社会主義も独裁政権も軍制もなにもかもが並行して存在し、突然人が消え、貨幣がいきなり紙くず同然となる。だから人々は怯《おび》え、戦々兢々《きょうきょう》としながらも、どこかあきらめ顔で流れに身をまかせ、したたかに立ちまわる。こうしてカジェタノは〝カリブ海のメグレ〟に生まれ変わったのだ。

ここに描かれる、相矛盾する多面性を持つネルーダの人物像にも、混沌という言葉がよく似合う。チリのアンデス山脈の麓《ふもと》の町パラル出身のパブロ・ネルーダ（一九〇四〜一九七三）は、二十世紀最大の詩人のひとりであり、七一年にはノーベル文学賞も受賞しているが、その世界的名声の割には日本での知名度は低いように思う。愛の詩やヘルメス主義、シュールレアリスモ、政治的プロパガンダなど、そのスタイルはじつに多彩で、つねにスペイン語圏前衛文学を牽引《けんいん》しつづけた存在だった（代表作『二〇の愛の詩と一つの絶望の歌』、『大いなる歌』など）。詩人としてだけでなく、二七年に外交官となって、三四年に赴任したスペインで内戦をじかに経験してからは共産主義に傾倒し、帰国後はチリ共産党員となって政治家としても活躍した。独裁的だった当時の大統領ゴンサレス・ビデラを批判して亡命を余儀なくされ、世界各地を転々とするが、彼がイタリアのカプリ島に滞在していた史実をもとに、彼と地元の郵便局員の交流を描いた映画『イル・ポスティーノ』は印象的な作品だった（ネルーダ役はフランスの名優フィリップ・ノワレが好演していた）。その後帰国し、友人でもあったサルバドール・アジェンデ大統領による社会主義革命政権の樹立に尽力。しかし、駐仏大使を務めていたときに前立腺癌《がん》に冒されていることがわかり、帰国し療養していたが、七三年九月に勃発したクーデターの直後に亡くなった。すでに病状がかなり悪化していたこともあったが、ネルーダの革命詩は左翼勢力にとっては心の拠《よ》りどころであり、彼はいわば革命のヒーローでもあったために、クーデター後は軍部の監視下に置かれ、三軒の家の内部も徹底的に破壊されたというから、心痛が死期を早めたのは確かだろう。彼の死についてはいまも軍部による毒殺説がささやかれ、二〇一三年にはついにチリ当局がイスラ・ネグラの墓地から彼の遺体を掘り起こして調査をおこなうに至ったが、結局毒物は検出されなかった（ただし、時間の経過によって毒物が分解／排出された可能性もあるため、毒殺説を完全に払拭《ふっしょく》するのは時期尚早だという意見もある〈二〇一三年十一月八日BBCニュースより〉）。

しかし、そんなカリスマ的存在であるネルーダを、著者のロベルト・アンプエロは、彼の私生活、とりわけ女性関係に注目することで、長所も短所も併《あわ》せ持つ現実のひとりの人間として描こうとした。すべてが小説のとおりというわけではないが、ネルーダが最初の妻マリア・アントニエタと障害を持つ娘マルバ・マリーナを捨てて裕福で知的な二十歳年上のデリア・デル・カリルと再婚し、やがて彼女とも別れて若く美しい歌手マティルデ・ウルティアのもとに走ったのは事実である。ラテンアメリカにおける男性優位思想マチスモを体現したようなネルーダの行動には、正直ショックを受けるが、そうした自分の欲望と情熱に正直な、それでいて狡猾《こうかつ》な、光と影に満ちた矛盾した人間だからこそ、彼の書いた美しくも壮大な詩には人々の心をつかんで離さない魅力があるのかもしれない。

この小説の背景を成すチリ・クーデターについても触れておきたい。九・一一といえばいまではアメリカ同時多発テロを表わす符号だが、ラテンアメリカでは一九七三年九月十一日にチリで起きた軍事クーデターを意味する場合が多い。一九七〇年の自由選挙による大統領選でアジェンデが当選して社会主義政権が誕生し、いわば無血革命が成立した。危機感を募らせたニクソン政権下のアメリカ合衆国はCIAを通じてチリ国内の右派勢力や軍部を支援し、西側諸国とも協力して経済封鎖をおこなった。アジェンデは企業の国有化や農地改革を敢行したものの、経済状態はしだいに悪化し、富裕層や軍部を中心とした右派と与党や労働組合による左派との対立が激化。チリ全土でデモやストが巻き起こるなか、ついに陸軍総司令官アウグスト・ピノチェト将軍が陸海空軍と治安警備隊を率いて大統領府モネダ宮殿を襲撃した。戦闘機や戦車、銃撃隊による激しい爆撃や銃撃のなか、モネダ宮殿に立てこもったアジェンデがラジオを通じて国民に団結と革命の正当性を訴えた演説はあまりにも有名である。アジェンデと一部の側近たちはみずから銃を取って最後まで抵抗したが、そのほとんどは命を落とし、アジェンデ自身もそこで自殺した。チリ・クーデターは本書以外でも映画や小説で数多く取りあげられ、とりわけチリからフランスに亡命したエルヴィオ・ソトー監督の『サンチャゴに雨が降る』は、チリ・クーデターの経過そのものを生々しく描いて観る者を圧倒する（〝サンチャゴに雨が降る〟とはクーデター勃発を知らせる暗号。本書のなかにも、ラジオの流す妙な天気予報をカジェタノが不審がる場面がある）。映画のラストシーンはネルーダの葬儀で、大勢のファンが棺を囲んで彼の名を連呼する場面が描かれ、本書の同シーンとまさに重なりあう。人々がどれだけネルーダを慕っていたかがよくわかり、胸に迫ってくる。

その後十七年間にわたってピノチェト将軍による軍事独裁体制が敷かれることとなったが、政権側は徹底して左翼狩りをおこない、死者および行方不明者は数千人、投獄や拷問された者は十万人にものぼった。亡命した者も百万人近いとされ、著者のロベルト・アンプエロも、あとがきで記しているように国を追われたひとりである。

本書にはネルーダをはじめとする実在の人物が数多く登場する（とりわけアジェンデ大統領がラ・セバスティアーナ邸をヘリコプターで訪問する場面は感動的）が、意外なところでは、ハバナでカジェタノの案内役を務めたキューバ人詩人エベルト・パディージャもそのひとりで、反体制的な詩を書きつづけて当局に〝グサーノ〟として目をつけられ、一九七一年には、やはり詩人だった妻ベルキスとともに逮捕された。この一件は世界じゅうの注目を浴び、フリオ・コルタサル、シモーヌ・ド・ボーヴォワール、マルグリット・デュラス、カルロス・フエンテス、ジャン＝ポール・サルトル、スーザン・ソンタグ、オクタビオ・パス、バルガス・リョサなど大勢の知識人が非難を表明した。彼はその後、ケネディ上院議員の尽力などもあり、アメリカ合衆国に亡命している。

つい先だって四月一日にチリでマグニチュード八・二の大地震が起き、日本で津波注意報が発表されたことは記憶に新しい。私は本書中の〝大地震で崩れた墓地から港になだれ落ちる人骨〟というくだりを思い出し、思わず様子を思い浮かべてしまったが、南北に細長いチリのこと、地震発生地の北西部イキケから本書の舞台バルパライソまでは一三〇〇キロ以上離れているので、影響はなかったようだ。あいだに太平洋を挟んではいるが、日本の斜向《はす》かいにあたるチリは遠くて近い国だろう。

著者のロベルト・アンプエロは一九五三年にそのバルパライソで生まれ、チリ教育大学に入学したのち共産党青年部に入党。軍事クーデターが起きると出国して東ドイツに向かい、カール・マルクス大学（現ライプツィヒ大学）で学んだ。一九九三年に帰国後、小説を書きはじめ、探偵カジェタノ・ブルレ・シリーズ第一作『クリスティアン・クステルマンを殺したのはだれか？（*¿Quién mató a Cristián Kustermann?*）』を発表した。シリーズは第七作まで出版されており、とくに本書『ネルーダ事件』はチリで二十万部を超すベストセラーになったほか、二〇一二年に英語に翻訳されると《ウォール・ストリート・ジャーナル》紙二〇一二年ミステリ・ベスト10に、またドイツでも《ブックフルトゥァア》誌で二〇一〇年ミステリ・ベスト10に選ばれた。ネルーダ同様、積極的に政治活動もおこなっており、二〇一一年にはメキシコ駐在チリ大使を、また二〇一三年には文化大臣を務めた。

翻訳にはチリ・ノルマ社の*El caso Neruda*（二〇〇八年初版）を底本としたが、二〇一二年にアメリカ合衆国で出版された英語版（リヴァーヘッド・ブックス／ペンギン・グループ）には著者自身が手を入れており、それを活かす形にした。本書に付けた「著者あとがき」も英語版にはいっていたものである。
英米産のミステリとはひと味違う〝ラテンアメリカ的混沌〟に酔いしれていただければ幸いである。

二〇一四年四月

HAYAKAWA POCKET MYSTERY BOOKS No. 1883

宮《みや》 崎《ざき》 真《ま》 紀《き》

東京外国語大学外国語学部
スペイン語学科卒，
翻訳家
訳書
『世界名探偵倶楽部』パブロ・デ・サンティス
『時の地図』『宙（そら）の地図』フェリクス・J・パルマ
（以上早川書房刊）他多数

この本の型は，縦18.4センチ，横10.6センチのポケット・ブック判です．

〔ネルーダ事件《じけん》〕

2014年5月10日印刷　　2014年5月15日発行

著　者	ロベルト・アンプエロ
訳　者	宮　崎　真　紀
発行者	早　川　浩
印刷所	星野精版印刷株式会社
表紙印刷	大平舎美術印刷
製本所	株式会社川島製本所

発行所　株式会社　**早　川　書　房**

東京都千代田区神田多町２－２
電話　03-3252-3111（大代表）
振替　00160-3-47799
http://www.hayakawa-online.co.jp

（乱丁・落丁本は小社制作部宛お送り下さい
送料小社負担にてお取りかえいたします）

ISBN978-4-15-001883-2 C0297
Printed and bound in Japan

ハヤカワ・ミステリ〈話題作〉

1858 アイ・コレクター

セバスチャン・フィツェック
小津　薫訳

子供を誘拐し、制限時間内に父親が探し出せなければ、その子供を殺す――連続殺人鬼を新聞記者が追う。『治療島』の著者の衝撃作

1859 死せる獣
―殺人捜査課シモンスン―

ロデ&セーアン・ハマ
松永りえ訳

学校の体育館で首を吊られた五人の男性の遺体が見つかり、殺人捜査課課長は休暇から呼び戻される。デンマークの大型警察小説登場

1860 特捜部Q
―Pからのメッセージ―

ユッシ・エーズラ・オールスン
吉田　薫・福原美穂子訳

海辺に流れ着いた瓶から見つかった手紙には「助けて」と悲痛な叫びが。「ガラスの鍵」賞を受賞した最高傑作。人気シリーズ第三弾

1861 The 500

マシュー・クワーク
田村義進訳

首都最高のロビイスト事務所に採用された青年を待っていたのは華麗なる生活だった。だが彼は次第に巨大な陰謀に巻き込まれてゆく

1862 フリント船長がまだいい人だったころ

ニック・ダイベック
田中　文訳

漁業会社売却の噂に揺れる半島の町。十四歳の少年は、父が犯罪に関わったのではと疑いはじめる。苦い青春を描く新鋭のデビュー作

ハヤカワ・ミステリ〈話題作〉

1863
ルパン、最後の恋
モーリス・ルブラン
平岡　敦訳
父を亡くした娘を襲う怪事件。陰ながら見守るルパンは見えない敵に苦戦する。未発表のまま封印されたシリーズ最終作、ついに解禁

1864
首斬り人の娘
オリヴァー・ペチュ
猪股和夫訳
一六五九年ドイツ。産婆が子供殺しの魔女として捕らえられた。処刑吏クィズルらは、ひそかに事件の真相を探る。歴史ミステリ大作

1865
高慢と偏見、そして殺人
P・D・ジェイムズ
羽田詩津子訳
エリザベスとダーシーが平和に暮らすペンバリー館で殺人が！　ロマンス小説の古典『高慢と偏見』の続篇に、ミステリの巨匠が挑む！

1866
喪失
モー・ヘイダー
北野寿美枝訳
〈アメリカ探偵作家クラブ賞最優秀長篇賞受賞〉駐車場から車ごと誘拐された少女。狡猾な犯人を追うキャフェリー警部の苦悩と焦燥

1867
六人目の少女
ドナート・カッリージ
清水由貴子訳
森で発見された六本の片腕。それは誘拐された少女たちのものだった。フランス国鉄ミステリ大賞に輝くイタリア発サイコサスペンス

ハヤカワ・ミステリ〈話題作〉

1868 キャサリン・カーの終わりなき旅 トマス・H・クック 駒月雅子訳

息子を殺された過去に苦しむ新聞記者は、あるきっかけから、二十年前に起きた女性詩人の失踪事件に興味を抱く。贖罪と再生の物語

1869 夜に生きる デニス・ルヘイン 加賀山卓朗訳

〈アメリカ探偵作家クラブ賞最優秀長篇賞受賞〉禁酒法時代末期のボストンで、裏社会をのし上がっていこうとする若者を描く傑作!

1870 赤く微笑む春 ヨハン・テオリン 三角和代訳

長年疎遠だった父を襲った奇妙な放火事件。父の暗い過去をたどりはじめた男性が行きつく先とは? 〈エーランド島四部作〉第三弾

1871 特捜部Q ―カルテ番号64― ユッシ・エーズラ・オールスン 吉田薫訳

悪徳医師にすべてを奪われた女は、やがて復讐の鬼と化す! 「金の月桂樹」賞を受賞したデンマークの人気警察小説シリーズ第四弾

1872 ミステリガール デイヴィッド・ゴードン 青木千鶴訳

妻に捨てられた小説家志望のサムは探偵助手になるが、謎の美女の素行調査は予想外の方向へ…… 『二流小説家』著者渾身の第二作!

ハヤカワ・ミステリ〈話題作〉

1873 ジェイコブを守るため　ウィリアム・ランディ　東野さやか訳

十四歳の一人息子が同級生の殺人容疑で逮捕され、地区検事補アンディの人生は根底から揺らぐ。有力紙誌年間ベストを席巻した傑作

1874 捜査官ポアンカレ　―叫びのカオス―　レナード・ローゼン　田口俊樹訳

かの天才数学者のひ孫にして、ICPOのベテラン捜査官アンリ・ポアンカレは、数学者爆殺事件の背後に潜む巨大な陰謀に対峙する

1875 カルニヴィア1　禁忌　ハヤカワ・ミステリ創刊60周年記念作品　ジョナサン・ホルト　奥村章子訳

二体の女性の死体とソーシャル・ネットワーク「カルニヴィア」に、巨大な陰謀を解く鍵が！　壮大なスケールのミステリ三部作開幕

1876 狼の王子　クリスチャン・モルク　堀川志野舞訳

アイルランドの港町で死体で見つかった三人の女性。その死の真相とは？　デンマークの新鋭が紡ぎあげる、幻想に満ちた哀切な物語

1877 ジャック・リッチーのあの手この手　ジャック・リッチー　小鷹信光編・訳

膨大な作品から編纂者が精選に精選を重ねたすべて初訳の二十三篇を収録。ミステリ、SF、幻想、ユーモア等多彩な味わいの傑作選

ハヤカワ・ミステリ〈話題作〉

1878
地上最後の刑事
ベン・H・ウィンタース
上野元美訳

〈アメリカ探偵作家クラブ賞最優秀ペイパーバック賞受賞〉小惑星衝突が迫り社会が崩壊した世界で、新人刑事は地道な捜査を続ける

1879
アンダルシアの友
アレクサンデル・セーデルベリ
ヘレンハルメ美穂訳

シングルマザーの看護師は突如、国際犯罪組織による血みどろの抗争の渦中に放り込まれる！　スウェーデン発のクライム・スリラー

1880
ジュリアン・ウェルズの葬られた秘密
トマス・H・クック
駒月雅子訳

親友の作家ジュリアンの自殺。執筆意欲のあった彼がなぜ？　文芸評論家のフィリップは友の過去を追うが……異色の友情ミステリ。

1881
コンプリケーション
アイザック・アダムスン
清水由貴子訳

弟の死の真相を探るため古都プラハに赴いた男の前に次々と謎の事物が現れる。ツイストと謎があふれる一気読み必至のサスペンス！

1882
三銃士の息子
カミ
高野　優訳

美しく無垢な令嬢を救わんとスーパーヒーローがダイカツヤク。脱力ギャグとアリエナイ展開満載で世紀の大冒険を描き切った大長篇